野望

付秀莹 著

北京出版集团
北京十月文艺出版社

目录

小 寒

《月令七十二候集解》：小寒，十二月节。月初寒尚小，故云。月半则大矣。

咏廿四气诗·小寒十二月节

［唐］元稹

小寒连大吕，欢鹊垒新巢。
拾食寻河曲，衔紫绕树梢。
霜鹰近北首，雊雉隐丛茅。
莫怪严凝切，春冬正月交。

吃罢早饭，翠台到她爹那院里去。

正是小寒天气，三九了。“一九二九不出手，三九四九冰上走。”今年一场雪还没下，大地却都上冻了。风又冷又硬，在村庄里跑来跑去。翠台袖着手，只觉得脸蛋子给风割得生疼，鼻尖酸酸的，鼻孔好像是被粘住了。正走着，迎面过来一个人，影影绰绰的，看不真切。待走到跟前了，才认出来，原来是换米姨。换米姨捂得严严实实的，穿一件蓝地紫花棉袄，格子围巾把脸和嘴巴都蒙住了，只露出一双眼睛来。翠台赶忙叫姨儿，问她这是去哪儿呀？这么冷的天。换米姨说，我去进进那院里。顿了顿才说，又生气儿哩。翠台说，跟谁呀？换米姨叹口气道，还能有谁呀。翠台见她满面愁容，知道又是进进媳妇，只好劝道，往宽处想吧，谁家没有个烦心事儿呢，咱得往宽处想。换米姨只是叹气，摇摇头，张了张嘴，到底不愿意说了。翠台看着她的背影，颤颤巍巍的，心里纳闷，换米姨的背驼得这么厉害了——早先怎么没留意呢。

院子里静悄悄的。西墙根的菜畦上覆了一层薄薄的白霜。墙上的丝瓜架早干透了，黑黢黢的，在风里索索索索乱响着。地上留着笤帚印子，细细密密的，好像画上去一样。影壁前面停着一辆旧自行车，车把朝外歪着，像是随时要出门的架势。后车尾巴上拖着一条尼龙绳，弯弯曲曲在地上凌乱着。翠台皱皱眉，伸手把那绳子收拾起来。

她爹在屋子里问，谁呀？翠台就撩开那蓝布门帘进去。

她爹正在椅子上坐着吸烟。屋子里雾腾腾的，呛得她不由得咳嗽起来，埋怨道，又吸烟又吸烟！说了多少回了都？人家先生怎么嘱咐的呀？她爹说，光听蝲蝲蛄叫，咱还不种地了？毛主席吸了一辈子烟，照样活大年纪。翠台说，你是毛主席呀？她爹说，还有村南你得寿爷，也是一辈子烟不离手，又好个酒，活了九十六，芳村的老寿星。翠台知道她爹的脾气，就岔开话题，说刚才遇见我换米姨了，差点儿没认出来。她爹说，噢。翠台说，换米姨跟我娘，谁大呀？她爹说，你娘大一岁。属狗。你换米姨该属猪。她们姐俩儿呀，要好了一辈子，胳膊不离腿。翠台说，噢。她爹说，这一晃，都小二十年了。你娘要是还活着——翠台生怕触动爹的心事，赶忙说，进进媳妇又闹哩，把换米姨愁得不行。爹叹口气道，看你换米姨这个命。盼小子盼小子，好容易有个小子，苦巴巴拉扯大，娶了媳妇，谁知道是娶了个仇人。翠台说，可不是。小子有啥好，都是白眼狼。她爹不说话，低着头吧嗒吧嗒吸烟。翠台怎么不知道，爹这一辈子最大的恨事，就是没小子。在乡下，没小子，就是没人。再怎么有权有钱，也没有势。没有势，人前就挺不起腰杆子来。这是爹的伤心事。她不该去碰。虽说是，如今在芳村，小子多，闺女少，闺女家金贵得不行，娶媳妇就像是过火焰山，千难万难。可小子到底是小子呀。

翠台把炉子通开，添了两块煤，缓了好半天，屋子里才慢慢暖和起来。摇了摇暖壶，也是干的。翠台怨道，这么冷的天，火还封着，一天能省两毛钱？炉子又不是当摆设看的。暖壶里天天干着，也不喝口热水呀？她爹说，我不嫌冷，穿厚点儿不就行啦。这还算冷？那一年我到天津修工去，十冬腊月，都是光着脊梁干活儿，好家伙！汤汤的一身热汗！喝凉水怎么了？你奶奶喝了一辈子凉水，活到八十九，一点儿病都没有。我跟你说，你奶奶最后是老死的，啥毛病没有。翠台也懒得跟他抬杠，灌了一壶水烧上。金红色的火苗子舔着壶底，吱吱吱吱响着，水珠子沿着壶身缓缓淌下来，落到炉口的铁板上，吱的一声，屋子里渐渐弥漫起湿漉漉的水汽。她爹吸着烟，问起了大坡的事儿。翠台心里烦乱，不想提这茬儿，就说先撂撂吧。这也不是三天两早晨就能了的事儿。她爹说撂撂？就这么干撂着？把个媳妇都撂跑了！根来也是这个意思？翠台说，跑就他娘的跑！腿在人家身上长着哩。我也是把力气使尽了。根来？我跟了他这大半辈子，他啥时候有过一句囫囵话？看你们给我找的这好人家！就图个近，就图个本村的。她爹见闺女火了，也不敢再问，只低头吧嗒吧嗒吸烟。

这边还是老房子。老房子的好处就是，冬暖夏凉，住着舒坦。坏处就是，破旧，不好看，跟周围的新房子比起来，显得又矮小，又寒碜。芳村这地方，盖房子是人们一辈子的大事。有小子就得盖房子。有几个小子，就得张罗几处房子。这是责任，也是脸面。没有小子的呢，像她爹这样，自然也不用操心盖房子的事儿。芳村的人们说起来，看人家谁谁，一辈子也不用操心盖房子。挣了钱，不吃不喝干啥呀。这是笑话人的话。

水壶尖叫起来，壶盖子被水蒸气顶得一起一起的，噗噗噗噗响。水开了。翠台把水灌了暖壶，找她爹那个搪瓷缸子没找着，就拿出一只碗倒了一碗，那水面上立刻就浮起零星小油花来。她爹的眼睛白内障，做了手术，还是不大好。看东西模模糊糊的，锅碗也洗不干净，又舍不得放洗洁精。翠台心里一酸，骂了一句糊涂街。想问她爹素台这两天过来没有，犹豫了一下，到底没有多嘴。她爹等着那碗热水凉凉，把抽屉里几个小药瓶子拿出来，一粒一粒数药。说我老忘了吃，耀宗嘱咐说千万别落顿儿，这治血压高的药，就得长年吃着。翠台说，看看，人家先生都说了吧。她爹吸了一口烟，慢吞吞道，素台她，有好几天不过来了。早晨倒是打了个电话来。翠台说打电话了？她爹说，说是感冒好几天了，还挺厉害。输水哩。翠台哎呀了一声，怎么还输起水来了？在耀宗那儿呢，还是在县医院呢？她爹说，我也没有细问，是在耀宗那儿吧？一个感冒。翠台说，她呀，就是个药罐子。从小到大，吃的药能把她埋了。成天价，拿着药当饭吃。她爹皱着眉头咳嗽起来。翠台知道，这是嫌她说话难听了。就笑道，我后晌去看看她——你就甭操心了，昂？她爹低头吸烟，半晌，才叹口气道，老这么着也不是个长法。眼看着快过年了，还得把人家叫回来。咱男方么，就是个低贱角色。翠台说，那咱就豁出去，抱着点心匣子上门求人家，舍着脸皮上呗。父女两个一时无话。

门口有人喊，老树、老树？出来坐会儿呗，憋屋里坐月子呀？她爹皱眉道，这个石头爷，家里连火都舍不得生，就指望着晒日头哩。翠台说，真会过呀。她爹哼了一声，仨小子支棱着，谁不眼气呀？到最后还落个没人管。你看看这世事。翠台说，他家那老二，开着好几家厂子，大老板哇。她爹说，那顶啥用？反穿皮袄，外头光。街门口石头爷好像在跟谁说话，嘻嘻哈哈的，热闹得不行。她爹说，庄稼主子，就是个穷乐。这一班子老头，天天来这村东口上坐着，村里人给起了个名儿，叫等死队儿。翠台怨道，啥话呀这是！她爹就笑了，七老八十了都，早晚谁都有那一天。那句话怎么说，七十三,八十四，阎王不叫自家去。翠台不愿意听这个，就不接话茬儿。她爹拿起一个板凳往外走，一面回头嘱咐她，别忘了把火封上，昂？忒费煤。

门口果然坐着几个老头，都穿着棉袄棉裤，揣着手，靠墙根底下日头地儿里晒暖暖儿。见老树出来，就叫道，哎呀，这帽子不赖，是哪个闺女给买的呀？石头爷说，我猜着是二闺女，二闺女开着厂子，足得很。老树你好福气。翠台正好从屋子出来，听见这话，心里恼火，脸上又不好露出来，笑着说你们歇着呀。就走了。

村里的大喇叭咳嗽几声，开始广播：村民们注意一下，村民们注意一下，现在学习一篇文章，绿水青山就是金山银山。生态优先，绿色发展——

风挺大，冷飕飕的，直往衣裳里头乱钻。不知道谁家的一只公鸡，在风里飞快地跑过来，浑身羽毛被吹得奓起来，乱纷纷的。大红鸡冠子一抖一抖，火焰一样，鲜艳极了。耀宗家的卫生院外面，满满当当停着各种车，汽车、摩托车、电动车、自行车、电动三马子。看病的人挤得里三层外三层，风雨不透。有小孩子呱呱呱呱哭得厉害，有人为了插队吵起来。也有帮腔的，也有劝架的，也有阴阳怪气煽风点火的，也有添油加醋拨弄是非的。下雨天打孩子，闲着也是闲着么。卫生院对面，是秋保家的小超市。门前墙上是巨幅的牌子，上头写着几个大字，美邻严选。下头是，芳村秋保超市服务中心。旁边还有一个大牌子，写着一行字，大谷县供销大楼加盟店芳村秋保农家店。正中间有一个移联网信的广告。门边见缝插针竖着一个蓝色广告牌，上头白字竖排写着，芳村超市。左侧竖行写着，在华北，酸奶更多人选择君乐宝。上头是君乐宝的商标。紧挨着还有一个广告牌，老庙黄金——选三金，到欧陆经典珠宝行。地址：大谷县小康路幸福商厦二层，电话：8558××××。超市旁边，是新盖的村委会大楼，挂着新油漆的牌子，上头写着：河北省大谷县青草镇芳村党支部委员会、河北省大谷县青草镇芳村村民委员会。白底子黑字，两块牌子并排。对着大门，是一面影壁，大地色底子，上面写着“为人民服务”几个红色大字。院子干净整洁，冬青郁郁葱葱，打了绿蜡似的，精神抖擞。村委会前面，有一大块空地，摆满了卖各种吃食的摊子，油烟滚滚，弥漫着诱人的香气，倒有了一种热气腾腾的年味儿。

远远看见小鸾立在建国媳妇的烧饼摊子前，正在等着烧饼出炉。小鸾穿着一件杏黄色羽绒服，明晃晃的，点着的灯笼一样，头发在脑袋后头胡乱绾起来，脸蛋子冻得红扑扑的，好像擦了胭脂。她跟建国媳妇说着话，抬头看见翠台，就叫她。翠台说，今儿个怎么舍得吃烧饼了？不过啦？小鸾笑道，他娘的不过啦。天天苦辣辣的。生不带来死不带走，我给谁省着呢？问翠台干啥去，知不知道大全家过事儿的事儿。翠台说学军？小鸾说可不是学军，还能有谁呀。小鸾压低嗓子，在她耳朵边说，都怀上啦。再不过事儿，馅子就包不住啦。翠台哎呀了一声。小鸾说，这还值当大惊小怪的？如今村里小年轻的们，开放着哩。翠台说，是不是？小鸾说，正日子是腊月十九，听说这回要大闹。翠台说，那可不。人家有这个条件么。大全是谁！小鸾说，那闺女算是一脚跌进蜜罐子里喽。听说娘家是城关哩？翠台说，是不是？小鸾说，城关那家卖饸饹的，就在县医院往北，过十字路口，道东那一家。翠台说，哟，知道这么清楚，是你家亲戚哪？小鸾啐了一口，笑道，是你家亲戚吧。我也是听说。小鸾说要真是我家亲戚，我也添不了好话儿。翠台说，这样的好婆家，打着灯笼也难找哇。小鸾小声说，你这是站着说话不腰疼。谁不知道，那学军就是个花花公子，吃喝嫖赌，听说还跟咱村那个望日莲不清不楚哩。翠台说，我的娘哎。那望日莲不是去北京打工了么？小鸾说，如今多方便哇，又是手机又是微信，就算是去了美国，你还能挡得住这个？翠台说，可也是。小鸾说，大全家过事儿，一个村子都给人家窜忙去。这拜钱肯定少不了。翠台说，那肯定。建国媳妇的一双手冻得红通通的，胡萝卜似的。一大块生面团在她手底下揉来揉去，搓成长长一条，啵啵啵啵揪剂子，案子上霎时间摆满了一个一个圆圆的面剂子。见她俩嘀嘀咕咕，就说，俩人儿这小话儿说够了没，看把耳朵垂子都咬下来了。小鸾就笑，说你哩。说你今儿个看着劲头子忒足，是不是我建国哥回来了？建国媳妇说，谁像你呀，天天恨不能把你家占良拴裤腰带上。小鸾说，你这人，反咬一口还。两个人斗着嘴，却见中树老远过来，穿一件棕色皮夹克，大长腿一划一划的，有点外八字。建国媳妇说，看中树这架势，哪像是咱芳村的干部，分明是中央下来哩。翠台就笑。建国媳妇说，相书上说，天庭饱满，地阁方圆，主富贵。你们看人家中树，一看就是为官做宰哩，带相儿。翠台说，你这话当着中树说去。小鸾却莫名其妙红了脸，说光顾着卖话哩，卖眼哩，咱这炉烧饼熟了不？还卖不卖？建国媳妇说，心急吃不了热豆腐，甭着急。建国媳妇说新官上任三把火，中树烧得好。正说着呢，中树过来，看了小鸾一眼，说，怨不得我一个劲儿打喷嚏，原来是背后有人念叨我哩。又看了小鸾一眼。建国媳妇说，一个喷嚏是有人骂，俩喷嚏是有人想。你打了几个？中树说，俩吧，俩。小鸾的脸腾地就红了，只管低头把她那羽绒服上的拉链弄来弄去。翠台从旁看了，心里疑惑，见中树一眼一眼地看小鸾，渐渐也明白了八九。

秋保超市里人不多，有几个闲人，立在收银台前面，跟秋保说话。他媳妇国欣顶着一个鸡窝头，穿得鼓鼓囊囊的，外面还穿了一条围裙，上面画着一只肥肥的母鸡，写着，太太乐鸡精。正低头玩手机呢，瞥见翠台进来，问她拿点啥？眼睛却还在手机上黏着，舍不得挪开。翠台说你忙你的，我先看看。秋保扭头朝这边看了一眼，妗子姥姥的，破口骂起来，就知道玩你那破手机，买卖还做不做啦？国欣说你那么大声干啥？群里抢红包哩。秋保说抢你娘的红包，仨瓜俩枣的！看把你能的！就撇下那几个闲人，过来招呼翠台。问翠台拿点儿啥呀？是看病人呢还是串亲戚呀？看病人就拿六个核桃，大箱的。还有这纯牛奶，蒙牛哩，伊利哩，都是真正东西。这点心匣子是刚进的货，又排场，又好看。还有这卤鸭子——翠台嫌他啰唆，就说家里吃，不要那些个样子货。秋保说，噢，那就来点实惠的。又问要白条鸡不要？回去一炖，连肉带汤一大锅。还有桃酥、槽子糕、豆奶粉、黑芝麻糊……翠台说我看看，看看。左挑右拣，买了两盘鸡蛋。秋保嘴里啧啧啧啧响着，不住地说，婶子你真会过呀，家里留那么多钱干啥？别叫虫儿给蛀喽。

素台家门前停着一辆黑色汽车，乌光锃亮，车屁股对着过道口，气势很大。翠台小心绕过这铁家伙，心想怎么不像是素台家那辆了呢。黑色的大门关着，只留着右边的一个小侧门，一人多高，供人出入。进了大门，迎面是一个大影壁，画着青绿山水。影壁下面的花池子里，花草都枯败了，月季枝叶剪得光秃秃的，不知道什么草的枯藤，依旧爬在墙上，姿势还在。转过影壁，才看见高高的台阶上，一溜北屋一字排开，东西耳房，一律挂着棉门帘，枣红的底子，上头绣着丹凤朝阳，富贵牡丹，黑丝绒阔绲边，拦腰红漆木板，缀着一排假铜币，金灿灿沉甸甸，叮当作响。翠台小心上了台阶，叫素台？素台？叫了几声，只听东边耳房里传来素台的声音，谁呀——这屋哩。

撩开门帘，见素台正在床上歪着。黄黄的一张脸，也没有打扮着，只穿一件粉色毛衣，外面罩一件紫色羽绒坎肩。烫了的头发乱蓬蓬的，在脑袋后头绾起来，大鸟窝一样。两只金耳坠子晃晃悠悠的，添了些活泼的气息。见翠台进来，木着脸儿说，怎么这会儿过来了。翠台说，听说你身上不舒坦，是感冒了，还是？素台说就是感冒了，不碍事。输了两天水，烧退下来了。翠台说这阵子感冒的忒多，耀宗家那门口车都满了。素台说可不是，该着人家发财。翠台说你多喝水呀。我买了两盘鸡蛋，要不我给你煮碗挂面，打个荷包蛋？素台说刚喝了一碗牛奶，还饱着哩。姊妹两个一时无话。

这东边耳房不大，倒挺暖和。墙上贴了壁纸，一枝一叶的花草，影影绰绰，十分耐看。暖气管也拿白橡木包了，上头却摊着两双袜子，一条花裤衩，看样子都已经干透了。翠台心里恨了一声。这素台自小就这样，吃粮不管事，油瓶子倒了都不肯扶一下。这么好的屋子，也不知道好好收拾收拾，真是白糟践了。地上铺着米白色的瓷砖，上头也不知道是水印子，还是油印子，斑斑点点，好像是画地图一般。翠台忍不住，就到门后头拿了笤帚、墩布，替她收拾起来。扫了擦了，又找了一块搌布，擦桌子、凳子、茶儿、电视柜，把袜子、裤衩都收了，叠好。素台在一旁说，歇会儿吧，昂，弄它干吗呀，一会儿就又脏了。翠台说，今儿个吃了饭，赶明儿你就不吃啦？素台就嘎嘎嘎嘎地笑。

姊妹两个正说话呢，增志撩门帘进来。好像是刚洗了头，头发湿漉漉的，冒着丝丝缕缕的水汽，脸上却是红润光洁，精气神十足。见翠台忙着拾掇屋子，埋怨道，咱姐姐过来这么一下子，也不让闲着。素台却不接这话茬儿，问他去哪里，大冷天洗啥澡哇。增志说晚上跟人谈事儿，一个客户。素台说，见个客户还洗澡？少喝酒哇！增志皱眉说，知道知道。就又问翠台姐夫忙不忙呀？这阵子猪价还行吧？翠台说，他还不是个劳碌命？但凡有一点办法，谁愿意干这活儿呀，又脏又苦哩。猪价也没有个一定，忽高忽低。增志正要说话，手机却响了，他喂喂喂喂着出去接电话，素台在他后面喊，哎，少喝酒哇，听见没？回头跟翠台说，我这也是白费唾沫。这人没脑子，不长记性，一喝就多一喝就多，有一回喝的，烂醉，回来吐了个底朝天，差点就把苦胆都吐出来了。翠台说生意场上，也是没办法的事。素台叹口气，问翠台，爱梨那边怎么样了。回来了没有。翠台说，前几天跟他婶子她们又去了一趟，还是不行。素台说，还是要那些条件？翠台说，可不是。咬口不开。素台骂道，什么金枝玉叶？这么拿捏人！爱梨倒还好，她那个妈，鹰鼻子鹞眼，一看就不是省油的灯。翠台说，咱修下这样的亲家，还能怎么样？只是叹气。素台看她姐姐唉声叹气的，心里说，就你这点子本事，还想使儿媳妇？

日头挺好，风却是又硬又冷，刀子似的。天蓝得清澈，没有一丝云彩。树木干瘦的枝杈微微摇晃着，发出嚓嚓嚓嚓的声音。地都上冻了，踩上去硬邦邦的。有人家门前泼了水，上头结了一层薄冰，不知道谁家的鸡拉了鸡屎，也冻上头了。翠台把那大碗换了换手，手指头冻得生疼，木楚楚的。素台炖了一锅排骨，说感冒了，见不了荤腥，非叫她盛一大碗。翠台说爹这阵子血压有点高，就甭给他吃这个了。翠台自己本不想拿，见素台打架似的，拗不过，只好拿了。

回到家里，翠台把排骨倒在一个小瓷盆里，因为天冷，那排骨汤都凝成了淡黄的透明的冻儿，颤巍巍的。她把素台家的碗拿热水洗干净，想着哪天给她送过去。大坡从屋里出来，拿着手机，在旁边看她擦手。翠台也不理他，擦完手扭身就走。大坡说，给我点儿钱。翠台说，又要钱？大坡说，就五十，三十也行。翠台说，我开着银行哪？大坡说，我手机都欠费好几天了。翠台说，正好治治你，天天玩儿手机，叫你玩儿！大坡摔门子就进屋了。翠台在后头骂道，你摔谁呢？嗯？你摔谁呢？你连个媳妇都弄不住，怨谁呀？大坡在屋子里嘟囔了一句。翠台说，你说啥？你敢不敢再大点儿声？院子里有人说话，在家不呀？翠台就不说了。

喜针穿得鼓鼓囊囊地进来，鼻尖儿冻得通红，脸蛋子也通红。翠台说，怎么今儿个闲着了？喜针说，人家回娘家啦。翠台说，回小辛庄了？喜针说可不是。这么大冷的天，在家也憋不住，憋不住。喜针说一大早，让立辉开车送走了。大包小包的，指不定带了多少东西呢。翠台说你也是忒操心——管他们呢。喜针叹口气道，我也不是心疼那点子东西。我就是觉得憋屈，怎么我这当婆婆的，在人家眼里什么也不是呢。翠台知道又是她那一套，嫌她絮烦，又不好说，便叹气道，你好歹还是一家子齐全，再不如意，也是家里的小不如意。我这边闹得鸡飞狗跳的，才丢人现眼呢。喜针就问她事情怎么样了，田庄那边怎么说的？翠台说，人家开了一大堆条件，个顶个难应承哇。喜针说，依我看，先甭急着三请四请的。俗话说，上赶着不是买卖。越这么抬着供着，是非越多。先晾一晾他们。咱这边一个小子家，咱怕啥。何况孩子都有了，她就算尥蹶子，还能尥到哪里去？翠台说，话是这么说，要是万一把事儿晾黄了，大坡还不得怨我一辈子哇。说起一肚子心事，只是叹气掉泪。喜针又啰里啰唆劝了半天，借了一块生姜，说是赶集割了点儿肉，要炸丸子呀，等立辉他们回来炖菜吃。

炉子上温着一壶水，有丝丝缕缕的热气冒出来，偶尔听见吱啦一声响，是水珠子从壶身上淌下来，落在炉口四周的铁板上，腾起一股子白烟。火门口堆着一堆炉灰，还有蒜皮，剥下来的干葱叶，有几个煤球在旁边散放着。新院这边，原本是没有生炉子的，怕把新屋子熏坏了。做饭都是用液化气，要不就是使电磁炉。又方便，又干净。只是有一样，贵呀。翠台心里虽不情愿，见大坡、爱梨他们刚住上新房子，正心盛，也就依了他们。这阵子，爱梨不在家，她就拿旧书、旧报纸把屋子墙壁都糊了，防着烟熏，重又把炉子生起来。暖气却不烧了。炉子的好处，小年轻的们哪里知道呢。做饭、炒菜、烧水，用处忒大，又不耽误取暖。外头再冷，屋子里总有热乎气。翠台从小西屋搬过来两棵大白菜，把外头的老菜帮子扒了，洗干净，切了，在锅里焯一下。白菜帮子发甜，不好吃，这么焯一下，炒着吃也好，炖着吃也好，都是另一种滋味了。大坡他们都不吃白菜帮子，每回都把菜帮子三下两下扒下来，随手扔掉，扒得苦了，就只剩下一个白白嫩嫩的白菜心子。也不觉得可惜。翠台从旁看了，十分心疼。却不好说。

怎么说呢，这两年，也不知道怎么回事，诸事不顺。大坡本来在外头打工，后来娶了媳妇，只说是小两口老是离别着不好，最好在近处给大坡找个活儿干。有个大事小情的，家里地里，都能顾一下。大全的厂子大，工资又高，十里八村，想进厂子的人挤破头。翠台让根来找大全，根来磨蹭了好些天，到底不肯去。翠台知道根来的性子，出冷怕热，求人张不开嘴。大全呢，又是一个眼眶子高的，财大气粗是出了名的。翠台无法，跟根来闹了一场，只好自己低下身段，去找香罗。不想香罗竟然痛快答应了，说不过是一句话的事——嫂子你放心。翠台心想，可不就是一句话的事么。谁不知道，你香罗是大全心尖子上的人儿呢。香罗说最好是在芳村，不成就在东燕村，紧邻着产业大道，也挺近便。最不济，就在青草镇上，有个门市，干干净净的，守柜台。镇上也不远，镇上到底是镇上么。翠台千恩万谢，心想人心都是肉长的，早先怕也是错看了她。

谁知道后来事情又变了。

那一回，好像是贵山他娘的丧事上。贵山他娘虚岁八十了，算是喜丧。芳村的风俗，这种事，是要闹女婿汉的。贵山他妹子贵枝嫁到了石家庄，女婿是城里人，哪里懂这些个呢。任是多精明的人，这种场合，都是两眼一抹黑，方言土话也听不大懂，一眼望去，都是生面孔。那女婿竟跟傻子似的，蒙了。院房里小辈儿的人们围住他，逼着他出钱，买烟买酒，妇女们要买吃的喝的。早些年，也不过是意思一下也就罢了。这几年，人们胃口越来越大了。烟要中华，酒要茅台、五粮液。贵枝女婿哪想到预备这么多钱？就有人提醒说，抢他手机，微信支付，微信支付。贵枝女婿拼命护着，哪里护得住。抢到手机了，却不知道密码，到底不好逼着人家硬要。一帮人就去秋保家超市，赊烟赊酒赊吃喝，把账统统记在贵枝女婿头上。贵枝女婿再好涵养，也忍不住恼了。涨红着一张脸，一迭声地说岂有此理，岂有此理。众人得了东西，自去瓜分享用了，谁还理会他？一帮妇女们坐在院子里，叽叽喳喳吃吃喝喝，好不快活热闹。香罗踩着高跟鞋，咯噔咯噔走过来，见那场景，笑道，真给咱芳村丢人。几辈子没吃过东西呀？人们就不说笑了，脸上都讪讪的。翠台赶忙打圆场，笑着让她，抓了一把牛肉干塞给她。香罗抬胳膊就推开了，说这是明抢呀——我就见不得这个，也不怕人家城里人笑话。翠台被她一推，脸上挂不住，就回道，这不是入乡随俗么。一个女婿汉，在老丈人门儿上，就是个低贱角色。香罗说，那也得看看怎么个低贱法儿。闹归闹，总得有个分寸，这样明火执仗地抢劫，不嫌寒碜？翠台刚要张嘴，香罗把手一挥，笑道，我是刘家门儿里的媳妇儿，论理不该我出头。可赶得早不如赶得巧，谁叫我赶上了呢，今儿个我就多管了这宗闲事儿，方才的账，都算我头上。可有一样儿，这事儿到此为止。吃不够、喝不够、抽不够的，自家掏钱买去。院子里静默了一霎，就是一片掌声叫好声。正是五黄六月里，刚进头伏，香罗穿一件黑丝绸无袖连衣裙，露着雪白的胳膊腿儿，粉团团得好看。手指甲脚指甲都染着，妖媚得不行。那个乳白色小皮包巴掌大，又洋气，又秀气。翠台气得哆嗦，嘴巴又说不上来。心里只恨那些人眼皮子浅，势利，给人家舔屁股。香罗这个养汉老婆，凡事掐尖儿，站高岗儿，出风头。她这是成心给她弄难看哩。

有了这一场，大坡的事，她就不愿意再去找香罗。她原是想着，应下的事儿，她香罗还能再改嘴？不过是早两天晚两天吧。俄延了一阵子，还没有音信，大坡成天价东游西逛，闲了就生是非，小两口常常为了鸡毛蒜皮的事闹别扭。她只好咬牙跺脚，再去求香罗。谁知道回话说晚了，有一批急活儿，早进了人了。说以后吧。以后看机会。翠台心里明镜似的，知道这是把她得罪下了。平日里甜哥哥蜜姐姐，亲得不行，真到了事儿上，翻脸不认人。这娘儿们果然是个厉害货，嘴甜心苦，使得出来。翠台心里虽恨，也不得不咽下这口气。人强不如势强。人家光景过得火炭似的，又有大全在后头挺腰子。况且，大坡结婚，还借着人家的钱哩。人穷志短，马瘦毛长哇。

大坡原来在工地上干，给人家当小工。辛苦不说，挣钱也有限，还常常拖欠着。饶是这样，如今建筑上的活儿也不好找了。大坡天天在家里闲着，花销又大，只出不进。爱梨没好气儿，指鸡骂狗，大坡又不会哄人儿，两口子少不了生闲气儿，三天一小吵，五天一大吵。这一回吵得厉害，大半夜里，爱梨抱着孩子回了田庄，说是要离婚，非离不可。第二天早晨，翠台才知道这事儿。把大坡骂一顿，督促着他去田庄接媳妇。爱梨她妈把话说得很难听。说自家闺女大半夜跑回来，万一有个三长两短，你们怎么交代？这明摆着是不把人当人看呀。早先你们吵呀闹呀的，我就睁一只眼闭一只眼，这回我可不能轻易叫闺女回去了。大坡本就不是一个口齿伶俐的，性子又憨直，见人家不给好脸色，赌气就回来了。气得翠台直骂他，埋怨他不该半夜里把爱梨放走，有什么话不能等到天明了再说呀？这下可好，一个大刀把儿给人家攥在手里，要由着人家切割了。大坡哪里肯服呢。翠台待要细问他为了什么吵架，大坡也不肯说，叫她甭问，甭管了。心神不定熬了两天，翠台就央了喜针、兰月几个妇女去田庄叫一趟。在芳村，凡是这样的事，都是请院房里的妇女，能说会道，干净利落，上得了台面的，去上门说和，也是恳请的意思。不料还是不成。爱梨她妈说了，回去也行，孩子都一岁多了，不看僧面看佛面，权当是为了孩子。可有个条件，刘家得在县城买套房子，房本上得写爱梨的名儿，算是个保证吧。再有一条，大坡没个收入，孩子又小，公公婆婆得管着他们小两口的日常花销。翠台一听就炸了。这不是翻旧账吗。说话不算话。当时结婚前就说好了，家里这房子，给他们装修得好好的，置备下全套家具，城里就不买房了。买了车，买了三金，彩礼要了八万八，东拼西凑，算是把事儿给过了。算起来，爱梨进门也有两年多了，家里头这光景，也没有瞒着她。怎么就忍心这么狮子大张口呢。在城里买套房，说得轻巧！当是煎鸡蛋呢？后来又托人请了两回，那边还是早先这话。翠台渐渐就把一颗心灰下来。

太阳已经转到头顶上，晌午了。阳光淡淡的，薄薄的，天地间好像笼着一层暗金色的壳子，一不小心就碰碎了。天倒是蓝得清澈，树木的枯枝在冷风中发出簌簌的响声，树影子落在窗玻璃上，弄得地下明一块暗一块的。屋子里一点也不暖和。自从爱梨跟孩子走后，暖气索性也不烧了。这暖气好是好，暖和，又干净。可有一样，忒费煤炭。买好煤吧，贵，买赖的吧，又不好烧，烟大，呛人。那娘俩儿不在，省点儿是点儿吧。翠台穿着一件丝绵袄，还是不暖和，围巾也不敢摘下来，在东边小厨房里转来转去。也无心做饭，就把从素台那边拿来的排骨热一热，馏几个卷子，熬米汤。好歹凑合一顿吧。

根来一进门就叫冷，好冷，好冷的天啊。冻得龇牙咧嘴的。在洗脸盆里潦草洗了下手，坐下就吃饭。翠台皱眉道，一身臭烘烘的，就不知道洗洗？根来说，不是洗了么。翠台说，那一口儿水？猫儿洗脸哪？根来只好立起来，倒水洗手洗脸。一面问大坡呢。翠台朝北屋努了努嘴，说又要钱哩。他是不是觉得家里种着摇钱树呀？根来不说话，抄起一个卷子，拿手撕一块，放进嘴里嚼着。翠台说，田庄那边，老这么晾着，也不是回事儿呀。根来说，那要么再去叫一趟？翠台见他嘴里满是卷子，呜呜哝哝的，腮帮子上一鼓一鼓的，蛤蟆一样，恨道，你们刘家的儿媳妇，你等着叫谁拿主意呢？根来说，这不是跟你商量么。翠台说，这刘家院房里都求了一遍了，还求谁去？我可不好意思再去跟人家讪这个脸。根来咽下一口卷子，说要不，找找香罗？翠台把筷子往桌子上一撂，笑道，好呀，那可太好了。人家见多识广，场面上的人物，什么没经过见过呢。这点子小事儿，就怕人家不放在眼眶子里头。根来看着她的脸色，忙改口说，我就是那么一说。找谁叫去还是你掂量着。翠台冷笑了一声道，我掂量着？可不得是我掂量着。家里的大事小情，哪一桩哪一件你给我拿过主意了？我还不知道你？就是家破人亡，也休想让我找那个养汉老婆低三下四说软话儿去！要不是她，家里能闹成这个样儿？根来看她又要翻旧账，不敢言声了。把那碗排骨往翠台跟前挪了挪，又挪了挪，回头冲着北屋叫，大坡，大坡，吃饭。翠台说，叫他干吗？闲了大半天有功劳了，还等着三请四请呀。大坡慢吞吞过来，左一层右一层，裹得大粽子似的，头发乱蓬蓬的，坐下就吃那碗排骨，一筷子没夹住，呱嗒掉地下了，溅了一裤腿儿油。翠台恨了一声，扔过一块搌布来叫他擦。根来不动那碗排骨，只夹小碗里那点炒豆瓣酱，吧唧吧唧的，吃得香甜。吃饱了，又倒了半碗开水，搅了一筷子豆瓣酱进去，红红黑黑大半碗，吸溜吸溜，喝了个痛快。翠台见大坡霸着桌子一面，埋头仔细啃那排骨，数落道，七尺高的汉子了，怎么心里就不装一点事儿呢？媳妇都跑了，还能吃得下喝得下呀？大坡被她数落火了，推开碗筷就回了屋里。翠台在后头说，怎么不吃了，啊？我又没说不叫你吃。根来叹一声，擦了擦嘴，推起车子就要出去。翠台说去哪呀你？根来说，还能去哪呀？北京！中央里！

阳光懒洋洋的，洒得满院子都是。风在树尖上掠过，响着低低的哨音。有一只麻雀在窗台上跳来跳去，也不怕冷，一双乌溜溜的小眼睛东看西看。麻雀这东西，这地方有个俗称，叫作喳啦喳，最是平常的一种鸟儿。鸡缩着脖子，抖抖索索的，在院子里东逛西逛，无所事事。收拾了锅碗，翠台觉得小肚子有点儿疼。摇摇暖壶里没水了，就灌了一壶水，坐在炉子上。屋檐下面的台阶上，摆着一双小鞋，粉色的人造革，小小的，孤单单晾在那里。翠台觉得心里像是被针扎了一下。这小鞋是小妮儿的。还是那一回，到小辛庄去赶集，翠台给她买的。鞋不大，价儿可不小。好像是二十五块吧。当时翠台割肉一样，心疼得不行。犹豫了半天，到底还是买了。在钱上头，该花的就得花。少一分也不行。不该花的，说下大天来也不能花，多一分也不行。这半辈子，翠台就是这么过来的。村里人都说翠台会过，她怎么不知道，这是夸奖的意思。挥霍谁不会？她不是那种任性挥霍的人。现在小年轻的们就不行。大手大脚，该花的不花，不该花的乱花。就像大坡他们。

摸着良心说话，爱梨这闺女是个好闺女。当初媒人给提亲的时候，翠台也是亲眼相看过的。大坡性子温吞，憨厚，芳村话叫作“肉”的。翠台原本打算着，要给大坡娶个伶俐能干的。这爱梨比大坡小一岁，属相也合。两个人见了一面，都没有二话。翠台一心想把这门亲事做成了，媒人也极力撺掇，说既然两方都愿意，就不如把大日子定下来。找小别扭媳妇给挑了个良辰吉日，热热闹闹把事儿给过了。自然了，过事儿前，田庄那边少不得又要这个要那个，翠台为难着，恼火着，憋屈着，也都东挪西借，一一应承照办了。在这个上头，翠台不像根来那么心窄。人都娶进门子来了，那点子东西算什么呢。人这一辈子，总要看大势，看长远。光盯着鼻子底下一拃长那还行？那阵子，翠台累是累，心里头却是甜的。这辈子就这一个小子，大坡成了家，一辈子的大事也就算了了。二妞么，究竟是个闺女家。芳村这地方，聘闺女嘛，到底是另外一回事。再说二妞还念着书呢，天南海北，将来落到哪里，还不一定。眼前，辛苦了半辈子，总算是把媳妇娶进门来了，她真的该喘口气啦。可是，谁能想到呢。这世上的事，就是这样叫人捉摸不透。刚过了不到两年舒心日子，大坡他们竟然闹到这个田地。

水开了，她提着水灌暖壶，心里头乱纷纷闹嚷嚷，嘈杂得不行，水满了溢出来也不知道。喝了点热水，肚子还是咕咕哝哝地疼。翠台算了下日子，想着怕是要来身上了，就去衣柜里拿了卫生巾预备下。想了想，又查看兜里有没有零钱。洗了脸，梳了头，见镜子里面那个女的，黄着一张脸，头发也乱纷纷干柴火一样，眼睛底下，有两块青黑。嘴唇上暴着白皮，右边嘴角上还缀着一个燎泡，明晃晃的。翠台叹一声，重新洗了脸，擦了油，把头发梳齐整，又把那条蓝围巾重新围好，扎紧，出门就去了村南头。

风小了些。冬日午后的村庄，安静极了。田野还沉睡着，大片大片的黯淡的深绿，在村外延展着，一直融入远处的天际。不知道谁家的一小片棉花地，秸秆也不拔，就那么孤单单地立着，从秋天立到冬天，显得有一点倔强，有一点任性，又有那么一点不管不顾的意思。这块地的南边，早先是一个大水壕，后来填平了，起了一片新房子。大多是二层楼，也有三层的。大门上挂着红灯笼，有的还颜色鲜明着，有的已经蒙上了一层细细的尘土，灰头土脸的了。

街上静悄悄的，也不见人。极偶尔地，有一辆电动车日日日日开过去，老远扔下一句话，吃了呀不哎？

小别扭媳妇家棕红色大铁门，两边雕着福字，底下画着云纹。门洞四周拿深灰色大理石镶了，门楣上写着几个镀金大字，洪福吉祥居。大门上贴着门神，威风凛凛。院子里方砖铺地，干干净净的。铁丝上晒着被子，大红大绿的绸子被面，绣着龙凤呈祥，祥云瑞气，给阳光一照，辉煌耀眼。莫非是小别扭回来了？正疑惑呢，屋里出来了两个人，小别扭媳妇送出来。那两个人看着眼生，一胖一瘦，两个妇女，一个年长些，另一个年幼些。年长的眉头紧锁，年幼的眼睛红肿着，脸上有泪痕，好像是刚刚哭过。翠台猜想，这八成是来烧香许愿的了。小别扭媳妇叫她进屋坐着，自去送她们出门。

一进屋，迎面香案上摆着一只大香炉，香炉里香烟缭绕。香案上供着时鲜水果，旁边的篮子里插着大把大把的香，拿大红纸封拦腰封着。地下摆着一个大红丝绒垫子，旁边设了一只箱子，上头贴着一张大红纸，端端正正写着“如意”二字。旁边地下放着几箱东西，一个是六个核桃，一个好像是杏仁露，几纸盒子土鸡蛋，整整齐齐垒在一起。还有香蕉、苹果、葡萄、草莓等新鲜水果，满满装了一大袋子。翠台心里头暗自后悔，怎么忘记买东西了呢。虽说都是本村的，熟人熟脸，可还没见谁空着手来上门的。正思量着，小别扭媳妇撩开门帘进来，笑着把她让到床沿上坐着。翠台就坐了。小别扭媳妇把下巴颏儿朝着院子指了指，东燕村的。又压低嗓子说，这家人也真是可怜见儿的。男的在外头打工，把腿摔了，坐不得车，也不能手术，只好在工地上养着。这眼瞅着年根底下，估计回不来了。媳妇在工地上伺候病人，家里就剩下老头儿老婆儿老两口，管着俩孩子。俗话说，屋漏偏逢连夜雨，前几天这老头儿接孩子下学，一个仰八叉，平身落地，当场就昏死过去了，听说是脑出血。你看这。你看这。翠台一面听，一面哎呀哎呀的，又是惊，又是叹。心里头却稍稍平顺了一些。人么，可不就是来这世上受苦的。人活一世，百种滋味，都得尝一尝。小别扭媳妇见她默默的，满脸愁云，就问她怎么了，怎么舍得出来串门子了。翠台叹了一口气，还不是我家那桩腌臜事儿。这一闹，都多少日子了。小别扭媳妇说，是呀，老这么着也不是个长法。你心里头是怎么个打算？翠台说，我还能有什么打算？我不过是看着人家的脸色，听人家口风呗。眼看腊月二十三，小年了，咱这地方不兴在娘家过，我愁得不行，盘算着是再叫一趟去呢还是怎么着好，好歹你给咱烧一烧。小别扭媳妇掐算了一下，说今儿个巧了，正是仙家们下来的日子。我给你请炷香问一问。翠台说，好呀。小别扭媳妇就净了手，把头发捋一捋，正一正神色，看那墙上的挂钟。翠台也一时不敢出声。等了好半天，总有半个钟头，小别扭媳妇拿了一把挺粗的香，拆了那拦腰的红纸封，插到那只大香炉里头，点上，口里念念有词。然后端端正正在那个大红垫子上跪下来，回头朝翠台点点头，翠台赶忙也过来跪下。香烟袅袅，在屋里升腾弥漫开来。翠台抬眼看那香案上方挂的诸神，层层叠叠，行行列列，森然庄严，只觉得头皮子发麻，背上簌簌起了一层鸡皮疙瘩，一颗心扑腾扑腾跳得厉害，赶紧低头微闭双眼，心里念叨着各路仙家呀各路仙家呀——再也说不出旁的话来。

忽然间，小别扭媳妇就变了声儿，她本是一个细嗓门儿的，这会儿倒成了粗嘎沙哑的烟酒嗓儿，仿佛男人声音，慢吞吞说道，这桩事有说法。妨碍在西北方向上。有一条河临空落下，水大浪高，凶险十分，要渡过此关，还得请属龙、属虎的大属相出面保驾。大龙小龙都可。鸡为凤，可请属鸡的女子，请上三三见九趟，或许有转机。翠台心里头又惊又疑，又怕又喜。正要仔细问那仙家，不料小别扭媳妇忽然竟浑身抽搐不止，再也闭口不说了。屋子里香火弥漫，院子里冷风飒飒。一时间恍恍惚惚，也不知道是在梦里，还是醒着。好半天，小别扭媳妇才慢慢平静下来，跪坐在自己脚后跟上，神情疲惫，满头大汗，水洗过一般。见翠台还跪在地下，说起来吧，仙家们都走了。声音又是平时的细嗓门儿，有点虚弱。翠台答应着，赶忙把小别扭媳妇慢慢扶起来，坐在床沿上。小别扭媳妇说，你都听见了吧。翠台点头不止。小别扭媳妇说，仙家们自在惯了，往常哪肯理会这些个儿女琐事，今儿个是见我诚心恳求，才开了金口。翠台直个劲儿说知道呀，我知道这是嫂子对我的情分，大坡也是嫂子从小看着长大的，如今把日子过成这个样子，我知道嫂子也是心疼他。小别扭媳妇叹口气说，谁让他是我大侄子呢。我嘱咐你一句，这事儿甭搁着，夜长梦多。翠台满口感激着，说家里有事心乱，成天价忘东忘西的，也没有买点供享孝敬仙家们，就留下这五十块香火钱，算是我的一点儿诚意吧。说着把钱放在香案前那个写着“如意”二字的箱子里。小别扭媳妇也不推辞，送她出来。

出门碰见臭菊正端着半盆水，哗啦一下泼在街门前。小别扭媳妇说，这大冷天的，一会儿就冻上了，小心摔跤呀。臭菊笑嘻嘻的，说我就是犯懒，半步儿也不愿意多走。臭菊拎着个翠绿塑料盆子，也不知道在洗什么，袖子挽得高高的，一双手冻得胡萝卜一样通红。翠台勉强说了一句担杖话儿，就想赶紧过去。不料臭菊却跟小别扭媳妇说，我家小子生日哩。说出来你肯定不信，我们一家三口，两只老虎，一只鸡。都说一山不容二虎，怪不得他们那父俩儿，拴不到一个槽里头。我这只鸡，天生就该给他们吃了嚼了。翠台心里一动。忽然就想起刚才仙家的话来。真是正打盹儿呢，偏偏就有人递过一个枕头来。赶忙说，姐姐你属鸡呀。臭菊说可不是。翠台说，属鸡好呀。属鸡的人都命好。臭菊就哧哧笑了，我就是爱听这个话儿。远远有人过来，叫小别扭媳妇，银花婶子，银花婶子。手里提着东西，也并不过来。小别扭媳妇赶忙应着就走了。

这边臭菊挓挲着湿淋淋的手，把嘴往那边努了努，小声说，看吧，白天黑夜不断人儿，跑肚似的。一样鲜儿，吃半天儿。该着人家发财哩。翠台抿嘴儿笑，不答话。臭菊又唠唠叨叨说了会子闲话，叫翠台家里来歇会儿呗，家里暖和。翠台说，今儿个你忙，我改天再过来串门儿说话呀。

冬日的村庄，在淡淡的阳光里卧着，安详、静谧。田野深处浮动着薄薄的烟霭。谁家地头的白杨树高高挺立着，光秃秃的枝丫，在冷风中偶尔发出低低的叫声。村里大喇叭在广播：保护环境与经济发展并不矛盾，发展经济要算环境保护的大账……无论是发展乡村工业还是开发乡村自然资源，应该树立科学发展理念，建立完善的环境保护与发展机制，应用先进实用的科学技术，把绿水青山这个最大的自然优势转化为经济优势……

大 寒

《授时通考·天时》引《三礼义宗》：大寒为中者，上形于小寒。故谓之大……寒气之逆极，故谓大寒。

大寒吟

［北宋］邵雍

旧雪未及消，新雪又拥户。
阶前冻银床，檐头冰钟乳。
清日无光辉，烈风正号怒。
人口各有舌，言语不能吐。

这个时节，天短，日头地儿就显得格外金贵。一进腊月，过事儿的多了起来。芳村这地方，娶聘的大事大多放在腊月里头。一是冬闲，人们不忙庄稼活儿，空儿多，心也闲。二来呢，腊月里头，要办年货，杀猪割肉，做豆腐蒸卷子，蒸年糕炸丸子，嘴里肚里都有油水，主家省事儿，也不费饭菜。要是放在别的时节，人们嘴里寡淡，肚里亏欠，主家就必得多破费了。自然了，还有一层意思，是趁着过年的喜庆，喜上加喜，双喜临门，图个吉祥。拐进小南街的胡同里，见广聚家大门上披红挂绿，好多气球扎起一个彩虹门，红绸子团花，在寒风里颤颤巍巍。人们出出进进，笑嘻嘻的。翠台这才想起来，广聚家要聘闺女，好像婆家是湖南的，两个人在广东打工的时候认识，是自由恋爱，芳村人叫作，自己谈的。广聚长年在外头跑着做生意，这几年挣下了钱，家里盖了新楼，大谷县城里，石家庄市里，都置了房子，在芳村也是出了名的能人。如今聘闺女，想必是要大闹的。正胡乱想着，门里出来一个妇女，明晃晃给她笑，一面叫嫂子。翠台一看，是团聚媳妇。就笑着说，大喜呀！忙坏了吧？团聚媳妇说，可不，忙得四爪不着地。又压低嗓子，撇嘴道，聘个闺女，这么大闹腾，叫钱给烧的！想学人家大全，人家那可是娶媳妇呀。翠台知道她们妯娌不大和睦，因为合伙开厂子，结下许多疙瘩。可到底人家是亲兄弟俩，抓把灰，比土也热。就不好搭腔。只问闺女婆家好呀，也挺有吧。团聚媳妇说，那还能不好？好得很，有得很。把嘴巴凑到她耳朵边来，听说她婆家那边穷得，叮当响，这千里万里的，隔山隔水，谁知道根底呢。自己谈的，全凭着人家那一张嘴哩。舌头是软的，嘴是扁的。好话儿谁不会说？翠台说，就是光景赖点儿也不怕，有广聚这边给抱着后腰哩。团聚媳妇哼了一声，这陪送，恐怕是整个芳村独一份了。一张银行卡，就是这个数。说着伸出几个指头。一套房子，一辆汽车，全套家具，四季衣裳，零七八碎还不说。翠台听一句，叫一声我的娘哎。团聚媳妇说，横竖是大伙儿的钱，不花白不花，花了也白他娘的花。正说着话儿呢，广聚媳妇送人出来，高声音大嗓门，跟人家寒暄着，说些出门的话儿。广聚媳妇穿一件大红绸子棉袄，上面绣着一闪一闪的暗金小福字，黑色阔绲镶边，琵琶扣子，七分袖，露出里面的黑色羊绒衫，下面是黑色阔腿毛料裤子，一双高跟皮靴锃光瓦亮。头发烫了又盘起来，一对翡翠耳坠，绿油油光润润，在腮边一摇一晃。团聚媳妇低声说，看见了吧？脸上那一层粉老厚，一笑就掉渣儿，半老四十了，还臭美哩。翠台见广聚媳妇还在那里跟人家说话，想着是送礼过来的亲戚六家。论起来，翠台也是该给广聚家闺女添箱的。芳村这地方，把聘闺女送礼叫作添箱。当初，大坡过事儿的时候，广聚媳妇好像是送了一个被面子，有没有送礼钱，送了多少，她倒记不清了，得赶紧回去查查那个记账本子。团聚媳妇还在絮絮叨叨说话，她也无心听了，说回去添火呀，出来这么半天，煤火怕是烧落箅子了。

一进大门，迎面碰上大坡往外走，手里拿着汽车钥匙。翠台说，去哪呀？大坡说，出去转转——查贼一样！翠台说，你要不嫌丢人你就出去转去。甭开着车昂，还不够费油的。大坡哪里肯听。出门开车就走了。气得翠台在后头骂，混蛋哩，小王八羔子！我给你爸打电话！你看我打不打！

就真的给根来打电话。根来正给猪接生，袖子挽得老高，热腾腾湿漉漉的一双手，说回去说呀，忙着哩。就挂了。翠台憋着一肚子火发不出来，在院子里转来转去，心里头热油煎着一般。嘴里骂骂咧咧的，骂大坡，骂根来，骂田庄那一家子。一只芦花鸡飞跑过来，躲闪不及，直直撞在她腿上，便又骂起那不长眼的鸡来。正骂得痛快呢，听见有人在门口哧哧哧哧笑，回头一看，却是双桥。翠台疑心她都听去了，也不好问，只有强笑着，把她往屋里让。

双桥在屋子里转来转去，也不坐下，只扒着墙上挂着的柜子上摆着的婚纱照看。一面看，一面嘴里啧啧啧啧地响，也不知道是赞美，还是惋惜。翠台说，坐会儿呗，别老立着呀。立客难打发。双桥就坐下来，摸摸皮沙发，又摸摸那大红丝绒靠垫，叹口气说，蜜一样的光景，这才几天呀。你看这。双桥说我这日日夜夜的，是坐不安，立不稳，吃不香，睡不着哇。一辈子笨嘴拙舌的，就说成了这么一宗亲事，原指望着成全好事积德积福呢。你看这。翠台说，这世上谁长着前后眼呢。双桥说，你不怨我就行。翠台说，你看你，这是哪儿的话。双桥说，论芳村这边呢，咱们是干亲，这么多年走动着，说是干亲，比那湿的都亲近。我叫你一声嫂子，就是嫡亲的嫂子。论田庄那边呢，爱梨是我亲堂侄女。比一比，一般远近。我这个媒人说话就得站在正当中，不偏不向。翠台忙不迭地说是是是。双桥说，不说前因后果，咱就事论事，就说那天夜里，小两口吵架，就算是打了骂了，再怎么都不算个事儿。天上下雨地下流，小两口打架不记仇。可是爱梨深更半夜跑回娘家去了。照说这也不算个事儿。如今小年轻的们都气性大，凡事由着性子来。可大坡也不去追不去找，自己倒是呼呼睡了。这就是个事儿了。这不是不把人家当回事儿么。翠台忙说大坡这孩子就是“肉”，你还不知道他？双桥说，大坡是我眼看着长大的，我就是看上了他这孩子心眼儿好，厚道，仁义。当初我可是拍着胸脯儿，跟田庄那边我哥我嫂子夸下了海口呀，怎么如今倒叫我这嘴里没了舌头呢？翠台赔笑道，我是不知道。我要是知道，当天夜里就得叫他去把爱梨接回来。大坡也是觉得半夜三更的，怕我着急，就没有跟我说。双桥笑道，大坡倒是个孝顺孩子。翠台说，第二天一早，我才知道他们闹别扭了，爱梨回了娘家，就催着大坡赶紧去叫了。双桥叹口气说，我那嫂子的脾气我还不知道？她就是觉得咱这边没把人家闺女放在眼里头了。在这个上头，是大坡的不是。翠台忙说是是是，趁机跟她讨主意，看这事儿该怎么往回拾一拾呢。双桥想了想，说这样吧，赶明儿不是田庄集么，找几个人，去爱梨娘家门上再请一趟，多买点子东西，多说点子好话儿，叫人家也把心里的气出一出，给人家个台阶，就把媳妇孩子给咱领回来了。翠台满口应承不已。

第二天是腊月二十，翠台早早起来，收拾停当，等着臭菊、小鸾她们过来。又督促着大坡，换上那件黑皮夹克，洗脸刮胡子，把皮鞋上一上油。大坡黑着一张脸，不说话，也不看他妈。木偶似的被扯来扯去。翠台压着一肚子火，心说个王八羔子，这是叫你上刑场呀？叮嘱他嘴巴要甜，眼皮子要活，手脚要勤快，看着爱梨她妈脸色，见机行事。还有小妮儿，多给孩子买点儿吃的。亲闺女么，肝花连着心哩。大坡嗯嗯啊啊应着，也不知道听到心里去了没有。

臭菊来了，穿一件橘红色羊毛大衣，头发弄得光溜溜的，狗舔了似的。见了翠台，就笑嘻嘻说，我这大衣还行吧？翠台说行呀，好看。人靠衣裳马靠鞍呀。臭菊说，我借的银花的。银花还有一件葱绿的，太亮了，我穿不出去。翠台心里说，又不是去娶媳妇，臭美啥。脸上却笑着说，这红的更好，显脸白。正说着话，小鸾踩着高跟鞋，咯噔咯噔进来了。臭菊啊呀一声，说这是谁家的小媳妇呀？小鸾就笑。小鸾穿一件藕荷色大衣，长长的一直到脚踝，黑色高跟靴子尖尖的锥子一样。头发烫了，一个一个大卷儿披散在肩上，云彩一样一动一闪。臭菊摸着那大衣，说老天爷，羊毛的吧？小鸾说，甭提啦，上当了。说是兔毛，你看这一身沾的。就脱下来让她们看她那湖蓝毛衣，一身的琐细绒毛。小鸾说便宜没好货，我说哪有这么好事儿呢。臭菊嘎嘎笑道，你不说，谁知道是羊毛兔毛还是鸡毛？

翠台也无心跟她们说笑，督促着大坡把东西装进汽车后备厢里。正装着呢，她婆婆过来了，扒着后备厢左看右看，嘴里唠唠叨叨，这一趟一趟的，塞人家多少东西呀。翠台也不理她，叫大坡把后备厢盖上，还有一包给孩子买的吃食，盛不下，就放在前头副驾驶上。臭菊和小鸾也出来了。翠台左叮咛右嘱咐，又把大坡叫到一旁，叮嘱了他很多话。说有信儿就赶紧给她来个电话，别叫她在家里头着急。小鸾说，婶子你把心放到肚子里。臭菊也说，就算是一块石头都该给焐热了，我就不信，他们一家子是铁石心肠？翠台看着他们上了车，沿着村东的大道，出了村子，向田庄去了。

冬天的田野，还沉沉睡着。树木的枯枝瘦瘦的，在风里微微颤动着。枝杈间有一个一个硕大的鸟窝，孤零零悬在半空。太阳不大好，眼睛半睁半闭的。天上有片片浮云，缓缓游动着，不知道是不是有雪。这一冬快了了，却还没有下雪。天旱，就怕庄稼受伤。

正立着呢，她婆婆过来，说上个集买了枣，今儿个要蒸糕呀。翠台好吃糕，每年都是她婆婆蒸了糕给送过来。她婆婆蒸的糕好吃，可就是小气，舍不得枣。吃年糕，枣少了还有什么意思呢。她怎么不知道，她婆婆这是想跟她说枣的事儿。要是在往常，她早就提前把枣买下了，给她婆婆拿过去。可是今年，家里头鸡飞狗跳的，她哪里还有这份心思。她婆婆见她心不在肝上，就说，晌午过来吃吧，刚出锅的热糕好吃。翠台说了句我吃不下，扭身就往回走。心里头怨她婆婆，心可真大，家反宅乱的，还吃年糕哩。她婆婆碰了个软钉子，怔怔立在原地，一时也说不出话来。

在家里转来转去，心里不得安生，牵挂着田庄的事，一会儿看看手机，一会儿再看看手机，过一会儿，实在忍不住，再看看手机。恨自己怎么这么沉不住气呢，又恨大坡不争气，恨爱梨忒任性。过两天就是腊月二十三了，芳村这里过小年，须得住婆家。这是老礼儿。也不知道，这个小年，爱梨能不能回来。翠台心里盘算着，过小年么，还得吃饺子。白菜猪肉的太平常，就吃韭菜的，猪肉韭菜，十冬腊月里，稀罕，也别致。还要买点儿肉焖子，买点黄瓜，生点儿黄豆芽，调个凉菜吃。爱梨就好吃这种凉调肉焖子。又忽然想起来，万一要是今儿个回来了，吃什么饭呢。炒饼？爱梨好吃炒饼，就是素炒饼，油要大一些，最好预备一棵葱，爱梨不吃蒜瓣儿，只好吃那段干干净净的葱白。要是来不及的话，索性就去街上买些烧饼馃子，回来弄个糊汤，再顺便去秋保家超市买个青儿。芳村这地方，青儿的意思，就是青菜，尤其指在汤上、卤上撒的那点儿点缀。正胡乱想着，手机却吱哇叫起来。她慌忙去看，却是二妞。二妞在电话里说，她就要放假了，赶明儿中午的车票，下午到县城，让她哥去接她呀。翠台说你可别乱买东西，家里啥都有。外头的东西死贵。又问她有伴儿没有，嘱咐她注意安全呀。二妞说知道了。就挂了。

翠台心里一时乱纷纷的。又是儿，又是女。儿女的七事八事，把她闹的，喜不是，悲不是，竟不知如何是好了。想起来她婆婆蒸糕的事儿，二妞也是个好吃糕的，就到她婆婆那院里去。

远远的，卖卷子的过来了。芳村这地方，管馒头不叫馒头，叫卷子。这卖卷子的是六指家的女婿，叫作小吉的。小吉人长得矮胖，长年吹一只牛角，呜呜呜呜的，人们听了，都知道是卖卷子的过来了。有人叫住了小吉，要拿二斤卷子。在芳村，买东西的时候，不说买，说拿。去拿半斤馃子。去药铺里拿药。去秋保家超市里拿一只烧鸡。卖东西的也说得豪迈，出门儿的话总是，缺着啥就过来拿呀。好像是不要钱似的。不知道谁家的大黄狗，在卷子车旁边跟着，尾巴翘起来，一摇一摇的。小吉一面拿卷子，一面轰它。去，去，回家去。抬头看见翠台，问吃卷子不呀婶子？翠台说，卷子有啥吃头？我要吃点心，你舍得请客不？小吉说，去呀，去秋保家拿点心匣子去，挑最大的，记我的账。旁边那拿卷子的媳妇就笑。

村南这一带都是新房子，外墙也有用瓷砖镶的，也有用大理石铺的，也有人家用玻璃幕墙，明晃晃亮堂堂，阳光落在上头，溅起一片碎金烂银。有一户人家门前挂着一个金属牌子，红底子白字，正中间画着党徽，上头写着：我家有党员，争先做模范。底下是两行小字：讲政治，讲道德；有信念，有品行；讲规矩，讲奉献；有纪律，有作为。落款是：中共大谷县委组织部制。

她婆婆家在过道口，门口对面那片空地，早先是一个居连，后来开辟成菜畦，种上菜。有几个老婆儿在日头地里坐着，揣着手，看见她过来，老远就冲她笑。说你婆婆在家里蒸糕哩。翠台说，一会儿来家里吃糕呀。

院子里静悄悄的，铁丝上晒着衣裳，都冻上了，硬邦邦的，有冰柱子冰锥子垂下来，在阳光里一闪一闪的。翠台伸手去掰那冰柱子，没有掰动。做饭屋里热气腾腾的，她婆婆正拉风箱，呱嗒呱嗒，呱嗒呱嗒，身子一仰一合的。一只鸡在门口探头探脑，见了她，贼一样跑得飞快，把靠在墙角的一把笤帚给撞翻了，她婆婆这才抬头，见是她，就说刚上大气儿，你给我抱点儿棉花秸来，咱家居连里。

芳村这地方，居连的意思，指的是房前屋后的空闲地儿。几个老婆儿还在居连旁边说话儿。见她出来抱棉花秸，说是蒸糕就得使硬火，软火可不行。这棉花秸好，火硬，好烧。一个老婆儿就问起来大坡媳妇的事儿，问回来了没有，快小年儿呀，怎么也得回来吧。翠台不愿意多说，也不好起身就走，只好敷衍她们几句。她婆婆在家里叫她，她才赶忙抽身走了。

她婆婆一面拉风箱，一面说，又是老牛他娘吧？自家还一屁股屎没擦净呢，倒爱操心别人家的事儿。翠台问她家怎么了？她婆婆说，她那孙子不学好儿，在外头胡来，那孙媳妇都喝了好几回药了，对外头瞒着呢，说是病了。问起来，只说是妇女病。翠台说，妇女病？她婆婆说，啥妇女病？心病。老牛他娘只字不提这事儿，还把旁人当傻子哪。翠台说，就是那个叫峰峰的？跟大坡差一岁。她婆婆说，可不是，大峰二峰，我也分不清是哪个峰。是那个大峰吧。老牛那么大的脾气，就是弄不住他这个小子。卤水点豆腐，一物降一物。这话一点儿都不假。翠台说老牛他娘不是最会说么，出了名的一张刀子嘴。她婆婆说，那有啥用。他们家成分高，早先是财主家，规矩大，哪里有媳妇们说话的份儿？老牛他娘，早年间也是给她婆婆治得，叫立着不敢坐着。多年的媳妇熬成婆，只说是要享一享老来的福了，谁知道这世事就变了呢。如今这世事——见翠台不接茬儿，才知道自己说话不妥当，忙装着往灶膛里添柴，呱嗒呱嗒拉风箱。婆媳两个一时无话。

她婆婆这边还是老房子，小西屋里做饭，盘着老式的灶台，安着风箱。如今芳村的人们，谁还用风箱呢。都是用液化气，要不就是电磁炉，又方便，又干净。也只有在一些上了岁数的人家里，才能见着这些旧年的老古董。翠台看这屋子，四面墙上烟熏火燎的，早就看不出模样了。水泥砌成的一个台子，用木板子隔了两层，算是橱柜，一块红绿碎花布垂下来，遮挡住里面的锅碗瓢盆。台面上摆着瓶瓶罐罐，油盐酱醋，蒙着一层灰。挨着台子的地下，有几棵大葱，两棵白菜，几个土豆，还有一个塑料袋，好像是半袋子小米，地下有一只炒菜锅，乌漆墨黑的，盖着盖子，也看不清里头是什么。她婆婆不是个好收拾的，一辈子邋遢惯了。翠台看不惯，有心给她拾掇一下，最终还是罢了。心想她那糕还不定是怎么蒸出来的呢，就只好闭着眼瞎吃吧。对着灶台的墙上，贴着灶王爷，两旁是花花纸。芳村这地方，腊月二十三这一天，是有讲究的。腊月二十三，灶王爷升天。灶王爷在凡间操劳了一年，这个时候，该送他老人家回天庭了。上天言好事，回宫降吉祥。这一天，须得吃一种食物，叫作糖瓜的。又黏又甜，说是要粘上灶王爷的嘴，叫他回天上少说人间的坏话。早些年，腊月二十三这天，家家户户送灶王爷上天，再请回新的灶王爷来，贴在灶前的墙上，待到来年腊月二十三，再送上天。可是而今，也只有上了年纪的人家，讲老礼儿，还都念着这个。年轻人们，早不管这一套了。老人们待要劝说，掂量一下在人家跟前说话的轻重，张张嘴，也只好罢了。总不能在电磁炉、液化气旁边给灶王爷安家吧。正乱想着，一个人影子在窗子上一晃，就到门前了。

根莲笑嘻嘻的，嘴里吐出一团一团白花花的哈气来，说嫂子也在这边呀，我二娘呢？翠台说，你二娘她蒸糕哩。又回头喊，是根莲，找你哩。她婆婆就添了把棉花秸，出来说，莲呀，一会儿等着吃热糕哇。根莲说，我娘叫我过来说一声，她赶明儿烙馅合子呀，叫二娘过去吃馅合子。她婆婆说，烙个馅合子还想着我，你跟你娘说，我赶明儿准去。这糕还得待会儿出锅，你是等一下呢，还是一会儿给你娘送过去呀。根莲说，我还得去广聚家包饺子去，他家聘闺女哩。就走了。

翠台看着她背影，心想这根莲倒还是胖一些好看。她那件鹅黄羽绒服，好像就是她嫂子香罗那一件，长长的一直包到脚脖子，领子上点缀了一圈雪白的风毛，被风吹得颤颤巍巍的，叫人心里痒索索，又好受，又难受。她婆婆在屋里，一面拉风箱，一面说，你三婶子这人，我俩合式了一辈子，这么多妯娌，就我们妯娌俩合式。她婆婆说你三婶子也是可怜见的，你三叔走得早，这么多年了，一个人，难免孤得慌。翠台说，这糕出锅给三婶子送几块去。她今年蒸不蒸呀。她婆婆说，蒸不蒸也给她拿过几块去。谁家是谁家的，滋味不一样么。她婆婆唠唠叨叨的，又说起了那些陈年旧事。翠台听着听着就走神了。

从她婆婆家出来，翠台心里猫抓似的，不得安生。都晌午错了，也不见大坡打电话来。莫非是出了什么岔子？拎着两块热糕，手冻得却都木了。田野里笼着一层薄薄的雾霭，那一片房子，都是养猪养鸡的人家。有人正在起猪圈，空气里弥漫着淡淡的臭味。冬天因为寒冷，这臭味还不大强烈，天暖和的时候，就叫人难以忍受了。根来穿着一身干活的旧衣裳，一双高鞫胶皮雨靴，正在猪圈里忙着。那母猪刚生产完，身子还虚弱着，懒洋洋地卧在那里，一双小眼睛，很镇定地看着它的孩子们。根来正抱着一只小猪崽灌药，那小猪吱吱吱吱叫唤着，好像掐它似的。翠台要上去帮忙，根来不让，说脏，脏着呢。翠台就去给炉子填煤球，把火口打开，把糕拿出来，放在炉子旁边的小凳子上，想了想，又拿起来揣到怀里。根来忙活完，过来倒水洗了手，翠台把糕递给他，说你娘给你蒸的糕。根来说，给我蒸的，你没吃呀。翠台说我哪里长着吃糕的嘴呀。根来看她的脸色，说怎么了又，田庄那边，有信儿不？翠台说，你那小子你还不知道？没尾巴的鹰！哪一天要是不叫我操心了，他能过得去？根来就不说话了，低头吃糕。

野外安静，风也浩大。窗子上不知道什么东西，被吹得咯唧咯唧乱响。炉子里火苗蹿上来了，一跃一跃的，贪婪地舔着壶底。水壶咕噜咕噜响着，湿润的水汽在屋子里蒸腾开来，混合着煤炭的硫黄味，有点呛人。根来忽然说，有个好事儿，听不听？翠台说，能有什么好事儿？根来说，猪价涨啦。是不是好事儿？翠台说，真的呀？根来说，蒸的呀？煮的。翠台就笑了，说那还真是好事儿。又问起到年底，卖多少猪，能赚多少钱。根来都掰着指头，一一给她算了。她越听越喜，说年底把一些人家的账还了，老欠着人家，心里头不踏实。两个人就盘算着，先还谁家的，还多少，再还谁家的，谁家不急，暂时往后头放一放。翠台说香罗的，还了她——我不愿意欠她这人情。根来说，她的多呀，不着急。她也不着急花。翠台说，那先还一点儿。根来说，一星子半点子的，倒显得咱琐碎。还不如先攒着，等够数了一下子还清楚，落个痛快干净。翠台说，我就是不愿意欠着她么。根来说，都欠了好几年了，还差这一时呀。何况她也不缺这几个钱。翠台说，是呀，人家不缺这几个钱，人家有么！大家大业的，本事大，会挣钱么！根来就不说话了。翠台说，咱借着人家的钱，在人家跟前就挺不起腰杆子来。处处得哄着人家，抬着人家。妯娌摆行的，谁又不比谁少胳膊少腿。我这光景怎么就过成这个样了呀。看见根来还在吃糕，气不打一处来，一把就把那剩下的一口糕给夺过来，啪的一声扔出去老远，那只白毛狗颠颠颠颠跑过去，一下子就叼走了。根来嘴里含着口热糕，气得一时说不出话来。翠台见他呜呜哝哝的样子，倒又扑哧一声笑了，瞪了他一眼，倒了一杯热水，蹾在他面前。根来好不容易咽下那口糕，叹道，你这个性子呀，怎么一辈子都改不了呢。

往回走的时候，大坡的电话却打过来了。翠台说回来了？你们？大坡说快到村口了。翠台急急往家走。田野寥廓，冬天的夕照下，显得格外静谧悠远。深一脚浅一脚，竟走出了一身热汗。老远看见自家的汽车从村北产业大道上开过来，离弦的箭一样，噌一下就射到了村子里。翠台的一颗心不由得扑腾扑腾跳起来。

小鸾和臭菊一脚踏进院子，翠台忙着把她们让进屋里，坐下，又赶紧叫大坡倒水，大坡却坐着不动。翠台心里恨一声，只好自己去倒了水，递到她们手里。臭菊吸溜吸溜喝了口水，说我的老天爷呀，这半天了，渴得嗓子都冒烟了。小鸾说，伸手不打笑脸人呢，爱梨她妈也真能使出来，连口水都不给喝。翠台说，到底怎么样呀。事情说下来没有。臭菊说，怎么说呢，还是那条件，爱梨她妈，咬住那条件不撒嘴。她那个爹，一看就是个软柿子，一辈子给她妈拿捏惯了的。臭菊说那张嘴，啊呀娘哎，刀子似的。小鸾你看出来没有，爱梨她妈那薄嘴唇，跟咱们村那谁家媳妇似的，嘴唇薄，说话倒是挺占地方。就是那谁家，村西头，你看我这记性，就在嘴边上，一下子倒想不起名儿来。翠台心里怨臭菊不着调，脸上还不好露出来。小鸾忙打岔道，爱梨她妈还是要那条件。说是过事儿前就提过，只说是大坡就弟兄一个，不买也就算了。谁知道事儿也过了，孩子也有了，大坡饶是挣不来钱，还这么不把爱梨当人看。这个条件就咬死了，不能改了。臭菊说，这爱梨她妈那个下巴颏儿抬的，抬头的娘儿们低头的汉，一看就不是个善茬子。翠台急得直说，这不是拿捏人么，这不是拿捏人么。小鸾说，百人百性儿百脾气，何况心里头正窝着一口气儿呢。臭菊说我就是觉得吧，自古以来，两国交兵，不斩来使。怎么说也是儿女亲家哩，不给咱倒杯水喝也就算了，出来的时候，连个出门儿的话儿都没有，这也忒不懂事儿了吧。小鸾一个劲儿朝她使眼色，臭菊却说，你甭看我，我这个人，直肠子，有一说一。翠台派我去一趟，我回来不得一五一十地实话实说呀。小鸾见她嘴浅，盛不住话，急得脸通红。翠台忙说，这大冷天的，叫你们俩白跑一趟，你看这。今个就都不走了，家里有现成的肉，咱们炖菜吃。两个人知道她心里头烦乱，哪里肯留。

送走臭菊、小鸾，回来见大坡屋门关着，推开一看，大坡正仰八叉躺着玩手机呢。翠台心里的火一下子就着了，恨道，我忙死愁死，是为了谁呀。媳妇孩子都走了，还有闲心玩手机？你怎么这么吃凉不管酸呀。就知道往你亲娘老子身上啃肉吃。你也下得去嘴哇你。大坡把一块枕巾往脸上一蒙，一动不动，也不还嘴。翠台上去照着他身上就是几巴掌，那一身硬硬的疙瘩肉，倒把她的手打得生疼。她立在地下，张着一双手，眼泪哗哗哗哗就流下来。

这个季节，天短，黑夜来得就快些。也不知道是雾，还是霾，从四面八方聚拢来，慢慢笼罩了整个村庄。路灯却迟迟亮起来。是那种苍白的灯光，好像是一只一只眼睛，在茫茫的暮色中明明灭灭的。田野变得模糊了，天空中那些横七竖八的电线，也没了痕迹。谁家的狗叫起来，懒洋洋的，叫了几声，觉得无趣，也就罢了。有小孩子在放鞭炮，噼啪一声，噼啪又一声，噼啪，又一声，犹犹豫豫的，是试探的意思，也有那么一点不甘心。翠台在门口转来转去，心里头一锅沸水一般。寒风把整个身子都吹透了，她也不觉得冷。这一辈子，她最是一个心性高要面子的人，怎么偏偏就养了这么一个不争气的小子呢。连个媳妇都拢不住，吵吵闹闹，走啊跳啊的，叫她在村子里丢人现眼。这个爱梨也是可恨，做张做智的，动不动就往娘家跑，当真就不回芳村来了？爱梨她妈，她那亲家母，看来也是一块难磕的劈柴。都是庄稼主子，谁家坐着金山银山呢。远远的，一个人影子风驰电掣过来，眨眼间到她跟前停下了。她还以为是谁，不想却是根生。这根生本来生得瘦弱，这几年倒慢慢胖上来了。根生穿一件黑皮衣，也不知道是什么动物的毛皮领子，厚厚的茸茸的，在夜色中闪着幽幽的光泽。根生说嫂子怎么在这凉风里立着呀，这么冷的天儿，当心冻病了。翠台说，我穿得厚，也不觉得冷。你这是去哪儿呀。根生说，我去我娘那边，她煮了一锅山药，叫我过去吃哩。翠台说，那可是稀罕东西。怎么，这都年根儿底下了，香罗还没回来呀。根生说，她们那店里，越是年根儿底下，活儿越多，天天忙得不行。倒是刚打电话回来。翠台说，这世上的钱哪里能够挣得完呀。根生就嘿嘿笑。说我哥哩，我哥还在猪圈里呀。翠台说，可不是，他那种活儿，就没有个准点儿。照说这时候也该回来吃饭了。根生说大坡那事儿，怎么样了？香罗她还在电话里问哩。翠台说，嗐，这点子事儿，倒还让她惦记着。还没说下来呢。根生就叹气。翠台说，你赶紧去吃山药吧，别让我三婶子等着。翠台看着根生骑着摩托车走远了，心里骂了一声，这千里万里的，倒是劳她牵挂着。咸吃萝卜淡操心。

晚上，翠台也无心弄饭，葱花炝锅，拌了一锅疙瘩汤，一家三口热乎乎喝了。大坡照例先是磨蹭着不过来，等他们吃饱了，才自己慢吞吞吃。翠台也不理他。心里头一时恨，一时又疼，看着根来那香喷喷吸烟的样子，又气得不行。找着碴子吵了一架，根来一摔门子气呼呼走了。

翠台早早起来，看着日头不错，盘算着得把二妞的被子晒一晒，好久不盖了，晒一晒去去潮气，睡着也软和。又把东屋打扫了一遍，把炉子生起来。芳村有句话，二十三，糖瓜粘，二十四，扫房子。早些年人们都是要照着日子，一样一样预备过年的。如今哪里还有这样的年味呢。大坡还在睡着，翠台隔着窗子，叮嘱他开着手机，等着电话，记着接二妞。说饭在锅里盖着哩，赶紧起来吃呀。大坡嘟嘟哝哝的，嫌她烦。翠台恨了一声。拿了一条围裙，就出去了。

村里的大喇叭在广播：做好乡村振兴这篇大文章，把三农工作作为重中之重来抓……

进了腊月，到底就不一样了。办喜事的也多起来。空气里流荡着鞭炮的硫黄味道，淡淡的，似有若无的。好像还有唢呐声，穿过田野、村庄、树木，隐隐约约漫过来，在冷冽的空气里断断续续的，一时仿佛有，一时仿佛又没有了。也不知道谁家的孩子，光着头，也不怕冷，脸蛋子冻得红红的，在大门口歪歪扭扭走着，不小心摔了一跤，咧嘴哭起来。门上已经贴了春联，大红纸上写着，天增岁月人增寿，春满乾坤福满门。一只大黑狗跑出来，围着那孩子蹭来蹭去。孩子噙着泪花，被逗得咯咯笑出声来。一个媳妇出来，一面走一面叫臭，臭蛋儿，臭臭。抬头看见翠台，笑笑地叫婶子。原来是庆丰家的二媳妇，长年在外头打工的那个，翠台都不大认得了。那媳妇烫着头发，只穿一件绿毛衣，紧紧裹在身子上，勒出一道一道的肉棱子来。翠台赶忙说冷不冷呀，几时回来的呀。那媳妇一面答着，一面把那孩子抱起来，把孩子拉屉屉。那大黑狗在孩子屁股底下转来转去，孩子被弄得痒痒，不肯服从，打着挺要下来。那媳妇又是呵斥，又是哄劝。翠台说你紧着弄孩子吧，我走呀。

刚一拐进胡同里，瓶子媳妇拎着一袋子垃圾出来，问她吃了呀不，去哪呀。翠台说去广聚家呀。聘闺女哩。瓶子媳妇说，哦，他那闺女长得俊，说是在广州？翠台说，是吧。你不去呀。瓶子媳妇说，论起来，我家他爷还认着广聚他奶奶哩，他爷跟广聚他爹，算是干兄弟，瓶子跟广聚，算是干堂兄弟。翠台说是不是，那可不远。瓶子媳妇说，远倒是不远。可亲戚们都是这样，走动着才是亲戚。早年间倒是你来我往，走动得挺好，后来呢，就走动得少了。翠台听她说得啰唆，只好忍耐问道，怎么回事呢？瓶子媳妇叹口气道，这些年，咱这边的光景不如人，人穷志气短，样样走不到人前去，显得也就不懂礼了。人家那日子红得，火炭似的。逢到事儿上，人家不递说咱，咱也不好就贴上去。倒好像是咱上赶着似的。翠台见她穿一件杏子红的小袄，腰身妖娆。心想都说这媳妇风流，也不知道是不是真的。瓶子倒真是块木头疙瘩，又没本事，这样的媳妇，怕也是消受不起。就赶紧敷衍了几句，撤着脚走了。

广聚家大门口披红挂绿，十分热闹。明天腊月二十二，是正日子。流水席开了三天了，亲戚故旧，族人村人，都来随礼，送情，帮忙。广聚杀了一头肥猪，订了两屉豆腐，鸡鸭鱼肉，时鲜菜蔬，好烟好酒，好吃好喝。人们都说广聚这家伙，这些年真是发了财了。门口停着好几辆车，威风凛凛的。地下铺了一层红红的鞭炮屑子。几个气球在风里颤巍巍的，飞过来，飞过去，活物一般，惹得几个小孩子争着去追。这时候日头越来越好了，大晴天，满村子都明晃晃的，整个是琉璃世界。

这院子地基高，高高的台阶，两旁修了花池子，这个季节，花草们都枯萎了，几个大花篮却花团锦簇，芬芳扑鼻。一进院子，迎面的影壁上贴着大红的斗方，红底子黑字，是一个双喜。转过影壁，一大溜北屋，大红丝绒门帘上，描金绣凤，是花开富贵的意思。几个妇女在院子里立着，看那些陪送，一面看，一面啧啧赞叹。芳村这地方，把嫁妆不叫嫁妆，叫陪送。广聚媳妇穿得客似的，在院子里转来转去。见翠台过来，笑着把她往屋里让。翠台说姐姐大喜呀。还不守着亲闺女多待会儿去。广聚媳妇说，早烦她烦得不行啦，一天到晚老气着我。赶紧打发出这个门子去，好叫我清静清静。旁边小令过来说，嫂子，你这是嘴上不说那心里话。赶明儿真走了，千里万里，想人家想病了，看你还嘴硬。广聚媳妇就笑。翠台说，养闺女就是这一样不好，好容易养大了，就该飞了。不像小子娶媳妇，添人进口，叫人喜欢。见小令朝着她又是挤眼睛，又是努嘴，正疑惑呢，回头一看，见粉红在后头立着，脸上不是颜色。翠台知道说错了话，想着往回拾，却来不及了。只好讪讪笑着，问粉红吃了呀不，这件绿袄颜色真好，在哪里买的呀。粉红说，在城里买的。谁叫我没本事呢，生了俩闺女，也用不着盖房子娶媳妇给人家低三下四磕头作揖。我不吃不穿给谁省着呀。翠台知道这是得罪了人家，这粉红一辈子没小子，在这个上头就容易多心，想赔个不是，心里头又气她笑话自家大坡的事儿。小令忙过来拉着粉红打岔，看她的袄，看她的鞋，问东问西。翠台趁机扭头去了东屋。

东屋里，一群妇女在包饺子。叽叽喳喳的，手下忙得欢，嘴上也说得热闹。翠台转来转去，想洗洗手。小闺就笑道，甭穷讲究了，不干不净，吃了没病。众人就说，可不是。翠台见一堆手在那里忙碌，有黑有白，有胖有瘦，也有戴着金戒指的，也有染着红指甲的。有的一边包，还一边偷空低头摁着手机。心说这饺子真是难下咽了。到底还是去厨房里洗了手，出来包饺子。

小闺穿着花格子围裙，胸脯子鼓鼓囊囊的，一面骨碌骨碌擀皮儿，一面笑骂着，说能不能慢着点儿呀，我一个人供你们大伙儿，想累死人哪。众人就笑。小闺跟翠台说，今儿个二妞回来呀？翠台说，是呀。心里却想，她怎么知道的呀。小闺说，朋友圈呀，就是那个微信，朋友圈里都有。翠台说，你可真行，还知道微信，朋友圈。我就弄不懂这些个。小闺说，这个好，方便得很，还能视频通话。说着就摁她那手机，一双手上满是面粉。翠台说，不忙不忙，等闲了再教我吧。小闺却早已经翻出来了。翠台一看，那上面正是二妞的照片，还有一行字，明天回家。回不去的，才是故乡。心里纳罕，这死妮子，怎么就是回不去的呢，明明是一抬脚就回来了嘛。真是的。再看那手机上，还有一个大大的箱子。仔细一看，正是上大学的时候买的那一个，粉色，有半人高。小闺说，怎么样，服了吧？翠台呀了一声，说这样不是人家都知道啦。小闺说，可不是，这叫作晒。如今小年轻的们都好这个。又翻出来一个给她看，这不是，我家那小子，他刚刚去理发了。是一张图片，刚子对着镜子自拍，写着，新发型，还行吧？小闺说，你也把那手机换一换，都什么年代了，还用那种老人机。傻货媳妇说，你省着钱下小钱哪。换个智能的呗。翠台说，换，干吗不换。等过了年，我也去干活呀。挣了钱，换手机。就问小闺他们厂子还添人不添。小闺说她问下老板，有信儿了就跟她说。小闺干活的厂子在小辛庄，是日工，工资俩月一结，从不拖欠。这几年，净忙着大坡的事儿了，盖房子，过事儿，伺候月子，领孩子，把一颗心都掏出来喂给他们了，狗日的们！最后落了个什么呢，是两手空空，还背着一屁股的债。翠台心里暗暗叹口气，听小闺她们鸡一嘴鸭一嘴的，说些个家长里短。

院子里早已经盘起来大灶，五张戴着白围裙，正在热腾腾地忙碌。大锅里炖着菜，这地方叫作大锅菜的。白菜、豆腐、丸子、蘑菇、五花肉、粉条，有的还要有海带，炖得软软烂烂的，是芳村这地方的传统名菜。这种红白喜事炖的大锅菜，尤其好吃入味。四周立着几个闲人，一面吸烟，一面跟五张扯闲篇儿。五张也吸着烟，烟灰长长的，也不去掸掉它，颤颤巍巍的，叫人担心会不会落进那口大锅里。地下摆着一摞一摞的碗，一把一把的筷子，有一个大簸箩里是满满的炒长果、炒葵花子，夹杂着花花绿绿的糖块。芳村这地方，把花生不叫花生，叫长果。不断有人过来抓一把，咔嚓咔嚓剥着嗑着。一院子的嘈杂热闹。包完饺子出来，翠台就往外走。小闺说，不吃饭啦？翠台说，不吃了。小闺说不吃白不吃——都干了半天的活儿了。广聚媳妇过来，招呼人们都别走呀，吃碗菜，吃碗热乎菜再走。人们有的就留下来等着吃菜。翠台本来心里惦记着二妞，却被小闺硬拽着，只好吃碗菜再走。建强媳妇说，五张，肉多不多呀。五张笑道，这，肉多不多，我哪里知道呀。冲着人们挤了挤眼。众人就哄笑起来。建强媳妇气得骂道，坏五张，我跟你媳妇说去。五张说，甭跟她说了，她没意见。人们笑得更欢了。建强媳妇冲上去，一下子就把五张的兜儿给掏了。五张叫唤着，哎，哎，哎，往哪儿摸呀这是。错啦，错啦。建强媳妇早把一个手机攥在手里了，对着众人说，看呀，还是苹果哩。咱们今儿个就让大厨师出点儿血，买了好吃好喝来赎回这手机，怎么样？人们都说好呀，拿东西来赎。夸建强媳妇手脚伶俐。建强媳妇越发得了意，立逼着五张去买。五张赶忙叫嫂子，嫂子长嫂子短，说我这儿还干着活儿哩。我先给大伙儿做饭，啊做饭。就有人自告奋勇去买，记五张的账上。五张哭丧着脸，喊叫着龙飞！胜子！死不了！手下留情哪！手下留情哪！

开饭了，黑压压一院子人。也有立着的，也有蹲着的，也有坐着的，有怕冷的，就端进屋里去吃。满院子热气腾腾，混合着浓郁的肉香。人们一面吃，一面赞叹，说香，真香。有人说，忒香了，吃着都糊嘴。有人又跟大全家过事儿比较，说还是这炖菜好，那些个海鲜，看着高级，样子货，就是个贵，也吃不出好儿来。旁边人就说，那是你吃不惯。海鲜更上档次么。广聚媳妇来回走着，招呼人们吃呀，吃呀，饭菜不强，好歹管饱哇。有人吃饱了，盛了一大碗菜往回端，说是给家里老人吃。广聚媳妇就说，够不够？再拿上俩热乎卷子呀。

吃了饭出来，一路上，小闺直个劲儿感叹，广聚真行哪。你看那炖菜里头，看不见白菜，骨碌骨碌都是肉。那会儿我叫你吃，你还不吃。翠台说，受苦的命么。赶着回家吃卷子喝白粥哩。小闺就笑。说广聚这聘个闺女就闹这么大，真是人比人得死，货比货得扔。人家闺女会投胎呀，风风光光嫁出去，婆家都得高看一眼。翠台说可不是。小闺说，你看团聚他媳妇，背地里恨得牙痒痒，在人家跟前还不是殷勤小意儿得不行。人家财大气粗么。翠台说，听说他们弟兄俩在买卖上闹意见了。小闺把嘴一撇，说亲兄弟，明算账。亲戚们搭伙做买卖，哪个不是最后闹得难收场的？弟兄也不是弟兄了，妯娌也不是妯娌了。不好看哪。翠台说是不是？

从胡同里拐出来，翠台就去了秋保家超市。年根儿底下了，街上渐渐热闹起来。在外头打工的人们陆续回来了。在邻近厂子里干活的人们，也大都放了假。迎面碰上罐子媳妇，老远就叫她姐姐。这罐子媳妇婆家跟翠台她娘家沾老亲，好吃懒做，人长得也丑，猪拱子嘴，一脸的“蚕沙”。翠台见她拿了个大海碗，问她干吗去呀这是。罐子媳妇说，打豆腐脑呀。怎么才还听见在敲梆子哩，这会儿就不见啦。翠台见她大冷天，竟然跑了一头汗，汗珠子跟满脸的“蚕沙”混成一片，心里很是看不上，说是不是？就要走。不想罐子媳妇却把她叫住了。姐姐长姐姐短，扯闲篇儿，只不说事儿。翠台说，我还得去买点东西哩，改天再说话呀。罐子媳妇这才说，是有点事儿，罐子不是在增志厂子里上班么，半年的工资，还欠着哩。大年下了，这也要花钱，那也要花钱，手头紧巴。就是想托姐姐给问一问，看能不能给咱算一算账呀。翠台说，你去问增志呗，要不就问素台也行。何苦还让我在中间费事儿呢。罐子媳妇说，可说呢，找了增志好几趟了，都碰不上。打手机也不接。翠台说，那去家里呗，素台在家呢。罐子媳妇说，说句话姐姐肯定不爱听。你家素台说话，能把人噎个跟头。人家光景好么，说话就硬气。哪里像我呀，光景不强，走不到人前去。翠台心里说，那还吃豆腐脑？端着个碗满街找。见她大汗小汗，只好说，素台就那么个脾气，说话直，不会拐弯。你还不知道她呀。赶明儿我要是见了她，帮你问一句。不过最好还是你亲自去找增志，当面锣对面鼓，也落个明白痛快。增志是厂长，厂子里的事儿，素台怕是也摸不着门儿。好像不知道哪里又有梆子声传过来，梆梆梆，梆梆梆，梆梆梆梆。罐子媳妇也顾不得问了，端着个海碗，急匆匆找她的豆腐脑去了。

秋保超市里人不多。秋保他媳妇国欣正煮方便面，屋子里好大一股味道。翠台说，哎呀，这饭食不赖。打个荷包蛋呀。国欣说，打，打，人这一辈子，别的都是假的。吃了喝了是赚头，还落下一副好肠子。翠台就笑。问秋保哩。国欣说，进货去啦。就问翠台，今儿个拿点儿啥呀。翠台踱到货架子前面，拿了两包卫生巾。国欣笑道，你还有这个哪，怪麻烦。不像我，早就干了窑啦。清净，省事儿。翠台说，你才多大呀，就这么省事儿了。国欣说，我属猴。翠台掰着手指头算了算，说不该呀。你去找耀宗看看，吃两服汤药调一调。这个东西吧，有了它嫌麻烦。早早没有了吧，也不好。国欣说管它哩，我还清净。这东西跟脚，你要出门呀，有事儿呀，它就来了。把我给恼的。我真是絮烦了。又把那两包卫生巾装塑料袋里，说，还省下买这些的钱了。两个人就笑。

从超市出来，见耀宗卫生院门前头围了一堆人。有本村的，也有外村的。一个媳妇在骂街，披头散发的，嗓子都要喊破了。翠台也无心去看热闹，扭身就往回走。心想这是谁呀，大年下的。抬头看见春米过来，怀里抱着一个大塑料袋子。见了翠台，笑笑的，问她买啥好东西了呀。翠台这才看清她抱着那袋子里是一捆子干粉，歪七扭八的一大捆，就说我能买啥好东西。你这是？春米说我去给他姑送点干粉去。他姑好吃干粉。又把下巴颏儿朝着那边一指，说看见了吧，又闹哩。翠台问谁呀这是。这么泼。春米压低嗓子说，立夏他媳妇——翠台说，立夏他媳妇？春米说可不是。立夏也是，都是自己惹下的，也不能怪他媳妇闹。翠台说，不是好了么。春米说，说是跟那边早断了。肯定是没断干净呗。这不是立夏刚回来，又闹开了。翠台说，立夏也是，放着好好的光景不过。春米说，他媳妇天天苦得不行，上亮儿，绷板儿，拉脚儿，还种着好几亩地，家里外头，顶个汉们家。翠台说，这么好的媳妇，真是人心不足了。春米叹口气说，人这一辈子，总有鬼迷心窍的时候。一时天黑走岔道，也是没法的事儿。都是各人的命，由不得。翠台见她怔怔的，说话又是前言不搭后语，因想起来她早几年跟建信的那些风言风语，就把话岔开了。

一进院子，却不见大坡。看了看，车不在，心想八成是去接二妞了。日头挺好，二妞的被子还在铁丝上晒着。粉色的底子，上面开着一朵一朵小紫花，挨挨挤挤的，十分热闹好看。阳光把那被面晒得热乎乎的，有一股子好闻的新棉花的味道。她把那被子拍一拍，又拍一拍。想了想，索性把大坡的被子也抱出来晒上，不想一只臭袜子从里头抖搂出来，她心里恨了一声。拾起来一看，却是一大团卫生纸，湿乎乎皱巴巴的。翠台一颗心忽悠一下子，蹦到了嗓子眼儿，脸上火烧似的，热辣辣一片。

一只母鸡颠颠颠颠跑进院子，后面跟着一只大公鸡，雄赳赳的。那母鸡红着脸，咯咯咯咯叫着，也不知道是求饶，还是撒娇。到底躲不过，被那公鸡一下子扑在墙角里。满院子阳光，被风吹得颤悠悠的。树枝的影子里落了一地，摇摇晃晃。翠台也不知道哪里来的火气，顺手把一个笤帚疙瘩扔过去，却没有拆散那对冤家。究竟气不过，亲自跑过去，把那一对不知羞臊的家伙轰走了。

把屋里屋外收拾清爽了，琢磨着晚饭的事儿。就擀面吧。上马饺子下马面。芳村这地方，向来讲究这个。闺女从外头回来，让她吃顿热腾腾香喷喷的肉卤子面。就把一棵白菜心细细切了，把肉切成丁，葱丝姜丝都预备好了，只等着做一锅肉卤子。和面、擀面，把面切得细细薄薄的，散晾在案子上。一面做，一面心里头还想着方才那团子卫生纸。大坡在自己跟前是孩子，黄毛吊嘴的，其实算起来，也是二十好几的人，七尺高的大汉们家，正是血气方刚的年纪，偏偏媳妇又不在身边。真是苦了孩子了。一面心疼，一面不由得恨起了爱梨来。怎么这么心狠绝情呢，一日夫妻百日恩，更何况还有个小妮儿。住娘家住娘家，住娘家的滋味就那么好受？娘家的吃饭碗就那么好端呀。

一直等到晌午错了，大坡他们才回来。翠台赶忙煮面，一面叮嘱他们洗手，叫根来回来吃饭。一家四口团团围坐着吃面，二妞不断把肉挑出来，往根来碗里放。翠台说，这是怎么了，什么时候当和尚了，改吃素了？二妞说我减肥哩。喝口凉水都长肉，真是气死我了。翠台说，一身骨架子就好看？就俊？二妞说，你不懂。翠台说，我不懂？吓！二妞又把一筷子肉夹给她爸，翠台瞪了根来一眼，说你还真吃呀。根来说，她不吃么。翠台说，她不吃？那是孩子尽着你吃。根来说，我嗓子眼粗，什么都能咽下。肉不肉的，都没事儿。二妞说，我是减肥哩，少吃碳水，不吃肉，素食主义。翠台哼一声，说那敢情好，过年你就吃素，还给家里省了。又问，啥叫碳水？二妞嘻嘻坏笑，碳水呀，就是卷子面条呀，烙饼呀。翠台说娘哎，那你还能吃啥？大坡埋头吃面，稀里呼噜的，吃得香甜。翠台看着小子结实高大的身坯，心里又是喜，又是愁，又是爱，又是恨，千种滋味，竟是一时也说不清楚。

吃完饭，翠台收拾锅碗，二妞就一样一样从包里拿东西，这个是给爸的，这个是给妈的，这个是给哥的，这个是给嫂子的，这个呢，是一只毛绒小猪，给小妮儿的。今年猪年么。翠台看着那胖嘟嘟的小猪，扎着蝴蝶结，一双眼睛湿漉漉地看人，心头又浮上了那一桩愁人的事。二妞偏偏举着那小猪过来，问好看吧？你看它那鼻子。翠台说，又不挣个钱，净乱花。二妞说过年哩，声明一下啊，这是我打工挣的钱。翠台说，甭管谁挣的钱，也不能乱花。好钢用在刀刃上，钱要花在正经地方。从小我怎么教你们的呀。根来说行了，唠叨个没完。孩子好心好意给买了，大老远给带回来，你看你。翠台说，我不愿意要东西？过年了，我连件衣裳也没买。我为了谁？二妞说，真麻烦，我一回来你们就吵嘴，不能好好说话呀？翠台说，我倒是想天天哈哈笑呢，可我笑得出来吗我。一箩筐愁人的事儿——根来冲着二妞使了个眼色，父女两个就出去了。

翠台在屋子里，一面收拾锅碗，一面默默垂泪。有一片阳光落在窗玻璃上，又反射在地下的水盆子里，闪闪烁烁的。一只鸡跑过来，冲着她咕咕咕咕说了一会儿，见她不理，又转身跑走了。那只毛绒小猪坐在一个板凳上，大模大样的，一双眼睛很无辜地看着人。二妞走进来，弯腰抱住她的肩膀，说起开吧起开吧，我来拾掇。推她出来。根来在院子里给他那辆旧自行车打气，一起一蹲，一起一蹲，那羽绒服是披在身上的，两个袖子就一张一张的，翅膀一样。翠台看了一会儿，说，赶明儿就是二十三了，怎么办呢，要不再去叫一趟去？根来把气管子靠墙立了，捏了捏那轮胎，才说，按说得叫一趟。小年么。哪有小年在娘家过的呀。翠台说，可她那妈提的那条件，不好应承哪。根来说，爱梨的意思呢？叫大坡跟爱梨说说。翠台说，爱梨心里憋着气呢。再说你那小子你还不知道？含着冻凌化不出水来。根来就拿出烟盒子来卷旱烟，烟叶子是在集上买的，好吸，劲儿也大，芳村这地方，像他这个年纪的，吸旱烟的多。烟卷是年轻人们的事。又贵，又没劲儿。翠台看着他慢腾腾卷烟，把那烟蒂把掐去，掏出打火机，点上，吱地吸了一口，慢慢吐出来，才说，得去叫。去不去，是咱这边的事儿。回不回来，是他们那边的事儿。翠台说，是这么个理儿。又说那找谁去叫呀。本家本院的这几个在家的，都惊动过了。根来说，你看呢。两个人琢磨了半晌，也没琢磨出个长短来。翠台把牙一咬，把脚一跺，说找香罗吧。我这是人穷志短呀。根来说，要不，找中树媳妇？翠台说，中树现今正在台上得势，他媳妇眼眶子高得不行，人家向来是站在高处的，被人奉承惯了，咱平时又没有巴结过人家。这个时候贸然找上门去，现上轿，现扎耳朵眼儿呀。再说，香罗到底是自家人，放着这么近的人不找，倒去请外姓旁人，香罗听说了，脸儿上也不好看。根来吸了一口烟，说是不是？翠台说，要不，你去找？根来说，我去？翠台说，你这当大伯子哥的，过去递句软和话儿，人家给你面子么。根来恼了，掐了烟起身就要走。翠台说，哎呀，真不识逗。谁让你去了，你倒是想去，偏不让你去。翠台说我亲自去找八抬大轿，把她抬过来，行了吧。根来早骑了车子，出门走了。

二妞在屋里不知道在跟谁说话，叽叽咕咕的，一会儿声音低下来，一会儿哧哧哧哧笑。见翠台进来，就冲她嘘了一声，指着手机，用口型说，视频哩。翠台知道闺女是想轰她走，她偏不走，在屋子里磨磨蹭蹭，翻翻这儿，弄弄那儿。二妞拿着手机，躲躲闪闪的，冲着她妈瞪眼睛，噘嘴，跺脚，看着不行，只好挂断了。翠台笑眯眯的，问跟谁说话呢，还不让我听。二妞说，哪有你这样的呀。这是隐私知道不，隐私！一点礼貌都没有。翠台说，噢？我进我闺女屋还得敲门呀，真是。还隐私。小时候给你把屎把尿那会子，怎么就不讲隐私啦。没良心的。二妞气得不行，跟你说不清楚。翠台见她真恼了，就过去哄她，看她发微信，凑过去也跟着看。二妞一下子就火了，说妈，怎么看人家微信呢。翠台说，有啥见不得人的呢，看看怎么了。二妞气得脸儿通红，把手机一扔，扔到床上，说你看，看吧，看个够。翠台却扑哧笑了，说狗脾气哪，说翻脸就翻脸。见闺女胸脯子一鼓一鼓的，小馒头似的，心里一动。说我可嘱咐你啊，如今外头忒乱，咱一个闺女家，凡事可要多个心眼儿。二妞穿了一件水红毛衣，肩膀子圆滚滚的，领口开得低，更显出身子的丰腴饱满。翠台说穿上，穿上袄，大冷天儿的。走路甭把胸脯子挺那么老高，一个闺女家，丑得很。二妞扑哧就笑了，赶明儿我还隆胸去呢，飞机场好看？

翠台就给根生打电话，要香罗的手机号。根生说，嫂子你没有她的号呀。翠台说我记得存了呀，肯定是弄丢了，我不会鼓捣这些个。根生说你等着呀，我给你发过去。翠台不敢说是那一回，她把香罗的手机号给删了。根生在那头说，你找她有事呀。赶明儿二十三了，我想叫她回来，她又说店里忙，走不开。翠台说再忙也得回家呀。天底下的钱那么多，哪里能够挣得完。就挂了。心里却想，香罗忙成这样，我偏偏这时候开口求她去田庄，也不知道她能不能给我这个脸。

冬天的午后，村子里安静极了。风吹过树梢，发出铃铃铃铃的金属声。阳光却还好，金丝银线绕来绕去，把村庄弄得恍恍惚惚的。天上的云彩东一块西一块，看着好像是不动，隔一会儿再看，却早变化了。东边的飞到了西边，西边的却不见了。门前头有一棵大杨树，杨树上有一只鸟窝，大而蓬松，摇摇欲坠的，在稀疏的树枝上十分醒目。往东边，原本是块空闲地，添福拿石棉瓦、碎砖头，盖了两间房，老两口住着。院墙也没有，只拿玉米秸秆、树枝子编了一带短短的篱笆墙。院子里开了一片菜畦，如今收了白菜，还荒芜着。两只大白鹅在院子里摇摇摆摆，走来走去，嘎嘎嘎嘎叫着。屋门上挂着门帘，蓝布格子，被一个小儿一会儿掀起来，一会儿掀起来，进进出出的。翠台把手机拿出来，又放进去。风又冷又硬，吹得脸蛋子生疼，心里却躁得不行。只说是好歹给大坡成了家，不想小子却不争气，离呀散呀的，闹得满天星斗。香罗这骚货还不知怎么看她的笑话哩。她们俩素来不大对付，这会子偏又求到人家的头上，真是叫人难张这个嘴哇。对面院子里一片嘎嘎嘎嘎鹅叫声，添福媳妇端着一碗饭，追着那小儿喂，追半天，喂一口，追半天，再喂一口。大白鹅趁机够着碗抢饭，添福媳妇驼着背，费力地保护她的饭碗，还是被那大白鹅啄食了几口去。气得骂起来。那小儿却喜欢得拍手笑了，说鹅、鹅、鹅，你吃、你吃。那鹅受了教唆，挺着高高的脖子，又去抢饭，添福媳妇说，臭狗儿，臭狗儿，鹅吃了就没有你的啦。抬头看见翠台，说吃了呀不？翠台说吃啦。臭狗儿跟着你们哪？添福媳妇说，可不是，人家爸人家妈都忙，忙着挣钱哩。年根儿底下了还不回来。赶明儿就二十三了呀。翠台说真快，二十三了。添福媳妇说，臭狗儿淘气得不行，我都快领不了他了。翠台说，我添福叔哩？还给人家烧锅炉呀？添福媳妇说，可不是，他不烧锅炉，吃啥喝啥？添福媳妇说，光这么个臭狗儿，就是一笔开销哩。翠台说，叫俩小子出养老呀。添福媳妇摇摇头，说但凡能走能跳，谁愿意花孩子们的钱呀。翠台说，养儿防老，不花他们的花谁的？添福媳妇说，话是这么说。说你看我跟你叔，苦了一辈子，盖了两处新房子，谁知老了老了，倒搬到这大野地里来住了。翠台说，如今还不都是这样？臭狗儿哇地哭起来，添福媳妇慌忙问，怎么了，狗儿？狗儿？

在院子里转来转去，到底不得主意。又钻进东边厨房里，靠着炉子坐下。炉子封着，上头温着一壶水，发出噢噢噢噢的响声，好像是一个人在叹息。日头渐渐转到屋檐后头了，只把一小片光落在窗子上，窗台上摆着香皂盒，牙膏、牙刷竖插在玻璃杯子里。那玻璃杯子被照得明晃晃的。窗台上还有一个绿的塑料小碗，上头画着一只小熊头。小碗是小妮儿的，如今都蒙上了一层灰尘。翠台看着那小碗，小熊的眼睛哀哀地看着她，像是有一肚子话要说。翠台心里酸了一下。她暗自咬了咬牙，拿出手机，一下子就拨出去了。电话那头却是嘟嘟嘟嘟的忙音，没有人接。翠台就挂了，一颗心却渐渐松下来。看来，香罗正忙着。俄延了一会儿，到底又拨了一回，心里头像是有十五个吊桶打水，七上八下的。这一回竟然通了。香罗的声音在那头说，喂——细细的，软软的，拐着好几道弯。翠台忙说，是我——翠台——香罗那边就哦了一声，嫂子呀，你怎么这么稀罕哪，忙不忙？年根儿底下了，年货都预备好了吧。翠台听她说得亲热，略略放下心来，就叹了口气，说香罗呀，你也不是外人，我也不怕你笑话。我这个年，怕是难过哇。就哽咽了。香罗在电话那边吓了一跳，连着声叫嫂子，问这是怎么了，出什么事啦？翠台抽泣了一会儿，就说了。香罗说，嫂子你甭着急，多大点子事儿呀。我把这边的事儿交代一下，这就回芳村去。有话咱们见面说。

水壶在炉子上坐着，发出呜呜呜呜的低鸣，壶盖被蒸汽弄得一顶一顶的。屋子里渐渐笼了一层薄薄的水汽，湿润润，雾蒙蒙，屋子里好像也暖和起来。二妞撩门帘进来，嚷嚷着饥了，问有吃的没有。翠台没好气道，才撂下饭碗，背着饥布袋哪？二妞东翻西找，抓了把长果就咔吧咔吧剥起来。翠台说，刚扫了地，你看你。二妞就坐到炉子跟前去，把长果壳子扔到炉灰堆里。二妞长得高大，只这一点就叫翠台喜欢。芳村有句话，爹矬矬一个，娘矬矬一窝。翠台姊妹个子都不高。谁想到呢，生了个二妞，倒是个大个子。二妞先前只是单薄，显得更是长胳膊长腿。这两年倒发变了，饱满结实，有模有样的了。二妞吃着长果，一面吃，一面看手机。翠台说，那上头有花呀？看把你迷的。二妞说，你不懂。妈，要不你也换一个智能的吧，咱们就能视频了。翠台说，我有钱烧的呀？二妞说都什么时代了，真是老脑筋。翠台说，你妈我就是老脑筋，一个庄稼主子，吃饭干活是正经，成天价弄那些个东西，有啥用？娘俩儿正说着话，手机响了，翠台一看，是香罗。香罗说她快进村了，叫她赶紧过去一趟。翠台慌忙应着，就去了。

出门走了不远，刚拐进香罗家那条过道，就看见一辆车远远开过来，箭一般飞快，车子过处，扬起一片飞尘。翠台还没来得及往旁边躲，只见那窗子缓缓摇下来，香罗露出半张脸，说上来，上来呀。翠台说，啊，你回来了呀，这么快。翠台说就这两步道儿，我就不——还没说完，就被拉上去了。车里很宽敞，香喷喷的，也不知道是香罗身上的香水，还是车里熏了香。暖气也开得足，一阵一阵香风，把她弄得晕头转向。低头一看，只见香罗竟然光脚踩着一双皮拖，脚面上却围着一圈雪白的绒毛。裙子也是薄薄的，偏开衩处露出一条白腿来。正恍惚着呢，却到了。两个人下了车，早有根生在门前等着了，叫她们赶紧屋里去，外头冷，他把后备厢打开，从里面拿东西。

两个人进了屋，香罗仍然披着那件貂皮大衣，把鞋子一甩，却卧在沙发上，说这村里跟城里，得差好几度哇。冷，真冷。根生拿了两罐热露露过来，递给她们。香罗一面丝丝哈哈喝着，一面说，管儿哩，给嫂子拿根管儿来。翠台说我不喝不喝，甭忙了。香罗说，我原想着拉上你，咱俩一块去，就是大坡他丈人家——翠台忙点头说，嗯。香罗说后来我想了想，还是我一个人去，顶多再叫上一个，俩人有个伴儿。你先不动。翠台说，嗯。香罗说，你是婆婆，是长辈，身份重，不能轻易出这个面，当婆婆的跑来跑去的，脚步不值钱，倒叫人家看轻了。翠台说对对。香罗说，至于再叫个谁，我的意见是找家里头的，不惊动外人，一是这事儿急切，临时抓人不好抓，二来呢，万一有什么，也不至于嚷嚷得满村风雨的。这种事，毕竟是——香罗仰头把露露喝完，就不说了。翠台说，你说的是。那咱找谁呢？这棘手下霜的。香罗说，要不就根莲？翠台心想根莲好是好，就是嘴拙。不过有香罗呢。就说好哇。当下就让根生给根莲打电话。这边香罗又说，东西得带，还得多带，我都预备好了，城里买东西也方便。就让翠台去后备厢里看。她自己在屋里换衣裳。

翠台出来，见后备厢开着，好像是一张大嘴，上嘴唇掀开，只见里头塞得满满当当，鸡鸭鱼肉，烟酒饮料，新鲜水果菜蔬，两桶花生油，两袋子香米。层层叠叠的。翠台看得眼花缭乱，心里飞快计算着，这么多东西，得花了香罗多少钱。算着算着，背上就算出一身细汗来。腊月里，天短，太阳已经隐没到树梢下面了，西天上，一片晚霞火红，把周围的云彩都给染了。树梢上，一重烟气渐渐升腾起来，汹涌着，缭绕着，不知道是雾，还是霾。正乱想呢，听得香罗在屋里喊她。赶忙过去了。

香罗早已经打扮停当了，立在镜子前面，叫她看好不好。香罗换了一件玫瑰红羊毛裙，外头穿一件黑色羊绒大衣，头发盘起来，两只金耳坠叮当乱响。问翠台裙子是不是太红了？首饰呢，金手镯、金项链是不是太土气了？翠台说挺好挺好，红的好，喜庆么。金子更好，金子富贵，你压得住。香罗看了一眼镜子，就笑，好好好，又不是当新媳妇。管他娘哩。再磨蹭来不及了。就出门上车，去接根莲。

翠台眼看着她们姑嫂两个车走远了，才慢慢回转来。

村里大喇叭上正在唱丝弦：万岁爷金殿传口旨，他命我寇准断潘洪。我若是杀了这潘仁美，万岁的心事看得清。我若是赦了这潘仁美，八王爷他岂能把我容。这天大重担交给我，两条龙相斗我在当中……

西边天空上，晚霞渐渐消失了。只留下一小片云彩，蘑菇一样，层层叠叠铺排着。暮色笼罩下来，雾气似乎更浓了。风又冷又干，在树梢上吹过，发出萧索的声响。远远的，有人过来，一时看不清，却听见那人在叫她。她婆婆里三层外三层，裹得粽子似的，越发显得矮小肥胖。翠台说，黑灯瞎火的，去哪儿呀这是？她婆婆说，叫去啦？就她们俩去了？翠台嗯了一声。婆媳两人深一脚浅一脚往家走。她婆婆一路唠唠叨叨的，一会儿怨爱梨不懂事儿，一会儿怨爱梨她妈嫌贫爱富势利眼，一会儿又怨去叫的人不得力，三趟五趟都是白白磨了鞋底子。翠台听得越发烦乱。拐进过道的时候，哎呀一声，一块砖头绊了一下，气得她飞起一脚就要把砖头踢开，却把脚崴了，一时间疼得抬不起来。她婆婆说，你看这，你看这。急得转来转去，热锅上的蚂蚁一般。翠台只好强忍着疼，一瘸一拐地进了家门。二妞过来问怎么了，翠台说，没事，没那么娇气。灯下一看，却见脚面都肿了老高，馍馍似的。她婆婆叫了声老天爷，忙着找白酒，要给她喷一喷。翠台说甭忙活了，没大事儿。她婆婆说，这大年下的，瘸着个腿，可怎么好哇。非得要到卫生院去叫耀宗看看。翠台说，我心里有数，甭麻烦了。她婆婆见她不肯，只好算了。说是后晌在你三婶子那边坐着说话，根莲今儿个煮肉哩，给她娘送过去一大碗拆骨肉，叫她甭做饭了，馏卷子，就着拆骨肉吃，熬的小米粥。根莲那几年日子紧巴，这二年倒慢慢好起来了。

根莲干活泼辣，肯吃苦。她女婿有子却懒得不行，年年过年都舍不得割肉，等着她哥嫂给——说是这二年有子倒在外头挣了钱了？二妞就噗地笑了，奶奶你说话能绕二里地。做奶奶的叹口气，老啦。絮叨了。话也说不到点子上。又说起怎么叫她们姑嫂俩去了？香罗还行，根莲这闺女，是能上得了台面的人么？笨嘴拙舌的，别把事儿给弄砸了。翠台心里嫌她啰嗦，脚又疼，脸上就没有好颜色。她婆婆还只管絮絮叨叨的，说个不休。翠台就岔开话题，问芬儿今年回来吧，初几回来，是一家子回来呀，还是就她跟小宋回来。提起芬儿，她婆婆果然就精神起来。说芬儿前几天打电话来了，说是初二回来，这几年，年年都是初二。他们一家子回来，一家三口，开着车，一路就开到家门口了，还能冷到哪里去。芬儿是根来的妹子，翠台的小姑子，大名叫根芬。从小念书就好，一路往上考，最后考到省城里，在城里结了婚，生了孩子。这根芬是老生闺女，又走得最远，她婆婆偏疼得不行。每年根芬回来，都是一家人的大事。翠台见她婆婆欢天喜地的样子，心里疙里疙瘩的，也不愿意接话茬，想到底是疼闺女，小子媳妇天天守着，也比不得。俗话说远香近臭，竟是对的。正说着呢，根来却骑着车咣当咣当回来了。一进屋，愣了一下，说今儿个这么齐全呀。翠台说，大坡那一家三口，就剩下他一条光棍了，你哪只眼睛看出齐全来了？根来被她噎了一下，强笑着说，看你这张嘴。她婆婆见儿子受了媳妇的委屈，嘴巴撇了一下，脸上老大不自在。一家子人一时无话。

二妞从手机上抬起头来，忽然问道，妈，今儿晚饭吃啥？翠台说吃吃吃，就知道吃，我拿这脚腕子给你做饭呀。二妞吐了下舌头，一溜烟进屋里去了。根来忙过来看她的脚，问怎么弄的，就要去卫生院拿药。翠台说，甭去了。你赶紧弄点儿饭吧。根来迟疑了一会儿，就去了厨房。

婆媳两个都不说话。她婆婆那袄的前襟上不知有什么脏东西，低头搓来搓去，弄个不休。翠台怎么不知道，她婆婆这是不高兴了，嫌她说话冲，噎了她那小子，而且，还是当着她这做娘的面。翠台明知道，也懒得哄她。她婆婆就是这样，一辈子护犊子，还说不得一句碰不得一下了？她婆婆搓了一会子衣襟，就出去了。屋子里只剩下翠台。这屋子是客厅，没有装暖气，清冷清冷的。沙发是皮沙发，又宽又大，带着拐角，那边是一只长榻。芳村这地方，皮革不是稀罕物件。皮夹克、皮鞋、皮包、皮椅、皮沙发，保准都是真皮。谁家孩子结婚，不弄一套真皮沙发呢。这一套说是南方那边的家具厂定做的。芳村的这些厂子，跟外头那些家具厂都做着买卖，这个也容易。灯光把她的影子印在墙上，那墙贴着壁纸，上头挂着大大小小各式各样的婚纱照。大坡穿着黑色燕尾服、白衬衣，打红领结。爱梨穿着白婚纱，露出半个胸脯子和肩膀。大坡穿着长袍马褂，戴着金丝眼镜，爱梨穿着红袄红裤，梳着髻，鬓角簪一朵红花。两个人一会儿脸对脸看着，一会儿又背靠背立着，还有一张，爱梨半低着头，大坡竟然是单腿跪在地下，嘴里叼着一枝玫瑰花。每一回看见这个，翠台就心里恼火得不行。这算什么呢。有句老话，男儿膝下有黄金哪。大坡跪天跪地跪父母双亲，千不该万不该，跪在自己媳妇面前。还有没有规矩礼法了？还有一张，是小妮儿的百日照，穿着粉纱泡泡裙，白白胖胖，笑得像个小佛一样。翠台心里又是疼了一下。那块小肉在怀里是抱惯了的，热乎乎粉团团，乍一离别，真觉得空落落的难受。

院子里，夜晚已经来了。院灯开着，照得一院子灯火通明，四下里更显得昏黑一片。风更冷了。吸一口，好像是满心满肺都是冰碴子一样，叫人不由得打了个寒噤。东边的厨房里，根来在切白菜，他娘在剥葱，嘀嘀咕咕的，话说得稠密。见翠台过来，就不说了。翠台说，弄啥呢？根来说，馏卷子，熬点稀饭，炒个白菜吧？翠台却说，冰箱里还有肉没有？根来说，没了吧。怎么？白菜炒肉？翠台说，我是琢磨着，一会儿她们回来，还叫人家回家去吃饭呀。根来说，谁们？她婆婆赶忙说，不是去田庄了么，香罗和根莲她们姑嫂俩。赶明二十三了，再叫一趟去。见根来发愣，又说，是半后晌去的。也不知道，这会子怎么样了。根来看了翠台一眼，翠台故意不看他。他肯定是在问，怎么忽然就转过这个弯儿来了，谁去找的香罗。根来把切好的白菜放在一只塑料浅筐里，说好呀，开车也快，从芳村到田庄，一脚油门的事儿。根来说那啥，其实如今不是早些年了，早些年人们嘴里素，觉得肉就是好的，如今生活都高，人们倒更稀罕素净的了。一会儿要是她们回来，要不就干脆摊面皮儿吃，砸一头蒜，弄点香油醋蘸着吃，她们保准喜欢。翠台哦一声，她们？主要是一个人吧。横了根来一眼。问她婆婆还有萝卜没有。多放点萝卜丝好吃。她婆婆说，有有有，就起身回去拿。根来在后头嘱咐，甭着急呀，黑灯瞎火的。

锅开了，根来拿两根筷子，把箅子取出来，又忙着淘米。翠台说，煮大米吧，小米好跶锅。跶锅是芳村这地方的土话，就是煮粥的时候，米粒子飞到锅沿上，飞到箅子上，黏糊糊弄得哪都是。根来就依了她，把一勺大米煮了，又把箅子放锅里，把卷子又摆整齐，盖上锅盖。翠台看他笨手笨脚的，扑哧笑一声。根来说，总算笑了。看那嘴噘的，能拴住一头驴。翠台说，我这是穷乐。还能怎么着，总不能找根绳子就上吊去。根来呸了一口，说你这是啥话呀，大年下的。翠台就不说了。锅盖被水蒸气顶得一起一起的，当，一声，当，又一声，当，又一声，很快就当当当当响个不休。翠台一瘸一拐过去，把锅盖错开一条小缝，立刻就安静下来。根来看了看外头，说怎么还不回来呀。照说该回来了。翠台说，八成是说不下来。根来说，说不下来也该回来了呀。李家庄村西那条路，好像是在修哩。翠台噢了一声，拉着长音，看着根来。根来说，我的意思是说，她们恐怕得绕一下，从北风村那边绕一下，就远了。翠台只是看着他笑。根来就越发急了，说怎么了，这话没毛病吧？翠台说是呀，没毛病。眼睛看着他，却不笑了。两个人沉默了一时，都不说话。根来立起来刚要出去，他娘却回来了，抱着一根大白萝卜，颤颤巍巍的。一头白发被风吹乱了，有一绺在前额飘啊飘。根来忙过去接过来。他娘还拿过来一个礤床子，擦萝卜丝离不了这个。他娘走得呼哧呼哧的，有点气喘。根来埋怨道，着啥急呢，一时半会儿也回不来。他娘说，我是个急性子，凡事都赶在头里，宁愿叫饭等着人，也不愿意叫人等着饭。说着就洗手，要洗萝卜擦萝卜。根来忙拦住她，叫她歇着吧，他自己就动手忙起来。翠台从旁看着他们娘儿俩叽叽咕咕的，心里烦闷，就蹒跚着，慢慢往外边去。

大街上，路灯已经亮起来了，一点一点的，仿佛萤火一样，浮在苍茫的夜色中，显得又孤单，又微弱。村庄静悄悄的，偶尔有一两声狗吠，引得几只狗都跟着汪汪汪汪叫起来。不知道谁家的孩子，哇哇哇哇哭着，哭得委屈，不依不饶的，想必是挨了大人的打。田野里雾腾腾一片，神秘的，旷远的，在寒风中瑟瑟沉默着。一只老鸹嘎的一声，嘎，又一声。再要仔细听时，却不叫了。这时候，村里的大喇叭却叫起来，喂，喂喂，喂喂喂，不知道是谁在试话筒。忽然间那声音就响亮起来。大伙儿注意了，大伙儿注意了，赶明儿后晌，赶明儿后晌，村委会门口有卖卫生纸哩，村委会门口有卖卫生纸哩。物美价廉，物美价廉。谁买卫生纸谁就来昂。谁买卫生纸谁就来昂。声音有点耳熟，却一时想不起来是谁。

一道灯光刷地打过来，叫人睁不开眼。是一辆车远远开来了。翠台心里一跳，正疑惑间，那车早在她门前停下了。香罗打开车门下来，紧跟着是根莲。翠台说，老天爷呀，怎么才回来，急死人了。就把她们姑嫂二人往家里让。

香罗的高跟皮靴橐橐橐橐走得清脆，根来从厨房里出来，手上还拿着半个萝卜，翠台狠狠剜了他一眼，香罗就笑道，根来哥这是忙啥呢。翠台忙说，这不在给你们摊面皮儿么，说你好吃面皮儿。香罗哎呀一声，这可是稀罕物，多少年不吃啦。翠台说，你哥真厉害，一猜一个准儿。大家都笑。

在屋里坐定，香罗喝了半杯水，才细细说起了去田庄的事。

姑嫂两个人到那里，已经是傍晚了。要在平时，街上人不多，这回偏偏是傍晚人们下班的时候。香罗的红色小车开进田庄的时候，惹得不少人来看。打听爱梨家，就有孩子在前面跑着带路。车子一停在爱梨家门口，早有好事的人们去通风报信了，说是爱梨婆家来人啦，开的那车，惹眼得很。香罗偏偏当着众人，把后备厢里的东西一样一样往外搬，一口一个婶子大娘，大伯大哥，麻烦他们帮着搬进爱梨家去。人们嘁嘁喳喳议论着，香罗从一个袋子里拿出花花绿绿的巧克力糖分给孩子吃，又拿出中华烟来，递给那些男人。爱梨她妈出来了，香罗忙上前去，抓着她的手，赶着叫姐姐。说我是大坡他婶子，今儿个来呢，是接爱梨她们娘儿俩回家去。也是过来认认门儿，看望看望姐姐，咱们姊妹们说说话儿。当着众人，爱梨她妈就不好意思再拉长着脸，伸手不打笑脸人么。把她们两个让到屋里坐下，倒了杯水，爱梨她妈就东拉西扯，说一些个家常闲话。香罗说，姐姐呀，我知道你心里有疙瘩，今儿个就咱姊妹俩，你说出来，我帮着你拆一拆解一解。爱梨她妈说，她婶子，你也不是外人，一笔写不出两个刘么。我还是先前说的那个条件，这个不能改了。大坡那性子，钱又挣不来，往后我爱梨怎么过呀。甭怪我心硬，我也是为了我闺女。香罗说，赶明儿就二十三了，哪有小年在娘家过的呀。叫人家笑话。这样行不行，今儿个我先把她们娘儿俩接回去，有啥事儿咱们再坐下来慢慢说。爱梨她妈说，她婶子，我们当老人的，还不是操心孩子们，生怕他们过不了？我就是做不了爱梨的主，这闺女看着笑笑的，性子犟得很。女大不由娘哪。香罗就说爱梨呢，怎么不见爱梨呀。爱梨她娘说，去她妗子家了，她妗子家闺女这两天过事儿哩。香罗就明白了，爱梨这是故意躲了。看着对方不吐口，就告辞出来，说爱梨她们娘儿俩在你这儿，叫你受累了哇。孩子有什么事儿，就打电话。把她爷奶想的，什么似的，这是刘家的命根子心头肉呀。爱梨她妈说吃了饭再回吧？香罗说不吃啦，我得赶紧回去，我哥嫂子一家子还等着信儿呢。

翠台她婆婆叫了一声老天爷，说，那么多东西就白喂了呀。香罗笑道，二娘，怎么就是白喂了呢，爱梨她妈从进门到出门，都客客气气的，没说一句过头儿的话。香罗说她又把这事儿推到爱梨头上了，这是有点松口了。翠台她婆婆说，还不是推来推去的？到了一句囫囵话儿也不给。翠台说，她先前爬那么高了，这一时半会儿也不好下来。往爱梨身上推也没差。香罗说，我看呀，还得是你这当婆婆的亲自出马。给他们架一个梯子，好叫他们爬下来呀。翠台她婆婆说，赶明儿二十三，就拦着闺女在娘家过了？千年古代，见过这样的没有？香罗说，婶子呀，这都什么年代了，哪还讲究那么多的老礼儿？这是离得近，要是考出去了，到了国外，千里万里的，还要赶回芳村来过二十三哪？翠台说，你看，光顾着说话了，还没吃饭哩。今儿个谁都不能走，咱们吃摊面皮儿呀。根莲说，嫂子，我就不吃了，我去他奶奶家接虎子，还得逼着他写作业哩。香罗说我也不吃了，赶明儿还得回城里去，店里头一大摊子事儿，正是忙时候。翠台说，都这么晚了，回去也得吃饭呀。把根生也叫过来，吃了再回去。正说着，香罗的手机却响了，根生问她们回来了没有，饭做好了，等着她回去呢。香罗指着手机，笑道，看看，都做好啦。又不是外人，真是的。等你这一堆烦心事弄清爽了，咱们再坐下来说话呀。好说歹说，还是走了。

翠台看着她的车一溜烟开远了，还在风里怔怔立着。天上黑黢黢的，没有月亮。星星东一颗，西一颗，一闪一闪的。风从野外吹过来，寒冷刺骨，把村庄都吹彻了。路灯还孤单地亮着，跟天上的星星遥遥呼应着。不知谁家在训孩子，高一声低一声的，那孩子便哇哇哇哇哭起来。对面添福家窗子里透出灯光来，大白鹅偶尔呱地叫一声。夜越发安静了。这个季节，田野里空旷，没有庄稼的遮挡，远远可以看见邻村人家的灯光。芳村往东，跟苌家庄交界的地方，是一片老坟地，栽着很多柏子树。一阵寒风吹过，翠台不由得打了个寒噤。

厨房里热气腾腾，根来已经把菜炒好了，正往吃饭桌子上摆。那半盆子萝卜丝还放在那里，半个萝卜在礤床上歪着。她婆婆也帮着盛稀饭，一箅子卷子，碱大，又馏过多回，龇牙咧嘴的。根来说吃饭吃饭，天儿冷，一会儿都凉了。叫二妞，吃饭啦。二妞耳朵里戴着耳机出来，坐下就吃。根来说洗手去，还在外头念书哩，不讲卫生。二妞就笑嘻嘻洗了手。翠台她婆婆说，大坡哩？翠台说，甭管他。没尾巴鹰。她婆婆就说给他拨点菜出来，要不就等他回来摊面皮儿吃。翠台说，他还是功臣了？还摊面皮儿。根来说怎么也是吃么。都弄出来了。翠台说，你倒是手快。平时黏黏糊糊的，肉得不行。根来不说话，埋头喝稀饭。她婆婆也不说话，只吃了小半个卷子，半碗稀饭，就说饱了。二妞摇头晃脑的，一面吃，一面听歌。翠台踢了踢她板凳腿儿，说吃饭就好好吃饭，天天戴着个耳机子，像什么样儿？二妞看了看她妈的脸色，吐了吐舌头，就把耳机子摘了。

一家人吃罢饭，她婆婆要回去，翠台跟二妞说，送你奶奶过去吧，黑灯瞎火的。二妞磨蹭着不动，根来说我送吧，我也得去看看猪。娘儿俩就往外走。到了门口，根来又停下了，说，那萝卜丝也擦好了，要么就干脆摊几个，给香罗送过去？翠台说好啊。那你快点先去伺候好你的猪吧。根来故意咳嗽着，没理她。

一面收拾碗筷，一面心烦意乱。水管里的水冰冷刺骨，她又把壶里的热水兑了一点儿，恨恨地，把锅碗弄得叮当乱响。根来这不要脸的，大男人家，心却是绣花针一样。吃不了，还得兜着走。真是周到细致哇。方才，她有心说，伺候了你那些猪，再去伺候你那心尖子上的人。想了想，到底是把后半句咽下了。当着她婆婆，这话忒不好听。她再气恼，也不是一个不知轻重的人。也不知道，今儿个在田庄，爱梨她妈都说了些什么，左右不过是她这做婆婆的不是，还能说出什么好话来。这一回，可真是叫人家看了自己的笑话了。她想着香罗汽车后备厢里那些个东西，想香罗真是有了，有了钱，也显得会做人了，会出礼儿了。说一箩筐好话，还不如给人家一箱子鸡蛋哩。爱梨她妈也是个财迷的，受了这些东西，还不知怎么乐呢。她得问问香罗，总共花了多少钱，她再没有，也不能在这个上头叫人家小看了。

刚收拾好锅碗，大坡就回来了。汽车前灯明晃晃的，把院子照得雪亮。喜针家的狗受了惊吓，汪汪汪汪叫起来。翠台心里恨了一声。好半天，大坡撩开门帘进来，带进来一股子寒气。翠台本不想理他，见他趔趔趄趄的，惊问，你喝酒了？大坡不说话，只是嘿嘿嘿嘿笑。翠台恨道，在谁家喝的，怎么喝成这个样子还敢开车哪？大坡说没事儿，没事儿，我这技术——好——好着哩。翠台见他舌头都硬了，说话结巴，心里的气不打一处来，骂道，媳妇孩子走了，家都要散了，你还有闲心灌马尿去？你眼瞎心也瞎呀。你爹妈为了把媳妇给你叫回来，就差给人家磕头下跪了！你个没出息的东西。大坡说怎么了这是？不就是走了么，走，她走，走了就甭想回来。翠台说，好，好样的，有本事，有能耐，像你那亲爹的好小子。你要是想要我早死，你就这么拿刀子往我心窝子上戳！我为了谁呀，唵？我一辈子吃苦，怎么就落了这么个命哪。说着就哭起来。大坡见他妈这样，酒早醒了大半，蹲在地下，抱着脑袋，把头发揉得乱七八糟，一根接一根吸烟。二妞出来，看看她妈，又看看她哥，拧了一把热手巾，递给翠台。翠台不接。二妞没法，就替她擦了脸。不想那脸上泪越擦越多，越擦越多。二妞一时就慌了。翠台索性就拿毛巾捂了脸，呜呜呜呜痛快哭起来。

正乱着呢，忽然听见外头有脚步声，有人在院子里问，有人不哎？嫂子？翠台赶忙把眼泪擦了，应道，谁呀？小令撩开帘子进来，穿一件碎花袄，头发好像是新烫了，鸟窝似的顶在脑袋上。小令说真冷呀，这天。翠台说可不是。你吃了呀不？小令说吃了，家里就剩下我一个了，一个人吃饱了全家不饥。翠台说，喇叭哩？还没回来呀？小令说快了，说买的是腊月二十五的车票，干了一年，怎么也得等着把工资拿到手哇。翠台说是不是？喇叭能干，能吃苦。小令说，还不是卖苦力？这个年纪的人了，成天价这儿疼那儿疼的，添毛病的年纪啦。翠台说，可不是，年纪不饶人么。小令说那啥，我过来呢，是想商量一下，叫唤家那个老二，不是过事儿么，这拜钱怎么掏哇？翠台说，咱随大流呗。小令说，为了宅基地的事儿，那年跟叫唤闹得不强，他媳妇见了我也爱搭不理的。翠台说，我记得是前年的事儿了。小令说，是前年。依着我，就不想过去给他这个脸。翠台说，沾亲带故的，抬头不见低头见，还能一辈子不说话了哇。不如就趁这个场合，过去一下，这事儿就算过去了。小令说，我就是咽不下这口气。他们欺负人，咱还上赶着去舔屁股去？翠台心里说，你不去就不去，来我这儿说这个干吗呢。就不说话。小令说，我人穷志不短，我就有这个志气，你信不信？翠台说，多大的事儿呀，弄得仇人似的。小令絮絮叨叨，翻来覆去还是那些个车轱辘话。翠台嫌她烦，就不肯再劝她。又说了一会儿别的话，小令就问起了大坡的事儿。翠台知道她是非多，也不愿意多说，支吾了几句，就应付她走了。

夜里，根来回来的时候，翠台还没有睡着。养猪这事儿，是个辛苦活儿。又脏又累不说，还离不得人。春秋两季，不冷不热的时候，根来常常就睡在猪圈里。夏天就不行，一是太热，二是蚊子忒多，还有一个，臭得厉害。冬天呢，又太冷，猪圈在野地里，风硬天寒，白费了炉火。这几年，根来眼见得瘦下来了。翠台在黑影里躺着，眼睛睁着，脑子里却是走马灯似的，乱哄哄闹个不休。根来在旁边悄悄躺下了。知道她没睡，一只手伸过来，被她一巴掌打回去。根来说怎么了这是？谁又惹你了？翠台不说话，翻了个身，把个后背给了他。根来说，行了行了。有个好事儿，听不听？翠台说，能有什么好事儿。根来说你听不听吧？翠台说，想说就说，不想说你就憋着。根来说，你看看，你看看。一只手就又伸过来。翠台恼了，有事儿就说事儿，烦不烦呀。根来说，赶明儿，城北的老张，来收咱的猪啦。翠台说，涨了？根来说，那当然。翠台说，这回出多少头？根来说，十来头吧。根来就掰着指头，一五一十给她算起来。翠台听得心里喜欢，两个人算来算去，越算越睡不着了。根来的手又伸过来，这一回，翠台没有推开他。

腊月二十三这一天，天半阴着。风不大，却十分凛冽。大地被一层薄薄的寒霜覆盖着，仿佛还在睡梦中恍惚。空气里好像满满都是霜雪，吸一口，鼻子立刻酸酸凉凉一片，眼泪就给逼出来了。不知道谁家的鸡，远远地鸣叫着，喔，喔喔，喔喔喔，喔喔喔喔。另一只鸡受了引逗，也附和着叫了起来。树木都静静地立着，枝条上挂着白霜，一根一根，粗粗亮亮的，银鞭子一样。土地庙门口有人影晃动，好像有人在烧香。这土地庙原是一间小土屋，供奉的却是观音，也不知道，这里面有什么讲究没有。后来，村子里有人找小别扭媳妇，推她出来牵头，几户人家出钱的出钱，出力的出力，重修了这土地庙，逢初一、十五，有人轮值。从此便香火不断，远近村邻们都来烧香许愿，据说灵验得很。那些供享，点心水果，猪头三牲，酒水菜肴，轮值的人家就拿回去，算是酬劳。今儿个二十三，想必是有人趁早上清净，来烧香许愿了。翠台担心冲撞了人家，就绕过土地庙，从另一条过道出来了。

冬天的早晨，风凉凉的，直割人的脸。空气倒是新鲜极了。村庄懵懵懂懂的，还没有醒来。过道里干干净净，早有人清扫过了。临街有一户院墙挂着一个牌子，上头写着：芳村卫生责任制。底下是卫生保洁员：翟增田。卫生责任区：新开北路，中华北街。卫生监督员：刘旭刚。监督电话：135××××5710。最下头绿字写着：欢迎广大村民监督。爱护环境，共创美好家园。对面一户人家院墙粉得雪白，上头写着一行大字：谨慎驾驶一帆风顺，遵纪守法十分安全。落款是：大谷县公安交警大队宣。白底蓝字，十分醒目。底下是一行歪歪扭扭的粉笔字，电器行：134××××9238。旁边还有一个广告，吸油烟机，终身免费包修。

老远看见香罗的车在大门口停着，火红的颜色，在灰暗的过道里显得十分触目。一进门，却见香罗正洗脸呢，披着毛茸茸的粉色睡袍，里面是水红睡衣，头发绾起来，露出雪白的脖子。见了翠台，说嫂子这么早呀。翠台说，我紧赶慢赶，算是赶上了。就把一个塑料袋拿出来，里头是几张面皮儿，说刚出锅的，还热乎着呢。香罗笑道，哎呀，正想着这一口儿呢。真是贴心的嫂子。受累呀你。翠台笑道，什么贵重东西，不过是吃个稀罕吧。又把二百块钱放在桌子上，说我也不知道昨儿那些东西花了多少钱，就给你二百，多少都是它了，你要是不拿着，就是嫌少。香罗扑哧一声笑了，嫂子，你这是骂我哩。跟我还算这么清楚？翠台说，亲兄弟，明算账么。香罗忙着梳妆打扮，手机嘀嘀嘀嘀响个不停，也不知道是短信，还是微信。根生进来，问翠台吃饭了没有。翠台说，我也是赶着摊面皮儿，这就回去做饭去。根生说，那就在这儿吃呗。翠台说，家里还有好几张嘴哩。叮嘱香罗趁热吃呀，凉了就不好吃了。就出来了。

出了过道，就是增志他们的厂子。大铁门开着，一只大黑狗在门前卧着，懒洋洋不理人。门前停着一辆货车。也不知道这是刚卸货了呢，还是要出门拉货呢。正盘算着，只见有个人怒冲冲出来，差一点撞在她身上。增志跟在后头，一口一个老兄，老兄，老兄你听我说么。那人是个黑胖子，牛高马大，黑塔一般，只是不理，上去开了货车就走。增志说哎哎哎哎，老兄你这脾气，不容人说句话？黑胖子说，你刘增志开着厂子，在芳村大小也是一个人物，怎么说话跟刮风似的？增志说老兄，误会，误会哪，老兄。都是误会。硬是要拽住他，说咱们兄弟，有啥话不能坐下来说呀。今儿个咱们也不去饭馆，就在家里，叫你弟妹炒俩菜，咱哥俩喝一壶。那黑胖子哪里肯。骂骂咧咧的，开上车轰隆隆走了。

增志这才回头看见翠台，叫了一声姐姐，脸上有点尴尬，说，那啥，这个人是马古庄的，买卖上的事儿，闹了点小纠纷。翠台说，没大事儿吧？增志说，不碍事儿。出了名的刺头，硬茬子。不跟他戗着来就是了。咱做买卖的，和气生财么。翠台说可不是。就问素台好点了没有。增志说，一个感冒，她就是张惊。芳村的土话，张惊的意思就是大惊小怪。翠台怎么不知道她这妹妹的毛病，蝎蝎螫螫的，又胆小，又娇气。心里却也嫌了增志这么说她。就说，感冒这个事儿吧，说小就小，说大呢，也就大。说起来不是啥大病，生是难受得不行。增志说可不是，吃着药哩，吃着药哩。

回到家，院子里静悄悄的。大坡和二妞还没有起来。根来刚进门，正洗了手准备做饭。厨房里乱糟糟的，摊面皮儿的锅呀盆呀摆列得到处都是，好像刚打过仗一般。根来说，好热闹。就动手收拾。翠台说，热闹吧。我一早起来，就去巴巴给人家舔屁股去了。根来说，说话真难听。看你这张嘴。翠台说，说话难听？那架势才叫难看哪，仰着颏儿，上赶着，低三下四的。翠台说我就是这受苦的命，修下这样的小子媳妇，活该叫人家看不起。根来知道她的脾气，也不敢多说，只小心把残局收拾了。切了葱花，又切了几刀白菜，油锅煸炒了，添上水，预备煮面条。翠台脸拉得老长，只是坐着生闷气。根来悄悄出去，叫大坡和二妞起来，二妞说，我减肥，不吃啦。翠台骂道，减肥减肥，减成一个骨头架子，就好看了？

吃过饭，翠台就揣了香纸烛火，又把家里的苹果挑模样儿俊俏的拿上三个，就去了庙里。神三鬼四，这都是有讲究的。出了门却见前面走着建信媳妇，也是提着一袋子东西，心想莫非她也去烧香？故意在后头磨蹭一会儿，免得碰上。建信媳妇剪了短发，穿一件墨绿羽绒服，脚上是一双棉鞋，走路有点内八字，背也有点儿驼。自从建信把腿摔了，又下了台，整个人就像连根拔的庄稼，渐渐蔫了。成天价在家里钻着，也不大出门见人。想当年，建信是个什么人物？跺跺脚，芳村也要哆嗦两下。风流倜傥，气焰高，威望重，十里八村，都是平蹚，都不在话下。真是怪得很。这一下台，竟然像完全变了一个人。势没了，人也矬了。偶尔出来，坐着一个电动轮椅，也只在自家门口转一转。后来说是栓住了。芳村人，不说得了脑血栓，只说栓住了。半身不遂，说话也不行了，呜呜啊啊的，不过是个半语子。人们都感叹，三十年河东，三十年河西。如今是十年河东，十年河西。五年河东，五年河西。三年两年，沧海桑田。这世事，变化忒快，叫人一时缓不过神来。只说是这一家子的光景就这么塌下来了，却不想那建信媳妇看上去柔弱，一个妇女家，却最是刚强，有心劲。早些年，本是肩不能挑手不能提的，如今凭着她一个人，倒把这个家硬是撑起来了。她什么活儿都干，脏活儿累活儿苦活儿，都吓不住她。家里头把建信伺候得好好的，在人前不显半点邋遢。街坊面儿上，她也打理得风雨不透，谁都说不出她半个不是来。走在街上，也是不卑不亢。人们倒都对她敬服得不行。这人哪，从低处往高处走，难。从高处往低处走呢，更难。翠台看着她的背影，心里头倒有点酸酸的。不由得骂自己，瘦死的骆驼比马大，你操的是哪门子闲心呢。自己还是一屁股屎哩。真是怀里揣笊篱，捞（劳）不着的心。正思忖着，却见建信媳妇早已经走到了庙门前，看看四周无人，就把香点上，插在香炉里，又把供品摆上，扑通一下就直身双腿跪下来。

这土地庙在野地里，后头就是大片的田野。天还是半阴着，满天寒霜，倒越发显出了天地的旷远苍茫。电线上立着几个小黑点，一动不动，好像是铁铸的一般。也不知道是麻雀，还是别的什么鸟。远处，隐约可以看见村庄的轮廓，苌家庄、东燕村、西燕村。

东河流、西河流。树木萧索，河套寂静。天地间仿佛一下子肃穆下来。建信媳妇跪在野地里，香烟缭绕，直直地升上天空去。半道儿里，却给风吹得凌乱了，一绺一绺的，东奔西走。建信媳妇口里念念有词，也不知道在说什么，说着说着，竟渐渐起了悲声。翠台心里一惊，急忙躲到丰收爷家那棵槐树后头。丰收爷在屋子里咳嗽，一声一声，一面咳，一面吐。一只小花狗在院门口卧着，留神听着屋里的动静，不时地眨眨眼睛。丰收爷门口有个石墩，磨得光溜溜的，像是老年间的物件。石墩上停着一只麻雀，东蹦蹦，西蹦蹦。像是闲得无聊，又像是打探消息。那建信媳妇哽哽咽咽哭诉够了，方才慢慢起身，拍了身上的尘土，掏出纸擦了眼泪，对着那香炉又拜了拜，才转身走了。

翠台看她走远了，才从那棵槐树后头出来，不小心绊了一下，忍不住哎呀一声。丰收爷在屋里问，谁呀？翠台只好说，是我。丰收爷你吃了呀不？丰收爷说，翠台呀？吃啦。这世上的饭，吃一顿少一顿，没几顿吃头啦。翠台说，丰收爷你少说得活一百岁，活成老寿星，国家还奖励一台大彩电哩。丰收爷说是不是？那我得使劲儿活着，等着领上国家发的大彩电。问翠台这么早干吗去呀。翠台说，我去庙里，烧一烧。丰收爷就压低嗓子说，真的有嘛儿哩。逢初一、十五，半夜里，庙里就有动静。你说怪不怪？翠台说是不是？丰收爷说，早年间，这庙是一个老庙，供着观音。方圆几十里，名气挺大，谁不知道芳村的观音庙哇。后来闹运动，给毁坏了。这么多年，任谁家再有权有势，也不敢在那块儿地上盖房子。镇不住么。如今这庙又修好了。土地庙吧，观音庙吧，意思都差不多。保佑着咱这一方百姓么。初一、十五，夜深人静的时候，仙家们就都下来了，说说笑笑，吃吃喝喝，热闹得不行，一台戏一样。翠台说，是不是？丰收爷有点生气，你甭不信，我跟你说，我，我爹，我爷，往上数吧，好几辈子，稀奇古怪的事儿，经的见的多了。光我这一辈儿，守着这庙多少年，啥没见过？你不信，那是经世事还少，往后经多了，你就信了。

翠台烧了香，磕了头，一颗心倒渐渐静下来。

她一辈子也没有做过出格的事，这个坎儿，老天爷怎么也得叫她迈过去吧。

天还是阴沉沉的。倒好像是下起小雪来了。也并不大，雪粒子细细的，零零落落掉下来。落在树木上，落在身上，沙沙沙沙乱响。田野里灰蒙蒙的，浓重的雾气升腾起来，把村庄慢慢地包围。野外的风硬，把雪粒子打在脸上，又酸又疼。她吸了吸鼻子，酸酸凉凉一片。远处，野地里苍苍茫茫，黑云彩压得低低的，同四野的雾气混杂在一处。雪粒子零零碎碎，竟然越来越紧了。翠台深一脚浅一脚，急急忙忙往回走。

她爹在大门口立着，跟白娃爷说话。见她过来，说这么早，干吗去了呀。当着白娃爷，她也不好多说，只说没事，转转。你们不冷呀，还在外头立着。她爹说，下雪不冷化雪冷。一个冬天都不下雪了，这下好了，麦子都旱坏了。白娃爷说，可不是，这场雪下得好哇。翠台说，今儿个腊月二十三，小年哩，吃啥呀。她爹说，吃啥？庄稼主子，还能吃啥？我想吃龙虎肉，有不？翠台没好气，也不理她爹，径自去了屋里。

屋子里到底是暖和些。饭桌上，早晨的碗筷还摆列着。她叹口气，撸起袖子就收拾起来。扫了地，擦了桌子，又把那堆着的炉灰倒了。烧了一壶水，灌了暖壶。屋子里一下子显得干净利落起来。她爹撩开门帘进来，带进来一股子寒气。鞋底子上的雪泥弄在地上，一个一个大脚印子。翠台心疼她刚扫的地，拿起笤帚跟在后头扫。她爹坐在床沿上，一面吸烟，一面说，哼，净说大话。一辈子的毛病。翠台问谁呀。她爹说，你白娃爷呗。说他闺女给割了肉送过来，老俩口吃饺子哩。肉丸饺子，一咬一个小屋。哼。翠台说，人家吃人家的，你倒气哼哼的。她爹说，我不是眼气人家吃，谁还没吃过饺子呀。我就是看不惯他那样子，五吹六拉的，一辈子的毛病。翠台说，小点声儿，叫人家听见。她爹说，说去地里转转去，吃撑了。这下雪天，我看他真是吃饱了撑的。翠台见她爹越说越不像样，就说，要不今儿个吃饺子吧？小年哩。我去秋保家割点肉去。她爹说，要吃你们吃，我不吃。我就好吃卷子，馏卷子，小米粥。翠台说小年哩。她爹说，小年哩，你们还有心思过小年？妻离子散的，家不像个家，心里不腻歪得慌？翠台说，三请四请，人家不回来呀。她爹说，自古以来，谁家的媳妇在娘家过二十三？芳村的人们都笑话哩。翠台说，叫他们笑话去！都是添言不添钱。谁家能说一辈子在岗上？谁就没有跌在洼地的时候？她爹见闺女动了气，就住了口，低了头默默吸烟。屋子里烟气腾腾，窗外，雪细细密密，下得正紧。雪粒子好像是碎银一般，漫天撒下来。翠台说，吃饺子。我这就割肉去。人家走了，咱还不过了呀。她爹说，赌那气有啥用呢。芳村就这么大，一人传二人，早晚传到田庄那边去。闹成这个样儿了，一家子还有心思过节气哩。添油加醋，还不知道叫人家添上些啥话儿呢。翠台说，哟，她走了，咱一家子就该天天吃棒子面饼子呀。她爹说，你就是这脾气，煮熟的鸭子，肉都烂了，嘴还硬。闹成这个样儿，再香甜的饭，你能咽下去呀？父女两个一时无话。炉子上的水壶扑哧一声，隔一会儿，又是扑哧一声。水蒸气湿润润的，在屋子里弥漫开来。窗玻璃上被水汽弄得雾蒙蒙的，东一块子，西一块子，花了脸。她爹走过去，把墙上的月份牌撕了一张，一面卷旱烟，一面歪着头看那月份牌上的字，说真快呀，二十三啦都。转眼就把年过了。今年好像是打春早。她爹卷着烟，又问起了根来的猪。说年根底下，看来肉价得涨，猪价估计还得跟着涨。要是来年开春还有这行市，就好了。

雪越下越大。街上白茫茫一片，树木啊，房屋啊，电线杆子啊，在雪地里默默立着。不知道谁家的白毛狗卧在门前，披着一身雪，好像是肿了一圈。过道口的汽车上也落了一层，不知道是谁拿手指头在上头写了几个字，下雪啦。小过道里，原先七扭八歪的车辙被新雪盖住了，倒显得又干净，又平坦。电线也好像变粗了，白花花毛茸茸横在半空中。街上静悄悄的，几乎看不见人影。卫生院门口的烧饼摊子上却还在冒着热气，搭着一个棚子，把风雪遮挡在外头。炉火旺旺的，照得建国媳妇脸上通红。抬头看见翠台，叫她嫂子，问她吃烧饼不呀，刚出炉的热烧饼。这建国媳妇娘家是北风村，白白胖胖，个子又矮，爱出汗，一年四季热腾腾的，人送外号热卷子。这媳妇虽然胖，眉眼却生得俊俏。笑起来，一口的糯米银牙，十分招惹人。翠台知道她就是嘴上功夫，忙说不不不，刚撂下饭碗。建国媳妇说，这破天儿，耽误不少买卖。翠台说，是不是？建国媳妇说，下雪天，人们干不成活儿，就在家里鼓捣着吃了。谁还买烧饼呀。哎呀，我怎么忘了，今儿个二十三哩。翠台说，我去秋保那儿买点糖瓜去，上上供。建国媳妇说，你倒提醒我了，供得上。又压低嗓子，问翠台大坡那事儿怎么样了，回来没有。翠台说没有哇。建国媳妇叹口气道，我娘家侄媳妇，我二哥那老大，也是闹了好大一场。翠台忙问，你二哥家？建国媳妇说，是呀，我二哥家俩小子。老大早娶了媳妇分家另过了，一儿一女俩孩子。老二刚娶了媳妇。如今娶媳妇兴得多大呀，过事儿前就说下了，在城里给买的楼，买的车，家里房子也给盖好装修好，打帖子送彩礼，这些个就更甭说了，一揽子包下来了。这边刚娶进门儿，老大家就闹开离婚了，两口子打得，武着哪。老大媳妇孩子也不要，非离不可。我二哥愁得不行，好不容易成了家，不能眼看着就散了呀。后来有明白人指点他，教他这样这样。翠台听得入神，忙问，后来哩。建国媳妇刚要开口，有人过来买烧饼了，就笑着招呼说，斗子，今儿怎么舍得吃烧饼了呀。斗子说，其实我不好吃烧饼，就好吃卷子，还得是热卷子。说着就故意拿眼睛看建国媳妇。建国媳妇笑骂道，吃你娘的脑袋！满嘴胡吣！就给斗子装了烧饼，说零头不找了啊，谁叫你胡吣哩。斗子说，就是嘴上说说，你这娘儿们，真会做买卖。建国媳妇说，这是罚款，下回看你还敢不敢了。斗子无法，顺手从簸箩里拿了一个烧饼就走，被建国媳妇追上去劈手夺了。翠台在一旁看戏，笑得不行。建国媳妇也笑。斗子走了，翠台仍不忘追问，后来哩。建国媳妇说，后来，我二哥就亲自去了老大家。老大媳妇正床上躺着哩，输着水。我二哥问了病情，那老大媳妇闭着眼，一句话没有，看样子就要不行了。我二哥就叹口气，跟老大说，臭小他妈病成这样，我看一时半会儿也下不了炕。我在城里给你们看了一处楼，还想着叫你们一块去看看哩。话音刚落，不想那老大媳妇一骨碌就从床上跳下来了，病也没了，笑模样儿也有了。当下就去城里买了楼。我二哥连装修都给包了。差不多跟那老二找平。从此那老大两口子再不提离婚的事儿了。翠台听了，半晌才说，你二哥还是有哇。这得多少钱哪。建国媳妇说，他能有多少？也是庄稼主子。借呗，亲戚们都借遍了，弄得大窟窿小眼的。建国媳妇说我看我二哥这一辈子也翻不了身了。翠台默默听着，一时说不出话来。

雪纷纷扬扬，下得大了。村庄笼罩在纷飞的大雪里，有一种难得的安宁。四下里寂静，只有雪落在树枝子上窸窸窣窣的声响，还有脚下吱吱扭扭的踏雪声。翠台在雪地里慢慢走着，鼻尖脸蛋子冰凉，心里头却是沸水一样。手里攥着一小袋糖瓜，忘了戴手套，那手又僵又木，好像都不是她自己的了。远远的，看见她爹在门口立着，披着一件大袄，两只袖子空着垂下来，在身体两边，仿佛是长了一对翅膀。这个时候，她不愿意叫她爹碰上。都七十多岁的人了，担不住事儿了。她拐进一个过道，根莲家院门大开着，里头有人吵吵嚷嚷，一声一声的。翠台心里烦恼，也不愿意多事儿，想撤脚走开，不想一个什么物件忽然从院子里飞出来，直直落在影壁前面，屋里有人在哭，一声一声的，好像是根莲。翠台就立下了。

这院子不大，却收拾得干净利落。南墙根底下是一片菜畦，如今被雪覆盖着，四四方方一块白云一般。院子里的雪地上歪歪扭扭有几个脚印子，又被新落下来的雪浅浅盖上了。北屋挂着枣红门帘，黑色镶边。上头绣着一个斗大的金色福字。翠台在外头喊，在家不哎？小莲？撩门帘进去，见根莲正坐在床上，披头散发，眼睛哭得肿了，铃铛一样。她女婿有子坐在小板凳上，呼哧呼哧喘着粗气。根莲说，嫂子你来了，你看我这命。说着就又哭起来。翠台说，这是怎么了呀，有话好好说。根莲拿下巴颏一指有子，你让他说。有子说，看见你娘家人儿了，你还来劲了是不是？根莲说，嫂子，你看见了吧，就这么个二货。翠台说，有子，你们为啥吵架我不知道，可你说这话就不该了。根莲她千不对万不对，当着她嫂子，我这个娘家人儿，你也该给我一分面子吧。有子说，嫂子——翠台说，你既然叫我一声嫂子，我就要劝你一句，当初，根莲进你们翟家门子的时候，你家有啥？她不图房子不图地，就图你这个人，图你一心一意对她好。这么些年，她跟着你，享了啥福没有？都是做在前头，吃在后头，给你生了一个大胖小子，你还有哪里不知足的？你看看她，从头到脚，这么些年，净穿她嫂子的剩衣裳了。还有她那哥嫂，香罗、根生两口子，顾了你们多少？一年到头，东西是东西，钱是钱，不给不给，你摸着心窝子算算，你们沾人家多少光？这样的媳妇，你就是打着灯笼，到哪儿找去？根莲呜呜呜呜哭起来。有子说，嫂子——翠台说，当然了，这二年，你们日子是好了。有子你在外头打工，能挣钱了。你本事大了，心气儿高了，根莲自然就不在你眼里了，是不是？有子说，嫂子……不是……我……根莲哭着说，有子你不是东西。有子你不是人。再也说不出旁的话来。有子说，我错了，是我的不是，是我的不是还不行吗。翠台见有子有松动，就说，天上下雨地上流，小两口打架没有隔夜仇。这大雪天的，又是过节气，有子你就在家伺候伺候媳妇孩子，改善改善么。又问虎子在哪呢，不为别的，就算为了虎子，也得好好过呀。就撤脚儿出来了。清官难断家务事。她还是少掺和为好。

夜里，雪才渐渐停下来。根来在猪圈里忙到后半夜，有一头猪生病了，根来守着，灌药，喂食，一会儿量量体温，一会儿量量体温，一夜也不敢合眼。翠台心里有事，也昏昏沉沉睡不着。真是怪得很，夜深人静，睡不着的时候，脑子却不闲着，都是一些个烦心事，好像生活里所有的不如意，都在这夜深人静的时候来煎熬她了。她躺在床上，翻来覆去，如卧在荆棘里一般。这下雪的夜，真是长呀。

阴沉了几日，腊月二十六这天，老天爷到底忍不住，给人们露出了笑模样儿。吃过饭，翠台盘算着，去小辛庄赶集去，买点儿过年的杂七杂八。掐指一算，到年下也没有几个集了。一大家子人呢，年还是要过的。梳了头洗了脸，正戴围巾呢，大坡哇啦哇啦跑出来，一面跑，一面叫妈，妈，妈——翠台说怎么了这是？马蜂蜇你了？大坡笑着，举着手机叫她看。她刚要看，大坡却又拿走了，说是她，她要回来了。不好意思地抓着脑袋。翠台说，谁呀，谁要回来？大坡说她呗，小妮儿她们，小妮儿她们要回来啦。翠台啊了一声，叫了一声老天爷，说是不是？谁说的？你听谁说的呀？大坡嘿嘿嘿嘿直笑，说微信上说的，刚刚。翠台犹不放心，追问，怎么说的呀？大坡说，她就是问我，你还要你闺女不呀。还发来一段小妮儿的视频。翠台哦了一声，说那你还愣着干啥，还不赶紧接她们娘儿俩去？

大坡开车走了好半天了，翠台才猛地想起来，也不知道，大坡是不是知道买点东西带上。就叫二妞，二妞，给你哥打电话，问他身上有钱没有，叫他买点东西。二妞说，妈呀，你真是操心的命。

我哥他都这么大个人了，去他丈人家，他买不买东西就由他呗。翠台骂道，他要是心里有数，还能把媳妇给弄丢了呀。他就是个空心大萝卜，白长了那么大的个子。二妞撇撇嘴，说，怎么着，那咱就赶紧拾掇拾掇，迎接娘娘回宫？翠台笑骂道，去，去，净瞎说，还娘娘！

天一晴，雪开始化了。大街里还好，都是柏油公路，小街过道里还是土路，就难走了，泥泞得厉害。阳光照下来，到处都明晃晃的，叫人睁不开眼。田野里白皑皑一片，偶尔有一块一块的黑褐色露出来。树枝子上不时有雪末子落下来，纷纷扬扬，在阳光里十分晶莹好看。空气新鲜得透明，薄薄的，锋利的，冷是冷极了，却冷得凛冽痛快。整个村庄好像是清水洗了一般，格外清新干净。翠台深一脚浅一脚，去猪圈里找根来。她急着把这事告诉他，电话里不行，电话里说不清。这几天，为了猪生病的事，根来日夜守在猪圈里，好几天都没有回家了。

根来正在起粪，穿着一身干活的旧衣裳。小推车子装得满满的，一车一车往外运。天这么冷，浑身却是热气腾腾，冒着丝丝缕缕的水汽。翠台老远就叫他，哎，哎，哎——根来不停脚步，把一车子粪卸在粪堆里。翠台说，哎，我说。根来说怎么了。翠台说，你这人儿，跟你说话哩。根来说，说吧。听着哩。翠台说，那娘俩儿，要回来啦。根来说，谁？翠台说，还有谁？你儿媳妇，还有你孙女。根来啊了一声，就停下了。说是不是？翠台就把大坡的话学了一遍。根来默默听着，拿一根小树枝刮鞋底上沾的粪。翠台说，你说，怎么一下子就想通了呢。根来说，想通了好哇。想通了还不好么。翠台说，我是说，八抬大轿都抬不回来，怎么自己倒回来了呀。根来说，什么话！翠台说，我就是跟你说么。翠台说八成这是有人出主意了。就她那个妈，脑子里一团糨糊。根来点了一根烟，默默吸着。翠台说，出了门子的闺女，哪有在娘家过年的呀。咱不急，娘家就该急了。根来说，回来了就好，一家子圆圆全全的，比啥都强。嘱咐大坡，甭翻旧账啊。你看看，咱吃点啥，把他奶奶叫过来吧？翠台横他一眼，说，怎么不说把他姥爷也叫过来呀。

大坡他们到家的时候都半后晌了。大坡把车停好，跑过来帮着开车门，抱孩子。爱梨穿着一件大红羽绒服，脸上笑笑的，好像有点害臊，又有点不自在，看见翠台，并没有叫妈，倒把小妮儿推到前头，教着她叫奶奶，叫奶奶呀。小妮儿就甜甜软软叫了，小猫似的，怯怯的，直往她妈怀里钻。翠台赶忙把孩子接过来，说臭小妮儿，想奶奶不？小妮儿说，想。翠台问，哪里想呀？小妮儿指了指自己心口。一家子都笑了。

二妞帮着她嫂子把东西往屋里拿。姑嫂两个叽叽咕咕，有说有笑的。翠台朝着大坡使了个眼色，大坡就到东屋里来。翠台把下巴颏指了指北屋，说看着还挺喜欢，没事儿吧？大坡说，没事儿。她妈数落我半天。她倒是没事儿。翠台说，你就俩肩膀担着一张嘴，空着手上丈人门子了呀？大坡说，哪能呢。我买了点年货，过年了么。翠台待要问他买了什么年货，张了张嘴，就不问了。管他娘的。反正节节令令得给丈母娘上供，这种时候，就更少不得了。就问，晌午饭吃的啥？大坡不耐烦道，家常便饭，还能吃啥。翠台恨道，你就在我面前本事大！人家叫你吃家常便饭，我还得想着法子给你们变花样儿，伺候你们一家子。大坡摔门子就出去了。翠台气得在后头骂，你还有功劳了你？王八羔子！压低了嗓子，也不敢使大声儿。

晚饭是熬菜。她婆婆拿过来一袋子干蘑菇，海带和粉条这边有。大坡又去打了块豆腐。芳村这地方，人们都好吃熬菜。熬上一大锅，炖得软软烂烂的。好荤腥的肉和丸子就多放一些，好素净的呢，就熬素菜。一家子围着桌子，团团坐了，吃得热气腾腾。翠台派二妞叫了她姥爷一趟，回话说不过来了，还有剩疙瘩汤哩，晌午剩下的。翠台知道她爹的脾气，就盛了满满一大碗，叫大坡给他送过去。她爹是个老脑筋，总觉得在闺女家吃饭不气势，外姓旁人么。尤其是，她婆婆也在，就更觉得气短。翠台抱着小妮儿喂她，叫他们先吃。小妮儿吃了个半饱，闹着要出来。翠台就抱着她到院子里来。

院子里开着灯，照得亮堂堂的。四下里越发显得昏暗幽深。乡村的冬夜，寒气袭人。翠台抱着小妮儿，在院子里踱来踱去。东屋里灯火通明，人影晃动，一家子在吃饭，饭菜的香气，说话声，笑声，咳嗽声，在这寒夜里，显得那么亲切动人。怀里抱着这团小肉，是她的孩子的孩子，她的嫡亲的孙女，热乎乎的亲生骨肉呀。说起来，老天爷到底是待她不薄。人这一辈子，还图个什么呢。荣华富贵，她倒没有妄想过。一个庄稼主子，不就图个家宅平安么，图个一家子骨肉圆全，过太平日子么。她儿女双全，四代同堂。又正赶上好世道，有奔头有念想，这样的光景，还有什么不足的呢。小妮儿忽然觉得无聊，挣着要下地，翠台哄她不住，就放她下来。小东西穿着厚厚的棉袄，摇摇摆摆走着，好像笨拙的小鸭子。灯光把她的影子画在地下，矮矮胖胖的，一长一短，一短一长，变戏法一样。根来出来替换她，叫她快去吃饭，这个时候，天冷，饭菜一会儿就凉了。小妮儿见她奶奶要走，哪里肯呢。根来好说歹说，小妮儿只是抓着她奶奶不撒手。根来只好说，咱们去买糖去好不好？爷给小妮儿买糖去，买一大把糖。就抱着往外走。翠台赶紧回屋里拿了帽子追出去，嘱咐给孩子戴上。

夜里，根来难得地没去照料猪，在家里看电视。正演着一个电视剧，没头没尾，根来却看得津津有味。翠台收拾清爽，也在旁边歪着看。一面看，一面生气，假，真假，一看就是城里人瞎编的。根来说，看个电视，看把你气得。翠台说，如今农村早大变样儿了，这都是哪年的老皇历哇。真该叫这编电视的来咱芳村走走看看！净瞎编！根来笑她，看个电视，你看你，忒较真儿。翠台只是气哼哼的。这边是刘家的老房子，芳村人叫作旧院的。在村子南头偏西，夹在两个过道中间。当年翠台嫁过来，就一直住这院里。房子老旧了，跟大坡他们那新院比，越发显得老旧。可老房子也有老房子的好。冬暖夏凉，住着舒坦。自从爱梨赌气回了娘家，翠台就干脆到新院里去住了。两头跑着做饭吃饭，也是忒麻烦。还有一条，新院里满屋子新家具，大坡又是个没尾巴的鹰，他们好歹能给小两口看着点儿门。炉子上温着一壶水，丝丝缕缕冒着热气。翠台说，忘了一件事——那边暖气烧上没有？有孩子，可不能冻着。根来说，等你想起来，黄花菜都凉了。根来说放心吧，我早给他们烧上了。翠台说，那就好。咱这边也还行，不算忒冷，还能待得住。翠台说有享不了的福，没有受不了的罪。这人哪！根来说，可不是。根来说这现生火，得烧半天才能旺上来。你非要过来么。翠台说，人家小两口离别了这么些天，咱们在那边干吗呀，趁早甭碍人家眼。翠台说，你那小子你还不知道？要不是为了这个，那天还打不了架哩。根来说，那天夜里俩人打架，就为了这个？翠台说，还能为了啥？父俩儿一个样儿，没出息的货。根来就笑。把一只脚丫子伸过来，踢了踢翠台的枕头，说，咱们也早睡呗。翠台说，好不容易得清闲，看会儿电视。根来说，有啥看头？都是瞎编的。就找遥控器关电视。翠台气得不行，你，你敢，看你敢关。根来说，好好好，你看你看，我去洗洗，行不行？

立　春

《月令七十二候集解》：立春，正月节。立，建始也，五行之气，往者过，来者续，于此而春木之气始至，故谓之立也。

减字木兰花·立春

［北宋］苏轼

春牛春杖。无限春风来海上。
便与春工，染得桃红似肉红。

春幡春胜，一阵春风吹酒醒。
不似天涯，卷起杨花似雪花。

大年三十这一天，天难得放晴了。村子里到处明晃晃的，阳光映照着雪地，仿佛琉璃世界。这个时候，大多数人家早都把年货置办好了。也有人忽然想到忘了买哪一样东西，忙着去赶最后一个集。逢五逢十，是青草镇的集。这最后一个集，也就是一晌儿的事儿。大年三十，都忙着过年呢。

根来把新院旧院里里外外都清扫了，吩咐着大坡贴春联，请门神，请灶王爷，挂灯笼，贴花花纸，挂彩，院子里的树木啊车辆啊农具啊水缸啊也都贴上了福字。二妞刚洗完头，披着湿淋淋的头发，水珠子滴滴答答，把毛衣肩膀弄湿了两块，云彩似的。翠台说就这么出来？找感冒哇？轰她屋里去，把头发吹干。看着闺女那圆圆的屁股，翠台叹口气，也不知是欢喜，还是忧愁。这么大个闺女了，还没婆家哩。虽说是在外头念书，不在家里找，可一个闺女家，整天在眼前晃来晃去，真是替她担着一份心事。她倒有点后悔起来，当初，怎么就错打了主意，一心供她念书呢。统共就这么两个孩子，大坡如今又闹成这样，要是这个闺女能守在身边，该有多么好哇。正胡思乱想呢，爱梨抱着孩子过来，孩子在妈妈怀里挣着，闹脾气，脸上挂着泪花。翠台忙说，怎么了这是，又哭咧咧了呀。要抱过来，孩子不肯。爱梨说，走吧，叫奶奶领着去买好好儿吧。翠台说，走，咱们买好好儿去呀。就要抱，不料那孩子抬手一个耳光打过来，照直打在翠台左半边脸上，热辣辣的疼。翠台心头火起，又不好发作，只好忍耐着，笑骂道，臭小妮儿，怎么打奶奶了？不给你买好好儿了。大坡过来，训斥道，怎么回事，反了你了还。作势要打孩子屁股，那孩子哇的一下哭起来。翠台慌忙哄她，爸爸训小妮儿了是不是，爸爸把咱小妮儿逗哭了是不是。不哭啊，看奶奶不帮小妮儿打爸爸。小妮儿却只是哭个不停。爱梨左右哄不下来，气得骂大坡，她一个小孩子家懂个啥，看把她吓得。大坡说，你就惯着吧，惯得没个样儿，说一句也不行了。爱梨说，孩子就是孩子，你一个大人，跟吃屎的孩子一般见识哪？大坡说，原先好着呢，怎么在田庄待了一阵子就待成这个样儿了。爱梨说，你什么意思？难不成是我们家人教的？大坡说，这话可是你说的。我啥都没说。翠台抄起身边一把墩布，照着大坡的脊梁就打过去，嘴里骂道，混账！我让你还满嘴胡吣！我让你还不落嘴！根来说，都别闹了。大过年的，也不怕人家笑话。爱梨抱着孩子，一扭身回屋里去了。翠台气得把一根手指头指着大坡，手指头乱颤，嘴唇也乱颤，咬牙想骂，却一句话也说不出来。

芳村这地方，大年三十这天吃饺子，大年初一早晨呢，还是吃饺子。初一的饺子，都是在三十这天提前包出来。因此上，三十这一天，芳村家家户户，都忙着包饺子，吃饺子。村子到处是一片咚咚咚咚的剁馅儿声，夹杂着零零落落的鞭炮声，有一种喜悦的欢腾的气息，有点儿凌乱，有点儿热闹，又有点儿年月安宁的悠长味道。大街上，彩已经挂起来了。飘飘摇摇的，在寒风里微微摆动着。人家门上的春联红红的，是那种世俗的热烈，给这寒冷的村庄平添了温暖动人的消息。翠台把肉馅儿剁好，拿酱油腌上，切了葱末、姜末，盛在一个小碗里备着。又把花椒、大料干炒了，拿小擀面杖在案板上研成细末。再把锅洗干净，烧干，倒上花生油，烧熟了，等油慢慢凉下来。趁这个工夫，和面、醒面。然后调馅儿。翠台把肉馅儿顺着炒勺边沿，小心顺进去，这个不能急，免得油点子溅出来，稍稍搅拌一下，加上葱末、姜末，加上花椒、大料粉，加上盐，加上鸡精，搅拌呢，要朝着一个方向，免得搅澥了。最后，淋香油。这一道香油不可少，全靠着香油来提味儿增鲜呢。自家地里种的芝麻，请人家香油坊里给磨了，虽说是费时费力，却图个东西纯正，不掺假，味道浓。翠台调好馅儿，面也醒好了。翠台拉开架势，开始包饺子。叫二妞，二妞却只是磨磨蹭蹭的，不过来。翠台就火了。二妞只好慢吞吞过来，耷拉个脸，插着耳机，手机放在膝盖上，屏幕一亮一亮的。翠台说，有点儿干活儿的样儿没有？二妞噘着嘴，把耳机摘下来，手机放在桌子上，犹不放心，隔一会儿就拿起来看看。翠台说，怎么样啊？二妞说，啥？翠台说，学校里的事儿啊，也没听你提一句。二妞说，有啥好提的。翠台说，功课啊，同学啊，那啥，朋友啊什么的。二妞扑哧就笑了，男朋友？翠台说，甭跟我嬉皮笑脸的，我可是跟你说正经事儿呢。二妞说，谈了几个，都不合适。翠台说，我的娘，谈了几个！二妞说，大惊小怪。我这还算少的呢。翠台说，小奶奶！也不嫌害臊！翠台说我可跟你说啊，千万别瞎胡闹！你看小别扭家那二闺女……二妞说，二娟子？她怎么了？翠台就把嘴巴附在二妞的耳朵边上，低声说了一句。二妞叹一声，说，二娟子也忒傻了，不知道保护自家，连一点措施都没有。翠台说，你，你这是啥荤话？一个闺女家！二妞说，什么年代了都？老古董！翠台说，你！一个闺女家！二妞说，人家外国，父母还给女儿包里放安全套呢。就你们老脑筋！老封建！嘻嘻哈哈跑进屋里去了。气得翠台在后头咬牙跺脚。

晌午，村子里鞭炮声响起来。翠台在大锅里煮饺子，吩咐大坡出去点炮。大坡趴在窗子外面叫小妮儿。妮儿、妮儿，出来点炮啦，快出来。敲了半天，也没有动静。翠台盯着锅里的饺子，心里是又急又气。急的是这娘俩儿好不容易叫回来了，这又闹别扭。真是才摁住葫芦，又起来了瓢。气的是这爱梨也忒小性儿了，早先怎么没发觉呢。偏偏大坡又是个嘴笨心粗的，活该被人家拿捏一辈子。叫了好一会儿，那爱梨才抱着孩子慢腾腾出来，脸上搽了粉，眉毛描得细细的，嘴唇抹得红红的，眼睫毛却又密又长，扑闪扑闪的，弄得眼皮子上下越发阴影重重。饺子在锅里起起落落，像极了一群大白鹅浮水。芳村有个谜语，东边来了一群鹅，扑通扑通跳下河。谜底就是饺子。很小的时候，她就听大人们说惯了的。根来在门口立着，好像跟谁说话。院子里，那一家三口在放炮，噼噼啪啪，噼噼啪啪，噼啪，噼啪，噼啪。小妮儿捂着耳朵，吓得躲在她妈妈身后，想过去，又不敢。大坡点着了一个小炮，故意吓她，小妮儿尖叫起来。爱梨照着大坡的后背，啪就是一下子。翠台拿着笊篱的手哆嗦了一下。锅里的水热烈翻滚着，卷起一个又一个小小的漩涡，浮浮浮浮，有水花沿着锅沿儿溢出来，滴滴答答，滴滴答答，落在锅台上，冒出一阵阵白色的水蒸气。

吃完饺子，一家子各自去忙。翠台又忙着预备初一的饺子。初一的饺子跟三十的饺子，还不一样。大年初一么。翠台特意割了三斤羊肉。爱梨好吃羊肉。她盘算着，吃顿羊肉馅儿饺子，再吃上一顿涮火锅。羊肉是让根来到东燕村肉摊子上挑的，现宰的羊，新鲜，就是有点儿贵。过年么。大坡跟二妞对羊肉倒不大热心，嫌有膻味。根来是吃不惯，她自己呢，说不上喜欢，也说不上不喜欢，就那么回事儿吧。因此上，这么多年，家里吃羊肉很少。其实私心里，她觉得还是猪肉最香。牛肉也不好，不香不臭的，又柴。吃饺子，她还是喜欢猪肉馅儿。她叹了一口气。再不比早先啦。添了差样儿的人儿了么。芳村这地方，把娶进门的媳妇叫作差样儿的人儿。就是不一样的意思。谁家有了差样儿的人儿，都得千般万般小心着，再不能像往常了。正忙碌着，根来掀帘子进来，夹着一股子冷风，笑嘻嘻的。翠台说，都耷拉着俩胳膊，看不见我忙着哪。根来说，二妞哩，叫二妞。都这么大闺女了，也不知道帮着你妈干活儿。翠台说，还不都是你惯的。根来说，不是你惯的？嘻嘻笑。伸手把翠台鼻尖上的一块面粉印子给擦去了。翠台把脑袋一躲，少跟我嬉皮笑脸的。当爷的人了都。根来说，我不是喜欢么。看着这一家子圆圆全全的，喜欢！翠台说，可不是。那些想看咱笑话的，气死他们！根来说，谁想看咱笑话呀。翠台说，谁想？除了咱自家人，只怕是一村子人都想。翠台说这些日子，我眼里看见的，耳朵里听进的，有多少？谁比谁傻多少哇。根来说，行了行了，就你张嘴。忙把话岔开了，说刚才那谁，就是拐子家老三，说是被人家找上门来了。翠台说，怎么了？根来说，他家那老三，说是在外头欠了债，今儿个一大早出门，门口堵着一大堆垃圾，臭烘烘的，小山一样。这是人家逼债哩。大年三十哪。你看腌臜不腌臜？翠台说，啊呀，老天爷！那老三哩？根来说，说是出去躲起来了，哪还敢回来？翠台说，那老三媳妇？根来说，老三媳妇本来一直住娘家，闺女在娘家过年不吉利哪，这不，刚回来，正赶上这档子事儿。翠台说，刚才门口说话的，是谁呀？根来说，是拐子家女婿。苌家庄那个，雇了人家的铲车，得把那一堆垃圾弄走哇，堵着门哩。你看这。夫妻两个默默包饺子，又是惊，又是叹。

大街上，拐子家老三门口乱哄哄围了一堆人。拐子家女婿在招呼着铲车，拐子媳妇哭得烂桃子似的一双眼，怀里抱着一个胖小子。人们七嘴八舌的，也有看热闹的，也有刨根问底扯闲篇儿的。翠台远远看着，想绕到旁边的过道里去，却听见有人叫她，只好硬着头皮走过去。臭菊手里拎着一个塑料袋子，里头绿油油的，也不知道是什么菜。翠台说，这是去哪呀。臭菊说，他大姑给的韭菜，给我娘送一把去，吃个稀罕。又压低嗓子，说看见了吧？要账的。前一阵子是往大门上抹粪，这一回又堆垃圾堵门子。成心腌臜人哩。翠台说，可不是，这年还怎么过哪。臭菊说，听说还找到老三丈人家门上了。立逼着他老丈人还债。翠台说，是不是？臭菊说，这老三媳妇倒是个有情有义的，要换了旁人，怕是早跟他离了。有句话怎么说的，夫妻本是同林鸟，大难来时各自飞。翠台说，这媳妇仁义，难得。臭菊说依我看哪，兔子的尾巴，长不了了。翠台说，看那媳妇好模样，好脾气，怎么摊上了这事儿呀。臭菊说，还说呢。那媳妇好看是好看，可是长得苦相，不喜兴。你看她那孤拐脸儿，嘴角耷拉着，眼睛底下，那一颗好大的泪痣。我早就觉得，那媳妇面相不好，不像是一个有福的。翠台也不好搭话，就只好嗯嗯啊啊应着。心想这臭菊真是，马后炮，这会子倒说人家苦相了。早先人家没事儿的时候，怎么天天长人家家里呢。那边人群一阵骚动，是拐子家老二过来了，拿着一把铁锨，在那里破口大骂，狗日的欺负人！不就是欠你们几个臭钱吗，何苦这么逼人？乡里乡亲的，有本事来哇，咱们单挑！谁怕谁是大闺女养的！姥姥妗子的，骂得不堪。人们先还劝说，后来听着不是滋味，就悄悄撤脚儿散了。

一进爹的院子，一股香气扑面而来。翠台进屋，见她爹正在炸丸子。锅在炉子上坐着，热油冒着烟，混合着肉的焦香，屋子里热气腾腾。翠台忙把帘子撩起来半截，说好呛人，小点儿火吧。就帮着把火封上半边。爹说，素台送过来一大碗肉馅儿，牛肉的，我就把预备下的猪肉馅儿炸成丸子，我一个人能吃多少？翠台说，是素台送过来的呀。爹说，是增志，着急忙慌的，撂下了就走，连一句话也没有。翠台说增志？爹说是呀，我总觉得，增志跟往常不一样，板凳没坐热乎就走了，也不知道是不是我多心。翠台说忙呗，开着厂子，手底下也是一大干子人呢。爹说也不知道素台好了没有，好几天不露面了。翠台说，一个感冒，又不是大毛病。你也是操心不够。她爹就笑。把箸子递过来，非要她尝丸子，她拗不过，就吃了一个。说齁咸，跟你说了多少回了，少吃盐少吃盐，油也得少吃，先生嘱咐过多少回，怎么就不当回事呢。她爹说，我就是口儿重，不咸不淡的，有啥意思。翠台说，赶明儿我给你调馅儿，饺子也这么咸？

正说话呢，听见院子里有人说话。白娃爷撩帘子进来，鼻子冻得通红，说翠台过来了呀。翠台赶忙叫白娃爷，坐呀，坐里头床上，暖和。白娃爷就坐了，一面搓手，一面说，拐子家老三的事儿，听说了吧。她爹说，听说了一半句，看这事儿闹的。白娃爷说，拐子一辈子好面子，脸子热，偏偏他这个老三不争气。她爹说，这老三是做买卖？白娃爷说，跑皮子，先是跟着大全他们，后来出来单干。也不知怎么就捅了这么大个窟窿。她爹说，听说兄弟几个都凑了点儿钱，可架不住窟窿大哇。他们家老大不是在外头么，吃着公家饭，一大家子，就这么一个大茬儿。白娃爷说，听说老大总共拿出来了十万，在外头上班，拿个死工资，能有多少钱呢。算是仁义的了。她爹说，也是，谁家不是过日子哇，家家有本难念的经。白娃爷说，那谁，他们家老二，就为了这事儿，两口子打得，武着哪。翠台说，谁呀，老二媳妇，那么肉的一个人？白娃爷说，泥人儿还有个泥脾气哩。一下子好几万，庄稼主子，谁受得了哇。她爹说，素日里妯娌们也不大和睦。白娃爷把嘴一撇，说和睦又怎么样？钱难挣，屎难吃。如今皮子这行管得越来越紧啦。翠台说，白娃爷吃饺子了吧，啥馅儿的呀？白娃爷说，我就好吃个素净的，说句烧包儿的话，吃肉都吃絮烦啦。翠台说，现如今都讲究吃素，讲究养生，吃素是时髦哩。白娃爷说，这一个冬天，冰箱里就没有断过肉，又是牛肉又是猪肉，又是白条鸡，跟头骨碌的，说了甭买了甭买了，就是不听哇。翠台说，丽青姐她们孝顺呗，人家又好条件。你老也是，有福不享。白娃爷说，可不是，你奶奶也怨我，吃了一辈子苦，如今光景好了，硬是享不下这个福去。你看这。翠台就笑。

白娃爷走了，她爹哼了一声，说你这个白娃爷，成天价五吹六拉哩。我一辈子看不惯这号人。翠台说，你也是，人家吹人家的，咱听着，不吭声就是了。她爹说，他跟拐子合式了一辈子，当年就为了两垄地，两个人翻了脸。现如今拐子家老三出了事儿，你看他那个样子。翠台说，他们当年合式过呀？她爹说，可不是，俩人从小玩到大，好得穿一条裤子。她爹说这人哪，得多记别人的好，少记别人的不是。当年我——翠台知道她爹又要念叨那些个陈芝麻烂谷子，赶忙把话岔开，问他饺子包了没有，要她帮忙不。她爹说那有啥包的，我一个人能吃多少。又嘱咐她赶明儿可别过来了，大初一哩，闺女家不兴回娘家来。

大年三十的芳村，安静、祥和，有一种暗暗涌动的欢喜的气氛。街上的彩都挂起来了，在寒风里飘飘摇摇的，像是要飞起来。远远看去，拐子家门口还有人在忙碌，看热闹的人们却都散尽了。

一辆汽车嗖的一下开过来，吓得翠台慌忙躲在路边。正气恼着，只见车窗哗啦落下来，露出一张笑脸，原来是娜子。我姑，这是去哪儿呀？翠台说娜子呀，我当是谁哩，这车好威风。娜子说，我过来看看我妈。二妞回来了吧？翠台说，回来了。你妈好福气哇，闺女孝顺，又有出息。娜子说，看我姑说的，再怎么，也是个庄稼主子，哪像人家二妞哇，城里人，吃国家饭的。翠台说，一头二十了还念着书哩，啥时候是个头儿哇。我真后悔，怎么当年就想起供她念书来了。娜子转身细细碎碎摸了半天，递过来一个袋子，姑，这是一条鱼，我买了两条，你一条，我妈一条，可别嫌少呀。翠台说，这可怎么好，你给你妈吧，我家里有。娜子说，姑你甭推让，再推就是嫌少了。娜子说赶明儿让二妞到我那儿去玩儿呀，她有我电话。开车就走了。翠台拎着那条鱼，看着那汽车一溜烟开远了，心里头乱糟糟的，又是喜欢，又是忧愁。这娜子是进田家的闺女，从小跟二妞一块长大，两个人同岁，都是属虎。二妞是个伏天里，热得不行。娜子好像是个十月庙上，刚入冬。算起来，娜子还要小几个月。这娜子从小就刁，不爱上学，说起瞎话来，一套一套的，把她妈凤棉气得，追得她满村子跑。凤棉常常夸二妞，说要是这辈子能有二妞这么一个闺女，死了也闭了眼了。是呀。二妞从小就是块念书的料子，功课又好，又听话，一路考上去，到石家庄上大学。芳村的人们，谁不夸二妞有出息呀，夸得翠台心里美滋滋甜丝丝，嘴上却要客气着。可世事难料，谁知道呢，娜子没念书，到了出嫁的年纪，找了个好婆家，家里钱多得，呜呜的。娜子这闺女也是性子泼辣，又好口才，在婆家地位挺高，大事小情，全是她当家做主。凤棉天天挂在嘴上，再不是早先嘴里那个不死的妮子了。

正往回走，见喜针迎面过来，急急忙忙的。翠台说包完饺子了呀不哎？喜针说，包他娘的饺子！气哼哼的。翠台就不敢深问了。喜针说我得去一趟耀宗那儿，又折腾我哩。翠台说那你忙，回来说话呀。看喜针的样子，好像又是跟她那儿媳妇梅，婆媳俩老是别别扭扭的，不大顺当。也不知道是怎么回事。

一进院子，见二妞正迎门坐着，低着头玩手机。他们哩？二妞说谁呀。翠台说，我是问人们哩？二妞说，我不是人？翻了她妈一眼。翠台见她只穿了一件薄薄的毛衣，露着半个胸脯子。胸前鼓胀胀的，隐约露出里头的胸衣来。给。她说，把那袋子递给二妞。二妞说啥呀。翠台说，鱼。二妞说，哪来的鱼哇。我姥爷给的？要么就是我小姨？翠台不说话。二妞越发好奇，问你哩，谁给的呀？翠台说，娜子。二妞说，啊，你见娜子啦？翠台说，回来看她妈来了。开着大汽车，真气派。还说让你给她打电话哩。二妞说，好哇。这家伙，阔了哈。翠台说可不是。你说你念这个书有啥用。唵？这么大个人了，还念？一头二十了，连个婆家都没有哩。看人家娜子，找了那么好的婆家，一辈子大事定下了，真是好福气。谁不眼气人家凤棉？二妞说行了行了，又是老一套。翠台说从几岁就念书，一直念到这么大，你这啥时候是个头儿哇？二妞说，我还要考研呢。翠台说，考啥研？二妞说，就是考研究生，再念三年。翠台说，再念上三年，老天爷！二妞说，考了研，再考博。翠台说，你说啥？二妞说，考博士，再念三年。翠台说，你这是要气死我？二妞说，博士毕业，然后可能还有博士后，跟你说也不懂。扭身就回屋里去了。翠台说我不懂？我活了半辈子我不懂？我就知道男大当婚，女大当嫁。这么大个闺女了，成天价在眼皮子底下晃来晃去，算怎么回事儿？

晚饭时分，村子里鞭炮声渐渐稠密起来，炒豆子一般，霎时间响成一片。说话也听不清，电视里声音也听不清。人们大声喊话，心里头像是揣着活蹦乱跳的小兽，一拱一拱的，有点儿喜欢，有点儿兴奋，有点儿按捺不住。小妮儿吃了几个饺子，闹着要出去。翠台就抱着她，到大门外头看。到处都是鞭炮声，噼噼啪啪，噼啪噼啪，噼啪，噼啪。有人在放花，哧的一声，飞上天去，哗啦一下，都开了。小妮儿笑着，叫着，捂着耳朵，想听，又不敢。不断有人走过来，拿着香烛、纸马，鸡鱼、猪头、面、三牲，鲜物供享，到土地庙里去。跟翠台打着招呼，吃了呀不？这天冷哇。远远的，只见土地庙那边灯火通明，人影幢幢，香烟袅袅升腾起来，在寒冷的夜空下，越发显得一派温暖繁华。心想这土地庙都说灵验，难怪这么多人来烧香。等会儿夜深人静了，我也去烧一烧，磕个头许个愿。今年凡事不顺，求仙家给看一看破一破。正琢磨着，见一个人远远过来，影影绰绰看不真切。来人是个妇女，人高马大，高跟鞋一歪一歪的，把柏油马路敲得咯噔咯噔脆响。看那身架儿，好像是大全媳妇。翠台想，难道她也有心事？芳村的大老板大能人，头一个就是大全，呼风唤雨，吃香的喝辣的。谁不眼气谁不巴结？可见这天下事也难说。眼见脚步声渐近，急忙抽身躲了。

翻来覆去大半宿没有睡好。担心饺子给老鼠们闹了，又担心石榴树上吊着那块五花肉被狗叼走了。琢磨着给小妮儿多少岁钱，一百，少不少？爱梨呢，爱梨还给不给？年前也没有给人家买件新衣裳，就算是衣裳钱吧，是个心意。同根来商量，根来说行，都行。气得她就不跟他说了。她掰着指头算了算，这个年下来，怎么也得两三千块，打不住。过年过年，这哪里是在过年，这是在过关哩。

次日一大早，就给噼噼啪啪的鞭炮声吵醒了。上头说不叫放炮，不叫放炮，可乡下人哪管这么多。少放点行，一点儿都不叫放，那怎么行？大过年的，不放炮还叫过年？外头灰蒙蒙的，天还没有亮。根来早起来了，先去猪圈里喂猪，还得到本家几个老人家里去新节。芳村这地方，大年初一早晨，本家院房里，小辈儿们都要到老辈儿人家里去磕头。去磕头的都是男人家，凡成家立业的男人，不论年纪长幼，只论辈分高低。芳村有句话，萝卜不大，长在了背（辈）儿上。辈分儿管着呢。大坡一家子也给早早叫起来，爱梨哄着孩子穿衣裳，洗脸，梳小辫，擦香香。大坡给皮鞋上油，拿着个梳子，对着镜子左照右照。翠台在大灶上煮饺子，人多，必得用大锅，小锅不行，左一锅右一锅，急死个人。烧的是玉米轴儿，芳村人叫作棒子器儿的。就是玉米棒子籽粒剥去后留下的轴儿。这种东西是很好的柴火，煮饺子尤其好。火不软不硬，还省事儿，扔进去一灶筒子，就任它那么烧着。人们可以趁机干点别的。

饺子煮好，翠台照例先盛了一碗上供。一家人团团围着，有说有笑吃饺子。忽然间爱梨就呀地叫了一声，大坡忙问怎么了，翠台看了根来一眼，抿着嘴儿笑。爱梨从饺子里吃出来一个一块钱的硬币，她当啷一声把那硬币扔在桌子上，哎呀哎呀叫着，笑得咯咯咯咯的。大坡说，看把你喜欢的。翠台说，有福哇！大年初一的饺子！这一年保管顺顺当当圆圆满满的。根来也笑。小妮儿伸手就去抓那硬币，抓了一手油，爱梨赶忙呵斥她。翠台把孩子抱过来，说来，来奶奶这儿，吃饺饺啊。爱梨说，妈，甭喂她。这么大了，让她自己吃。翠台说，穿得厚，她胳膊不好动么。我反正吃得差不多了。我喂她，你吃你的。爱梨说，她都那么大了，你看大浩子家那小子，早就自己吃了。翠台还要坚持，根来朝她使了个眼色。翠台心里忽然就醒过来了，心里说人家这是嫌了，嫌惯着孩子。正吃着，根生、根立、学谦、黑群他们来了，叫根来一块去上坟。芳村这地方，大年初一早晨，吃过饺子，都要到坟上去，烧纸，点炮，端着饺子，带着白酒，一年了，请先人们吃新年的饺子，保佑着一家子平平安安。饺子通常都是四个，神三鬼四么，错不得。这初一上坟的也都是男人，不论是不是成家，都要去坟上磕头放炮。因此上，这地方的人们，格外看重男丁。大年初一，凡是谁家坟头上没有纸灰，这家大多是绝户了。芳村人骂人，这是顶毒的一句话。

男人们都走了，翠台把锅碗瓢盆收拾停当，稳了稳神儿，扯着嗓子叫小妮儿。小妮儿摇摇摆摆出来，小鸭子似的，穿得厚厚的，有点笨拙。翠台说过来，妮儿，过来呀。从兜里掏出一张崭新的一百块钱，来，奶奶给我妮儿的，岁钱。小妮儿笑嘻嘻过来接，爱梨在后头说，妮儿，给奶奶作个揖，怎么作揖呀，妮儿？小妮儿偏偏不听，拿着钱就往回跑。爱梨笑骂道，小财迷。是不是？你是不是小财迷？翠台看着小妮儿的活泼样儿，笑得不行。又说爱梨呀，这个给你。自己买件衣裳吧，年前忙忙叨叨，也没有空给你买。就把两百块钱递过去。爱梨脸就红了，说我有衣裳，有衣裳。忸怩了一下，还是把钱接了。脸上笑笑的。二妞涂着一脸的黑面膜过来，说就差我了哈，妈你忒偏心了吧？伸出手来，被翠台啪的一下子打回去，笑骂道，一边儿去，甭捣乱。

早晨还起着雾，这时候倒渐渐散了。太阳慢慢露出脸儿来，竟然是一个晴好的天气。村里大喇叭里正唱着《好日子》：今天都是好日子，千金的光阴不能等，明天又是好日子，赶上了盛世咱享太平……人们从坟上回来，有的眼睛红红的，可脸上都是笑嘻嘻的了。整个村庄明晃晃的，冷倒还是冷，却有一种热气腾腾的喜气。一年了，人们难得清闲，都想趁着过年歇一歇。外头打工的都回来了，见面打着招呼，问怎么样啊，挣大钱了吧。被问的就说，挣你娘个脑袋。我要是挣个金山银山，还不把家里那房子给翻盖了哇。人们就笑，甭哭穷，又不朝你借钱，看把你吓得。有人过来散烟，是新石家庄。旁边的人就起哄，这不行啊，不上档次。都大老板了，还吸这个？那人就笑骂，我算哪门子大老板，一个打工的。有人说，说曹操，曹操到。大老板来了。果然，远远的，大全过来，晃晃悠悠的，提着大包小包，穿一件黑色皮夹克，米色西裤，脚上皮鞋锃亮，脖子上却戴了一条大红围巾，十分喜兴好看。众人老远就打招呼，有喊全总的，有叫全叔的，也有叫哥的、叫姑父的、叫舅的、叫姐夫的，都恭恭敬敬。大全笑着，给大家散烟，软中华。人们接过来，有的当场点上了，香喷喷吸一口，享受的样子。有的舍不得吸，夹在耳朵后头，掏出自家的旱烟来卷着。散完烟，闲话几句，大全就走了，人们看着他拐进凯子家旁边的过道里去了。有人就说，这是去他大伯那儿了。他大伯是个外路人，大全他爹的拜把子兄弟，当年流落到芳村，娶妻生子，多亏了大全他爹帮衬。人们就感叹，全总，仁义。

翠台在外头立了一会儿，回来烧了一壶水。心里盘算着，晌午饭就炖菜吧。她到东屋里挑了一棵大白菜，把外面的菜帮子剥去，剩下硬邦邦圆滚滚的菜心儿。把干粉拿开水泡上。又把干蘑菇仔细洗好，泡水里发上。这干蘑菇据说是坝上草原那边产的，色黑，肉厚，极香。炖菜是不可少的一味。须得反反复复洗，洗不干净会有细沙子，牙碜。煎豆腐是现成的。丸子也是现成的。还有海带，也泡水里发上。肉就放五花肉，薄薄地切成片，先拿油锅煸炒了，再跟那些东西一块炖。正忙碌着，素台撩帘子进来。翠台说呀，你吃了呀不？素台不说话。翠台说问你哩，我包的饺子，羊肉馅儿，你尝尝？素台还是不说话。翠台张着湿淋淋的手，抬头看她脸色，纳闷道，这是怎么了呀——跟增志闹别扭了，还是你那婆婆？你倒是说话呀。素台说，我算是跟他过到头儿了。眼泪就唰唰下来了。翠台说，大过年的，你看你。增志又怎么惹下你了？素台抽抽搭搭哭了一会儿，才擦了擦眼泪，说，要是咱娘还在，多么好……翠台心里一酸，赶忙劝她，多大个人了，还说这孩子话。故意岔开话题，说起爱梨来。一面说，一面往窗户外头看，做贼似的。姊妹两个正说着话，听见有人来了。小鸾高声音大嗓门的，喊叫着，打牌吧，打不打？带着一股子寒气进来，见素台在，就说，哎呀，姊妹俩说私房话儿哪。我在跟前碍事儿不碍？翠台笑，说怎么不碍事儿，碍大事儿。小鸾说行了行了，你们姐俩儿哪天说不了话儿哪，大过年的，咱们打会儿牌呗？素台勉强笑着，你们玩儿，你们玩儿。起身要走，翠台说，那我回头再过去呀。小鸾说，她怎么了？翠台说，没事儿，家务事儿。

几个妇女在小鸾家打牌。叽叽嘎嘎的，像池塘里一群欢乐的鸭子。一个说我的老天哪，怎么这牌这么顺？另一个说，甭气人啊，我这牌脏得，没法看。另一个说，跟你们这些小老婆子打牌真是，就不能安生点儿？另一个就笑，就你话多，还说谁呢。今儿个不把你输个光屁股，不能放你走。翠台没有打，只在一旁看着。她不是不好这个，早些年，正月里闲暇时候，她也跟她们一块玩儿。后来儿女们大了，事多心不闲，慢慢就不玩儿了。比方说今天，她原是想着打两圈的，头晌午，再叫别人替换她下来。她可不能误了一家子的饭。尤其是，有了儿媳妇，她更是在这个上头不敢马虎。一是怕人家爱梨不高兴。二来呢，媳妇们都学样儿哩，你走一步，她学一步。打牌这个事儿，怎么说，要是上了瘾，终归不是好事。还有一点，她心里有事，挂念着素台那一脸泪。虽说是跟这个妹子不对脾气，可到底是亲姊妹，肝花连着心。一个娘肚子里爬出来，打断骨头，还连着筋么。

吃完晚饭，她本想着去素台那边一趟，小妮儿闹着要找奶奶，大坡他们两口子又忙着商量第二天回门的事儿。芳村这地方，出了门子的闺女，正月里要回娘家，叫作回门。这回门的日子倒没有个一定。也有初三的，也有初四的，也有初六的，再往后的也少。初五这一天要避开。芳村的风俗，初五叫作五穷日，诸事不宜。初二这一天呢，芳村的讲究，外甥拜舅。外甥们，成家立业的外甥们，要携家带口去舅家门上，少不得要带着年礼，吃顿团圆饭。在乡下，娘舅为大，是母族这边的权威和最高代表。家里有了是非和争执，相持不下，就须得请做舅的出面。都说清官难断家务事。单这一条，做舅的就比清官还要厉害。什么兄弟失和啦，婆媳纷争啦，夫妻打架啦，儿孙不孝啦。做舅的一拍桌子一瞪眼，谁敢不听呢。还有，做娘的这一边，平常有个灾灾病病的，儿女们要是有一点不妥，做舅的都看着呢。如何救治，如何服侍，如何请医抓药，到最后如何发送，都要过做舅的这一关。因此上，对于做舅的，人们都有七分敬，三分怕。初二这一天，做外甥的不到舅家门上去拜望，是要惹人笑话的。有因故没去的，做舅的就让人捎信儿过来，说问问他，是不是忙呀，要是离不开身，我这当舅的就专程上门去看他。这话就很重，很难听了。这是在挑礼儿呢。这种时候，做外甥的无论如何都要赶紧上门去了。还要低下身段来，赔礼请罪，好话说尽，才算罢了。当然了，没舅的人家就不算了。比方说，大坡。翠台、素台姐妹两个，并没有兄弟。初二这天，就免去了到舅家门上拜年这个礼节。初二他们回门，回田庄，爱梨娘家。

小两口叽叽咕咕商量不定，翠台抱着孩子，逗她。小臭妮儿要回姥姥家喽。小臭妮儿要回姥姥家喽。扯着小妮儿的两只胳膊，教她念：拉大锯，扯大锯，姥姥家门口唱大戏，请闺女，叫女婿，外甥狗儿，你也去……小妮儿口齿不清地跟着念，笑得咯咯咯咯的。那边不知道怎么回事，爱梨忽然起身，摔帘子出去了。翠台停下来，看着大坡。怎么了这是？大坡说，使性子呗。甭管她！翠台说，大年初一的，使啥性子哪。吵架了呀？大坡说，说要给她们家买东西。翠台说，得买。大清正月里，哪里有空手的呀。你们这又是回门，更得买。大坡说，可她说要给她爸买烟买酒，给她妈买羽绒服买药，给她弟买手机，给她小外甥买玩具，给她爷她奶买营养品……她以为家里种着摇钱树哪。翠台忍住气，说，买呗，人家闺女有这孝心，好事儿。大坡说，那，钱，还得你们出。翠台说，你们的钱呢？过事儿时候的拜钱，月子里的锁钱，都存起来了呀？大坡说都存了，卡在她手里呢。翠台说哦，你们自己攒个金疙瘩，来啃我们身上的肉？大坡不说话，只把眉头紧锁着，脚尖在地上蹭来蹭去。翠台看着那一双大脚，心里忽然就软了。千难万难，哪里有过不去的坎儿呢。大过年的，看把孩子愁成这个样儿。刚要松口，心里又恨爱梨大手大脚，一心顾娘家。就故意不说话。大坡磨蹭了一会儿，就出去了。翠台心里骂道，没出息的东西。也是个怕媳妇的货。

根来从猪圈里回来，笑嘻嘻的。翠台说，看，你爷回来了。这么喜欢，莫不是拾到钱了？根来要抱小妮儿，翠台不许，去，洗手去，臭烘烘的。小妮儿却喊爷，要爷抱。根来说，我小妮儿不嫌爷是吧。就抱过来。翠台看着他们爷孙两个蹭来蹭去，笑成一团，叹了口气，说，又不喜欢啦。根来说，谁？翠台说，还有谁？拿下巴颏儿指了指北屋。翠台说，赶明儿回门，要钱哩。买这个买那个，怎么不把这个家都搬到田庄去呀。根来说，小点儿声。翠台说，听见怎么了？我就是让她听见。她那爹娘是爹娘，这边就不是爹娘了？是孙子哇？根来见她越说越有气，赶忙过去把门关上，又往院子里瞅了瞅。小妮儿在他怀里挣，要下地。根来就把她放开，让她在地下玩那只板凳。翠台说，大坡也真是，这么点子事儿，把他快愁死了。在人家面前，他怎么就那么草包，他怎么就不敢说半个不字呢。根来说，他们吵吵嚷嚷不和睦，你就满意了呀？你真是。当婆婆的，哪有这么说话的。是不是，小妮儿？小妮儿正把那个板凳当大马骑，嘴里驾驾驾驾吆喝着。翠台就把嘴一撇，哼，连个小子都生不出来，还横哩。根来说，怎么越说越不像话了，这话也是咱当老人的说的？翠台就扑哧笑了。如今哪像我们当媳妇那会儿，千小心万小心的，婆婆还要找碴子为难。生个闺女，早扎一边儿不敢张扬了。根来说，这都啥年代了，还说这个。小妮儿笑嘻嘻的，说生闺女，妈妈生闺女，就是小妮儿。吓得翠台赶忙看外头，小声说，别瞎说啊妮儿。骑大马，哎，骑大马。又对根来说，这小东西也会听大人说话了，还学舌哩。往后咱说话还得当心点儿。

夜里，起风了。风吹过院子里的树木，发出泠泠泠泠的声响。远远近近，偶尔有鞭炮声，零零落落的。不知道谁家的狗，忽然叫了两声，又沉默了。水壶在炉子上温着，时不时噗的一声，待一会儿，又是一声。窗户外面不知道什么东西被风吹着，当啷当啷乱响。两个人在被窝里说话。翠台说，今儿个素台过来了一下，眼泪巴叉哩。根来说，怎么了？翠台说，谁知道呢，问也不说。根来说，是不是跟增志？俩人闹别扭了？翠台说，八成是。素台嘴又笨，心眼子又少，她哪里能降得住增志？根来说，你这个妹子哇，你可别小瞧。甭看不哼不哈的，茶壶里煮饺子，肚子里有数。哪像你。翠台说，可不是，我就是个直筒子。好对付，是吧。根来说，这可是你说的。翠台隔着被子，踢了他一脚。根来躲不及，说这么狠哪。忘了跟你说了，那天听老牛说，增志碰上了点儿事。翠台说，是不是？根来说，说是增志的厂子，给人家坑了一笔钱。工资还欠着工人们不少呢。翠台哎呀叫了一声，说我的娘哎。根来说，有人托我问问增志，工资啥时候能发。翠台想起来那天碰上罐子媳妇的事，心里说怨不得。根来说，我就推辞了。要钱的话，我怎么能开口问？甭说我跟增志是挑担子，就是亲兄弟，也不好问哪。翠台哦了一声。根来说，再说了，人家增志这些年发达，跟咱们家光景，差得没远近。平时人家站高岗儿站惯了的，把这事问他，一时怕他脸上挂不住。翠台不说话。根来说，更何况，咱们还借着他们钱呢。就是大坡过事儿那年。翠台不说话。根来说，哎，你怎么了？翠台说，想事儿哩。翠台说咱们那账，也有好几年了。他们要是真出了事儿，咱们也不好就装傻呀。根来不说话。翠台说，可咱拿啥还他们哪。根来不说话。只是叹气。翠台说，只说是给他们把事儿过了，就不管了，可这会儿孩子都这么大了，还伸着手跟咱们要哩。根来说，都这样儿，如今都这样儿。翠台说不行，我赶明儿得过去看看。素台这人就是这样，啥事儿都憋在心里头。还有，这事儿甭跟我爹透。七十多的人了，不担事儿了。根来点头答应了。

次日起来，翠台故意躲出去了。街上静悄悄的，雾还没有散去。远处的田野还都沉睡着，只有早起的麻雀，叽叽喳喳叫着，在地下蹦来蹦去。正月里，人们熬了夜，都起得晚。村庄懒洋洋的，是狂欢过后那种微微的倦怠。地下都是红红的鞭炮屑，梅花点点，倒是十分好看。风很冷，把脸蛋子吹得生疼。素台家大门上贴着一个斗大的福字，两旁是一副对联，上头写着，国富民强颂盛世，风和日丽贺佳年。大门关着，只留着旁边一个侧门。迎面影壁下面摆着一个凳子，上头的香炉里插着三根香，烧得只剩下一小段，灰烬散落在香炉里。院子里，铺着厚厚一层鞭炮碎屑，横贯东西，挂着彩，一挂一挂，五颜六色，在冷风里簌簌乱响。叫了两声素台，没有人应。翠台就撩门帘进了东屋。见素台侧身朝里，在床上歪着。翠台说，大清正月里，怎么躺着呀？素台不应。翠台说，云儿玩儿去了？素台不应。翠台说，增志哩？出去了？素台不应。翠台说，闹别扭了，你们？素台不应。翠台说，你还有啥不如意的呀。你甭比旁人，你就比比你姐姐我——翠台说我这光景，大窟窿小眼的，人前还不得没事儿似的，年得过，日子也得过。素台不应。翠台说行了行了，你快起来吧。大过年哩。起来洗洗脸，打扮打扮，出去打牌去。小闺家一班子，臭菊家一班子，热闹得不行。素台还是不应。翠台深知妹子的脾气，拧，不拐弯儿，就过来拽她。谁知这一拽，素台倒一下子哭出来。翠台说怎么了这是，你看你，怎么了？素台边哭边骂，翠台听了一会儿，越听越糊涂，急得恨道，说了半天，到底是为了啥事儿呀。素台就收了泪，一五一十跟她说起来。原来是增志给一个客户骗了，货款打过去，货却一等不来，二等也不来，电话打过去，那边竟停机了。找那人的同伙，也没了踪影。增志不死心，亲自跑了一趟湖南，才知道是被坑了。这一大笔钱投进去，原本是想着大赚一把的，这回都打水漂了。年根儿底下，工人们要结账，要账的不离门。这个年过的，心里腌臜哪。说着就掉下泪来。翠台见她难受，也不好问到底是多少钱，只好劝她，往宽处想，甭钻牛角尖儿。事儿既然已经出了，就想想法子，看怎么把人家补抚一下。都乡里乡亲的，跟人家好好说。素台说，乡里乡亲的，倒不好说了。都来这儿哭穷，诉苦，个顶个说的，比那黄连还苦。这不是逼着人卖房子卖地么？素台说平时没事儿的时候，都你好我好，这一有个风吹草动，翻脸就不认人了。翠台也不知怎么答话，心里说欠债还钱，天经地义。这是老话儿了。素台也是，平时被人家奉承惯了，站在高岗儿上，凡事要掐尖儿，这时候叫人家催账，肯定受不了。素台说，别人倒算了，那个谁，增志他那堂外甥，就是西两河那个，当年增志他堂姐姐求爷爷告奶奶，硬是塞进厂子里来，管吃管住，把技术学到手，翅膀硬了，这会子跳出来跟他舅这儿要债来了。活该增志这王八草的，捧着一颗心，还不如喂了狗。翠台说，这也不能埋怨增志。素台说，不怨他怨谁？都是他，心慈面软，耳根子也软。都说慈不掌兵，他那个性子，就不该开厂子。一心想着人家的难处，这下倒好，看有谁想着你增志的难处哇。正说着，听见院子里有人说话。素台忙把脸上的泪水擦一擦，又把散乱的头发捋一捋，小声跟翠台说，肯定又是要账的，问增志去哪儿了，就说不知道。门帘一动，却是素台她婆婆。见翠台在屋里坐着，忙问吃了呀不？翠台也立起来，叫她婶子，问今儿个冷哇。素台她婆婆看了一眼床上的儿媳妇，叹了口气，问增志哩？翠台刚要答话，素台却火了，谁知道野哪儿去了，家也不要了，厂子也不要了。不回来才好，不回来清净。她婆婆被噎了一下，一时说不出话来。翠台忙打岔，问增燕啥时候回来呀，头生子是个小子吧，看我这记性。素台她婆婆说，说是初四回来，头生子是个小子，三岁啦。翠台说小子好。素台她婆婆说，小子好，唉，增燕也是个劳碌命，这又怀上了。我跟她说了，你去医院叫人家照一照，要是闺女就要，要是还是个小子，就甭要了。翠台说，婶子看你这话说的，哪里还有嫌人多的哇。添丁进口，是好事儿呀。素台她婆婆说，如今这世道，一个小子就能把爹娘吃了，要是俩小子，这一辈子还能指望翻身哇。翠台正不知怎么答话，素台一下子就坐起来了，说这话我就不爱听。小子怎么了？我倒是盼小子，可就是个没有小子的命。眼下要账的那么张狂，还不是看我就一个闺女。要是有两个膀大腰圆的小子支棱着，看谁还敢！还轮得到增志出头露面，跟人家低三下四的哇。素台说增志也是你亲小子，当年分家的时候，等于是光着屁股给扔出来了。这么些年，连一根柴火棍儿都是增志他黑汗白流地挣来的。开了厂子，当起了老板，一大家子倒都看见他增志了。早些年都干吗去了。咱这院房又大，人又多，杂七杂八的事儿，哪里少得了增志？借钱找增志，使车找增志，遇上点儿事儿就都想起增志了。可眼下，厂子遭了难处，有谁过来问一句？躲还躲不及哩。素台她婆婆脸上越来越不是颜色，嘴唇哆嗦着，只能说出一句，增志他怎么了？厂子怎么了？再也说不出旁的话来。翠台见这架势，赶忙把素台婆婆扶住，好说歹说，送她出了门。又折回来，见素台躺在床上哭，有心劝她两句，又不好劝，只好给她倒了一杯水，在床边坐下来，让她痛快哭一场。

正月初二，街上人来人往，都是串亲戚的。秋保家的超市门口，停着一片车。人们都图省事儿，来秋保家现拿东西。这几年，秋保家超市上货越来越齐全了，生的熟的，吃的喝的，穿的戴的，要啥有啥。人们都说，秋保家真是发财了。守着这么个超市，盖起了二层小楼，买了车，供着两个学生。听说秋保还在县城买了楼，给小子预备着娶媳妇。秋保这家伙，不显山不露水，竟早悄悄给孩子们挣下了。刚拐出过道，远远见小鸾从超市里出来，提着一箱子牛奶，另一只手里是一个大塑料袋子。小鸾说吃了呀不。翠台说吃啦。你这是串亲戚去呀。小鸾说去西燕村，他舅家。翠台说，占良他舅？小鸾撇撇嘴，可不是。年前他舅捎信儿来了，说叫外甥们去看他呢。病了一个冬天，怕是不好。翠台说，你婆婆姊妹几个呀。小鸾说，姊妹两个，本村一个，芳村有一个。我们去了，还算是远客哩。小鸾说她奶奶一大早就过来敲门子，催着赶紧去，一会儿等不得一会儿。你看看，我这头都没梳哩。翠台说，那你赶紧去吧。正说着话，却见小别扭媳妇骑着电动车过来，穿得颜色鲜明，头发梳得光光的，翠台忙叫她，笑得明晃晃的。小别扭媳妇却只顾冲着她后头笑。回头一看，竟是大全媳妇。小别扭媳妇叫大全媳妇姐姐，两个人头碰着头，亲亲热热地说话，把翠台撇在一旁。翠台心里恼火，也不好露出来，只好讪讪走开了。大全媳妇胖胖的，穿一件火红色羊绒大衣，新烫的头发剪得短短的，乌黑油亮，越发衬托出一张银盆大脸，白嫩富态。这大全媳妇倒是周到，不忘了扭身冲着翠台笑笑，说吃了呀不？翠台应着，心里头不免骂小别扭媳妇，舔屁股的货。势利眼。

旁边难看家的饭馆也关张了，门前冷落。那匾额上有一粒鸟屎，白花花正好落在难看两个字中间，汤水淌下来，留下老长的印子，早冻住了。卫生院却照常开着门，生老病死的事儿，可不管过年不过年的，照样有人在排队看病抓药。也有那些心细的，讲究的，过年硬扎挣着不吃药，要等过了初五，才肯来看。有一户人家外墙上挂着一个广告牌，白底绿字，上头写着：易物。右边是两行字：以物易物，服务平台。电话：137××××4668。翠台一边走，一边想心事。素台哭哭啼啼的，不吃不喝，非把身子熬坏不行。增志厂里出了这么大事儿，也不知道，该不该跟爹说实话。人上了岁数，担不起事儿了，该瞒呢还得瞒着。老远见爹跟几个老头儿在门口立着，说闲话儿，吸烟。翠台赶忙拐进过道里，绕道走了。

一进家门，听见小妮儿在呱呱呱呱啼哭，尖着嗓子，哭得都不是人声儿了。翠台心里一紧，赶忙跑进去看，只见地下横七竖八，扔了一地东西。枕头、被子、鼠标、杯子、电视遥控器，还有小妮儿的鞋，东一只，西一只。爱梨披头散发，满脸泪痕。大坡在电脑椅上坐着，抱着脑袋。小妮儿光着一双脚，哭得泪人儿似的。翠台过来，一把抱起小妮儿，走过去，照着大坡的后背，咣咣就是两下子，嘴里骂道，混账东西，这个家还要不要了？有你们这么当爹娘的没有？孩子哭成这个样儿也不管，光顾着自己痛快哇！大坡不说话。爱梨也只是哭。翠台说，怎么了？有啥事儿说不开哪？不是今儿个回田庄吗，她姥姥姥爷还等着哩。爱梨说，不回去了。我没脸回去。大坡说，怎么就没脸了？非要金山银山地往娘家搬，就有脸面了？爱梨说，你有金山银山没有？你倒是变出一个金山银山给我看看哇。大坡说，张爱梨，我要是有金山银山，我还娶你哇。我不得娶回来一个金枝玉叶？爱梨一下子就哭开了，刘大坡你不是人，你嫌弃我，你早说哇。如今孩子都有了，你倒说起这话来了？你后悔了？好！我们娘儿俩这就走。你去找你的金枝玉叶去。翠台气得浑身乱颤，指着大坡的鼻子，骂他混账，叫他还不赶紧闭嘴。是不是成心要气死我呀。大坡说，爱过不过，不过就离，甭天天拿着这个吓唬人。翠台赶紧呵斥他，过去拿脑袋往他身上撞，叫他出去，出去。大坡硬是不肯，铁塔一样在门口杵着。爱梨哭道，好，你厉害，我走。我这就走。边哭边开衣橱收拾衣裳，小妞儿吓得呱呱呱呱大哭，喊叫着妈妈妈妈。翠台只觉得眼前一片金星银星乱溅，一时间天旋地转，就什么都不知道了。

好像是个晚上，挺好的月亮地儿，天上的银河看得清清楚楚，牛郎星在河这头，织女星在河那头。一个白衣人在前头飘飘飞着，不时回头招手叫她。她晕晕乎乎跟着那人疾走，好像腿脚都不是自己的了。过山岗密林，涉河水溪流，走呀走，竟不知疲劳。那白衣人也看不见脸，只见衣裳飘飞，翅膀一样。翠台心里疑惑，想着还要回家做饭呢，怎么就跟着人家来到这里了。正想着，一抬头那白衣人却不见了。一座宫殿模样的房子就在眼前，仙气缭绕，祥云乱飞，耳边隐隐有仙乐传来，似在千里之外。心想这莫不是神仙住的地方？正怔忡呢，忽听有个声音从天外传来，好大胆子，肉身凡胎，竟敢闯到这世外仙境来了。翠台惊得左顾右盼，却不见其人，只有黄金满地，白银缀天，天上的星星都是珍宝玉石，璀璨夺目，叫人眼花缭乱。翠台心里说我的娘哎，天下真有这样的地方。一时顾不得胆怯，弯腰就捡拾起来。不料拾起一个，又掉落一个，再拾起一个，又掉落一个，横竖是装不到自家兜里去。正着急呢，只听那声音笑道，可知人心都是贪的。我只说你是一个仁义厚道之人，难得勤谨本分，克己守德。本想试探一下，不想却跟世人一般无异。翠台吓得一身冷汗，忙说，仙家休怪，我不拿就是了。那声音叹道，也怪不得你。世事如此，天下熙熙，皆为利来，天下攘攘，皆为利往。你一个弱女子，心性高强，奈何运命不济。为人生儿育女，半生操劳，遍尝艰难顿挫，不正是为了一个钱字？家宅平安，光景顺遂，都少不得一个钱字做底子。谁知世间红尘万丈，功名利禄如过眼烟云，是非成败转瞬成空。至于那为情所困，为恨所苦者，比比皆是。若非那翻过跟头来的，总难悟透看破。翠台听着，似懂非懂。只听那声音叹道，也罢，你一个乡野妇道人家，如何懂得这些？只需求得现世安稳，享尽百年之寿。如此，甚好。你且去吧，只随意便是。翠台大喜。手忙脚乱，尽情怀金揽银，含珠噙玉。只恨不能打电话叫根来他们来帮她。兴头头往回走，却觉得怀里的金银财宝越来越沉，低头一看，竟然是满怀屎尿，臭气熏天。翠台惊得啊呀一声——

也不知过了多久，方才悠悠醒转过来。慢慢睁开眼，先是看见根来的脸，模模糊糊的不大真切。醒了？根来端了一杯热水，问她喝不喝。翠台摇摇头，也没有力气说话。根来说，请耀宗来看过了，摸了脉，说是急火攻心。你呀，气性忒大。根来说把药吃了吧。拿过来几粒药，放在手心里，叫她吃。翠台扭过头去，不想吃。根来说，去素台那边了？你这个人，就是操心的命。翠台叹口气，扎挣着起来，把药吃了。四下里静悄悄的，外头偶尔有鞭炮声，零零落落的。翠台说，大坡哩？根来说，谁知道？都一头二十了，还当他是奶娃娃？翠台说，走了？根来说，谁？翠台说，还有谁？从素台那边过来，一进门，两口子又吵哩。根来说，院子里车开走了，是不是回田庄了哇。根来说他们吵他们的，甭插话儿，越插话儿事儿越多。翠台叹口气说，这年过的，心不顺。素台他们也不顺，厂子里出了事儿。家里吧，又是鸡飞狗跳的。我这是得罪了哪路神仙哇。忽然想起方才梦里的情景，一五一十，讲给根来听。根来边听边笑，说，你是也财迷心窍了。遍地黄金白银？天上的星星都是珍珠宝石？真是想钱想疯了。翠台吓得忙说，你别乱说话。这个梦怪得很。那白衣人也看不清脸，细想身影倒是熟悉。还有那个人的话，我越听越糊涂，横竖听不透。你说，这梦到底有啥说头没有？根来说，我看你就是上火了，乱扯梦。能有啥说头？一个梦！翠台默默不说话，想起梦中怀里的屎尿，心里十分腌臜。忽然觉得胳膊酸疼，撸起毛衣袖子一看，只见右胳膊上有一个挺深的印子，像是被东西硌的。因想起梦里抱着大块金锭子的事，心里越加疑惑。

又说起增志厂子里的事，翠台说，这些年顺风顺水的，谁知道栽这么大个跟头。根来说，做买卖么，赔赔赚赚哩。翠台说，咱们还花着他们钱哩。照说他们碰上了事儿，咱们就是不帮忙，也该把钱还上。可咱拿啥还哪。根来说，素台他们提钱的事儿了？翠台说，那倒是没有。要账的不离门，还等着人家开口提哇。根来就不说话了，半晌，才说，等开了春，把这一窝猪卖了，凑一凑。翠台叹气道，算了算了。瘦死的骆驼比马大。他们大家大业的，好拨转。咱们这一星子半点子，也添不起秤来。

天擦黑的时候，门外一阵汽车喇叭响，大坡回来了。翠台从窗子里往外看，见他一个人从车里出来。根来问他干吗去了，回田庄了不，爱梨娘俩儿哩。大坡说她们娘俩儿在田庄住几天，爱梨她叔伯妹子初四回门，待客哩，叫她们都过去热闹一天。父子两个在院子说话，翠台在屋里听着，心里庆幸小两口到底没有闹起来，大过年的，平白叫人家笑话。二妞出去野了一天了，还没有回来。闺女大了，人大心大，得管管了。如今外头忒乱，可千万别出了什么岔子。

这季节，天黑得早，刚才还亮着，一眨眼黑影儿就下来了。街上的路灯却还没有亮。院子里的灯明晃晃的，更衬托出外头黑漆漆一片。夜风飕飕的，把干树枝子吹得泠泠泠泠乱响。远远的，不知道是谁家的狗叫了两声，惹得另一只狗也跟着叫起来。爱梨娘俩儿不在家，翠台就松了一口气。把剩下的炖菜热了热，还有剩下的一碗三十的饺子，也热了。大年初一的饺子还得留几天，等那娘俩儿回来再吃。馏卷子，熬米汤。大坡说，大清正月里，就叫吃这个哇。翠台说，就这个。爱吃不吃。不吃不饥。二妞把嘴一撇，咱妈这心眼子呀，都偏到肋叉子上啦。翠台就笑骂道，你妈我饶是这么偏心，还拢不住人家哩。就你话多。根来撕了一块卷子放嘴里，说如今人们嗓子眼儿都细了，早些年，白面卷子、肉丸、饺子，只能做梦想想吧。大坡和二妞你一个我一个，把一碗饺子分着吃了。根来打扫了剩菜，翠台只喝了一碗米汤，卷子也没吃。正收拾着锅碗，她婆婆过来了，捂得严严实实的，只留下一双眼睛在外头。根来问他娘吃了呀不，他娘说吃了呀。说赶明儿初三哩，根芬他们一家子回来。根来说来电话了？他娘说先是说初四，刚刚电话里说，赶明儿来，估计头晌午就到了。根来说是小宋开车来吧？他娘说是，开车来。赶明儿你们早点过来吧。根来说，爱梨她们娘儿俩哩？叫她们回来？翠台把湿手擦一擦，说叫啥叫？甭叫。咱们倒清净。根来他娘说，不叫不好吧，这边待客哩，把人家娘儿俩撇下？根芬他们也难得回来。根来说，叫大坡打个电话。回不回来是她们的事儿，叫不叫，是咱的事儿。这个上头咱不能短了礼数。

次日早早吃了饭，两口子就去根来他娘那边。

村里大喇叭上正在广播新闻早班车：当今世界正面临着百年未有之大变局，我们要坚持用新时代中国特色社会主义思想武装头脑……

雾气很大，把清晨的村庄轻轻笼罩着。邻近村子里也在播放新闻：新时代……新时代……中国特色……中国特色……社会主义……社会主义……喇叭的声音嗡嗡震动着大地，带着远远的共鸣和回声，此起彼伏。不知谁家的鸡忽然鸣叫起来，只一声，又沉默了。老远见小闺摇摇摆摆从过道里出来，问他们去哪儿呀这是？翠台说，去他奶奶那院里——今儿个根芬他们回来。小闺说，那是要待客呀。根来说，她算啥客呀。头里先走了，留下翠台跟小闺说话儿。小闺说她家今儿个也待客，弟兄俩轮着今年轮到她家了。翠台说你家他老姑她们？小闺说可不是，大小十几口子，想想都怵得慌。待个客，发个昏。翠台就笑。

她婆婆这院里，屋里屋外早拾掇得干干净净。床单子也换了新的，深蓝细格子，清清爽爽。八仙桌上摆着香炉，供着水果点心。

她婆婆正忙着择菜，见翠台来，叫她先看看火上的鸡怎么样了，锅里炖着鸡哩。屋子里蒸腾着一股子水汽，锅盖给顶得一起一起的，浮浮浮浮乱响。翠台拿了一根筷子戳了戳，还有点硬，就又盖上锅盖。几个盆子里有发好的蘑菇、干粉、海带，切好的白菜、五花肉，炸好的丸子，煎豆腐。一个碗里是切好的葱丝、姜丝、蒜末，另一个碗里是花椒、大料、干辣椒、小茴香。根来过来，翠台冲他撇撇嘴，看看看看，亲人要来了，看把你娘给慌的。根来就笑，说不就是个炖菜么。你没吃过炖菜？翠台说，我没吃过你娘炖的鸡。横了他一眼，扑哧就笑了。

头晌午，根芬一家子来了。小宋忙着从后备厢里搬东西，根来她娘一个劲儿埋怨，又瞎花钱，买这些个干啥，家里啥都有。小宋嘴巴也好使，一口一个妈，亲得不行。嘱咐她电褥子怎么用，蛋白粉怎么吃，葵花子油对心脏好，还有这羽绒袄买的大码的，上年纪了，穿大不穿小。根芬新烫了头发，穿一件乳白色长款羽绒服，黑色高跟靴子，脸上红扑扑的，叫翠台嫂子，问爱梨他们哩。又督促闺女小倩叫妗子，叫舅，叫姥姥。小倩十来岁，胖乎乎的，雪团子一样，一口普通话，脆生生的，好听极了。翠台往兜里掏了半天，掏出一张二十块的票子，给小倩。小倩不要，根芬说，接了吧，接了吧，妗子给你压岁钱哪。小倩说，我姑姑给了我二百，也是压岁钱。根芬忙喝住她，叫她快接了，翠台的脸色就讪讪的。根芬训斥小倩，说她不懂事儿，还不赶快谢谢妗子。小倩吐了吐舌头，冲着翠台鞠了一躬，说谢谢妗子。翠台强笑着，夸小倩可真白，随小宋他们家人吧，根芬你跟你哥都不是白人儿。根芬说可不是，看她胖的，就剩下个白了。从皮夹子里拿出两百块钱，塞给翠台，说爱梨她们也不在，这是给小妮儿的，又长了一岁，压岁呢。翠台说谁碰上谁算，碰不上就不给了。根芬哪里肯。翠台推辞了一回，就收下了。

晌午吃炖菜。芳村这一带，熬菜是待客的饭。大锅菜，多炖上一会儿，咸香软烂，十分入味。翠台又炒了几个下酒菜，一个蒜薹炒肉片，一个青椒炒鸡蛋，切了一盘猪头脸儿，菠菜焯一下，跟卤过的猪杂碎一块凉拌了，又把炖的鸡肉瓜儿撕了一盘子。根来和小宋喝酒，喝的是小宋带来的丛台。小宋说，大坡哩，等一下大坡。根来说，这就来，咱们先喝着，他一个孩子家，等啥等。小宋说，都成家立业了，是大人了，都当爸爸了嘛。根来就笑。掰了一个鸡腿给小倩，小倩不接，扭头跑了。刚喝了两杯，大坡来了。三个人慢慢喝酒。翠台和根芬在院子里说话。阳光薄薄的，羽毛一样，把院子抚弄得懒洋洋的。根芬问家里怎么样，爱梨他们呢，顺当不顺当。根芬在石家庄这么多年，芳村话说不大好了，又不好意思说普通话，一会儿土一会儿洋，听得翠台心里别扭，后背上唰唰唰唰，起了一层鸡皮疙瘩。她婆婆过来，端着一碗蒸年糕，热腾腾冒着白汽，叫根芬吃。根芬说嫂子你也吃。翠台说，你吃你的，专门给你留的。根芬就咝咝哈哈吃年糕。她婆婆在旁边看着，笑眯眯的，说今年这枣儿不好，核儿忒大，皮又厚。说这江米糕还是不如黄米糕，黄米黏，油性也大。根芬说，城里卖的也是江米的多，黄米的不多见。她婆婆说，怎么这衣裳买个白的？大过年的，穿孝似的，不好，又不禁脏。根芬笑得不行，下回穿个大红的，行了吧。翠台也笑，这白衣裳是忒扎眼，城市里不显，村里就不一样了。大过年的，还是红红绿绿有点颜色好，喜庆。她婆婆说，你看，你嫂子也这么说吧。翠台朝着根芬说，对了，有个事儿跟你说。她婆婆就不笑了，有点警惕地看着翠台。翠台说，嗐，还不是大坡的事儿。眼下活儿不好找，老在家里待着，也不是个事儿。你看看市里有没有他能干的活儿呀。根芬一口热糕含在嘴里，呜呜哝哝的，一时说不出话来。她婆婆忙说，你嫂子就是问问你，你能帮上就帮，你哥你嫂子也好放下心。要是帮不上，也甭打肿脸充胖子，跟你嫂子实话实说就是了，也不是外人儿。根芬咽下一口糕，冲着她娘说，你看看，我还一句话没说哩，你就说了这么一堆。又跟翠台说，嫂子，大坡的事儿呀，我跟小宋也考虑过，左右是个为难。咱要学历没学历，要特长又没特长，像样儿的工作挺难找。要是卖苦力呢，就不如在附近了，离家近，也方便。翠台说，附近活儿不好找哇。根芬说，咱村的厂子不是有好几家么。翠台说，都不行啦。如今上头抓环保，盯得紧，几天一查，几天一查，好多厂子都关门了。根芬说哦，倒是该管管了。皮革这一行，污染忒厉害。翠台说，理儿是这么个理儿。可这样一来，人们挣钱的路就没了，都发愁哩。这一大家子，开销大，光出不进，急死人了。她婆婆说，反正村里人都一样，咱没活儿，别人也没有。根芬说，那我再托人问问吧。我一个同学是一家公司的副总，看人家要不要保安啊保洁啊什么的。翠台说，人托人，能摸着天么。这事儿你上点儿心，托托人吧。根芬说，那咱事先说清楚啊，这种活儿挣钱可不多，一个月两千，撑死了。稳当倒是稳当。正说着话儿，根莲来了。见了根芬，哇呀一声，说大地方的人回来了？根芬笑嘻嘻的。姊妹两个立着说话儿。根莲说，我姐夫哩？怎么也不找个人来陪陪酒呀。根芬说，陪啥陪，又不是新女婿了。根芬说有子哩，去年回来就没见他，叫他过来呗，他们喝两盅说说话。根莲说，叫他干啥？狗肉上不了席，白在人家小宋跟前丢人。根芬说，你看你看，一看在家做主的就是你，啥都管着人家。根莲就笑，说你怎么一点儿都不显老哇，那小脸儿明光儿，镜子似的。要是说咱俩就差几个月，谁信呀。你看我脸上这褶子，还有这腰里的肉。根芬就伸手摸她腰里的肉，根莲怕痒，两个人嘻嘻哈哈笑成一团。根莲又伸手摸根芬的衣裳，问多少钱呀，名牌吧？看根芬的耳朵眼，问打耳朵眼疼不疼，村里媳妇们也有打耳朵眼的，也有文眉的。文得不好看，假，怎么看怎么像是假的。翠台见她们堂姊妹两个嘀嘀咕咕说体己话儿，就撤脚儿出来。

这房子出门就是一片居连，早先放些柴火垛，种着枣树、槐树、香椿树，到了雨季，杂草茂盛。后来人们都不烧柴火了，地里的麦秸啊，玉米秸啊，棉花秸啊都就地粉碎，做了肥料。人们如今做饭都用电了，电磁炉，又方便，又干净。这片居连就闲下来，她婆婆念叨着，想拾掇出来种上菜，如今的菜有多贵，种上菜，够自家吃了，还省得花钱买。阳光薄金一样，淡淡洒下来，把村庄敷上一层细细碎碎的金粉。微微有点风，树枝的影子画在地下，恍恍惚惚的。墙根底下有一只大公鸡，被微风吹得浑身的毛凌乱着，大红鸡冠子一抖一抖，十分的威武。五奶奶颤巍巍出来，揣着手，问她吃了呀不，来客了？翠台说根芬，根芬一家子回来了。五奶奶就唠唠叨叨的，说根芬有出息，公家人儿，吃公家饭，又孝顺，秋勤有福气哇。秋勤就是翠台她婆婆。五奶奶说你公公走得早，秋勤一个人，拉扯着俩孩子，寡妇失业的，吃了多少苦，受了多少罪？难哪！翠台说可不是。五奶奶说，根芬她女婿是哪个衙门里头的？是个啥官儿？一个月挣多少钱？秋勤也是死脑筋，要是换了我，早跟着闺女城里享福去了。翠台心里嫌她啰唆，就不想敷衍她，正好院子里根芬叫她，她赶紧说五奶奶，叫我哩，有空过来说话呀。

后晌，根芬买了鸡蛋、点心、豆奶粉，去看根生她娘。翠台帮她抱着两托盘鸡蛋，从大街上摇摇摆摆经过，跟人们大声打着招呼，歇着哪？去我三婶子那院里看看。根芬倒在后头提着一个袋子跟着，高跟鞋咯噔咯噔响。旁边一个老婆儿耳朵背，悄悄说，那是谁呀？秋勤家闺女？外头工作的那个？另个一老婆儿说，我的娘哎，怎么穿着一身白孝哇。这大过年的。两个人自以为声音小，不想众人早都听个清清楚楚。翠台心里恼火，也怨小姑子不懂事儿，芳村土生土长的，不知道乡下的忌讳？

三婶子见她们姑嫂过来，喜欢得不行。拿出瓜子、长果叫她们吃呀，吃呀。没说几句，三婶子就说起了香罗。叫她们看香罗给她买的袄，大红缎子面，上头绣着小字，福禄寿喜，一闪一闪的，耀眼夺目。根芬说呀，这红真好看。三婶子说忒红了吧，我可穿不出去。根芬说，好看，六十六大寿么。就是要这种大红，辟邪、吉祥、喜兴！翠台心里说，怎么这会子不骂了？不是嫌这个儿媳妇丢人么？嘴上却说，三婶子老来俏哇。人家外国，还有城里人，越是年纪大，越要穿得鲜亮。不信你问根芬。三婶子笑得一脸皱纹，核桃皮子似的。一口一个香罗。香罗这个，香罗那个。翠台想起当年她们婆媳两个，势同水火。在三婶子眼里，香罗这个媳妇不守妇道，败坏了刘家门风。如今却是顶孝顺懂事的儿媳妇，本事又大，八面威风。心里感叹不已。娘儿几个说了一会子闲话儿，就出来了。

回到家，她婆婆刚煎好了一大盘饺子，叫根芬吃。芳村这地方的风俗，出了门子的闺女，要吃娘家大年初一的饺子，一年吉祥如意。根芬勉强吃了几个，她娘又夹了几个给她，硬是叫她吃完。翠台看着她们娘儿俩推来推去，打架似的，心里头酸酸的。要是自己的娘还活着，恐怕也是这样吧，每年都给她留着大年初一的饺子，硬逼着叫她吃。

吃罢了饺子，根芬一家子要走了。翠台看见，根芬给她娘兜里塞什么东西，她娘又拿出来给她，根芬不肯，又给她塞回去。娘儿俩嘀嘀咕咕，拉拉扯扯的，打架似的。翠台不好待在那儿，就出来在外头等着。

大门上贴着门神，钟馗捉鬼。春联还是崭新的，上头写着，红梅点点辞旧岁，细雨丝丝迎新年。门旁边的墙上，是一幅宣传画，上头写着，精准扶贫，精准脱困。下面是一行大字：全面建成小康社会。白底蓝字，十分醒目。画是横幅，绿树蓝天，白云朵朵，一面国旗在风里飘扬起来，下面是金色的田野，风吹麦浪，高低起伏，仿佛能够嗅到好闻的麦香。不知道谁家的孩子，在画的右下角，歪歪扭扭写了几个粉笔字：二鹏是小狗。

根芬一家三口上车走了。那白色的汽车像一只大鸟，呼啦一下往村外飞去。暮色渐渐笼罩下来，汽车扬起的灰尘，同淡淡的暮色缠绕在一起，苍苍茫茫一片。

雨　水

《礼记·月令》：仲春之月……始雨水，桃始华。

《月令七十二候集解》：正月中，天一生水。春始属木，然生木者必水也，故立春后继之雨水。且东风既解冻，则散而为雨水矣。

咏廿四气诗·雨水正月中

［唐］元稹

雨水洗春容，平田已见龙。

祭鱼盈浦屿，归雁过山峰。

云色轻还重，风光淡又浓。

向春入二月，花色影重重。

转眼就过了正月十五。芳村这地方，过了十五，才算是过了年。老辈子的风俗，十五看灯，十六游百病。如今人们都不讲究这些了，过了十五，都忙着干活了。该出去的出去，该开工的开工。村里大喇叭时不时叫起来，招保安哩，招保安哩，包吃包住，包吃包住。工资面谈，工资面谈。有意出去哩来村委会说，有意出去哩来村委会说。名额有限，名额有限，报名从速，报名从速……

翠台在院子里正晒被子。天儿不错，满院子明晃晃的阳光，云彩白白的，棉花朵子一样，在天上任意翻卷着。这被子是大坡结婚时候做的，被面子是大红的底子，上头开着大朵大朵的粉色牡丹，没有叶子，倒越发显出那牡丹的丰美富贵，阳光晒上去，满眼煌煌赫赫一片。透过半落地的玻璃窗子，见大坡窝在沙发上正玩手机，一座大黑塔似的，竟把那沙发占得满满当当。翠台心里恨一声。有心过去说他几句，到底忍住了。爱梨娘儿俩回田庄了，走的时候，爱梨的脸色不大好看，也没有一句出门的话儿。翠台就疑心，是不是小两口又闹别扭了。爱梨娘家叔叔也开着厂子，红红火火，生意不错。爱梨的意思，是想叫大坡就到她叔厂子里去，都是自家人，也有个照应。大坡是个没主意的，就把这事来问翠台。翠台想了想，说还是不去吧，三天两早晨还行，日子一长，就不好了。亲戚们，还是少通商的好，少生是非，彼此都落个和睦安宁。大坡说怎么就生是非了？怎么就不和睦安宁了？翠台说，你看看四周围，有哪一个亲戚通商有好结果的哇。弄来弄去，最后反成了仇，还不如外姓旁人哩。大坡就不吭声了。翠台看着大坡的后背，宽宽厚厚，小案板子似的，心里叹一声。她自已肚子里出来的小子，她怎么不知道呢。大坡这孩子心眼儿实，不大会变通，嘴呢，又拙。在丈人家门上做事，不比在爹妈跟前。到时候钱挣不了，倒弄出一堆不是来，就不好了。好不好白牵连了这桩亲事。还有一点私心，翠台不好说出口。她自己辛辛苦苦养的小子，就这么给白白送到丈人家门上去？她怎么肯？就像二傻家那二小子，丈人家吃，丈人家住，后来小两口干脆在丈人家村里买了小区，这不是把个小子给人家倒插门了么。跟芳村比起来，田庄离青草镇近，又大，到底是繁华富裕，在这个上头，她不能不防着些。正乱想着，听见大坡在屋里打电话，嘻嘻哈哈的。翠台听了一会儿，也听不出个究竟来，心里怨大坡没心没肺，都过了十五了，村里打工的人们该走的都走了，他还窝在家里头，没个出路，怎么竟一点儿也不着急呀。

过了二月二，年真的就算是过完了。早先二月二讲究吃闲食，拿萝卜丝和面，摊成薄薄的面皮儿，这面皮儿平日里叫作面皮儿，逢二月二这个节气，就叫作闲食。再调小半碗蒜汁儿，加酱油、醋、香油，拿闲食蘸了吃，滋味清新别致。如今，人们早不吃闲食了。只有那些上了年纪的，还惦念着这份吃食，有闲心闲情的，就摊了来吃。年轻人们却不大认得了。

这个时候，地气开始动起来了。麦田大片大片的，好像是从一场梦里刚刚醒过来，懵懵懂懂的，绿汪汪湿漉漉。阳光照下来，绿烟缭绕，好像是雾气，又好像是微尘。空气里有一股子潮湿的泥土的腥味儿，夹杂着庄稼地郁郁葱葱的草木青气，叫人忍不住鼻子痒痒，打一个大大的喷嚏，一面打一面说，哎呀，这是谁想我哩。旁边的人就笑，谁想你？谁骂你还差不多。

大坡走的那天，天上下着毛毛雨。翠台忙着把铺盖行李给他拾掇好，爱梨抱着孩子，跟大坡说话儿，教着孩子叫爸爸，说爸爸你在外头，要当心呀，记着打电话回来呀。翠台怨爱梨啰唆，心头却酸酸楚楚的，一直把大坡送出大门，又走了老远，说出门在外，安全第一呀。说别乱花钱，省着点儿。说也别太节省了，该花的地方就得花。说在家千日好，出门一日难。说凡事多长个心眼儿。说干活儿有点眼力见儿，别偷懒。说也别太实诚了，自己掂量着，甭傻实在，白累坏了身子。嘱咐了一遍又一遍。大坡都不耐烦了，说知道了知道了。皱着个眉头。翠台骂道，我就不能说句话了，唵？

大坡去了外地，二妞也早开了学，家里一下子空落落的。爱梨娘儿俩回了田庄娘家，一住就是十天半月。翠台有心叫她们回来，老住娘家也不是个长法哇。爱梨却延挨着，不肯回来。翠台闲不住，也盘算着找点儿活儿干。

这天吃过饭，她到她爹那院里去。菜地旁边的一小片湿漉漉的，有几个细细的羊蹄印子，心里纳闷，再细一看，哪里是什么羊蹄印子，是高跟鞋踩在地下，一个一个鞋印子。听见素台在屋里说话，就掀开帘子进去。爹正择韭菜，素台坐在床沿儿上，黑裤子，却穿了一双红皮鞋，细细的高跟，妖娆得不行。她爹说，怎么回事，今儿个都商量好了哇，说来都来了。翠台就笑，说可不是，都商量好了。素台却不笑。她爹说这韭菜好是好，就是忒贵。翠台说，东燕村集上买的韭菜？她爹说，素台买的。翠台说，你去赶集了呀，人多不多？素台说，我去得早，人还不多。买了把韭菜，唠叨了我半天。她爹说，还有鸡蛋哩，十块钱还不到二斤，快赶上肉价了。素台不耐烦道，一个鸡蛋！那人家卖鸡蛋的就不活了哇。她爹说，甭嫌我唠叨。庄稼主子，过日子就得盘算着点儿。大巴掌大手哩，往后你可得改改了。素台立起身来要走，她爹说，有搂钱的耙子，也得有盛钱的匣子。增志在外头辛苦，你在家里头也得省俭着点。素台说，还提他！要不是他，厂子还落不到如今这个样子哩。她爹说你油瓶倒了都不扶的，这会子倒怨起人家来了。有你天天打牌的工夫，也到厂子里去，帮着他料理料理。厂子里看着人不少，有几个知己的，靠得住的？素台跺脚说，我还是不是你亲闺女了？你到底是哪一头儿的哇。她爹说，我哪一头儿的都不是。我是劈直理，说句公道话儿。你这个性子，也就是人家增志，你换个二人，谁受得了哇。素台说，有你这样的爹没有？胳膊肘子往外拧。翠台见父俩儿吵起来了，赶忙劝说，使劲儿给素台使眼色。素台偏看不见，眼泪噼里啪啦就掉下来。一面哭，一面数落。翠台听出来了她是哭她娘，心里更是气，又是气，又是疼。素台这妮子就是这样，一遇见委屈就跑到她娘坟上哭，哭她的亲娘，谁都拉不起来。翠台最怕她这个样子。她爹果然就不吭声了，掏出旱烟叶子，默默卷烟，吸烟。屋子里烟气腾腾，呛得人咳嗽。翠台赶忙把门打开，把帘子撩起来，又拿了一个板凳，在门口坐着。

早春的芳村，还有一点微寒。寒食刚过，杨树、柳树的枝条，渐渐柔软起来，在风中轻轻摇摆着，有点忸怩，是试探的意思。空气也好像湿润起来，雾蒙蒙的，把杨枝、柳枝撩拨得越发添了女儿姿态。芳村有句俗话，寒食寒食，不脱棉衣裳没廉耻。说的是节气不饶人。一过寒食，天气转暖，人们就该脱去棉衣，换单衣了。

待素台哭够了，收了泪，翠台才过来，把她拉到院子里，在菜畦旁边立下，慢慢拿话语劝她。素台红肿着眼睛，只不说话，看着菜畦子发呆。菜畦刚刚浇过水，湿漉漉的。一眼看过去，可以看见星星点点的绿意思，仔细一看，却又没有了。一只鸡在墙根底下打盹儿，脸红红的，好像是憋着天大的心事。素台的红皮鞋在地下踩出深深的小窝来，琐琐碎碎的，像是羊群过后的蹄印子。这些年，素台的光景好，又爱穿戴，左一件右一件，有的才穿过一水两水，就不要了。姊妹两个身量差不多，素台略胖些，翠台一直跟在后头拾她的剩衣裳穿。翠台身上这件紫衣裳，就是素台的。她嫌衣领子太敞，穿不出去，又缀了一颗内扣儿。阳光金箔一样，铺了满满一院子。风一吹金光乱动，恍恍惚惚。街上有人吆喝，修理电视、洗衣机，修理空调、电风扇。修理电视、洗衣机，修理空调、电风扇。是事先录好的，给一个小喇叭播出来，反反复复，吆喝不休。翠台说，增志哩？我是说，厂子那边开工了吧？素台说，开是开了，好多工人的工钱还欠着。跟人家应承了，今年头麦天给结清。翠台说，头麦天？这么急？素台叹口气道，谁说不是？这是人家提的条件，不应承怎么办？要不是有这些工钱牵扯着，人们早走光了。素台说经了这一场，我算是看清了，人哪，都是势利眼。早先是一张脸，如今又是一张脸。变得真快呀。翠台说，你呀，哪里经见过这个，这几年，也是在高岗儿上站惯了——素台说，穷吧富吧，我就是受不了这种气。翠台说，事到如今，也该往宽处想想。不是我说你，从小就心窄，好钻个牛角尖。翠台说这不有韭菜吗，把增志他们叫过来，咱们吃饺子呀。过年也没有入伙吃顿饭。素台说，不想吃。心里头不干净，哪里有闲心吃饺子？翠台说，看你这张脸，苦瓜似的。我劝你一句，越是这时候，越得在人前笑。芳村的人们，都是添言不添钱。甭叫人家看咱笑话。素台说，行，那甭叫他，我不想看见他。翠台说，又胡说，都说你清楚，我看是糊涂，忒糊涂。顺风顺水的时候，跟着人家吃香喝辣，遇上一点小浪头，就鼻子不是鼻子、脸不是脸。叫外头怎么看你，叫人家增志多寒心？素台不耐烦道，行了行了，甭给我上课了。说起来一套一套的，你那光景过得就那么好，那么如意？他爹在屋里咳嗽，咔咔咔，咔咔咔，又是擤，又是吐。翠台给她噎了两句，只好小声说，老小孩老小孩，咱爹这边，你还得哄着点儿。甭老耷拉着一张脸，昂？

打电话吩咐根来去集上割肉，翠台就在家里把韭菜择了，洗好切好，和好面醒着。又把爹的屋子里里外外打扫一遍，该洗的洗了，该晾的晾了。屋里屋外登时窗明几净，亮堂起来。素台在一旁跟爹说话，也不知道说起什么，爹唉声叹气。翠台心里怨素台，这么大个人了，怎么嘴这么浅呢，好的歹的都说，爹年纪大了，哪里担得住？就叫素台、素台，你过来一下。素台过来，翠台叫她帮着把爹的床单子拧干了。姊妹两个一边一个，双手捉住湿漉漉的床单子，你往这边拧，我往那边拧，身子扭来扭去，玩游戏似的，忍不住都笑起来。门口一阵脚步声，却是增志，拎着一条大鲇鱼，水淋淋的。增志说，炖鱼吧，新鲜，我叫人现宰的。她爹赶忙拿了一个盆子过来，把那条鱼扔盆子里。那鱼还在盆子里动，噼里啪啦，差一点蹦出来，增志又一把抄起那鱼，啪一下摔在地下，那鱼果然就不动了。她爹说，又是饺子，又是鱼，顾上吃啥呀，净瞎花钱。素台说，他有的是钱，你不叫他花，他烧得慌。增志也不理会，洗了手，接过她爹扔来的一根烟卷儿，就走了。素台说，看，看见了吧，看这狗脾气。又怨她爹，你给人家丧主家当好几天差，挣盒烟卷儿，都给他吸了？她爹说，你呀，事儿忒多。你这个性子，可得改改了。

头晌午的时候，人们都过来了。屋子里摆了一张吃饭桌子，根来、增志喝酒，她爹血压高，不敢多喝，也跟着抿一点儿。喝的是本地烧，纯粮食酿的酒，在芳村这一带名气很大。翁婿三个团团围坐，喝酒、吃菜、说话。桌子上是一盆子炖鱼，一碗葱花炒鸡蛋，一盘炸长果豆儿，一碗小葱拌豆腐。翠台、素台姊妹两个在东屋里包饺子，一个擀皮儿，一个包，叽叽咕咕说闲话。又放心不下喝酒的男人们，一会儿过去嘱咐一回。翠台叫根来少喝点儿，后晌还得给猪买饲料去哩。素台叫增志少喝点儿，喝酒误事儿，要是不喝酒，还上不了人家的当哩。她爹就训她们，大汉们家喝点酒怎么了？话忒多。

姊妹两个在这边说话，耳朵却听着那边的动静。素台说，我就怕他喝酒，一喝就多，一喝就多。翠台说，他也是心里头愁苦。素台说，他这半辈子，吃亏就吃亏在喝酒上头。那一回要不是喝多了，他还能上了人家的当？明摆着是人家绾好了套儿，叫他伸脑袋去钻，谁想到他这个傻子，就真的钻了。翠台说，打人莫打脸，说人莫揭短。你这张嘴也真是，专门往人家嗉子上咬。往后这个事儿就甭老提了。素台说，哈，他做都做下了，我还不能说一句了？翠台说你说吧，你说，你天天说。翠台说如今越来越上年纪了，你这脾气能不能改一改哇。素台说，就不改，不改又怎么样？我还不是着急上火，这么大个窟窿。翠台见她又掉泪，就说，花着你们那些钱，你姐夫说了，卖了这一茬猪，先还你们一些，把事儿挡一挡。素台说，谁跟你要了？翠台说，亲兄弟，明算账。你们碰上了难事儿，我们也帮不上别的，就先还一点儿是一点儿。素台说，一星子半点子，也添不起秤来哇。你们先花着，实在过不去了，再说。翠台听她这话，脸上讪讪的，也不好再多说。姊妹两个一时无话，只听见擀面杖在案子上骨碌骨碌响动。一只鸡在门口探进头来，迟疑了一会儿，又走开了。北屋里一片喧哗，划拳声、说话声、笑声、骂声、咳嗽声。素台说，信不信，准是喝多了。赶忙起身过去看，果然是喝多了。增志红头涨脸的，脑门上青筋一根一根暴起来，端起眼前的一杯酒，一仰脖子喝光，说，我刘增志，开厂子，怎么对工人的，唵？都是乡里乡亲，沾亲带故，我是凭着自家的良心，我凭着良心。可如今呢，我遇上事儿了，大伙儿怎么就不念一点儿情分，唵？恨不能把我一口吃了哇！狗日的们。就忘了当初求我的时候了？忘得这么快，这么干净？姐夫哇，我真是气不过。我真是想不通哇。我刘增志在芳村，大小也算是一个人物，怎么就混到这个田地了？唵？根来说，来，兄弟，咱哥俩儿喝酒。你那厂子不是还在么，一干子人马不是还在你手下干么。等你把这桩事儿给了了，咱重敲锣鼓另开张哇。咱东山再起大干一场哇。这才哪儿到哪儿了？增志说，我就是寒心哪，人情薄如纸，人心看不透哇。她爹说，你看你，车轱辘话说了一大筐了，大汉们家，怎么娘儿们似的。素台三步两步跨进屋里来，一把就把增志的酒杯给夺了，恨道，喝喝喝，喝死你算了。她爹训斥道，汉们家喝酒，你们少插话。气得素台一扭身子出来了。

东屋里盘着灶子，大铁锅里的水已经开了，咕嘟咕嘟冒着热气。芳村这地方，有这种大灶大锅的不多了。阳光透过窗子照进来，被那白白的水汽蒸腾着，细细碎碎的闪着斑斓的光泽。窗台上扔着一颗土豆，长出了长长的芽子，刺猬似的。翠台把盖帘上的饺子不停挪着地方，怕粘了，破底子，一面跟素台说话，素台心不在肝上，有一句没一句的。翠台说下个月初六，咱二姑家那个老二家，要过事儿啦。素台说，过呗，没听说呀。翠台说，今儿集上碰上二姑了，她说叫我也给你捎个信儿。素台说，哦，今儿集上的事儿呀。帖子哩？碰上了递说一句，就算是送了帖子啦？翠台说，她好像是买布哩，买被头子，就是李家庄那个卖布的摊子。她这些年也不富余。素台说，我不是非要争她那一嘴东西，她来送一趟帖子，怎么也不能空着手来吧。爹娘都没了，她亲哥都这个岁数了，她这亲妹子来看一趟也不为过吧。她可倒好，集上碰上了，就顺嘴递说一句，要是碰不上哩？翠台说，这不是碰上了么。素台说，要我说，还是势利，没把咱这门亲戚看在眼里。怎么早先一趟一趟，往芳村跑哇？听说这边遇上事儿了，甭说问一句，躲还躲不及哩。翠台说，咱这个姑哇，眼里是没人儿，从根儿上就这样。素台说反正我不去。我这边一摊子腌臜事儿，我哪有心思去吃人家的酒席去？你要去把我那一份儿拜钱捎上吧。翠台只好应着。

正说着闲话，北屋那边却吵吵起来。增志大着个舌头，哇啦哇啦说个不停。素台气得跑过去，上前夺过增志的杯子，骂道，喝喝喝，我叫你喝。把一杯酒泼在院子里。增志也恼了，把素台一推，不想素台的高跟鞋一歪，竟摔倒在地下。素台说，好啊，你打我？在我娘家门子上，你敢打我？嘤嘤嘤嘤哭起来。她爹气得脸黑黑的，嘴唇哆嗦着，一句话说不出来。翠台说，增志，这就是你的不是了。她不过是怕你喝多了，你这么大脾气？再怎么也不能动手哇。这还当着我，还当着老人哩。增志说，姐姐，我也是喝多了，脑子有点昏。我就是随手那么推了一下。是我的不是，我的不是。

赶忙要把素台扶起来。素台偏不起来，哽哽咽咽哭得更加伤心。翠台说，你们汉们家手又重，就算随手搡一下，她一个妇女家，怎么受得了？要真是有个好歹，还不得叫你伺候着？素台哭声更大了。她爹默默吸烟，半晌才说，行了，还不起来？挺大个人了，好看哇？还嫌人家看热闹看不够哇？素台这才慢吞吞起来，嘴里哎哟哎哟的。增志过来扶她，被她甩开手。增志忙又赔不是，问摔哪里了，疼不疼？青了没有？素台说，摔死算了，死了干净了。省得一辈子跟着你吃苦受罪了。

后晌，根来到城里买猪饲料去了，增志去了厂子里，素台说头晕，叫耀宗去摸摸脉看看。家里一下子安静下来。翠台把剩饺子拾了一遍，怕坨住了。她爹说，你端一碗过去，剩这么多，我吃不了。翠台就笑，说怎么不叫素台端呀。说你偏心，真是偏心。她爹叹口气说，就这么点子东西，给了她就没有你的，给了你就没有她的。你们这二年事儿多，手头紧。做老人的，心里都有一杆秤。翠台说，素台他们这回是遇上坎儿了。增志也真是，天天喝酒喝酒，嘴上也没个把门的，这下捅娄子了吧。她爹说，甭老说人家，把自家人儿说得一面儿光。素台文不能武不能，性子又不好，自家人儿还不知道？这几年条件好，更把她惯坏了。

这个季节，太阳已落下去了，屋子里还有点阴，寒浸浸的。院子里得了一天的日头，倒暖洋洋的，有春天的意思了。风吹过树梢，簌簌簌簌乱响。街上有卖豆腐的，梆梆梆，梆梆梆，也并不吆喝。七十家的豆腐车子，有时候一天一趟，有时候一天两趟。院子里槐树上有一只什么鸟，喳，叫了一声，隔一时，喳，又叫了一声。

惊　蛰

《月令七十二候集解》：二月节……万物出乎震，震为雷，故曰惊蛰，是蛰虫惊而出走矣。

观田家

［唐］韦应物

微雨众卉新，一雷惊蛰始。
田家几日闲，耕种从此起。
丁壮俱在野，场圃亦就理。
归来景常晏，饮犊西涧水。
饥劬不自苦，膏泽且为喜。
仓廪无宿储，徭役犹未已。
方惭不耕者，禄食出闾里。

雨水一过，地气渐渐蒸腾上来。麦田浇了二遍水，更绿更密实了，眼看着疯长起来。空气里湿漉漉的，有一股子微微的甜腥味儿。憋了一冬，万物都慢慢醒过来了。伸着懒腰，打着哈欠，草们冒出了嫩尖儿，树们发出了新芽儿，大地深处好像是蠢动着一股子热气，只等着春天给人们一个惊喜。鸟儿们也活泼起来，喊喊喳喳叽叽咕咕乱叫着，像是扯闲话，又像是吵架斗嘴，仔细听时，却分明婉转动人，是欢快的意思了。

爱梨娘儿俩回来住了几天，逢上田庄集，又走了。翠台倒闲得发慌，就去问小闺她们厂子里添人儿不添。小闺说前一阵子倒是缺人，眼下活儿少，又不添人了。说上头管得紧，偷着干哩，干一天是一天。爪子媳妇在柴城厂子里，做汽车座套，说是跟日本合资办的，正规得很，也不苦，工资一个月一结，晌午饭管一顿，挣个三千挂零吧。翠台有心去，托人家给问问，看添人不添。晚上把这事跟根来说了，根来说好是好，就是不知道爱梨心里头怎么想。翠台说，啊呀，我问你一句，还真把自己当军师了？我是给家里挣钱，她能怎么想？根来就笑，说那倒是，你好歹挣点儿，家里还宽绰些。

次日吃过晚饭，翠台就到爪子媳妇家去。快到过道口，却看见一个人影闪过，仔细一看，却是小蚂蚱媳妇，说哎呀，吓我一跳。小蚂蚱媳妇说，吃了呀不？翠台见她大晚上还打扮着，白白的一张粉脸，奸臣一样，在黑影里越发显白，心想这媳妇早先看着是个本分人儿，怎么如今出去打工两年，倒变了，嘴上说，吃啦，去串个门儿，你也吃了呀？小蚂蚱媳妇说，我也去串个门儿，香罗嫂子回来了。就一扭一扭地走了，留下好大一股子香气，甜得腻人。翠台心说，这真是鱼找鱼，虾找虾，乌龟找王八。小蚂蚱媳妇跟香罗，王八看绿豆，对眼儿了。

爪子一家子正在院子里吃饭，见翠台来，爪子媳妇忙叫婶子，把一个板凳递给她。翠台见饭桌上摆着半碗豆瓣酱，一把羊角葱，几棵莴苣，还有一碗葱花煎鸡蛋，馏卷子，熬米汤。爪子媳妇说，婶子吃了呀不？你那事儿我跟老板说了。翠台说，是不是，老板怎么说？爪子媳妇说，我夸你呗，说你活儿又好，手又快，出了名的利索人儿。老板一听，就说行，叫你下个月就上班去哩。翠台说好哇，你费心呀。爪子媳妇说，骑电动车的话，从芳村到厂子里，有半个多钟头吧。厂子在柴城村外，一进村子就是。翠台说不远不远，挺方便。爪子媳妇说，咱村里还有一个伴儿，巴掌家媳妇，添上你，咱们仨，更热闹。翠台忙说，是呀是呀。心里十分欢喜。两个人又说了一会子闲话，爪子媳妇讲了厂子里伙食怎样，老板怎样，有多少工人，上下班是几点，逢年过节放几天假，工资奖金怎么算。翠台听得仔细，也不顾爪子媳妇满嘴葱味儿，唾沫星子乱飞，飞到她脸上好几回，也不好伸手去擦。

从爪子媳妇家出来，街上的路灯已经亮起来了。路过耀宗家药铺，碰上喜针刚抓了药出来。翠台见她愁眉不展，问谁不舒坦呀。喜针说，还有谁？把嘴凑到翠台耳朵边，小声说，人家又病啦。翠台就笑，是不是有了呀？喜针把嘴一撇，要真是那样儿，我情愿天天烧香念佛。你看看咱村里，这家子腾嚓一下子，一个小子，那家子腾嚓一下子，一个闺女。怎么我家这个就一点儿动静也没有哇。不怕你笑话，我就见不得人家抱着孩子的，过满月的酒席也没脸去，觉得臊得慌，馋得慌，眼气得慌。翠台说，这事儿急不得哇。

趁着没孩子，正好你也清净二年。你看看玉钗，还有丑麦麦她们，倒是早早当奶奶了，天天给人家领孩子，蓬头垢面，老妈子似的。喜针叹口气道，话是这么说，谁不想孙子哇，又一辈的人儿哩，哎呀，眼气得我不行。翠台说，皇上不急，急坏了太监。喜针就笑，可也是。我管了这一辈儿，还有下一辈儿哩。翠台说，是哇，看不见头儿。喜针说，怎么，她们娘儿俩又走了呀？翠台说，可不是，又走了。喜针低声说，这怎么行啊，老住娘家，不是长法哪。翠台说，大坡又不在家，也留不住人家。我闲着没事，还想着去找点儿活哩。就把托爪子媳妇找活儿，要去柴城厂子的事儿说了。喜针想了想，说我琢磨着这事儿不能这么办。你到外头挣钱，辛苦一场不说，倒落下不对了。翠台说，啥不对？喜针说，没给人家领孩子哇。这是大不对。往后这就是一个大话柄儿，给人家捏手里了。翠台说，啊，是不是？喜针说，宁可你看孩子，叫她腾出手来出去干活儿。翠台说，孩子还是跟着妈好哇。我挣了钱，跟她对半儿分呢？喜针说，说你是个清楚人儿呢，这会子你倒糊涂起来了。还对半儿分，就算是你把挣的钱都交给人家，这话柄儿也落下了哇。当婆婆的，不给人家领孩子。往后老了还叫不叫人家管你？就这一条，后头就有你受罪的了。翠台一时怔在那里。

月亮悄悄升起来，是一钩细细的弯月。天空黑缎子一般，有几颗星星，零零落落的，寂寞地眨着眼睛。夜风吹过来，麦田里细细碎碎涌动着浪花，空气里是浓郁的植物的气息，混合着夜晚的露水，有一股子湿漉漉的呛鼻的味道。喜针家大门关着，只开着一侧的小门，院子里亮着灯，更衬托得四下里黑黢黢一片。小虫子们唧唧唧唧叫着，热闹极了。翠台抱着膀子，慢慢往家里走，心里头乱糟糟的。

根来还没有回来，打个电话问他，说是猪病了，他给猪喂药呢。翠台说猪猪猪，就知道猪。你跟猪过算了。放下电话又笑了。没有猪怎么办呢，他们这一大家子，吃的穿的用的，全靠了猪呢。根来天天待在猪圈里，辛辛苦苦的，她怎么不知道？这些个猪就是爷，就是奶奶，他们可不敢大意了。翠台想打电话问问，猪得了啥病呀，请猪先生看了没有哇。拿起电话来，想了想，却打给了素台。

素台半天才接了电话，问她有事不呀。翠台听她恹恹的，霜打了似的，就说也没事儿，就是问问，余粮家媳妇说是小产了，刚从县医院回来，也算是个小月子，照说要去看望一下的，问她去呀不去。素台说，真麻烦，这些个事儿怎么没完没了哇。翠台说，你要不去，我就给你捎过去。素台却说，不去不好吧。都走动着哩，这回人家有事儿倒不去了，算怎么回事儿哇。翠台放了电话，心里头恼火。素台这妮子，怎么一点都不知心哇。想找她说说私房话儿，也真是难上加难，哪像人家嫡亲的姊妹们，有事儿商商量量的，你帮我，我帮你。正琢磨着呢，听见有人喊她，原来是梅。

梅穿着一件奶黄碎花裙子，外头套着一件白色开衫，却光脚穿着拖鞋。翠台忙把她让进来，叫她坐下，问她吃了呀不。那梅却抽抽搭搭哭起来。翠台忙问怎么了这是？梅只不说。翠台说是不是小两口闹别扭了哇。要不就是，你婆婆？梅哭得更是鼻涕一把，泪一把。翠台看着她的光脚丫子，心里早猜了个八九不离十。这梅瘦高个，细腰长腿，溜溜的美人肩，却有点黑，仔细看眉眼倒挺俊俏，一口糯米牙，嘴角上长了一颗痣。梅比爱梨早嫁过来半年，却迟迟不开怀。为了这个，喜针愁得茶不思饭不想，背地里找香门儿里烧啊燎的，恳求送子观音送一个娃娃下来，只要如了愿，该怎么还怎么还。梅哭了好一会子，才慢慢好了些。翠台问立辉拉脚儿呢，这阵子活儿多不多呀。梅说还没回来，这两天活儿倒不少。梅说他们这活儿也不一定，有时候多，有时候少。翠台说活儿多活儿少，守着家门儿，总比大坡他们强，撇家舍业的。梅说可也是，就图了个近便。就问爱梨她们娘儿俩呢，又回田庄了呀？翠台说可不是。大坡不在家，人家也待不住。赶明儿你多到这院里来玩儿呀，跟她做伴儿说说话儿。梅说好哇，我成天价闲着没事。婶子，你看我这命。盼星星盼月亮，怎么左右就盼不来呢。说着又落下泪来。翠台说这个有早的就有晚的，早早晚晚，也没有个一定。急不得，顺其自然最好。你看那谁家，书运家那媳妇，一等不来，二等不来，一来就腾嚓一下子，俩大胖小子，一对双双儿！梅就破涕笑了，也不知道我有没有那样的好命哇。翠台说，有有，怎么没有，肯定有。两个人正说话儿，听见喜针在院子叫，梅？梅？去哪了呀？梅？梅却不答应。翠台忙到院子里说，这院里哩。

次日，天刚蒙蒙亮，村里大喇叭就广播起来：繁荣兴盛农村文化，焕发乡风文明新气象。既要富口袋，又要富脑袋……一大颗露水从树上落下来，啪嚓一声，不偏不倚，正落在一只花猫的头上，惊得它喵呜一声，逃跑了。

翠台背了一筐垃圾出来倒，却见十字路口有一堆药渣子，黑乎乎一大摊，猜想这怕是喜针倒的。芳村人有个说法，药渣子倒在路口，叫千人踩万人踏，病自然就好了。扫街的万中婶子骂骂咧咧的，说这是谁哇，光给人摆列活儿，垃圾桶不过两步的道儿，就这么哗啦一下倒这里啦？翠台心里明白，也不好搭腔，只好问万中婶子这么早哇，真勤谨哪。万中婶子却压低嗓子，没听说谁生病呀，这是谁家的药渣子？拿扫帚扒拉着地下的药渣子左看右看。翠台嫌她是非，说人吃五谷杂粮，哪有不生病的呀。说她这差事挺好，比绷板儿轻闲。万中婶子说，还不如绷板儿哪。眼下上头抓得紧，三天一小查，五天一大查，恨不能叫人拿舌头把街面给舔喽，弄得镜子似的，能照见人影儿。饶是这么着，还挨训哩。翠台说，是不是？万中婶子说，说话难听得很，训孩子似的。我都这个岁数了，受他这个？翠台说，中树？万中婶子说，不是他是谁？论他姥姥家那边，他还得叫我一声姨儿。早先倒是说话笑笑的，如今上了台，当了干部，就六亲不认了。翠台说是不是？万中婶子说，我这光景不行，你叔他人又老实，人家哪把咱放在眼眶里头呢。翠台说，话也不是这么说。万中婶子说甭看我着样子不强，杂儿还挺多。我过敏，闻不得皮子那味儿，头疼头晕，天旋地转的。要不我才不受这份气哩，一个月一千，东扣西扣，到头来也剩不下仨瓜俩枣了。翠台正要答话，万中婶子却不说了，眼睛只朝着她身后看。翠台回头一看，却见中树媳妇远远过来，高跟鞋嗒嗒嗒嗒响得清脆。中树媳妇穿一件黑色宽腿裤子，桃红色丝绸小衫，外头罩着一件白色针织坎肩，脸上有红有白，浑身香喷喷。万中婶子说，老天爷，说曹操哩，曹操他媳妇就到了。翠台笑得不行。万中婶子忙瞪她，堆起一脸明晃晃的笑来，问中树媳妇吃了呀不？哎呀这衣裳红得，真是好看。中树媳妇说都半老四十了，还有啥好看。我姨儿你真会说话。万中婶子听她叫姨儿，越发夸赞起来，说中树媳妇生得好，银盆大脸，娘娘的命哇。耳朵垂厚厚的，鼻梁子高高的，一看就是有福之人。中树媳妇给她夸得倒脸红了，说姨儿你把这话给中树说去。中树嫌我哩，这不好那不好。万中婶子说，他嫌你？他是身在福中，不知福哇。整个芳村你数一数，看看有几个这么福相的？又把中树媳妇的手拉过来，仔细看那手相，说你看看，你看看，这一条穿钱纹，多深多长。你跟中树说，你天大的福分，还在后头哩。这才到哪儿了呀。中树媳妇半信半疑的，也低头看那手相。万中婶子说，你看看，你看看这手长得，男左女右，把你右手给我。看着那只白白嫩嫩的右手，惊叫起来，哎呀，九个斗，九个斗。老话说，十指九斗，越过越有。你这九个斗哇，该着！该着你这辈子吃香喝辣。中树媳妇笑得咯咯咯咯的，风摇银铃一般，说是不是？我姨儿你真会说话。万中婶子说，命里八尺，难求一丈。命里就有的福分，躲也躲不开哇。翠台见她们说得热闹，悄悄转身去了地里。

春　分

《春秋繁露·阴阳出入上下》：春分者，阴阳相半也，故昼夜均而寒暑平。

踏莎行·雨霁风光

［北宋］欧阳修

雨霁风光，春分天气。千花百卉争明媚。
画梁新燕一双双，玉笼鹦鹉愁孤睡。

薜荔依墙，莓苔满地。青楼几处歌声丽。
蓦然旧事心上来，无言敛皱眉山翠。

春分了，天气渐渐暖起来。草木万物都生发了，空气里湿漉漉甜丝丝的，有一股子好闻的泥土腥味儿。远远的，好像是布谷鸟在叫，老头儿刷锅——老头儿刷锅——老头儿刷锅——老头儿刷锅——田野里仿佛笼着一重淡淡的烟霭，青色绿色缠绕，湿润润雾腾腾的。露水挺大，在路边的草棵子上骨碌碌滚动着，不小心就打湿了鞋面。天边的朝霞胭脂红一大片，火烧一般。朝霞不出门，晚霞行千里。不知道是不是要闹天儿了。猪圈旁边是一小片菜地，种着韭菜、茴香、芫荽、葱，还有西红柿、架豆角、茄子，因为粪肥足，菜长得格外茂盛。韭菜刚割了一茬，齐刷刷又起来了。茴香也该割一茬了，密密实实一片，绿毡子一样。翠台掐了一大把芫荽，又拔了几棵葱，抖搂着菜叶子上的露水，还有菜根子上湿漉漉的泥土，冲着猪圈那边叫，哎，哎，哎——叫了几声，根来却从那个石棉瓦搭的厕所里出来了，一边走一边系腰带。翠台说，吃饭呀，回家吃饭呀。根来说，吃不下呀。愁眉苦脸的。说猪价又塌下去了，这阵子行市不好，也不知道到五月当五能不能涨上来。翠台说，几块了？六块？根来摇摇头，还不到，五块七八。两口子在地里立着，算来算去，越算心里越烦恼。翠台说还不如出去打工去合算，这屎啊尿啊，黑汗白流的。你看那谁，喜针家，顺秋、立辉父俩儿，在转鼓区里拉脚儿，苦是苦，一年下来，总共能挣个十万八万的。喜针喜欢得不行，逢集就吃饺子呀，炖菜呀，又是炸麻花，又是炸馃子，都不知道东南西北了，咱见过啥呀，二两骨头，一辈子的毛病。根来不说话，只是默默吸烟。翠台说，要不你问问顺秋，看他们那儿添人儿不添呀？根来把烟蒂往地下一扔，拿脚尖踩了，慢慢踱着，说这是说哪儿的话，说去就去？就算是人家添人儿，咱哪儿来的三马子？置办一个二手的，也得一万好几。要是买新的就更贵。再说咱这些猪怎么办？这么大个猪窝，我扔崩一走，吃喝拉撒，你管着哇？翠台说，看把你厉害的？唵？我不是着急么，我为了谁？生了气转身就走。一只麻雀受了惊，呼啦一下飞起来，飞到田边的一棵杨树上，喳喳喳喳冲着她叫。翠台气得不行，叫你叫、叫你叫、叫你叫。弯腰捡起来一个土坷垃，忽地扔过去，那麻雀吓得扑棱一下就飞走了。后头有人就哧哧哧哧笑起来。回头看时，却是小蜜果儿。

翠台脸上讪讪的，叫小蜜果儿婶子，问她香罗回来了呀不。小蜜果儿穿一条黑色丝绸阔腿裤子，一件姜黄丝绸小衫，外头罩一件蜜合色暗花小坎儿，头发梳得光光的，白白胖胖，一身富态。小蜜果儿说我这是来芳村串亲戚，我那娘家堂侄女家的二闺女，嫁给这村老四家大小子了不是？生了个闺女，待小客哩，定的是这个月十九，我那天不巧有事儿，就是我那亲外甥家聘闺女，我走不开，就提前过来看一看。翠台说，噢，是老四家那老大呀，叫运运的。生了个闺女，好哇。小蜜果儿却把嘴一撇道，好啥好？我这一辈子，就喜爱小子。闺女还不是给人家生的？翠台说，婶子你这话不对，我头一个替你家香罗冤得慌。你这吃的穿的，哪一样不是闺女孝敬的？倒说喜爱小子。小蜜果儿就笑。知道你们妯娌和美，在你跟前我这当娘的都不能说她一句不是。翠台说我就是说句公道话儿，劈直理。婶子你来家里坐会儿不呀，都到家门上了。小蜜果儿忙说不了不了，下回吧，我得赶着回去哩。就走了。

翠台看着她的背影，一扭一扭的，虽说是有了年纪，却还是风韵撩人。心想这小蜜果儿果然是名不虚传。姜还是老的辣。跟她娘比起来，香罗到底还是嫩一些。胡思乱想着往回走，老远见小鸾立在过道口，朝着她摆手。翠台赶忙过去，问她吃了呀不？小鸾说，还捂着锅哩。有个事儿找你。两个人就往过道里走了走，立在翠台家门口说话。小鸾说，是这么回事儿，占良他姑家在城里开了个饺子馆，招人哩。人要干净利落，勤谨能干，我琢磨着小闺女们不行，坐不住，不稳当，你去呀不去？翠台说找我呀？小鸾说，我得找知根知底的，一天三顿管吃，住就在饺子馆里头，一个月一千六。你看？翠台说我走不开呀。爱梨娘儿俩眼下不在，可说不准哪天回来。大坡又不在家，根来那活儿又没时没晌，我走了谁做饭呀，谁领孩子呀。小鸾说，你挣了工资，给爱梨对半儿分呗，肉烂都在锅里头。小鸾说我可是头一个就想到了你。翠台说，知道知道。容我再想想。小鸾说，如今啥都贵，花销又大，挣点儿是点儿。咱不挣，谁白给咱呀。小鸾说瓶子媳妇倒想去，我哪敢招惹她？到时候干不成活儿，倒惹出一大堆事儿来，我操那份儿闲心哩。小鸾说还有臭菊，又懒，又邋遢。咱私下里说，不是啥人都能搁在我眼里头。翠台就长吁短叹，说既然说到这儿了，我就跟你念叨念叨，愁人呀。就把想找活儿干又怕爱梨埋怨的事儿说了。小鸾听着，一会儿摇头，一会儿点头。见翠台急得不行，就扑哧笑了。翠台说，小老婆子，你还笑。小鸾说，我只当是这当婆婆的滋味有多美哩。你看看你，前怕狼，后怕虎。早先那干巴利落脆的劲儿哪去了呀。笑得前仰后翻的。翠台也笑，生个小子生个爷，娶个媳妇娶个客么。小鸾说，我的娘哎，我家蛋子得晚二年过事儿，我还想多舒坦几年哩。翠台撇嘴说，你说晚二年就晚二年？这事儿你能做主？

田庄集上，爱梨竟回来了。买了一大堆吃的喝的，大包小包的。翠台心里说，真能花，大巴掌大手的，顾脑袋不顾屁股。小妮儿看上去有点儿蔫儿，不说话，也不闹，在她妈怀里钻着。爱梨说是感冒了，有点低烧。问看了先生没有，吃的什么药。却说没有看。翠台就有点儿着急，抱着小妮儿，去耀宗家药铺里看病。爱梨在后头跟着，一面走，一面看手机。不小心竟撞到一个人身上，那人哎呀一声，爱梨忙赔不是，问人家没事儿吧。翠台心里恨了一声，自顾抱着孩子往前走。药铺里照旧排着长蛇一样的队伍，歪歪扭扭的，有孩子呱呱呱呱哭闹，大人哄不下来，急得一头汗。有人在说闲话儿，东家长西家短。翠台前头排着的那个妇女看着脸儿生，像是外村的。那妇女前头那个老婆儿是小猪他娘，梳着一个纂儿，拄着拐棍儿。两个人小声说话，嘈嘈切切，叽叽咕咕，十分投机。小猪他娘把拐棍儿戳着地，当当当当响，咬着牙，又是叹，又是骂。那妇女好像是在劝她，叫她姑。翠台忽然想起来，小猪他娘娘家是李家庄，看来这是碰上娘家人儿了。屋子里弥漫着草药的苦味儿，还有来苏水刺鼻的味道，酒精棉的味道，汗味儿，脚臭味儿，脂粉味儿，香水味儿，还有谁家孩子手里的香肠味儿。耀宗在桌子后头稳稳当当坐着，给人摸脉，看舌苔，听诊，一面问病情，一面就在药方上龙飞凤舞写起来。那病人还在絮絮叨叨诉说着，耀宗早刺啦一声把药方子扯下来，说没大事儿，去抓药吧。又喊下一个。下一个早在一旁等候着了。前头那个病人还有点不甘心，说这么快？俺，这么快？旁边的人就笑，说你当是坐月子哪。好不容易轮到翠台她们，爱梨把小妮儿的症状说了一遍，耀宗开了点儿药，也说没大事儿，小孩子积住食了，内热，外头又着凉，不碍事儿，吃两顿药发散一下就好了。爱梨抱着孩子，翠台去交费，抓药。出来路过烧饼摊子，新出炉的烧饼香气扑鼻，小妮儿在她妈怀里扭来扭去，要吃烧饼，翠台说买、买，给咱家小妮儿买大烧饼，吃了烧饼病就好了。建国媳妇正忙着给人家找钱，说拿走，拿走，哎呀，你看你，给孩子拿走，块儿八毛的，拿走。翠台哪里肯，硬是把钱扔在那个小筐里头。

果然，吃了两天药，小妮儿就好了。活蹦乱跳，小马驹子似的。翠台领着她串门儿玩儿，人家却都忙着。有在本村上班的，有在外村上班的，也有在外头打工的，除了那些老头儿、老婆儿，满村子竟没有一个闲人。

这一天翠台领着小妮儿到村北盒子家去。盒子家置办了十几台缝纫机，招了一群妇女，给人家工厂加工衣裳。一进院子，只听见叽叽嘎嘎说笑声，一群大白鹅似的。院子里堆满了一摞一摞的布料子，一堆一堆的碎布头子，妇女们的自行车、电动车，横七竖八扔着。阳光透过树叶子，漏下来铜钱大小的光斑，树枝上有一只什么鸟在叫，一院子的树影摇摇晃晃。翠台抱着小妮儿进屋，人们都说哎呀，稀罕呀，怎么这么稀罕呀。都逗小妮儿，叫小妮儿下来呀，下来玩儿玩儿。小妮儿认生，扭扭捏捏不肯下来。翠台说我这大闲人一个，没事儿转着玩儿哩。你们忙，你们忙。就在屋里转来转去。偌大的屋子，缝纫机摆了三排，每个妇女一台。她们嘴里说说笑笑，手里的活儿也不耽误，缝纫机嘎噔嘎噔响得欢快。空气里浮动着细细的灰尘，还有布料的毛茸茸的碎毛毛。翠台待了一会儿，见人们各自忙着，觉得没意思，小妮儿的棒棒糖上也落上一层细毛毛，还只管往嘴里嘞。急忙撤脚儿出来了。

正是半后晌，大街上静悄悄的。偶尔有一辆车开过去，扬起淡淡的灰尘，半晌不散。也有骑着电动车的，日日日日过去了，冲她招呼一声，都来不及看清是谁。这个季节，树木们都繁茂起来了。一团一团的绿荫，把村庄笼着，绿影子深深浅浅，烟雾一般，把村子弄得恍恍惚惚。庆科爷骑着电动三轮，一路唱着戏，锣鼓点子一阵紧似一阵。好像是评剧《花为媒》报花名那一段：阮妈听，花开四季皆应景，即是天生地造成，阮妈妈啊，是春季里风吹万物生，花红叶绿草青青，桃花艳，梨花浓，杏花茂盛，扑人面的杨花飞满城……翠台说，我爷，转转呀？庆科爷说，转转，转转。咿咿呀呀唱着就走远了。庆科爷去年栓住了，一条腿动不了，倒是不误吃不误喝，走动就骑着电动三轮，随身带着一个戏匣子，戏匣子里唱着老戏。小妮儿指着庆科爷的背影，叽叽歪歪闹着，非要找人家去。翠台吓唬她，去找去？你去找去？人家去河套里啦，河套里有拐孩子哩，卖到河那边，你怕不怕？

她爹院子里静悄悄的。一只猫在门口卧着打盹儿，眼睛半睁半闭，尾巴却一摇一摇。她爹正睡午觉，仰八叉的，也不盖东西。翠台转身要走，她爹却醒了。叫小妮儿下来玩会儿呀。小妮儿出溜下来，把那些个板凳搬来搬去，骑大马，开汽车，嘴里一会儿驾驾驾驾，一会儿嘟嘟嘟嘟，下巴颏儿上亮晶晶的，不知道是口水，还是棒棒糖。翠台说，转了一村子，一个闲人儿都没有。哎，你看我，天天领孩子，也挣不上钱。她爹说，她妈妈哩。翠台说，我出来的时候，洗衣裳哩。翠台说俩人弄一个孩子，闲得人心慌。她爹说，劳碌命么。翠台说，是不是？我恐怕就是个劳碌命，闲着倒难受，抓耳挠腮的。人家素台就没事儿，闲着到底是好，出气儿也匀实。她爹说，她是闲惯了，往后可怎么办？她爹说好几天没过来了，增志出去还没回来？翠台说，说是下个集回来。她爹叹口气，没说话。村子里喇叭忽然叫起来：谁买韭菜，谁买韭菜，村委会门口有卖韭菜哩，新鲜韭菜，新鲜韭菜……

清　明

《岁时百问》：万物生长此时，皆清洁而明净。故谓之清明。

破阵子·春景

［北宋］晏殊

燕子来时新社，梨花落后清明。
池上碧苔三四点，叶底黄鹂一两声。日长飞絮轻。

巧笑东邻女伴，采桑径里逢迎。
疑怪昨宵春梦好，元是今朝斗草赢。笑从双脸生。

芳村这地方，大多是清明节前几天上坟，有提前一天的，也有提前两天三天的，总之是，很少有人家在清明那一天上坟。翠台早早买了锡箔，买了纸票子。锡箔纸是金银两色小方块纸，两个纸块叠起来，三下两下，就成了一个圆鼓鼓的金银元宝。纸票子呢，早先都是买了白纸，自家用一种模子印，往往弄得两只手上都是蓝墨水。每年清明前后，女人们伸出手来，一律蓝蓝的手指头。如今倒省事儿了，有现成的钞票卖，上头印着一万，十万，一百万，一千万，数字大得吓人。人们买回来一沓一沓的这样的钞票，还有大堆的金元宝、银元宝，统统都烧给那边的亲人，好叫他们丰衣足食，富贵一世。

这天吃罢晚饭，闲着无事，翠台就坐在家里叠锡箔。正叠着呢，春米却来了。一进门就叫嫂子，眼睛红红的。翠台忙说，怎么你这么稀罕呀？拿个凳子叫她坐，春米就坐了。翠台说我叠锡箔哩，这锡箔还挺费工夫。春米说，嫂子，我来是求你一桩事儿。翠台说，有事儿你说，又不是外人。春米说，嫂子你也知道，我家这饭馆，早几年是红火过一阵子，自从建信下了台，就一天不如一天了。翠台早先也听人们背后议论过她跟建信的事儿，如今见她这么大大方方说出来，心里还是吓了一跳，想这春米看上去柔软，倒是个汉们家脾气，为人敞亮痛快，早先倒没看出来。又见她满脸愁容，就劝道，做买卖么，好一阵子歹一阵子，有赔就有赚，还不都是这样？春米说，我跟你也不藏着掖着，我家这买卖，其实全靠着建信。那几年建信在台上当着村干部，凡事都有他照应着。如今建信下台了，这买卖自然就不行了。翠台说，听说眼下上头管得严，不让这个不让那个。春米说，现今有上头管着，人们吃喝少了，这是一。二呢，咱芳村改朝换代了，建信不是下台了么。翠台说，可也是，老话儿讲，一朝天子一朝臣。春米说，这饭馆的买卖眼看着一天不如一天，他奶奶又栓住了，炕上拉炕上尿，他爷得伺候着，一大家子，光靠永利打工那点子钱，哪里够哇。翠台说，是呀，也是一大家子人哩。春米说，听说小鸾找你了，有个饭馆的活儿，你去不去？你要是不去，看能不能替我跟她说一下，叫我去呀？翠台说，是有这么回事儿，小鸾问过我，我得领孩子，去不了，还没给她回话哩。翠台说你跟小鸾那么合式，怎么还叫我传这个话呢。春米说，合式是合式，那是早先的事了。后来闹了点儿别扭，为了给她婆婆办低保，本来政策上够不上，她想叫我求建信，我求也求了。建信说不行，办不了。你也知道，现今不比早些年，上上下下严谨得不行，谁敢给她办这个？再说，这不是弄虚作假，叫建信犯错误？她肯定是觉得我没尽心吧。自那以后就跟我生分了。见面也不理不睬，阴阳怪气的。翠台说，这点子事儿也不叫事儿。春米说，谁说不是呢，可疙瘩早结下了，我生怕亲自上门去找她，倒落个没脸儿。就想托你去递个话儿。我好歹在饭馆里这么多年，饭馆里的活儿我熟门熟路，上手就能干。翠台说，冤家宜解不宜结，不就是一句话的事儿么，赶明儿我跟她说一说。春米说，俗话说，人穷志短，马瘦毛长。我也是没办法。要手艺没手艺，身子骨又弱，体力活儿又不行。小姐的身子，丫鬟的命哇。说着就落下泪来。翠台眼窝子浅，见不得这个，忙又劝说了几句。两个人又说了会子闲话，春米才走了。

次日晌午，翠台就去小鸾家。小鸾刚下班，正择青菜，预备弄晌午饭。见她来了，就笑，想好了？翠台却说，吃啥好的呀？小鸾说，吃面条，在秋保家买了点儿面条。翠台就说，晌午空儿小，后晌你还得上班哩，我就不绕弯子啦。就把春米如何找她，如何哭诉的事儿，跟她学了一遍。小鸾一面听，一面把菠菜的红根子掐掉，手指头弄得绿绿的，脸上似笑非笑，她如今也知道求人的艰难了？当初我求她的时候，她是怎么待我的呀。建信在台上，什么事儿不是他一句话？当我不知道？怎么到了我这儿，就跟我打官腔，讲起政策来了？翠台说，照说我不去就不去，不该管这个闲事儿，可我还是念着你们早先那么合式，为了一点儿小事儿，就别扭成这个样儿，不该哇。小鸾说，我就是气不过，当初她有事没事儿过来跟我诉说，建信长建信短的，一村子人都背后对她指指戳戳，我是怎么待她的？就说低保这个事儿，建信给这个办给那个办，怎么到我这儿就不行了？建信跟她那个破事儿，我给她往外说过一个字没有？我也不是说非要办成这事儿，她要是低声细语跟我拆讲一下呢，咱也不是那种不通情达理的人。我就是看不惯她那个样儿，一口一个政策，一口一个规定，还打官腔！又不是人家媳妇儿！靠山山倒，靠树树摇。哼，这下知道滋味了吧？翠台听她这口气，知道这事势必难成了，只好说，我就是替她递个话儿，成不成的，也是人家求我一趟。那你赶紧弄饭，我也回去做饭了。就出来了。

吃饭的时候，翠台唉声叹气，根来问她怎么了，她就把这事儿学了一遍。根来说，你也是多事，那句话怎么说，狗揽八泡屎，到头来怎么样？两头不落好儿。翠台说，我也是看春米可怜见儿的。根来说，小鸾那些话，你可千万甭给传过去。闲话这东西，越传是非越多。翠台说，还用你来教我？翠台说如今人们都长着一双势利眼，建信一下台，难看饭馆越来越不行了。根来说，自古以来就是这样的。当年刘增雨在台上的时候，刘家势力多大？那财财酒家，方圆多少里谁不知道？翠台说，也是，春米家这买卖怕是快关张了。根来说，听说中树找占良了，打算叫他开饭馆哩。翠台说，小鸾家占良？根来说，芳村还有几个占良？翠台说，老天爷，怨不得。怎么小鸾一句都没露哇。根来说，春米求你去跟小鸾说饭馆打工的事儿，怕也不是那么简单。你呀，就是耳根子忒软了。翠台嘴上不服，心里却是乱七八糟的，想这些人真是心眼子忒多了。可中树怎么偏偏把这好事儿给了占良呢。因忽然想起那一回，在街上，中树和小鸾的神情举止，心里头忽地一闪。却不愿跟根来说。夫妇两个默默吃饭，一时间无话。

清明头两天，淅淅沥沥下起雨来了。雨不大，银针一样，乱纷纷飞落下来，溅起一片雾气腾腾的烟霭。天空阴沉沉的，云层厚厚的，低低垂下来，同远处的天际线交融在一起。田野里水蒙蒙一片，树木啊，电线杆啊都隐隐约约，看不真切。翠台在门口立着，雨丝纷纷落在门筒前头的台阶上，把台阶洗得干干净净，闪着湿漉漉的光。添福家院子里，大白鹅们却安静下来，在屋檐下避雨，长长的脖子转来转去，东啄一下，西啄一下。添福媳妇头上顶着一块手巾，出来接水，见她在门口立着，说闲着呀，孩子哩？翠台说，回她姥姥家啦。这雨不小。添福媳妇说，不小，好雨哇。庄稼们都跟着沾光儿。翠台说这些鹅倒老实了。添福媳妇说，这家伙吃得忒多。要不是看它们下蛋挺勤，我早喂麻烦了。翠台说，鹅蛋贵呀。添福媳妇说，前一阵子，五块钱一个，这两天价儿又落下来了。翠台说那自家吃呗，都说这个比鸡蛋好。添福媳妇说，也就是臭狗儿吃，我跟你叔哪舍得吃这个？这阵子价小，不卖了，攒了些，给老大家五个，给老二家五个，统共能有几个？一分就光了。翠台说，你这婆婆当得好。添福媳妇苦笑。翠台说，还说今儿个烧纸哩，这天儿。添福媳妇说，这下雨天怎么烧纸？翠台说，可说呢。赶明儿吧，等晴了再说。

雨淅淅沥沥下了一天，傍晚时分才停下来。天边的晚霞燃烧起来，红通通一大片，染了大半个西天。晚霞行千里啊。翠台心里欢喜，忙给素台打电话，商量好赶明儿去她娘坟上烧纸。

次日，果然天放晴了。吃罢早饭，姊妹两个先到她爹这院里集合。她爹说，年头儿长了，烧了就行，甭在坟上哭个没完，昂？翠台说知道。她爹见她们带的大包小包的金银元宝、百万大钞票子，说顶啥用，白烧这么多。都是给活人看哩。翠台说，怎么不顶用？这几天我老是梦见我娘，说天热了，换下棉衣裳，要单衣裳哩。还说那液晶电视挺好，说想要个手机，要智能哩，我就多给她点儿钱，叫她置办个液晶电视，再买个好手机。素台说，是不是？翠台说我还梦见她说想吃饺子了，韭菜馅儿，打俩鸡蛋，薄皮大馅儿，娘叫它们青筋大蛤蟆。一面说，一面笑。她爹说，你娘一辈子好吃个烫的，刚出锅头一碗，总是先敬仙家们。你娘她信了一辈子仙家，怎么仙家们就不保着她多活几年哇。翠台见她爹又提旧事，怕他难受，忙打岔说，我俩赶紧去烧呀。这个事儿，赶早不赶晚。她爹又拿出一袋子金银元宝来，还有一沓子纸票子，说这是我给你娘的，你们替我烧了吧。你娘她一辈子节省，细得不行。如今日子好了，嘱咐她敞开花吧。

一场雨水过后，大地变得新鲜明亮。空气里湿漉漉的，夹杂着泥土的腥气，草木庄稼的甜丝丝的味道。雨水把泥土叫醒了，大地深处骚动起来，一股一股的地气涌动着，喧闹着，把田野弄得动荡不安。麦子湛绿湛绿，密匝匝毛茸茸，一大片一大片，一大片又一大片，无数细碎的波浪滚动着，一波一波，一波又一波，在微风里闪着油油的光泽。好像是一夜之间，野草都疯长起来了，灯笼草、野蒿子、马生菜、地皮菜，一蓬蓬一簇簇茂盛极了。阳光照下来，村路上，田间小道上，田野里，坟头上，都是上坟的人们，有人叫姑姑姑姑，你今儿个来的呀？那被叫姑的就答应着，是呀，来给你二奶奶烧纸哇。也有人尖声叫小雪、小雪、小雪，你姐姐哩，来了没有？那小雪就说来了来了，看你这眼眶子大哩，这不是么。就都笑起来。

芳村这地方，坟都在田地里。埋人的时候，节节令令烧纸上坟的时候，人们再小心，少不得要糟蹋一些庄稼。主家要提前给田地的主人说一声，算是招呼，也算是赔礼的意思。这种事儿，人们都不好太计较。自家的坟地还在人家地里呢，这一辈子，谁还没有个不得已的时候。翠台叫素台拿着东西，从地头开始，迈了二十一步，低头就看见垄沟边上埋着的那块砖，戳出来一个尖尖。新坟的时候还有个土堆，过后人家就给弄平了。自家坟地的位置，全靠自家人记着，有的人家就埋块砖，当作记号。姊妹两个找到娘的坟，点香烧纸，跪在坟前，嘤嘤嘤嘤哭起来。野地苍茫，大太阳照下来，更是茫茫大水一般。那哭声好像被风吹得东一声西一声，呜呜咽咽的。纸灰漫漫飞起来，仿佛黑色的大鸟，飞到这边一只，飞到那边一只，有的飞到云彩上，越飞越远，倏忽就不见了。

翠台拿着一根树枝，一面烧，一面念叨，不断搅动着那纸灰堆。一摞一摞的纸票子太厚，不好烧透，还有那些金银元宝，沉甸甸压着，压得火苗子冒不出来，要小心翻动着才能烧得更旺。脸上的泪水被火烤着，一层干壳子一样，紧紧绷在脸上。娘走的时候，大坡才三岁多。这一晃，都多少年了。也不知道，这人间的事，娘在那边知道不知道。她这些年的难处苦处，娘该是知道的吧。实在艰难的时候，她也背地里哭过，哭她娘，哭她娘把她扔下不管她。她一肚子心事，该跟谁说呢。可她到底知道克制。她是老大。她不能像素台那样，动不动就坐在地下哭她娘，哭得叫人一颗心刀扎一样。她也不能像素台那样，受了委屈有了艰难，就跑到娘的坟前来诉说。她怕爹受不了这个。人这一辈子，有些东西再难咽，也得一个人咽下去。怎么办呢。没办法。

烧纸，上供。翠台把四个饺子放在坟前，嘴里念叨着，叫她娘来吃饺子吧，青筋大蛤蟆，一辈子就好这一口儿。神三鬼四，芳村人讲这个。正念叨着，素台忽然间大哭起来，哇哇哇哇的，直着嗓子，像个孩子。素台哭着，一声一声叫娘，娘，娘啊，亲娘啊。芳村人叫娘不叫娘，叫nia，也不知道到底是哪个字。翠台听她叫nia，眼泪哗哗哗哗就落下来。姊妹两个痛哭一场。眼看着人们都往回走了，素台还是不肯起来，哭得嗓子都哑了。翠台好说歹说，硬是把她拉起来。火已经熄灭了，纸灰漫天乱飞。翠台拍了拍膝盖上的泥土，又替素台拍了拍，姊妹两个擦干眼泪，默默往回走。

村路上，不断碰见烧纸的人们。阳光更明亮了，金粒子一样洒下来。村庄恍恍惚惚的，好像是做着一个白日梦。

谷　雨

《月令七十二候集解》：三月中，自雨水后，土膏脉动，今又雨其谷于水也……盖谷以此时播种，自下而上也。

蝶恋花·春涨一篙添水面

［南宋］范成大

春涨一篙添水面。芳草鹅儿，绿满微风岸。
画舫夷犹湾百转。横塘塔近依前远。

江国多寒农事晚。村北村南，谷雨才耕遍。
秀麦连冈桑叶贱。看看尝面收新茧。

过了清明，就是谷雨。村庄里，田野里，村路上，草木间，人家的院落里，人们的脸上，眉眼间，到处都是春天的闲意思了。一场春雨一场暖。这话是对的。村庄里，早春那点儿羞答答的颜色，如今都渐渐泼辣起来。鸟鸣也稠密起来，唧唧啾啾唱个不停。云彩一大块一大块，停在半天上，一阵风吹过，就翻卷起来，一会儿往东，一会儿往西，一会儿往北，一会儿往南，抬眼再看时，倒变了模样儿，再也认不出了。

一大早，翠台正弄饭，她婆婆过来了，手里拿着一把香椿。她婆婆院子里种了一棵香椿树，还有一棵臭椿树。每年春天，谷雨时节，那棵香椿树就生出一簇一簇嫩嫩的香椿芽来，浅绿色，夹杂着深的紫红，叶片上有一层细细淡淡的茸毛。她婆婆说，这是头一茬，尝个新鲜。过几天再掐第二茬。翠台说，呀，这回多呀。欢喜接了，盘算着是煎鸡蛋吃呢，还是凉拌着吃。她婆婆说，我还给了你三婶子一把儿。等掐二茬的时候，再给根芬吧，根芬好吃香椿。翠台说，根芬说要回来呀？她婆婆说，电话里说要回来，她哪有个准儿？上回就说回来回来，临时又有事儿回不来了。翠台见她婆婆还穿着坎肩，说热不热呀，还穿这个？她婆婆说，春捂秋冻，上年纪的人了，还是捂着点儿吧，不比你们。她婆婆说爱梨娘俩儿哩？翠台说，回娘家啦。她婆婆说，这算怎么回事儿，长年住娘家，家也不像个家。翠台说，对了，根芬回来问问她，看看大坡工作的事儿有信儿了没有？她婆婆说，大坡不是在外头有活儿么？怎么还找哇？翠台说，他那个活儿不好干，苦不说，工资还给不了，说是要到年底才结账。翠台说我就怕他到时候白干一年。一面说着，唉声叹气。她婆婆说，等根芬回来我问问她吧，她的性子你也知道，肉得不行，在家里还好，在外头见了生人儿，一句话儿也没有，就她这个性子，还能交下个三朋四友的？翠台说，也问问小宋。他们在外头这么多年，朋友同学的多，人托人，能够着天。她婆婆说，话是这么说。如今办事多难。有敞口的钱还行，这世上最难还的，就是人情账。翠台哼了一声，大坡姓刘，他们可是亲姑亲姑父。求他们办点事儿，看把你心疼的。她婆婆受了抢白，急得直说，我这十个手指头伸出来，咬咬哪个不疼哇？根来、根芬一样儿的人儿，一个亲小子，一个亲闺女，你说这样的话，唵？翠台就笑，看把你急得，我说着玩儿哩。赶明儿根芬回来问问她哇。她婆婆絮絮叨叨就走了。

翠台拿了一把香椿给她爹送过去。她爹早起来了，正在门口跟放羊的老五说话。一群羊在街上走着，挨挨挤挤的，腾起一阵子细细的尘土，夹杂着浓烈的骚臭味儿。翠台捂着鼻子，左闪右躲，绕过那些个羊，来到她爹门前的台阶上，使劲儿跺着鞋上的土。老五说，给你爹送饺子来了？翠台就笑，这羊越来越多哇。老五说，越来越少那还行？挥起鞭子，啪啪啪啪，轰着羊群就走了，留下一地的羊粪蛋子，热腾腾骨碌碌好大一股子味道。她爹说，老五也不容易，放放羊，算是个营生儿，多少挣个杂花哩。翠台说，伺候了一辈子牲口，这又放羊，又脏又苦，能挣几个钱呀。她爹说，老五好这个，好了一辈子。有几只母羊产奶，也是一个进项。翠台说，羊奶你喝不？听说喝羊奶好，营养高，就是味儿大。她爹说，我不喝那个，那味儿，喝不服。五块钱一斤，谁没病没灾喝那个？翠台说，如今人们都喝牛奶，包装好的，又卫生。她爹说，牛奶吧羊奶吧，我都喝不服。又说你那是香椿？翠台说，大坡他奶奶送过来的，她院里不是有棵香椿树么，给你送过来一把，煎鸡蛋吃吧。她爹说，有啥吃头？我就不服这个味儿。翠台说，你看你，好心好意送来了，还说这话。吃个新鲜么。当下就帮她爹择了，洗干净，拿开水烫一下，浓郁的香椿味儿给逼出来了，直钻人鼻子。她把那烫过的香椿切了，撒上点盐腌上，又在一只碗里磕了俩鸡蛋，嗒嗒嗒嗒搅拌了，放了盐。说一会儿你煎吧。我也回去弄饭呀。

一进院子，却见小鸾在门口立着，问她，一大早就不在家呀。翠台说，去我爹那院里一趟。把她让到家里头。翠台见她穿一件白底蓝花裙子，上头是一件浅蓝色小西装，七分袖，短款小腰，头发烫得弯弯曲曲，黑压压堆在肩头，就说，哎呀，真好看，是你自家做的吧？小鸾说，我瞎做的，好看不好看的，肯定比买现成的合身儿。翠台说，到底是巧手哇。好看得很。小鸾说，这个年纪了，还有啥看头？还好看。翠台见她脸上红红的，忽然想起来中树找占良开饭馆的事儿，心想这小鸾也是个深沉角色，她不说，我也不提。两个人就说了一会子闲话，小鸾忽然说，春米她，又来找你了？翠台说，没有哇。就那天来过一趟。小鸾说哦，我就是问一下。昨儿在街上碰上她了，老远见了我，一拐弯儿躲开了。我不知道这里头有事儿没有。翠台说，不能吧，兴许是没看见。小鸾说，怎么没看见，她眼尖着哩。早先我们俩别扭是别扭，见了还说个担杖话儿，这回倒躲开了，你看这事儿弄的。翠台说，你也是多心，芳村人多了，投脾气呢，就多往一块凑，不投脾气呢，就少往一块凑。何苦这么操心。小鸾说，我就是觉得憋屈，这么多年，在她身上我没有短处，她这么待我？翠台说，芳村人谁不知道，你俩素日里合式得不行，亲姊妹一样，谁知道怎么闹成这样呀。小鸾说，嫂子我跟你实话说了吧，她跟我这么大的劲儿，不为别的，就为了饭馆的事儿。翠台心里一跳，故意说，饭馆的事儿？你这么说我就更糊涂了。小鸾说，是中树，他找占良，想叫他开饭馆。翠台说，中树？找占良？小鸾说，是呀，你也知道，难看饭馆买卖也不行，村里的意思，就是另开一个。村里怎么也得有个饭馆呀。翠台说，那是好事哇。中树的意思，就是村里的意思。有村里抱着后腰，那咱就开呗。小鸾就脸红了，这就妨碍人家春米了么。春米心里难受，我想着，占良他姑家饭馆那事儿，她愿意去，就叫她去。翠台心里说，这颠颠倒倒的，一会往东，一会儿往西。小鸾说，嫂子你觉得？你给她递个话呗。翠台说，不是我怕麻烦，这种好事儿，还是你亲口跟她说好。小鸾说，我就是觉得吧，张不开这个嘴，怕她瞎猜，是我抢了她家的饭馆买卖。其实是中树——也不是中树，其实是村里——翠台说，伸手不打笑脸人，你这是好意，她不会那么想。两个人又说了会子闲话，小鸾就走了。翠台看着她背影，心里冷笑一声，又想当婊子，又想立牌坊。

门前的水道旁边，竟然长出了一簇麦子，绿生生的，好像摸一把就会染一手绿颜色似的。添福家院子里的大白鹅忽然叫起来，臭狗儿举着一把塑料手枪，冲着那鹅，嘴里啾啾啾啾叫着。添福媳妇在屋里叫，狗儿？狗儿？吃饭呀，狗儿？翠台这才想起来，自家还没有做饭呢。心里说这一大早晨，一箩筐的咸淡事儿，真是吃饱了撑得慌。自去弄饭吃。那臭狗儿却忽然哭起来，几只大白鹅围着他，嘎嘎嘎嘎叫着。添福媳妇慌忙出来看，怎么了？狗儿？臭狗儿？

立 夏

《逸周书·时训解》：立夏之日，蝼蝈鸣。又五日，蚯蚓出。又五日，王瓜生。

《遵生八笺》：孟夏之日，天地始交，万物并秀。

夏意

［北宋］苏舜钦

别院深深夏席清，石榴开遍透帘明。

树阴满地日当午，梦觉流莺时一声。

立夏的时候，芳村的人们就都知道了，难看饭馆要关张了。小鸾家的新饭馆也早装修好，只差选个好日子，开业大吉了。村里人沸沸扬扬的，也有眼红的，也有咒恨的，也有说风凉话的，也有等着看热闹的。

小鸾家饭馆就在难看饭馆对过，早先是占良他大伯家的房子，后来跟占良他爹换了宅基地，占良翻盖一新，临街的两层小楼，一楼是散座，二楼是雅间，收拾得干净利落。院子不大，却方方正正的，种着花花草草。还有一个菜畦，种着各种时令菜蔬。门楣上一个匾额，拿一块红绸子布蒙着，好像是待嫁的新媳妇，羞答答不给人看。好事的人们，都跑过来围着，指指点点。小鸾满脸喜气，出出进进，忙得脚不沾地。

翠台去秋保家超市买酱油，老远就看见小鸾家门口的热闹，有心绕过去，却来不及了。小鸾说，嫂子，吃了呀不？翠台说，吃了呀，去超市买酱油。小鸾说，到时候过来呀，这个月十六，叫银花婶子看的日子。翠台说好哇，好哇，六六大顺，好日子。正说话呢，小鸾她婆婆过来，问她一个什么东西放哪了，小鸾就进去帮她找。

建国媳妇正在揉面，有一个苌家庄的妇女，把电动车支一边，立等着热烧饼出炉。翠台说，忙着哪，好买卖哇。建国媳妇说，好买卖，哼，再好的买卖，怎么能跟人家比呢。拿下巴颏儿点了点那边。小鸾正立在门口，跟人说话。翠台说，她家饭馆买卖好，还不捎带着你家的烧饼？建国媳妇把嘴一撇，说谁稀罕呀。又压低嗓子说，知道不，跟中树——翠台说，甭乱说，这种事儿。建国媳妇说，都这么说，一村子人都这么说，还能冤了她？翠台说，中树？中树叫小鸾妗子，辈分都乱了呀。建国媳妇说，乡亲辈儿，瞎胡论儿。就是那么一叫。再说了，如今这世道，谁还讲这个？翠台说，老天爷，不能吧？回头看小鸾扭着身子，正在门上贴什么东西。建国媳妇说，十年河东，十年河西哇。想当年，难看饭馆多么红火，这才几年？旁边等烧饼的妇女说，难看饭馆关门了呀？建国媳妇说，可说呢。那妇女说，那家新饭馆要开张？真是，有人哭就有人笑。自古以来，世事就是这样的。建国媳妇给她一说，倒愣住了，一时间默默的。翠台说，我去买酱油呀，你忙，你先忙。

秋保超市里人不多。秋保忙着低头算账，拿着一个计算器嘟嘟嘟嘟按个不停，嘴里念念有词。却不见国欣。翠台说，发财呀，钱多得都算不清了吧。秋保说，不赔就不赖了，我还发财？我发财？翠台说，又哭穷！又不借你钱，看把你吓的。秋保说，你看看，我说了你还不信。问她拿点啥呀，翠台说，酱油，我拿壶酱油。就去拿了一壶酱油，秋保收钱，找钱。外头忽然一阵车喇叭响，一辆电动三轮突突突突开过来，正好停在超市门口。一个人大着嗓门打电话，喂，喂喂，是刘姗姗吧？刘姗姗？有你的快递，在超市门口，对，对，快点昂。秋保说，看见了吧，你还不信，光这玩意儿，就抢了我不少买卖。翠台说，快递？秋保说，可不，快递！我跟你说，他这车一响，我就心口儿疼。真的。秋保说，如今人们都时兴网购，手指头一点，就钱货两清了。真他娘的。翠台说，那个网就那么厉害？秋保说，关键是它方便呀，在家里坐着，山南海北的东西，手指头一点，嗖嗖嗖就到货了。翠台说，不要钱哇？秋保说，净想好事儿，钱哗哗哗哗就出去了，流水似的。正说着，听见外头在喊，喂喂喂，翟军立？是翟军立不？有你快递，对，一个箱子，快点昂。秋保摇头叹道，你看看，这买卖怎么做？

买了酱油往外走，正碰上哲子媳妇披头散发跑过来，光着身子，只穿一条小裤衩，一面跑，一面唱。翠台说，老天爷，又闹哩。秋保探出头来说，有阵子不闹了，怎么又闹开了。旁边一个妇女说，好好的一个媳妇，得了这样的疯病，真是可惜了的。正说着，那媳妇却在当街躺下了，白花花光溜溜一个人，惹得人们纷纷围过来看，也有外村看病的，也有买东西的，也有闲人白看热闹的。一个妇女说，亲娘哎，就这么光着，也不嫌臊得慌。那媳妇奶子鼓鼓的，腰身还有，圆滚滚的屁股，肚脐眼儿深深的，小酒盅一样，小肚子上生着好大一颗朱砂痣。秋保嘴里啧啧啧啧着，他娘的哲子，他娘的，好艳福呀。一个老婆儿说，造孽哇，造孽哇。旁边一个马脸男人说，这不是贞贞姑么，我们一个村里的。那老婆儿说，东河流的？那男人说，可不是，还一个院房哩。她这样子赤身露体的，我也不好上前去劝。就求那老婆儿过去劝劝，把自家一件衣裳脱下来，给她披上点儿。那老婆儿就过去，把衣裳给她盖上，说贞贞，回去吧啊，看叫人家笑话，一个媳妇家。哲子媳妇只是唱，不理她。一个妇女小声说，不犯病时候好好的，一犯病就跑出来，光着身子唱。另一个妇女说，听说哲子这回带着那女的回来了，就住他家新房子里，贞贞搬到旧院去住了。那马脸男人说，这也忒不要脸了，是欺负她娘家没人？气得呼哧呼哧喘粗气，也无心看病了，骑上摩托就突突突突走了。那妇女说，我也是多嘴，怎么扯起这些来了。旁边的妇女说，等着吧，准有一场好戏。

哲子他姐姐小省慌里慌张跑过来，拽着哲子媳妇就往回走，一面走一面骂，回家，回家去，白给人家看好戏，还嫌家里不热闹哇。又对着人们说，白看戏也不掏钱，好看吧？人们见她这话不好听，脸上讪讪的，也就纷纷散开了。

翠台提着酱油往回走，心想哲子媳妇刚娶进门的时候，娇滴滴羞答答一个新媳妇，人又俊，惹得一村子人去看。这些年过去，竟然变成这个样子。小坷垃家炸馃子摊子也出来了，就在建国媳妇的烧饼摊子对过。小坷垃媳妇穿着白围裙，戴着白帽子，正埋头收拾东西。建国媳妇撇嘴道，穿个白围裙戴个白帽子就干净了？净出洋相。翠台小声说，炸馃子摊子又出来了？建国媳妇说，成心哩，成心跟我唱对台戏哩。翠台说，小坷垃不是病了么？建国媳妇说，好啦，说是治得及时，不碍事了。翠台正要说话，小坷垃媳妇叫她，笑笑的，说吃馃子就来拿呀。翠台答应着，过去说了会儿闲话。小坷垃一条腿一拉一拉的，忙着支那棚子。有人路过，问好了呀？小坷垃说，好了好了，能吃能喝，能走能跳。呵呵呵呵笑。

小鸾家门前扫得干干净净的，门前立着几个闲人，说东道西。对面难看饭馆关着门，那门上的匾额蒙着一层灰尘，像一个人没洗脸。大门两边的春联还新鲜着，门上的福字有一角却耷拉下来，在风里苏苏苏苏乱响着。门口的槐树下面停着一辆三轮车，孤零零的。翠台心里叹了一声。想起建国媳妇说的那些话，也不知道，有几分是真，有几分是假。占良倒是一个老实疙瘩，早先在增志厂子里干，不过挣个温饱，全凭着小鸾做缝纫活儿，如今却开起饭馆，做起买卖来了。想起增志的厂子，因又牵挂起素台，有日子不见了，也不知道她怎么样，增志出门回来了没有。素台自小是个吃粮不管事儿的，这一回厂子里这么大变故，她哪里受过这个？拐进过道里，见增志他兄弟明志正一面走一面打电话，老远见了她，就立下了。翠台见他挂了电话，说忙呀，这是去哪呀。明志说，我去我娘那院里，我娘说是心口疼，我去看一看。翠台说，你哥他，出门还没回来？明志说，还没哩。电话也不打回来一个，我娘急得不行，怕他在外头出事儿。翠台说，你哥他也是场面上的人，走南闯北的，能有啥事儿？一个大汉们家。明志说，人上了年纪，担不住事儿了。离这么近，瞒吧，又瞒不住。明志说我哥也是，一个电话也没有。我嫂子也哭哭啼啼的，娘儿们家心又窄，唉，全乱套了。翠台心里烦恼，勉强劝了他几句，嘱咐他跟增志联系着，有事说话。然后拐了个弯，去了她爹那边。

一进院子，听见屋里有人说话。素台抽抽搭搭的，一面哭，一面说。她爹咳嗽着，唉声叹气。翠台心里的气不打一处来，撩帘子就进去了。屋子里烟气腾腾，她爹吸烟，咳嗽，喀喀喀喀吐痰。素台坐板凳上，地下扔着一堆纸团子，揉得皱巴巴的。翠台说，怎么了这是？素台不说话，只是哭。翠台见她披头散发的样子，心里恨得不行，你这眼泪就这么不值钱？当着咱爹，哭成这个样儿。她爹咳嗽了一阵，喘吁吁的，半天才平静了下来，说，增志也没有个音信，这都出去多少日子了，事儿成不成，人也总该回来了呀。素台说，他死在外头才好哩。翠台说，你这是什么话？死呀活呀的，难听不难听哇。你平日里那么迷信，怎么这会儿就不忌讳了？素台说，我跟着他够够的了，他死了倒干净。翠台气得不行，越说越来劲了是不是？你跟着人家吃香喝辣的时候，怎么就不说这话了？眼下碰上了坎儿，你就这么咒恨他？叫外人听见，怎么看你？怎么说你？素台哭道，他野到哪里去了，唵？谁知道他野到哪里去了？他这样子，你还帮着他说话，我还是不是你妹子？我是你仇人呀？他爹说，好，好，真好，你们姊妹俩吵得好，吵得好，我养的闺女，都是好口才！素台说，你怎么不说她呀。我出了这么大事儿，她问过我一句没有？进来就五马长枪的，你看她那个脸，唵？素台说你家小子娶媳妇买楼，我怎么待你的？你哪一回跟我张嘴，我给你下不了台？眼下我遇上坎儿了，你这么待我？有你这样当姐姐的没有哇？翠台说，好好好，你真是狗咬吕洞宾，我捧着一颗心叫你吃了，你还说这样的话？我是借着你的钱，要不就在你跟前抬不起头来哇？我做小伏低，我这个当姐姐的，没出息，叫自家妹子下眼子看我。就呜呜咽咽哭起来。她爹急得在地下转来转去，喀喀喀喀咳嗽着，一时喘不上气来，瑟缩成一团。翠台慌忙过来，帮着他拍背，又叫素台倒水给他喝。喘息了好一阵子，方才慢慢平定下来。大街上，谁家的汽车在按喇叭，嘀嘀嘀嘀，嘀嘀嘀嘀，心急火燎的。卷子车子也过来了，小吉吹着他的牛角，呜呜呜呜，呜呜呜呜的，倒是不紧不慢。她爹说，家里没有卷子了，去拿二斤卷子吧。翠台说，小坷垃家炸馃子摊子又出来了，要不拿二斤馃子去？弄个糊汤。她爹说，不年不节哩，吃馃子？素台说，光耍嘴儿，有这工夫早买回来了。说着骑上电动车就出去了。她爹说，大巴掌大手哩，这毛病啥时候能改改哇。翠台说，人家还是有。有了呢，就硬气。愿意买，叫她买去。她爹说，你当姐姐哩，少说一句行不行？

不知道什么鸟在鸣叫，喊喊喳喳，喊喊喳喳，叫得人心烦意乱。偏偏村里大喇叭也广播起来：新鲜排骨，新鲜排骨，谁买排骨，到村委会门口来，谁买排骨，到村委会门口来。

小　满

《月令七十二候集解》：四月中，小满者，物至于此小得盈满。

小满

［北宋］欧阳修

夜莺啼绿柳，皓月醒长空。

最爱陇头麦，迎风笑落红。

小鸾家饭馆开业这天，是个响晴的好天气。一大早，门前人们出出进进，办喜事一般。大门两边立着两行大花篮，五彩气球扎成的大拱门，有一人多高，在风里颤颤巍巍的。门楣上的匾额拿一块红绸子蒙着，只等着一会儿叫人揭开。另有一条红布横幅，上头写着几个金色大字，开业大吉。小鸾穿一件桃红小西装，头发新烫了，满面春风，招呼这个，招呼那个。翠台说，娘哎，看你那鞋，能走道不？小鸾说，使死我了，这鞋跟儿忒高了。翠台看她走道一崴一崴的，心想打扮成这样儿，给谁看呀。回头却见中树过来了，一只手掏兜里，另一只手拿着一根烟，边走边吐出一个一个烟圈来。中树穿一条白色休闲裤，上头是一件砖红衬衣，腕子上的手表明晃晃的，在阳光下直晃人的眼。小鸾正背对着跟人说话，中树在门前停下，好像是在看门上的横幅，又好像是在看小鸾的背影，左一眼，右一眼，上一眼，下一眼。小鸾的小西装很合身，把小腰勾勒得越发细细的，屁股圆圆的，被裙子包得紧绷绷，下头是一双细细的红色高跟鞋，立在那里，前挺后翘，十分勾人。小鸾说着话，不知怎么就回头一看，见中树立在后头，脸就莫名地飞红了。中树说，几点呀？几点开始？小鸾说，找银花婶子看的，说九点，九点好。中树说，好哇，都说良辰吉日，天时地利人和，凡事都有个讲究。占良过来，忙着给中树拿烟，中树却掏出一盒中华来，扔给占良，说你拿着，我还有。占良赶忙接了。小鸾小声问，炮都预备好了吧，你去看看，那一大挂，可千万挂好了再点。占良说弄好了，我再检查一遍去。中树说，是多少响的哇？小鸾说，一千响的。翠台说，嚯，够热闹哇。一千响。中树笑眯眯看着小鸾，说图个吉利么。

九点整，一千响的鞭炮响起来，噼里啪啦、噼啪、噼啪。中树把匾额上头蒙着的那块红绸子揭开，黑色底子上，金色的大字，小鸾私厨。人们都说啊呀，小鸾私厨，这名字稀罕，挺咬嘴。也有人说，怎么叫小鸾私厨哇，怎么不叫占良私厨？旁边的人就小声说，还是小鸾私厨好，占良私厨听着也不像。有人咳嗽了一声，说一会儿吃席，大鱼大肉都堵不上你们的嘴？说话的人就讪讪地笑。鞭炮声震耳，仿佛整个村庄都震得呼呼乱动。人们捂着耳朵，大声说话，谁也听不清谁。一只大黄狗好像是吓傻了，呆呆立着，眼巴巴瞅着碎炮屑乱飞，尾巴也忘了摇晃。一只芦花鸡躲在墙根下面，缩着脖子，鞭炮响一下，眼睛闭一下，再响一下，再闭一下。过路的人也不急着赶路了，停下来看热闹。耀宗家看病的人们也不看病了，都跑出来看，指指点点的，有夸那小楼气派的，有夸那匾额好的，也有夸小鸾俊的，说这小鸾私厨，等着瞧吧，买卖肯定红火。

一地厚厚的鞭炮屑，红通通热腾腾，空气里弥漫着呛人的硫黄味儿，又喜庆，又热烈。屋子里开席了，开业酬宾，请了芳村有头有脸的人物，还请了镇上的工商税务，头头脑脑。翠台是过来窜忙的，跟小闺、喜针她们几个妇女，穿着围裙，择菜洗菜，剥葱剥蒜，端茶倒水，洗洗涮涮。小鸾也忙着出出进进，恨不能再多长出两只手来。贵山媳妇看左右无人，悄悄跟翠台说，怎么不开个裁缝店呀，可惜了她那一身好手艺。翠台说，如今人们都买着穿，谁还做衣裳哇。贵山媳妇说，可也是，还是饭店能挣钱，现今人们待客，动不动就上饭店里，倒省事儿了。翠台说，省事儿是省事儿，就是费钱。贵山媳妇说，都像你这么会过，这饭店还赚谁的钱呀。两个人就笑。

屋子里，人们喝了酒，渐渐都放开了。大全坐主位，左手是中树，右手是青草镇的副镇长老张，耿秘书，还有工商所的、税务所的、信用社的，一桌子十来个人。中树撺掇着大全说两句，说两句。大全说，张镇长在这儿坐着呢，咱们请张镇长讲两句。张镇长推辞了一下，就清了清嗓子，讲起来。这老张是个白胖子，圆滚滚的，冬瓜似的，说话两嘴丫子喷唾沫，却有一副好口才，说小鸾私厨开业，这是芳村的大事，也是青草镇的大事，是大好事。现在中央里提出乡村振兴。什么叫乡村振兴？总书记指出，乡村振兴战略具体有五个路径，推动乡村产业振兴、乡村人才振兴、乡村文化振兴、乡村生态振兴和乡村组织振兴。小鸾私厨的开业，是乡村产业振兴、人才振兴的具体举措。鼓励新时代农民在新时代新农村有所作为，为加速乡村振兴，全面建成小康社会贡献力量。这是大好事，大喜事，小耿你回去写个材料，把芳村树个典型，往上头报一下。在座的人们都鼓掌，中树连连说，说得太好了，太好了。领导到底是领导，镇长政策水平高，站位高，看得远，不服不行哇。来来来，喝酒，我代表饭馆，代表芳村，敬领导一杯。众人都纷纷举杯，一时间喧哗一片。

晌午的时候，翠台原本想着溜走，回家随便吃一口，却被小鸾极力留下了。她们这些窜忙的，还有小鸾她婆婆，占良她姐姐占娟，就在厨房里摆个低桌坐了一席，凉的热的，荤的素的，七大碟子八大碗，满满当当层层叠叠，摆了一桌子。贵山媳妇悄悄说，你呀，守着大饭店的大鱼大肉不吃，偏还要回去吃卷子喝米汤。翠台就笑，受罪的命呗。小鸾把一大碗炖鱼端过来，说吃这个，那边都没人动这个。她婆婆说，这有啥吃头？净是刺。占娟瞪她娘一眼，说鱼还能没刺？是不如那大肉片子爽嘴。小鸾说，都说无鸡不成席，如今无鱼也不成席了。年年有余，天天有余，图个吉利。她婆婆说，净瞎花钱，看着挺大一条鱼，没有多少肉，净刺。还有那个排骨，都是骨头。是吃骨头呀，还是吃肉呀？还挺贵，比肉还贵。占娟训她娘说，又不懂，净瞎操心。她娘不服，我说的不对？众人都笑。

热闹了大半日，一直到后晌才散。翠台被撺掇着，喝了两杯葡萄酒，不免昏头涨脑，身子轻飘飘的，有点恍惚。建国媳妇的摊子前，冷冷清清无人。建国媳妇坐在小板凳上，低头看手机。对面的小坷垃家已经收摊了，却又摆出来一个玩具摊子，上头是各种塑料玩具，花花绿绿的，小孩子家的玩意儿。小坷垃坐在摊子后头打瞌睡，脑袋一点一点的，鸡啄米似的。有一个妇女抱着孩子从耀宗卫生院出来，那孩子好像是刚打了针，哭哭啼啼，左右哄不下来。小坷垃拿起一把塑料手枪，嘴里啪啪啪啪叫着，那孩子果然非要买那手枪。小坷垃说，十块钱，孩子待见，拿一个呗。那妇女好像是外村的，说十块？抢钱呀？小坷垃说，你看你这人，说话忒难听。做买卖的，兴我出价儿，也兴你还价儿。乡里乡亲的，说话不能绵软点儿？那妇女说，一个破塑料的，还十块，你怎么不要一百哇？抱着孩子就走。那孩子却哭着不肯。小坷垃说，你这个人，为了三块两块哩，把孩子急成这个样儿？那妇女说，五块，五块我就拿走。小坷垃说，五块，还不够本儿哩。你总不能叫我赔钱。八块钱，你拿走。那妇女转身要走，无奈孩子哭着不肯，恨了一声，说六块，一分也不添了。小坷垃说，那算了。那妇女抱起孩子就走，孩子哭着要手枪，被那他妈照着屁股打了一巴掌，那孩子哭得更厉害了，杀他似的。小坷垃说，你看看，你看看。那妇女被孩子闹得无法，只好说，七块钱，你给就给，不给就算。小坷垃说算了算了，真会讲价儿呀。把那手枪给了那孩子。那妇女掏出手机来，微信扫了扫那个码，结账走了。一面走，一面抱怨。翠台说，这人儿是小辛庄的，狗菜媳妇的堂妹子。小坷垃说，是不是？建国媳妇说，好像是小闺她们一个厂子干活哩。建国媳妇说，坷垃叔你这好买卖哇。横竖是不歇着。小坷垃说，我这废人啦，力气活儿也干不了。建国媳妇说你这馃子摊子一出来，我这烧饼很显不好卖。硬扛我哩。小坷垃说，就这么大个芳村，人们吃了馃子就不吃烧饼，吃了烧饼就不吃馃子。小坷垃说我扛你你扛我倒是小事，人家这大饭店一开，恐怕咱们这买卖更不好做了。建国媳妇撇嘴道，人家腰杆子硬么。又问翠台今儿个有几席，饭菜强不强，听说大全喝多了，中树倒是酒量大，还有镇上那个领导，白白胖胖的，那气势，一看就是大干部。翠台就笑，你这打着烧饼，不够忙的，还管着这么多闲事儿。建国媳妇小声说，你看看笑得，嘴都咧到后脑勺了。翠台说，谁呀？建国媳妇说，还有谁？老板娘呗。

午后，整个村庄静悄悄的。沿着人家院墙底下，拿砖砌成窄窄一溜池子，跟柏油马路隔开。也有种菜的，也有种花的。大葱长出了挺大的葱娃娃，顶在头上，撑破了外头一层薄薄的皮儿，大蒜却黄了叶子，东倒西歪，乱蓬蓬一簇一簇。月季大多是红的，也有粉的，也有黄的，白的倒是少见，干干净净，雅致极了。一丈红，学名叫作蜀葵的，挺着高高的茎，花开得很大很艳，小碗口一般，高高低低，繁华热闹。

快到村东的时候，一拐弯，见建信媳妇扛着一把铁锨过来，穿着一身干活的衣裳，满脸是汗，有一绺头发粘在前额上，湿漉漉的。翠台说，这大晌午，干吗去呀。建信媳妇说，浇地哩，他们替我一下，我回去吃饭去。急匆匆走了。翠台见她裤腿挽得高高的，腿肚子上溅满泥点子，一双鞋上也都是泥。后背上汗湿了一片，云彩一样。心想这真是，人强不如命强。当年她有多风光，建信这一下台，一个天上，一个地下，天翻地覆哇。正感叹着，明礼他娘坐在门前的阴凉里，正在捡豆子。就说大歇晌儿，也不歇会儿呀。明礼他娘说，上了年纪，觉少了，睡不着。问翠台刚才过去的那个人，是建信媳妇不是？翠台说，是呀，是她。明礼他娘说，这闺女当年给明礼说过，那时候老文化还活着，叫他算了算，说不成，这闺女命硬，妨男人。你看看，这不是叫人家给说着了。翠台说，有这回事？明礼他娘说，建信不是下台了么，生是叫她给妨的。幸亏哇。翠台说，文化爷真会算卦？都说准得不行。明礼他娘说，那还有假？大全小时候，还穿着开裆裤哩，人长得瘦小，鼻涕流老长，一双手冻得馍馍似的，动不动就给人家打哭了。老文化说，甭看这孩子眼下是个受气包子，你往后看，这可不是个平地卧的。翠台说，是不是？明礼他娘说，你看你，我还能说瞎话呀。

芒　种

《岁序总考》：芒，草端也。种，稼种也。言有芒之谷此时皆可稼种，故谓之芒种，乃五月之节气也。

时雨

［南宋］陆游

时雨及芒种，四野皆插秧。
家家麦饭美，处处菱歌长。
老我成惰农，永日付竹床。
衰发短不栉，爱此一雨凉。
庭木集奇声，架藤发幽香。
莺衣湿不去，劝我持一觞。
即今幸无事，际海皆农桑。
野老固不穷，击壤歌虞唐。

芒种一过，就是端午了。芳村有句农谚，芒种过，见麦茬。仿佛是一眨眼工夫，大片大片成熟的麦田就收割了。如今割麦子都用机器，一亩地多少钱，大机器轰隆隆开过去，脱好的麦子粒就直接装袋子了。麦秸干脆粉碎在地里，算是施肥。麦收时节，芳村的空气里弥漫着干燥的麦子的味道，细细的灰尘混合着泥土的腥味，有点呛人。麦子也不再提到房顶上晒了，从地里拉回来就入了粮仓。麦子干点儿湿点儿都不碍，反正是换卷子吃，就算是自家蒸卷子，也是拿麦子去换面粉回来。湿点儿好，湿点儿压斤秤。麦收这几天，天气倒是好得很。火爆的日头，热油盆子一样。人们三天五天就把麦子收回家，场光地净，田野里开阔极了。这个时候，偏偏下了一场透雨，人们都说，真是及时雨呀。正想睡觉呢，偏偏就有人递过来枕头。一场雨水过后，田地里便绿油油一片，玉米苗子蹿起来，一拃高了。金黄的麦茬，夹杂着碧绿的新苗，黄黄绿绿，一大片一大片，一直延展到远远的天边，却被一块云彩缠住了。这个时候在村口望去，只见绿烟弥漫，把整个村庄都笼罩起来了。

这一天，翠台到东燕村集上买了枣，买了江米，买了黄米，买了粽子叶子，又在肉二的肉案子割了二斤新鲜五花肉，买了一个大冬瓜，气喘吁吁的，抱着往回走。这东燕村集不大，却很热闹。一条街曲曲折折，被各种小摊、小贩占得满满当当。卖青菜的，卖新鲜水果的，卖饼干、点心、糖果、瓜子的，卖衣裳卖布的，卖五金、日杂、土产、种子的，修脸剃头补牙的，卖麻花、烧饼、馃子、豆腐脑、扒糕、油炸糕的，卖本子，卖笔，卖书包文具的，琳琅满目，五光十色，好不繁华兴盛。忽然看见一个妇女跟卖杏儿的在吵架。原来那妇女尝了一个杏儿，又尝了一个，嫌酸，不买了。

那卖杏儿的说，尝了我俩杏儿，就白尝了？那妇女说，卖杏儿的，我问你叫尝不，你说叫尝。你要是早说，我还不稀罕尝哩。那卖杏儿的说，一口气尝了俩，又不买了，有你这么尝的？要都像你这样，我还不赔死了？那妇女说，尝你俩杏儿你就这样？强卖呀？那卖杏儿的是一个干瘦老头儿，说你怎么这样？尝一个还尝不出是酸是甜？那妇女说，我就是嫌酸，怎么了？褒贬的是买家，有你这么做买卖的没有？说着就要走。那卖杏儿的拉着她不让她走。四周围了一群看热闹的，有人说那妇女不是谁谁家的媳妇么，苌家庄的闺女。有人说那老头也真是，不过俩杏儿，不依不饶的。有人就说那妇女也是，尝人家一个还不行？小本买卖，都这么尝还得了。人越围越多。做买卖的也不做了，买东西的也不买了。有一辆汽车拼命鸣着喇叭，人们哪里肯给它让路。人声、车声、叫声、骂声，霎时间乱成了一锅粥。

好不容易挤出来，翠台早已经是满头大汗。车筐被那个冬瓜坠得摇摇晃晃，粽子叶子在车后座上沙沙沙沙乱响。翠台慢慢骑着车，看着田野里绿油油的玉米苗子，在风里微微摇摆着。有的人家田里栽上了树，一棵一棵挺立着。上头叫人们退耕还林一亩地有七百块的补贴。人们也有愿意的，也有不愿意的。愿意的是图那点儿补贴，不愿意的呢，是怕糟蹋粮食。村上就给人们做工作，讲绿化的道理，种树的好处，村头道边的人家，都纷纷种上了树。那些树在田边摇曳着，倒给单调的田野平添些新鲜的意思。过了东燕村、西燕村、苌家庄，远远看见芳村了。

翠台打电话给大坡，问他过端午回来不呀。大坡说恐怕回不来，老板抠得很，哪肯放假呀。再说他们是日工，一天是一天的钱哩。打电话的时候，爱梨抱着小妮儿，教着小妮儿跟爸爸说，叫爸爸回来，回来，回来给小妮儿买火腿，买棒棒糖，买酸奶，买夹心饼干。小妮儿就对着手机，咿咿呀呀叫爸爸，爸爸，回来，回来，回来呀。大坡不知道在那边说了句什么，爱梨就笑，说随你便，随便，昂。翠台再想跟大坡说句话的时候，却已经挂了。有心再打过去问一问，想了想，到底还是罢了。

吃了晌午饭，里里外外收拾利落，就去小令家。小令家二小子磊子相媳妇，请翠台跟着去。磊子穿一身新衣裳，胳膊腿儿都不知道往哪里放，拘束得不行，非要脱下来，换一身家常的。小令唠唠叨叨的，立逼着他穿上，穿上，头一回上人家门儿，就是要正式庄重一些。又转过身来打量翠台的衣裳，翠台说还行不？不会给你丢人吧？小令说，看你那鞋！一双鞋，新半截。鞋是个要紧事儿。你穿多大号的？三六还是三七？就进屋把自己的一双半高跟皮鞋拿出来。翠台叫了一声老天爷，说我可穿不了，这么高的跟儿。小令说穿上穿上，穿上带跟儿的，显得挺拔，精神！翠台只得穿了，摇摇摆摆的，在院子里试着走来走去。春米还没有来，小令急煎煎的，给她打电话，不通，更急了。春米是媒人，主角啊，没有主角怎么唱这场戏？又跟翠台抱怨。嫌春米不着调，忒散淡，这种事儿赶早不赶晚，叫人挑了眼就难办了。正乱着呢，春米却来了。春米穿一条深紫裤子，上头是一件蓝色开襟小衫，里头的吊带背心却是淡粉色，头发在脑后绾起来，有一种懒洋洋的好看。小令说，哎呀老天，你怎么才来哇。大闺女上轿呀，急死人了。春米抿着嘴儿笑。翠台说，你这大媒人，今儿个全靠你了啊，这桩亲事成了，叫小令嫂子摆酒席，好好待待你。小令说行，我再没有，这点子饭钱还出得起。春米说天不早了，咱们赶紧走吧，今儿个田庄逢集，那条大街不好过，说不定还得绕一绕。

路上，磊子开车，春米就跟翠台嘀嘀咕咕说闲话儿。原来这女方是春米娘家村子张段固的，论起来，算是她远房一个堂外甥女。这闺女小名叫作小少，其实是家里姊妹三个，她最小，本来是个多头儿，却偏偏叫了个小少。这小少因为自小家里光景不好，又饱受忽略，性子十分温厚体贴，模样又俊俏，人又勤谨能干，是张段固出了名的好闺女。提亲说媒的络绎不断，踢破门槛子。小少她妈便有点儿得意，觉得闺女是只金凤凰，一定要挑拣一棵梧桐树才肯飞落。小少也是自幼孝顺，一味听她妈的，婚事左右不成，也就耽搁下来。延挨了几年，年纪不觉间就大了，再看周围的人，年貌相当的，大都成了家。下剩的都是歪瓜裂枣，不如人意的了。这才忽然急切起来。托春米看看芳村有没有合适的，要正派人家，清白可靠，穷富倒在其次。正好小令也着急给磊子找媳妇，春米就想撮合一下，看看双方意思。

小少家就在张段固村南，一进村子，那个黑色门筒就是，门前种着美人蕉，花开得正旺，光焰焰一片，十分茂盛。他们找一块空地停了车，把烟酒、点心、牛奶、水果等等大包小包往家里搬。小少她妈出来，嘴里客气着，也并不推让。众人在屋里坐定，叫了好几回，那小少才磨磨蹭蹭从东边耳房里过来。红着脸，半低着头，也不好意思看人。她妈就说，看看，我这闺女，从小就脸皮儿薄，怕见生人。又跟小少说，催她叫春米姨。小少穿一条牛仔裤，一双长腿，黑压压一头好发，眉眼乍看平常，仔细看时，却是越看越俊，十分耐看。磊子的一双眼睛紧紧盯着人家，竟忘了说话。春米赶忙说，要不叫两个孩子说说话儿？姐姐你看在哪屋？小少她妈就说，就在东屋吧，东屋安静。

两个年轻人在屋里说话儿，翠台她们就在院子里坐着聊天。东屋门口种了一棵石榴树，正开着花，红红火火一树，给阳光晒着，火烧云霞一般。有蜂啊蝶啊飞来飞去，嘤嘤嗡嗡，热闹得很。窗台上摆着一盆金边吊兰，层层叠叠垂下来，一直垂到地下。有一只鸡在那里踱来踱去，啄那琐琐碎碎的小白花。门口有个妇女露了下脑袋，哎呀，有客呀。又缩回去了。

足足有一个钟头，东屋的门才吱呀一声，开了。院子里的人好像都长长舒了一口气。春米和翠台就告辞出来，小少她妈虚留了一下，也就罢了，送他们到门口，回头见小少也跟着出来了，就冲着她使了个眼色，叫她回去。翠台只当没看见，笑着说着分别的话。春米也说姐姐，我们先回去，有事儿咱再电话呀。

回来到小令这里来交差。翠台进门先把那高跟鞋脱了，揉着脚哎呀哎呀叫唤不停。春米说，把脚都走大了，我婶子今儿个劳苦功高。翠台说，你这大媒人才是功臣呢。小令就忙道辛苦，问怎么样啊，那家闺女好不好，闺女她妈呢？春米就笑，问人家闺女也就算了，还问人家闺女妈，又不是跟她妈过一辈子。小令说，那你可错了，闺女她妈好了，就都好了。自古以来，丈母娘管着一家子的是非呢。不信你问你翠台婶子。翠台笑，想起来爱梨她妈，她那亲家母。却不肯多说一句。春米说我看两个人挺对眼，在东屋里说话，一说就一个钟头。是不是磊子？磊子？磊子抓着后脑勺，嘿嘿笑。小令叹气说，也不知道人家有什么条件，哎春米，还得麻烦你探探口气。

从小令家出来，天擦黑了。春米忽然说，小少的岁数，瞒了两岁，说的是虚岁，其实是瞒了三岁。不碍吧？翠台说，还是说到明处好。两个村子这么近，瞒得了初一，瞒不过十五。春米哦了一声，说那我跟小令嫂子再说一句话。你先走吧。翠台说，大点儿也不碍事，女大三，抱金砖么。

端午节头一天，正包着粽子，大坡却回来了。爱梨抱着孩子，笑眯眯的，呀，怎么回来了？大坡刚要答话，又说，哼，还知道回来呀。大坡嘿嘿笑，要把孩子抱过来，孩子却把身子一扭，趴在她妈妈肩膀上不肯了。翠台仰着脑袋，看看这个，看看那个，心里又是喜欢，又是恼火。喜欢的是，小子回来了，一家子难得圆圆全全，过端午么。恼火的是，这才出去三天两早晨，就跑回来了，又是路费，又是误工。到底年纪轻，没长性。大坡伸手捏起一个枣儿，扔嘴里吃着，一家三口说说笑笑，到院子里去了。翠台心里骂道，狼崽子！

大锅煮粽子，足足煮了一夜。次日一大早，粽子出锅，翠台叫大坡给她爹送过去五个，给她婆婆送过去五个。一家子团团围坐，吃粽子，喝米汤。正吃着，喜针来送电推子，说江米的呀黄米的呀？翠台忙让她，喜针不吃，说包了包了，今年买的枣儿不好，肉少，核儿大，又不甜。翠台说是不是？问她吃啥好的呀，过节气哩。喜针看了看门外，小声说，今儿个生日哩，叫立辉买蛋糕去。又撇嘴道，一个庄稼主子，过个生日，还买蛋糕！翠台知道说的是梅，就说，如今小年轻的们都这样，买就买呗，你也是忒操心了。喜针说，我活了半辈子了，也没过过生日，顺秋也是，过生日顶多吃碗面。人家过生日，倒要大闹哩。翠台说，过生日么。喜针说那蛋糕有啥吃头？贵得不行。糊弄人哩。喜针说那些钱还不如割了肉，也不冤得慌。翠台见她唠叨不停，爱梨又在跟前，也不好搭腔。喜针说这电推子挺好使，省了十块钱。美美那店里，推个脑袋要十块，吓，吃人呀。翠台说可不是，推个脑袋。喜针忽然哎呀一声，说我还坐着锅哩。慌忙走了，一双拖鞋呱嗒呱嗒，又琐碎，又欢快。翠台说，你喜针娘这张嘴呀——就不说了。爱梨说，怨不得梅天天生气哩。气大伤身，就不好怀上。翠台愣了一下，抬头看了看爱梨，张了张嘴，却说，粽子少叫孩子吃点儿，这东西吃多了不消化，可别积了食呀。

晚上吃罢饭，收拾了锅碗，又把大人孩子的脏衣裳洗了，晾上。小妮儿白天玩得乏了，这时候蜷在她妈怀里，想睡，又不肯，哼哼唧唧闹脾气。爱梨哄着她，拍着背，小声哼着，噢，噢，睡大觉。猫来了，狗来了，吓得小妮儿睡着了。猫走了，狗走了，吓得小妮儿睡醒了。小妮儿的眼睫毛扑闪扑闪的，挂着泪珠，一会儿闭上了，一会儿又睁开了。翠台朝着根来摆摆手，小声说，走吧，咱们？两个人就到旧院里去。

街上路灯早已经亮起来了，灯光黄黄的，仿佛是笼着一层薄薄的纱帐子。夜风吹过来，纱帐子微微颤抖着，像是梦呓，又像是悸动。天空黑漆漆的，仔细一看，才能看见零零落落的星星，碎银子一样，亮闪闪的耀眼。根来说，赶明儿又是个好天儿。翠台说，是不是？根来说，看这满天星星！

耀宗家卫生院门口照例是车水马龙，秋保家超市也灯火通明。卖鸡蛋灌饼的摊子还在，热气腾腾的，香气扑鼻。旁边立着一个好像是看病的人，跟那卖鸡蛋灌饼的扯闲篇。拐进过道里，栓子家的墙上黑压压一片，好像是牵牛花，一大片郁郁葱葱，花们正在盛期，挨挨挤挤团团簇簇，空气里流荡着丝丝缕缕香甜的气息。右手边是四站家的房子，一家子出去打工好几年了，没有人住，满院子野草疯长，院墙也塌了半边。翠台刚要开口，却听见有人小声说话。男的说，好不好？女的说，好……男的说，怎么个好法？女的说，你坏……只听得窸窸窣窣一阵乱响，那女的想叫，却被什么捂住嘴巴，嗯嗯呀呀叫不出来。翠台心里怦怦乱跳，脸上火烧一般，见根来立着发呆，啐了一口，扭身就走。

前脚开门，后脚根来也回来了。嘿嘿笑着，看着翠台在灯下忙来忙去。翠台说，看够了？根来说，啥都看不见么。翠台说，那听够了？根来不答话，只是嘿嘿笑。翠台看他笑得不寻常，心里也慌慌的。说洗脚，睡觉。就坐着小板凳洗脚，根来也脱了鞋袜，把一双大脚放进去。盆子小，两个人，四只脚，把一盆水弄得摇摇晃晃，水花溅出来，地上湿漉漉的。翠台两脚踩在根来的脚背上，咕叽咕叽打水仗。根来被弄得性起，一把把翠台抱起来，光着脚，水淋淋的一路抱到床上去。翠台哎哎哎哎叫唤着，左右挣不脱，只好随他去。正到得趣处，只听过道里有脚步声，接着是大门吱呀一声响，翠台忙说，老天爷，怎么不关门呀。根来说，管他！翠台使劲推开他，忙着整理衣裳，捋捋头发。院子里却没有动静了。根来趿拉着鞋跑出去看，又跑回来。翠台说，谁呀？根来说，哪有人？翠台说，谁信。根来说，是风吧。根来说好像是风。夜里风大。我把门关上了。翠台把身子往后一仰，躺在被摞子上，笑得不行。根来按捺不住，就要扑上去。却听见院子里有人说话，在家呀不？两个人吓得不敢再动。建强一面系腰带，一面进来，说我听着屋里有人，怎么刚刚又没动静了哇。根来说，我大门关着哩，你怎么进来的？建强说，我翻墙头哇。翠台说，你！建强说，我专门翻墙头，来听嫂子的房哩。翠台说，这么大人了，你真是！建强说，逗你哩。我大门进来，先去了趟茅子里。翠台看着根来，抿嘴只是笑。根来把烟叶盒子拿过来，叫建强卷烟。建强说，吸我的吧。扔给他一支绿石家庄。翠台说，怎么舍得吸这个了呀，不过了？建强说，这还是上回老虎他爷殁了，埋人的时候，丧主家给的。没事我吸这个？

两个男人就吸烟，说话。屋子里烟气腾腾，翠台把窗户打开，风微微吹过来，清爽新鲜。院子里，菜畦刚浇过，潮湿的泥土的味道，夹杂着植物的郁郁的青涩的气味。这时候，月亮渐渐升起来了，淡淡的月色，把院子轻轻笼着，幔帐一般。花草树木的影子落在地下，斑斑驳驳乱摇。建强说，这阵子猪的行市怎么样？根来说，怎么样？不怎么样。眼睁睁瞅着往下走哇。早先好的时候，到过十块，后来七块多，这阵子才五块多。不好干哪。建强说，看来得改改行。根来说，改行？哪一行都手稠得不行。建强说，听说上头政策要变呀？根来说，是不是？建强说，我也是听中树说。中树这小子，嘴里没实话。根来说，政策的事儿，他不能瞎说吧。早先嘴上没把门儿的，如今当了干部，说话得靠谱，金口玉言么。建强说，听说土地政策要变呀。根来说，怎么个变法？总不能再变回去吧。建强说，还真说对了。就是要变回去。根来说，叫人们搞承包？像宝震他们那样？建强说，听意思是。听话听音儿，我听着那意思，好像是又要搞合作社呀。根来默默吸烟，半晌不说话。建强说，宝震他们，包了几百亩地种着，也不知道有赚头没有？根来说，有吧。肯定有。要是没赚头，谁肯白忙活？说着把烟头扔地下，拿鞋底踩了，说你这烟不行，还是我这烟叶子劲儿大。就自己动手卷烟卷儿。建强说，像咱这样的，一没钱，二没关系，胆子又小，脑瓜子又不灵，种地倒是还行。赶明儿我去问问宝震去。根来说，等等呗，慌啥？慎一慎，看看气候再说。建强说，也是，我就是觉得吧，这是个趋势。都不种地了还行？这么大个国家，人们吃啥？十几亿人，总不能光靠着从外国进口吧？翠台一面咳嗽着，把门开开，一面笑骂，行了行了，少在这瞎讲大道理。平头老百姓，操心国家大事哩。熏死个人，俩大烟筒子。

月光透过窗子照进来，半张床都浸在溶溶月色里了。这边老房子，没有窗帘，只在窗子最下面，挂了一小幅窄窄的碎花布。风吹着杨树叶子，哗啦哗啦响。有一只狗，忽然叫起来，呜呜咽咽的，像是在哭泣。翠台说，建强说的那些，都是真的？根来说，是吧？翠台说，这事不能乱说，政策上的事儿。先让建强他们嚷嚷去。你可别跟着出头。自古以来，枪打出头鸟。根来说，我看这事儿有门儿。如今人们都顾着打工挣钱哩，谁还顾得上种地哇？就算是顾得上，谁还愿意种？光靠种地哪行呀。你算算，就比方种麦子吧，种一亩，耕地一百二十块，播种三十块，种子五十块，浇地一百块出头，施肥一百块出头，打药五十块，除草剂三十块，收割七十块，工具六十块出头，人工两百块……杂七杂八，小一千块。一亩地就按打一千斤麦子，一斤一块多点，你算算，还剩下多少？翠台说，我的娘哎，是剩不下多少。如今种地真不上算哇。

次日早晨，翠台一睁眼，旁边的枕头却早空了。隔着窗子，透出一点微微的晨曦来，不知道谁家的公鸡，喔，一声，喔，又一声，喔，又一声。翠台翻了个身，半闭着眼睛，心里盘算着早饭的事。原本想着，过了事儿，就分家的。可是，她怎么忍心叫人家新媳妇爬锅爬灶地做饭呢。就一直没有分。后来有了小妮儿，更分不得了。孩子小，小两口恐怕是连饭都吃不了。再后来，大坡出去干活，家里丢下爱梨她们娘儿俩，就还伙着吃饭。不就是多添一瓢水的事儿么。看来，这个家一时半会儿是分不了了。翠台叹口气。爬起来穿衣裳。

洗脸，梳头，把头天换下的衣裳洗了。把塑料管子接上，浇菜地。村子里大喇叭喊起来：铸锅哩，铸锅哩。谁家铸锅，铸烙子。谁家铸锅，铸烙子。到村委会门口来，到村委会门口来。翠台忽然想起来，家里早先那个烙子，又笨又大，该把它毁了重铸一铸了。就到东屋里找那个烙子。正翻箱倒柜，听着院子里有人叫她，出来一看，却是小六子媳妇。小六子媳妇头发乱蓬蓬的，一条乱花裤子，穿着一双粉拖鞋，一对大奶子，把衣裳顶得高高的。见翠台两只手油渍麻花的，笑道，清早巴起哩，钻屋里忙啥呀。翠台说，找我那烙子哩。毁了重铸一铸。小六子媳妇说，真会过。你那烙子多少年了都，干脆扔了算了。旧的不去，新的不来。翠台就笑。小六子媳妇说，我过来跟你说个事儿。小六子媳妇说，我家那小子，跟前头那个，不是散了么，成天在家里闲着，也不是个长法哇。听说大坡在外头干活儿，我就是过来问一句，大坡他们那儿还添人不？翠台说，这个得问大坡，我还真闹不清。小六子媳妇说，那我给他打电话问问。翠台说，他回来啦，在新院里。小六子媳妇说，啊呀，回来看家来了，那真好。我这就过去问一问。就急匆匆走了。

翠台听着她那拖鞋呱嗒呱嗒，在过道里渐渐远了，心里后悔得不行。想自己真是多嘴。小六子媳妇家那小子，叫作小鱼的，刚跟媳妇离了，也不大正干。私心里，翠台不愿意大坡跟那个小鱼搅和在一起，这孩子没主见，别跟着学坏了。

把烙子找出来，翠台就拎着出了门。早晨七八点钟，街上正热闹着。人们骑着电动车，也有送孩子的，也有上班的，也有赶集上店的。村委会门口，果然停着一辆三马子，围着几个人。轰隆轰隆，浓烟滚滚，火星子溅起来，吓得人们直往后躲。翠台挤过去，把烙子拿给那铸锅的看。旁边堆着一大堆易拉罐，废铜烂铁，旧水壶，漏了的锅，铝盆坑坑洼洼的，还有几根电线，皮被剥下来，只剩下里面的铜芯子。几个老头儿老婆儿，立在一旁，看那铸锅的干活儿。老远看见小鸾过来，手里抱着一只锅。翠台说，也铸锅呀。小鸾说，我先撂这儿，一会儿叫蛋子他奶奶来看着。饭馆里还一摊子事儿哩，不早了。翠台拽住她，跟她咬着耳朵根子说了一句，小鸾脸腾地就红了，赶忙回头看自己裤子，也顾不得铸锅了，把那锅挡着，慌里慌张，回家换衣裳去了。

夏　至

《礼记》：鹿角解，蝉始鸣，半夏生，木堇荣。

夏至

［南宋］范成大

李核垂腰祝饐，粽丝系臂扶羸。

节物竞随乡俗，老翁闲伴儿嬉。

过麦的时候，外头打工的人们也不回来。一天是一天的工钱，耽搁不起么。机器收割，给钱就是了。根来跟翠台商量着，今年也不种玉米了。种玉米忒费事儿，光是浇地、施肥就够他们煎熬。成熟的时候吧，又得操心被人家偷青。芳村的人们，都不大愿意种玉米了。麦收过后，都种上了豆子。豆子这东西省事儿，糟蹋也少。翠台说行啊，就种豆子，再种点油葵，自家榨油吃。

刚忙完地里的事，大坡却又回来了。这回带着铺盖，看来是不想干了。翠台压着一肚子火，叫根来去问他。根来说，问啥问？肯定是不干了呗。翠台说，说不干就不干了呀？外头的活儿这么难找，总得有个理由吧。根来只好把大坡叫过来，问他怎么这时候回来了？铺盖也带回来了，到底怎么个打算？大坡说，老板跑了，欠着工资不给，跑了。根来说，跑了？跑了和尚跑不了庙。大坡说，都欠着哩，又不是我一个人。翠台恨了一声，说那你就这么回来了？又朝北屋看了看，把火压一压，说，这一大家子，光指望着你爸一个人，吃的喝的，穿的戴的，你算一算？大坡闷头不说话。爱梨在屋里叫他，大坡？大坡？翠台就不说了。

东燕村集上，正是翠台她爹的生日。她爹本来不想过的。翠台劝他，外姓旁人都不叫，院房里也不惊动，就是她们姐俩儿，两家子，一块入伙吃顿饭。劝了半天，她爹才算勉强答应了。

一大早，翠台赶集割了二斤猪肉，又在肉二家肉案子上买了猪头脸儿、猪杂子、焖子，叫人家给切了调好。在烧饼摊子上买了几个钢炉烧饼，裹上驴肉。回到家的时候，素台也过来了，正在劝说她爹，干脆去小鸾家饭馆里吃，省事儿。她爹说，家里盛不下你们了？非得去人家饭馆里，挨人家的宰？素台说，真是老脑筋。你劝劝爹。翠台说，依我看就在家吧，我都买好了。长寿面，打肉卤子，还有爹爱吃的猪头脸儿、猪杂子、钢炉烧饼裹驴肉，蛤蟆大张嘴——她爹说，净瞎买！你们那钱都是大风刮来的呀？素台说，反正增志都订好了，就一桌。订金也付了，要是不去，订金也不退。她爹一听急了，不退？凭啥不退？小鸾真是钻钱眼里去了！正乱着，增志来电话了，叫他们快点儿，菜都点好了。她爹气哼哼的，我过生日，我还做不了主了？硬是不去。一家子好说歹说，倒把她爹给说火了。一时僵持不下，素台气得在院子里走来走去，高跟鞋咯噔咯噔咯噔，叫人心烦意乱。翠台说，你能不能不咯噔了？素台说，一辈子受苦的命！咬牙切齿的。翠台说，就依着咱爹吧？孝顺孝顺，顺着老人心意就是孝么。

增志到底还是把那一桌子菜搬到家里来了。四个凉菜，一个凉拌腐竹海带丝，一个蒜泥黄瓜粉皮，一个猪耳朵，一个豆芽焖子。四个热菜，一个蒜薹肉丝，一个土豆炖牛肉，一个白水羊头，一个红烧肘子。一家子团团围坐着，吃喝说话。她爹一个劲儿埋怨，嫌花了钱。问这个菜多少钱，那个菜多少钱。骂小鸾、占良钻钱眼里去了，这么贵。小刀子真快哇。增志给他倒上酒，说这还贵？这要是在城里——素台瞪了他一眼，说就你话多。素台说一年才一个生日么，闹得一家子都不喜欢。爹你也真是。她爹说，我不是心疼你们么？虽说是如今日子好过了，咱庄稼主子，过日子还要算账，摆那排场有啥用？增志说，这能花几个钱？素台说，可不是，你女婿能挣钱，开着大厂子，当着大老板。这点钱还放在他眼里？翠台见增志脸上不是颜色，赶忙打岔，叫她爹少喝点儿，多吃菜。又招呼爱梨娘儿俩。小妮儿指着桌子，要这个，要那个。爱梨被她烦得不行，叫大坡，大坡却不动，只顾着闷头喝酒。翠台赶忙过去，把小妮儿抱过来，喂她吃菜。小妮儿两只小手油渍麻花的，脸蛋子上也明晃晃一片油光。屋子里烟雾腾腾，男人们吸烟，喝酒。喝着喝着，增志的话就多起来了。她爹也是心里喜欢，多喝了两盅。根来倒还好，翠台悄悄叮嘱他，少喝点儿。别叫增志喝高了。还有爹，年纪大了，血压又高，更不能多喝。

一院子阳光，树影子乱摇，把阳光都摇碎了。菜畦里，丝瓜架早搭起来了，只等着瓜蔓慢慢往上爬。豆角也长出了淡绿的嫩须子，细细的，打着弯弯曲曲的卷儿，娇气得很。这是豇豆角，她爹今年没搭架子，把一根根细绳子绷直了，绑在一根横木上，好叫它们撒欢攀爬。四月鲜是早就落喷了，这种豆角扁扁的，宽宽的，看上去像鞋底子模样，模样儿丑，味道却好。斜刀切成细细的丝，蒜瓣炝锅炒着吃。西红柿们有的红了，有的还青着，圆滚滚一个一个，大铃铛一样。这种西红柿又甜又沙，生吃最好。懂的人呢，还有讲究。生吃要摘第二穗，瓤子饱满，汁水多。尖儿上的不行，瓤子空瘪，只好炒菜做汤罢了。大葱长得泼辣极了，一根根葱管子挺立着，粗壮肥厚，深绿中泛着点点微白。靠墙种了半畦茴香，密密实实湛绿一片，也该割一茬了，蒸包子、包饺子，荤的素的，做馅子挺好。茴香这东西，有一股子特别的香气，有的人吃不服，躲避不及。有的人呢，竟只好这个味道，一辈子心头爱。小妮儿吃饱了，就在菜畦边上搞破坏。揪葱叶，采茄子花，把长豆角掐得一截一截的，弄了一手翠绿。素台出来，脸上汗津津的，蹲在小妮儿边上，逗她玩儿。翠台说，你吃饱了？素台说，吃饱了，我给他气就气饱了。打肿脸充胖子，我就恨他这个。翠台不说话，只是叹气。素台说，一屁股账，还在这儿充大个儿哩。翠台说，现今到底怎么样呢？厂子里？素台说，强撑着呗。订单少，工人们也不敢多雇，一天是一天的钱哪。如今上头管得又紧，三天一查，五天一查，干活都是夜里偷偷的。抓住了就罚款，罚个苦的。翠台说，管这么紧？素台说，可不是。说是上头抓环保哩。皮革这一行，污染厉害。正说着话儿，门口有人路过，探个脑袋进来，笑嘻嘻的，说大集合哪今儿个？好热闹！翠台说婶子来坐会儿呗？那人却说，给宝震家浇地哩，我得赶紧走哇。骑着电动车就日日日日走了。翠台说，五桩家媳妇。甭看黑黑瘦瘦的，干活倒是一把好手。素台说，就是那个外路的？翠台说可不是。她家男的养鸡养鸡赔，养鹌鹑养鹌鹑赔，这媳妇倒是个能干的，铁打的一样，一家子全靠着她哩。素台说，说起来，家里开着厂子，做着买卖，光有一个空架子，谁知道是反穿皮袄，外光里不光。翠台说，厂子里的事，你就让增志张罗着，甭瞎操心。你一个妇女家懂个啥？素台说，这些年，我吃亏就吃在这个上头，买卖上的事儿，都是大撒把。到如今根本摸不着门儿。翠台心里说，就你那脑袋瓜子，一团糨糊，连个账都算不清。小妮儿呱呱呱呱哭起来，被茄子上的刺扎了手。翠台忙过去哄她，爱梨也从屋里出来，问怎么了妮儿，疼不疼？增志喝得红头涨脸的，大着个舌头，要把小妮儿抱过去。小妮儿哪里肯，在她妈妈怀里钻着，哭得更厉害了。增志说，妮儿，吃蛋糕不吃？生日蛋糕。吃不吃？就打电话给秋保家，叫送个生日蛋糕过来。要最大个的，最好的，进口奶油的那种。气得素台在一旁直骂他。

不一时，蛋糕就送来了。秋保笑嘻嘻的，说谁生日呀，哎呀，我爷呀。我一猜就是，这么大个蛋糕，肯定是增志孝敬我爷的。增志醉醺醺的，从兜里掏钱，掏了半天，也没有掏出来。翠台她爹说，退了退了，我吃不惯这玩意儿。秋保哇，就麻烦你白跑一趟。增志喝多了，说话也没个准儿。你多担待呀。秋保说，爷呀，你老过生日，这是做女婿的孝心呀。是不是根来叔？根来在兜里掏，问多少钱？秋保说八十八。翠台她爹说，老天爷，八十八，坑人哩。

根来交了钱，把蛋糕接过来，叫翠台去切。秋保说，我爷，你老真好福气，两个女婿多孝顺！咱这整个芳村，有几个老头儿过生日吃蛋糕的？翠台她爹说，你给你爹吃了没有？你这大老板。秋保笑道，我爹哪里有你老这个福分？

一家子团团围坐着，切蛋糕吃蛋糕。小妮儿鼻尖上，脸蛋子上，沾得哪哪都是。爱梨举着手机给她拍照片，教着她歪头，笑，转身，做鬼脸，这么着一张，那么着一张，说要发到朋友圈里。翠台她爹唠唠叨叨的，这有啥吃头？唵？八十八块钱，还不如割成肉，一家子吃几顿哩。素台被他唠叨得心烦，说行了行了，吃就吃，没完没了的。她爹说，还不让人说话了？百八十块钱，就这么个面疙瘩？冤不冤哪？翠台刚要劝，素台却说，你不就是心疼我姐夫他们掏钱了吗？要是增志把这钱掏出来，你就不这么唠叨了吧？她爹说，谁掏钱不是钱？素台说，话是这么说，我姐姐他们掏了，你更心疼，更咽不下去。她爹气得浑身乱颤，手指着她，半晌说不出话来。翠台说，素台，你这是啥话？咱俩都是咱爹的闺女，十个手指头伸出来，咬咬哪个不疼哪？你说这话，有良心没有？素台冷笑道，还当我傻子哪？咱爹偏心，都偏到肋叉子上啦。这些年，吃的穿的，抓药打针，哪一样不是我们？啥时候叫你们出过？你们难，你们不容易，你们光景不好过，咱爹一张口就是这一套。我出就我出，这么多年，我说过一个不字没有？翠台说，你说，你还说。素台说，我偏要说。翠台说，你说吧，当着我这儿媳妇，当着你姐夫，你尽管说。素台说，当着他们怎么了？他们又不是聋子瞎子。早先也就算了。我也是爹的亲闺女，就算没有你这个姐姐，我的亲爹，该管我也得管。可今年我们厂子出了这么大事儿，要账的不离门。这个年我是怎么熬过来的？唵？我跟增志吵架、生气、闹别扭，惊动过你们没有？如今，爹过生日，增志这个混蛋，打肿了脸，还充胖子哩。下馆子下馆子！你们不过是买个蛋糕，就心疼肉疼了？她爹气得脸白白的，一句话也说不出来。翠台说，好，好，你好口才。你说。只管说。再大点儿声，要不到村里大喇叭上广播广播？叫芳村的人都听听哇？根来过来拽翠台，说你一个当姐姐的，就不能少说一句？增志却醉倒在床上，呼呼睡着了。爱梨抱着孩子，早悄悄躲出去了。根来小声说，当着儿媳妇，看你们这亲姐儿俩，吵够了没有？翠台说，我们家的事儿，你少插话。根来说，挺大个人了都，不懂事儿。你们姐俩儿吵，叫他姥爷怎么办？过生日过成这个样，还不如不过。素台却扭身呜呜呜呜哭起来。她爹嘴唇哆嗦着，指着门口，走！你们走！都给我走！走！

回到家里，才想起来，半晌也没见大坡，也不知道，他什么时候走了，去了哪里。屋子里静悄悄的，只听见院子里的风，吹着树叶子哗哗哗哗响。远处，不知道什么鸟在叫，一声高一声低，一声大一声小，很是耐烦。街上有卖瓜的在吆喝，卖瓜，卖瓜咪，酥瓜、菜瓜、大甜瓜——是事先录好的，喊了一遍又一遍。翠台低头给小妮儿做衣裳，被那卖瓜的喊得心烦意乱，不小心就扎了手，一个大血珠子冒出来，疼得钻心。她骂了一句，撕了一块卫生纸擦了。心里头乱糟糟的，这个生日过的！都怨素台那个妮子！老鼠扛枪，窝里横！从小就是这个毛病！有本事冲着增志使呀。增志那些个花花草草的破事儿，整个芳村，谁不知道？眼下是老实了，买卖不行了么。瘦死的骆驼比马还大。指头缝里好歹漏一点子，就够他们一家子吃了。给爹过个生日，心疼成这个样儿！没良心的妮子！还有，当着爱梨的面儿，她怎么跟她这个当姐姐的说话？五马长枪的，一句话能把人顶个跟头。爱梨会怎么想？弄得她这个当婆婆的，在小辈儿面前一点威严都没有了。素台这个死妮子！她越想越气，心里头火苗子乱窜。一只鸡不知好歹，颠颠颠颠跑过来，啄地下那点饼干渣。翠台抄起手边一个笤帚疙瘩，忽地一下扔过去。那只鸡受了惊吓，咯嗒咯嗒咯嗒叫着，仓皇逃走了，不想正扑到一个人的脚下，把那人吓得哎呀一声，我的娘，这是怎么了？鸡飞狗跳的！翠台抬头一看，原来是进田媳妇。

翠台忙笑道，怎么这么稀罕哇？进田媳妇说，我去地里打棉花杈子去呀。宝震家的棉花地。翠台说，我说呢，你这么个大忙人，怎么舍得串门子了哇。进田媳妇说，我不忙不行呀，不忙我吃啥花啥？进田媳妇说，我好歹自己挣点儿，花着硬气。跟人家孩子们要呢，手心朝上，滋味不好受哇。翠台说，可也是。就问宝震他们家雇了多少人，工钱怎么算，日工还是包工，一亩地多少钱。还添不添人了。进田媳妇说，我先上个茅子哩，怎么说起话来把这个急事儿给忘了。嘎嘎笑着去了。

小　暑

《月令七十二候集解》：六月节……暑，热也，就热之中分为大小，月初为小，月中为大，今则热气犹小也。

咏廿四气诗·小暑六月节

［唐］元稹

倏忽温风至，因循小暑来。
竹喧先觉雨，山暗已闻雷。
户牖深青霭，阶庭长绿苔。
鹰鹯新习学，蟋蟀莫相催。

地里的庄稼们都渐渐熟了，豆子却还青着，正是吃煮豆子的时候。人们到自家地里拔几棵豆子，回家摘下来，煮着吃。想吃玉米棒子的，就不大容易了。这几年，种玉米的少了。玉米价贱，收种又麻烦。偶尔有人家种的，临着路边，总能看见玉米秸秆上挂着一个硬纸板，上头写着：有农药！吃了中毒，概不负责！歪歪扭扭的字，大大的感叹号。过了头伏，进二伏了。头伏饺子二伏面。芳村人们都讲究这个。翠台盘算着，中午做一顿凉面吃，看大坡他们回来不回来，要是不行，就晚上，晚上一家子都齐全了，好好做一顿凉面，去去暑气。

给大坡打电话，却没有人接。自从上回回来以后，大坡就再没出去。为了这个，他们小两口没少闹别扭。爱梨嫌大坡挣不来钱，动不动就跟他闹。大坡呢，天天抱着个手机，刷朋友圈，打游戏，吃饭睡觉都顾不上。翠台气得不行，就把家里的网断了。大坡蔫儿了几天，天天到立辉家去蹭人家网，早晚待人家家里。梅话里话外有怨言，喜针也过来到翠台跟前告状，翠台心里是又气又恨。气的是喜针说话那口气腔调，恨的是大坡怎么就这么不争气，叫她在外人面前没脸。翠台叫根来去跟大坡说，根来说，我看见他就来气，你说吧。翠台说，是你小子不是？是不是姓刘？根来说，咱俩得想想法儿，一个唱红脸，一个唱白脸。翠台说，那怎么我就活该是那唱白脸的呀？

大坡从田庄打来电话的时候，都快晌午了。大坡说我晌午在这边吃饭，我们仨，后晌回去。翠台有心嘱咐几句，想了想，到底还是罢了。大坡在田庄他丈人家干活，他丈人在转鼓区里上亮，算日工。翠台的意思，不愿意大坡在他丈人门上做事。大坡懒，眼里又没有活儿，嘴上呢，又不伶俐，一天两天倒还好，日子长了，难免会叫人家看扁了，就不好了。翠台叹口气，要是大坡是一个伶俐懂事的，她哪里还会跟着操这份心哪。还有那个爱梨，干脆就在娘家住下了，带着孩子，还有大坡，这一家三口，真是的。凭什么呢，我一手养大的小子，成天价在丈人门上待着，又不是倒插门，算怎么回事呢。根来说，我看挺好，咱落个清净，翠台说，你知道啥？清净，老四家没儿没女，光棍汉一个，倒清净！图清净？图清净你怎么不打光棍儿去呀？

正吃着晌午饭，根莲来了，披头散发的，眼睛肿得像个桃子。翠台说莲呀，吃了呀不？根莲说，哥，出事了。根来说，怎么了？你慢慢说。根莲说，是有子，有子他被人家扣住了。翠台、根来啊呀一声，扔下饭碗，跟着根莲就往外跑。

刚过了村委会，就看见根生骑着摩托车突突突突过来，说我刚从青草镇上回来，有话家里去说。几个人来到根莲家，根莲把院门一关，一屁股坐在地下，这才哇的一声哭出来，一面哭一面骂，有子你个混蛋哩，有子——根来训斥道，你这是干吗呀？有事儿说事儿，还顾得上啼哭？根莲还是哭。根生说，是这么回事，有子刚才叫人捎信儿回来，说是当钱输了，人家叫家里人拿钱去赎人哩。根来说，当钱，在哪里当钱？根生说，在镇上。根来说，输了多少？根生说，十万。根莲一面哭一面骂，有子，你个混蛋，你可坑苦我们娘儿俩啦。翠台说，有子去当钱，你一点儿都不知道？根莲只是哭。根生说，人家说有子是赌空儿，想空手套白狼哩。根莲说，他手里没钱，我知道，他没钱。有子你个混蛋哩——根生被她哭得心烦，说行了行了，啼哭有啥用？啼哭能把他赎回来？根莲说不赎他！叫他死外头！翠台说，嘴上不说心里话。你就甭嘴硬了。根生说我刚才去镇上跑了一趟，就是大老黑家，是个当钱的点儿，到那儿去赌的，都是一些个大茬儿。咱们村栓子，田庄的小嘎咕，城北的破脚，都是大茬儿，赢房子赢地哩，要钱不要命的货，弄不好，要家破人亡。有子怎么这么糊涂哇。根莲哭道，他这是不想过了，我要跟他离婚。根来说，行了行了，这会儿不是说这个的时候。先想法子把人赎出来要紧。翠台说，十万，不是个小数目哇。根生问根莲，家里有多少？够不够？根莲说，不赎他！叫他死外头！哭哭啼啼的，起身从里屋拿出一个折子来，说这是两万，家里就这些了。根生说，等一下，我打个电话去。就出去了。

翠台知道他是给香罗打电话。根莲呜呜呜呜哭着，骂有子，骂那些当钱的，黑了心，狗日的。翠台朝着根来使了个眼色，根来就装着去屋里找水喝，翠台跟过去，根来说怎么了？翠台说，怎么了？你待在这儿干吗呀，还不去看看猪去。根来说，这不是有事儿么。翠台瞪他一眼说，那你就回去张罗钱去——白待在这儿干啥呀。出来见根莲还在哭，根生的电话打起来没完没了，根来就撤着脚走了，说是看看猪去，有只猪病了，请了先生，怕人家去了猪圈里没人。等了半晌，根生打完电话回来，对根莲说，你拿上这两万，咱们到镇上去赎人，你嫂子一会儿也从城里赶到那里，咱们在集市上十字路口，那家富豪超市门前碰头。翠台说你哥他回去看看猪去，猪病了，请了先生。我是去叫他，还是我跟着去？根生说，嫂子你跟着去一趟吧，小莲她胆子小，你去跟她做个伴儿吧。

出了芳村，沿着产业大道一直向北。阳光毒辣，田野里的庄稼地，蒸腾着一股子湿漉漉的青壮的气息。大片大片的豆子地，一直铺展到遥远的天边。玉米顶着紫红的蔫巴巴的缨子，怀里却歪着一个个大棒子，好像是怀孕的女人挺着肚子。偶尔有一小片菜地，红的绿的黄的紫的一片，蝶啊蜂啊翩翩乱飞，把燥热的空气搅得越发燥热。一路上，根莲哭哭啼啼，嘴里翻来覆去就那么几句，骂有子，骂有子他爹他娘，骂有子他八辈儿祖宗。根生气得脸通红，你骂够了没有？我都听够了。根莲默默流泪，哭得更伤心了。

到了镇上，几个人在富豪超市门前的阴凉里等香罗。翠台偷眼看那超市里人们进进出出，心里说娘哎，这么大，比秋保他们家那超市大多了。她对根莲说，渴不渴，我去买瓶水啊。根生要去，翠台说，我去吧，你在这儿等着，说不定香罗一会儿就来了。

超市里果然大。翠台从入口进去，东看西看，只觉得眼花缭乱，两只眼睛都不够使。一排一排的货架子上，摆得满满当当。她一面看，一面心里叫老天爷。花花绿绿，吃的喝的穿的用的，很多东西都叫不出名字来，心想，这不比不知道，原来只当秋保家超市东西齐全哩，这镇上的超市，就是高级哇。转了半天，却没找到水。就问身边一个人，卖水的在哪里。那人说，那不是么。真是。口气有点不屑。翠台心里恼恨，原本想买一瓶的，使性子拿了两瓶，气鼓鼓的，好像是故意给那人看。出口处有收银台，有一个妇女立在那里收钱，拿一个小玩意儿一扫，吱的一声。两瓶水，扫了两下，吱了两声，一共是四块钱。她心里又是叫了一声老天爷。这是喝水呀还是吃肉哇。后悔得不行，想退掉一瓶，又不好意思。她看着收银台旁边还有一个通道，有人从里面出来，心想这些人怎么不走收银台这边呢，看来也跟赶集一样，总有小偷小摸的钻空子。再看手里的两瓶水，越发觉得吃亏上当。出了超市，见一辆火红的汽车刚好停下，香罗的一只脚从车里下来，乳白色高跟皮凉拖，脚指甲偏偏染成绿色，清爽干净，绿幽幽的好看。根莲叫了一声嫂子，又哭起来。香罗说小点儿声吧姑奶奶，多光彩的事儿？吩咐根生从后备厢里拿出饮料来，有康师傅绿茶，有脉动，还有酸梅汤、可乐。翠台举着那两瓶水说，我买了水，矿泉水。香罗说这水也不知道是真的假的，算了，喝饮料吧。翠台脸上讪讪的，心想水还能有假？白花了我四块钱。香罗问根莲怎么回事，根莲就跟她学了一遍。根生也把他怎么去大老黑家里，大老黑怎么说，那些赢家怎么说，什么条件，都学了一遍。香罗沉吟了一下，说这样，你们先回去，我托人想想法儿。根莲说，那有子怎么办？香罗说，就叫他在那儿待一宿呗。根莲说，那他们会打他不？香罗说，心疼了？根莲说不是，我是怕他吃人家的亏。香罗说，吃啥亏，他一个大汉们家。你呀，都这个时候了还心疼他？有子他都不顾你们娘儿俩死活，你还心疼他？根莲满脸通红，泪水珠子似的扑簌簌落下来。翠台说，那你的意思是？香罗说，我倒是带着钱来了，可来的路上我就想，不能这么白白地把这十万块钱给了他们哪。谁知道这里头有没有鬼？他们这些人长年在赌场上混，都成精了，有子一个生手，又是外村的，还说是什么赌空儿，这里头肯定有事儿，没那么简单。又跟根莲说，有子也真是胆子肥，没钱也敢上赌场哇。那是什么地方？根生说，那怎么办？香罗说，怎么办怎么办，我不是说了嘛，你们先回去，甭哭哭啼啼的，白叫人家看笑话，外姓旁人，添言不添钱。我托人想想法儿去。根莲说，那有子他——香罗说，有子有子，看你这点子出息！八辈子没见过男人哪？可怜之人必有可恨之处。叫他受受罪也好！

从镇上回来，有子的事儿在芳村早传开了。有人说有子把裤子都输进去了，香罗拎着一蛇皮袋子钱去给他赎身的；有人说有子先是赢了八万，后来又都输进去了，又赔了五万；有人说有子是被人坑了，几个大茬子合伙算计了他十万，把手机没收了，人扣下，通知家里人去赎，一手交钱，一手交人。传得沸沸扬扬。有子他娘在自家院子里坐着哭，哭有子，哭有子他死去的爹，狠心的老东西，撇下他们孤儿寡母，叫人家欺负。有子他姐姐谷子，嫁到小辛庄那一个，也回来了，满脸热汗，拉她娘，她娘只是哭。谷子说话有点结巴，越着急，越结巴。听着她娘一面哭，一面数落，急得团团转。人们都堵在院门口看，七嘴八舌的，有真心劝说的，有白看热闹的，有添油加醋的，也有煽风点火的。一时间乱糟糟一团。翠台老远看见有子他娘门口一堆人，想着赶紧绕路过去，迎面却跟小闺撞上了。小闺啊呀一声，扯着她到一边，压低嗓子说，回来了？人赎回来没有？花了多少钱？香罗出的？翠台心里恼恨她管闲事，说你呀，看你这连珠炮似的，吃一家的饭，操百家的心。小闺扑哧就笑了，说我就是打听一下么，这么大的事儿，整个芳村谁不知道？翠台说，真是好事不出门，坏事传千里哇。这么一会儿的工夫，倒都传开了。小闺说，是那谁，咱们村麻子媳妇，她侄女不是嫁到青草镇上了么，她小叔子不正干，专门替那些当钱的人跑腿儿的，买饭、买烟、买酒。说是一个人输坏了，被人家扣下了，叫家里去赎人，说是芳村的。麻子媳妇她侄女打电话来说别的事儿，偏偏就顺嘴说了一句，麻子媳妇就问是谁，她侄女说长得怎么怎么样，穿什么衣裳，左脸颊上一颗大痦子。麻子媳妇一琢磨，还有谁，不就是有子么。翠台见她说得高兴，两个嘴角螃蟹似的吐着白沫，心里烦恼，又不好撂下她就走，只好把话题岔开，问她这是干吗去呀，这么热的天，当心中暑。小闺说我去那谁家，瓶子媳妇家，又打架哩，一死一活的，打得那个武！翠台说，瓶子媳妇？那可是一个厉害货，把瓶子拿捏着，瓶子敢打她？小闺说，泥人儿还有个泥脾气么。瓶子平时不吭声，这回可是抓到大把柄了。能不拾掇她？要说那媳妇也真是，这些年，谁不知道她是一个风流人物，跟这个靠几天，跟那个靠几天。也是活该出事儿，这一回是跟瓶子他姐夫，就是嫁到城里那个姐姐，他姐夫说是一个什么干部，吃国家饭的。把瓶子弄到城北那家皮革厂，他那个姐夫三天两头开车来芳村，送东送西。早先瓶子只是疑心，影影绰绰的，觉得仿佛有事，也没多想。谁知这回竟然把这俩人堵在家里了。翠台哎呀一声，叫了一声老天爷。小闺说，这事儿我只跟你一个人说，你可千万嘴严一点，别往外传哇。翠台说那是，那是。丑事么。小闺说，瓶子上去揪住他媳妇就打，往死里打。那姐夫就趁机跑了。翠台说老天爷。小闺说，那媳妇也是一个性子刚强的，打得那么苦，硬是咬着牙，一声不吭。也不哭，也不闹。任瓶子打。孩子跑去找他奶奶，瓶子他娘过来一看，吓坏了。问怎么回事，瓶子死活不说。怎么问都不说。翠台说是啊，怎么说，不能说哇。小闺说，瓶子他娘就过来找我，叫我过去劝一劝，怕出了人命。翠台说可不是。小闺说，瓶子他娘跟我婆婆，算是两姨堂姐妹，沾着老亲哩。小闺说我得赶紧去，这都说了半天话了。又叮嘱翠台千万别跟外人说，家丑不能外扬。就匆匆忙忙走了。

太阳开始落山了。晚霞铺了大半边西天，树木啊，房子啊，田野啊，红彤彤燃烧起来一样。湿漉漉的暑气渐渐褪去了。晚风悠悠吹过来，空气里流荡着草木蓊郁的气息，带着微微的苦涩的味道。村里大喇叭上在广播：谁买西瓜，谁买西瓜，村委会门口有卖西瓜哩，个大皮薄，又沙又甜，生了管换，生了管换……喊了一遍又一遍。一家子在院子里吃饭，翠台说，今儿个本来要吃顿凉面，头伏饺子二伏面么。可谁知被有子的事儿给绊住了。就说起有子的事儿。大坡说，青草镇那个大老黑，是个狠角色。有一回为了追赌债，把城北一个人的手给剁了。爱梨哎呀一声，叫了一声老天爷。根来说，苌家庄那个拐子，就是他们给弄的，欠了一屁股债，后来实在没钱，打折了一条腿，算是抵了债。大坡说，听说他们玩得挺大，可刺激哩。翠台说，我可跟你说啊，要走道就走正道，甭惦念那些个歪门邪道。大坡说，我就是那么一说么。他们田庄那谁，不就是靠着这个起家的吗。爱梨说，破钟子。大坡说，对对，就是破钟子。翠台说，赌钱这种事儿，想都不能想。光看见贼吃肉，没看见贼挨打。为了这个，家破人亡的有多少？你看看有子，有子就是个现成的例子。根来说，行了行了，小点声儿，指名道姓的，还家破人亡，叫人家听见，多不好听。翠台说，又没说你，护那么要紧。我忙前忙后跟着跑了一天，你怎么就不说了？你妹夫的事儿。根来说，你不让我去么。翠台说，你去哇，谁不让你去了？你当时就该抱着家里的现金存折去镇上赎人去，你有的是钱，还在乎这十万八万？根来说你这人，怎么跟吃了枪药一样哇。大坡说，我香罗婶子拿着钱去赎人了？翠台说，也没赎，说是找找人。就把香罗的话学了一遍。小妮儿吃饱了，跑到丝瓜架底下拔草玩儿。翠台说，大坡呀，你也该找点儿活儿干了。小妮儿越来越大，你们也是一家三口子人了，你得盘算着养家糊口，不能凡事靠我们了。房子还有贷款，外头还有账，爱梨带着孩子，咱们三个都找活干，苦上几年，把这些事儿都给了了。大坡说，活儿不好找哇。爱梨说，他在田庄转鼓区里干活，离家近，就挺好。翠台说，好是好，守着你们家，凡事有个照应，可我是想着，大坡正是好年纪，也该到外头去跑一跑，挣点钱。咱们这个家，就指望他顶门立户哩。是不是大坡？大坡早吃饱了，只是闷头吸烟。根来也掏出烟来，点上。翠台看了，气不打一处来，吸吸吸，就知道吸。光这个烟钱，一年下来就多少？大坡说，我吸的这是最便宜的，你满村子去看看，我这个年纪的人，有谁吸这么次的烟？根来说，行了行了，我还吸旱烟，行了吧？

吃完饭，收拾完毕，两个人到旧院里去。街上的路灯亮起来了，闪闪烁烁，同满天的星星呼应着。月亮细细淡淡的，远远地画在天边，好像是谁不小心画错了，想擦去，又没有擦干净。路过有子他娘家，见大门关着。拐过一个过道，有子家门口停着一辆车，院子里灯亮着，灯光透过院子的树木，斑斑点点，融进黑暗的夜空，衬得周围越发暗淡了。翠台拿胳膊肘碰了碰根来，哎，香罗的车？根来说，看不清，香罗的不是红的么。翠台撇嘴说，你倒记得清楚呀。根来说你这人，还让人说话不让了？翠台说，是香罗托的人？根来说，不知道。翠台说，也可能是大全的车？根来说，不知道。翠台说，这个大全，倒是有情有义哇。根来说，不知道。翠台抬腿踹了他一脚，笑骂道，叫你不知道。你还来劲儿了？刚走过去，听见后头有人说话，几个人从有子家出来，看那些身影，好像是根莲、根生，还有一个男的，看不真切，有点面生。翠台催促说，快走，别叫他们看见。还没有拐出过道，后头雪亮的车灯打过来，明晃晃的。翠台哎呀一声，脚崴了一下。根来说，慌啥呀，做贼似的。翠台说，这种事儿，躲还来不及呢，还往上扑哇？根来说，越是这种时候，咱越不能躲着，别的帮不上，说句热乎话儿，也算是情分哪。翠台冷笑了一声，情分？这年头儿，多大的情分能大过钱去？热乎话儿值多少钱？根来说，看你这张嘴。大热天的，跟着人家跑镇上去赎人，这是不是情分？翠台说，是哇，我要是有钱，咣当一下，把钱放在根莲面前，就是不去东跑西颠受这个罪，他们也得记着我这情分。可要是没钱呢，跑也是白跑。迎面黑乎乎过来一个东西，翠台吓了一跳，原来是一只黑狗，在翠台身上蹭来蹭去。翠台刚要呵斥，却见臭菊急急忙忙过来，穿着大背心、大短裤，一对大乳活泼泼乱跳。翠台说，吃了呀不？这是干吗去呀？臭菊说，我去有子家，找根莲问点儿事。翠台说，噢。却不说刚才看见了根莲的话。臭菊说，嗐，就是有子那事儿，我那娘家侄媳妇的兄弟，南风村的，好像是也在里头有点儿牵扯。翠台说，是不是？臭菊说，我侄媳妇急得不行，我得去有子家一趟。就急慌慌走了。留下一股子难闻的味道。翠台说，什么味？根来说，狐臭么。翠台说，怪不得叫臭菊。根来说，也不知道军旗怎么受得了。翠台笑道，瞎操心。你管人家？根来叹口气道，有子这事儿麻烦，不知道说起来没有。翠台说，要不你过去问问？根来就不说话了。

夜里翻来覆去睡不着。不知道什么虫子，在窗户根儿底下吱吱吱吱叫，叫得人越发烦乱。芳村的夜晚静谧幽深，仿佛一口深井，轻轻说话就激起一圈一圈的回声。夜风悠悠吹过，谁家的鸡发了昏，糊里糊涂叫了一声，就又安静下来。根来说，怎么老翻来覆去的，烙饼似的。翠台说，想大坡的事儿呗。翠台说大坡这么吊儿郎当的，没个正事儿干，可别学了有子他们。根来说，净瞎想。翠台说，有子还不就是没活儿干，才迷上了赌钱？根来说，有子是有子，大坡是大坡。翠台说，没正事儿干，还不是一样？翠台说不行，得赶紧叫大坡出去找活儿去。你没见这几天鼻子不是鼻子，脸不是脸的。根来说，谁？翠台说，还有谁？你那儿媳妇。大坡挣不来钱，闹别扭哩。根来说，闹啥闹？不缺她吃不缺她穿的。翠台说，也不说说你那好小子。根来说，还不都是你惯的？翠台一下子就坐起来，你没惯？这会子都是我的不是了。赌气把毛巾被拽过来，根来半个身子露在外头，她也不管。

次日早晨却起来晚了。一看身边空着，根来早走了，好像听他说了一句，今天要去买饲料。阳光明晃晃照进来，满屋子金色光芒。又是一个大热天儿。翠台慢吞吞起来，梳洗完毕，想着去新院里做早饭去。刚好锁门出去，却见她婆婆来了，气喘吁吁的，走得满脸热汗。翠台说吃了呀不？这会儿过来了？婆媳两个立在院子里说话。她婆婆说，有子的事儿，你们知道了吧？翠台说，早知道了。她婆婆说，这不是，刚才根芬来电话了，说根莲给她打电话，要借钱。翠台说，借钱？根莲跟根芬借钱？她婆婆说，是哇。翠台说，不是有香罗么？她亲嫂子那么有。她婆婆说，谁有是谁的。谁愿意把钱往外拿哇。翠台说，可也是。昨儿我跟着去镇上，香罗也去了，说是想想法子托托人，不知道有信儿没有？她婆婆说，谁知道哇。反正根莲哭哭啼啼的，朝根芬借钱，一上来就是狮子大开口。翠台说，借多少哇？她婆婆说，也不肯说数儿。只说是多少也不嫌多，有多少借多少，越多越好。她婆婆说谁家不是一家子哇，谁家的日子不得过呀。翠台说，那根芬怎么说？她婆婆说，根芬那个性子，你还不知道？唉，我就恨根芬那个性子。我跟她说，你要是有你嫂子一半，我早不发愁了。翠台见她婆婆这么说，觉得不入耳，便说，我这个当嫂子的还不也是一个耳根子软脸皮儿薄的？不会说不字，叫人家骂到脸上，连句难听话儿都说不出口。她婆婆说，我真是老糊涂了，话都说不好。看了看翠台的脸色，说我是恨根芬那性子，打肿脸充胖子，老是充大个儿，到头来自己受罪。翠台说，根莲和根芬两姊妹从小一块儿长大，如今根莲遇到了难处，根芬帮一帮也是情理之中。再说根芬和小宋他们到底在外头工作，月月有工资，不比家里头。她婆婆说，话是这么说。可在外头有外头的难处哇。他们那房子贷了款，月月得还人家银行钱，小倩要念书，还报着这班那班，学着这课那课，开销大得很。他们本来就手头紧，这下怎么好。翠台见她啰里啰唆的，都是心疼闺女的话，便有些不耐烦。她婆婆唠叨了一会儿，又怨香罗心狠，不仁义，越有越抠，这点子钱，不过是她身上拔根毫毛儿的事儿。翠台实在烦躁，就打断她说，你还有事不？我还得过去做饭，那边一家子，还等着我伺候哩。她婆婆只好絮絮叨叨走了。

吃饭的时候，翠台问大坡，到底怎么想的，找活儿的事儿。大坡还是支支吾吾的。翠台说，要不你去替你爸喂猪，叫你爸出去找活儿干。大坡说，我不喂猪。翠台说，嫌脏啊？眼下你是有我们管着花钱，哪天没人管了，你还嫌脏？大坡把饭碗往桌子上一蹾，说行了行了，天天就是这一套，天天逼我出去挣钱。翠台说，嫌我烦？那你天天吃饭嫌不嫌烦？回回朝我要钱挨骂嫌不嫌烦？爱梨立起来，一撩帘子出去了。翠台说，甭都跟我摺脸子！我是为了谁呀？唵？大坡说那也不能天天说呀，一吃饭就是这些话，一吃饭就是这些话，我都烦透了，何况人家？翠台压低嗓子，骂道，还不是你没出息？我天天三茶六饭伺候着，连句话都不能说了？有句话我跟你说，小时候看父敬子，长大了看子敬父。你这个没出息的东西，难怪人家看扁了咱。白长这么大个子，空心的大萝卜！大坡说，好好好，我这就出去找活儿干，行了吧。扭身也出去了。

越想越气，翠台一面刷碗，一面掉眼泪。小妮儿摇摇晃晃过来，扒着她的脸看，叫奶奶、奶奶，你怎么哭了？翠台把她一只小手捂在脸上，哽哽咽咽的，也不敢哭出声来。小妮儿说，奶奶不哭，我长大了给奶奶买好吃的。翠台看着她的小脸儿，心里越发酸楚难受。流了一会子泪，心里才觉得痛快好受些了。出来就着水管子洗了把脸，擦干净，抱着小妮儿来到大门口。

添福媳妇佝偻着腰，在院子里晒豆子。添福半蹲着，拔菜畦里的草，大白鹅在院子里踱来踱去，伸着长长的脖子，扑哧一下，屁股后头就拉出一摊屎来。小妮儿指着那鹅，说鹅鹅鹅。添福媳妇说，妮儿呀，下来玩玩儿，怎么老叫抱着哇。翠台说，是呀，你腿哩，你腿哩。小妮儿就挣着要下来。添福媳妇说，她妈妈哩？翠台说，屋里哪。你这豆子挺整齐。添福媳妇说，还行，比前年的强些。我晒一晒，换豆腐吃。翠台说，婶子你舍得换豆腐吃？谁不知道婶子是个会过日子的。添福媳妇说，我这二年也想通了，该吃吃，该喝喝，人这一辈子，做梦一样，快得很，一眨眼的事儿。添福在一旁说，净说这些个没用的。添福媳妇说，咋就没用了？这人哪，谁劝都没用，还得自己想通才行。就说我跟你叔，苦巴巴拉扯大仨小子，给张罗上人儿，盖房子娶媳妇，过了一关又一关，哪一关都好比那火焰山，哪一关都不好过哇。这二年，只说是都成家立业了，该喘口气了，谁知道孙子孙女一个接一个，又得给人家领孩子，领了老大领老二，领了老二领老三。添福训斥道，又是这一套。这一辈儿一辈儿的，谁家不是这样儿？谁家不是这么过来的？

添福媳妇说，好不容易老三家的都大了，离手离脚的，大孙子又该盖房子娶媳妇了。添福说，过日子过个啥，还不就过的是儿孙么。你这唠唠叨叨的！真是的。翠台说，孙子是又一辈的人了，帮着领领行，往后盖房子娶媳妇，有他们爹娘哩。添福媳妇说，话是这么说，又是一辈的人了，可是他们爹娘受苦，紧巴巴盖房子娶媳妇，咱这当老人的，就眼睁睁在旁边看着？添福说，你不白看着，你给孩子们添啥了？添福媳妇说，我添啥了？我还能有啥哇。我给他们领孩子，叫他们出去挣钱，你给他们种菜，给他们省下买菜的钱。还要怎么样？转过头去跟翠台说，你叔他背着菜，一家一家地送哇。豆角下来送豆角，茄子下来送茄子，韭菜、茴香还给择干净。当老人的，真是瞎心。翠台说，还不都是这个样儿？一家一家的，都这个样儿。这人哪，都是往下亲，不往上亲。一辈儿一辈儿的，都是这么行着的。那大白鹅撵着小妮儿，嘎嘎嘎嘎叫，是亲昵的意思。小妮儿尖叫着，一惊一乍的。添福摘了一个西红柿给小妮儿，小妮儿接了，不想却被那鹅赶上来，够着啄了一口，小妮儿哇一声哭起来。添福媳妇赶那大白鹅，叫你吃，叫你吃，叫你吃。大白鹅摇晃着身子，灰溜溜跑了。添福又摘了一根黄瓜给她，添福媳妇说，哎呀，有刺，看着扎手，叫你奶奶给你拿着。

篱笆墙上爬满了牵牛花，有蓝的，有粉的，有紫的，一朵一朵，密密层层，开得十分热闹。丝瓜架上有丝瓜垂下来，一大根一大根，肥大碧绿，顶着嫩黄的小花。添福媳妇问起她今年做不做豆酱了，这伏天里，正好发酱。翠台说看我，倒把这事儿给忘了。往常都是大坡他奶奶做，如今她上年纪了，眼睛也不好，不是咸了就是薄了，我也就不让她做了。添福媳妇就跟她说怎么煮豆子，怎么发豆子，怎么调花椒盐水，好甜口儿的放点儿西瓜，好酸口儿的放点儿西红柿，一定要拿干净布捂严实了，晒多少天一搅动，晒多少天再一搅动……翠台边听边点头，都一一记下了。

正说着话，听见大门响，大坡开车出来，爱梨跟在后头，脸上笑笑的，跟小妮儿说，妮儿，走呀，去姥姥家。翠台心想，一会儿猫脸儿，一会儿狗脸儿。这会子倒又喜欢了。

大　暑

《月令七十二候集解》：大暑，六月中。暑，热也，就热之中分为大小，月初为小，月中为大，今则热气犹大也。

咏廿四气诗·大暑六月中

［唐］元稹

大暑三秋近，林钟九夏移。
桂轮开子夜，萤火照空时。
瓜果邀儒客，菰蒲长墨池。
绛纱浑卷上，经史待风吹。

冷到三九，热到三伏。这才二伏的第二天，天就热得叫人喘不过气来。庄稼地郁郁葱葱一片，蒸腾着溽热潮湿的腥气。蝉知了知了知了知了嘶鸣着，不知停歇，听得人越发心烦意乱。翠台仰头看那棵槐树，不想一个东西扑哧一声掉下来，凉凉地落在她鼻尖儿上，一摸，好像是蝉的尿。翠台心里恼火，觉得晦气，朝着地上呸了一声。又想起今个儿是初一，拿出手机查一下日历，果然是初一。逢初一、十五，她要在家里头悄悄上供的，都是等孩子们出去了，家里清净的时候。根来向来不大信这个，为了这个，她没少跟他吵嘴。孩子们不懂事，万一说出什么不敬的话来，就不好了。街上有人吆喝卖桃儿来——卖桃儿——又甜又脆离核儿的大桃儿哇——翠台心想，这真是正瞌睡呢，就有人递过来枕头。就去街上挑了几个桃儿，叫那卖桃儿的称了。那卖桃儿的秤是天平秤，翠台说，卖桃的，你这秤准不准？卖桃儿的说，这话问的，还能不准？翠台说，你可不能糊弄我呀。这可是咱家门口。卖桃儿的说，那不能够。你拿回去约一约，要是差半两，你把我这秤砸了。

翠台抱着桃儿往回走，迎面碰上会军媳妇抱着孩子，翠台给了那孩子一个桃儿，会军媳妇说你看这，还不叫二娘。那孩子害臊，就是不叫。翠台说，这个是老大家的？会军媳妇说，老二家的。老大家那个上幼儿园了。我就只管接送。翠台说，好福气哇。会军媳妇说，福气？豆腐吧。领了一辈儿又一辈儿，没完没了。会军媳妇说真是麻烦得不行，一天安生日子都没有。翠台见她一面说话，一面眼睛紧紧盯着孩子，一会儿给擦汗，一会儿给擦鼻涕。翠台说你也真是，都这么大了。会军媳妇说，饶是这样，还落满身不是哩。嫌这个嫌那个。要是把人家磕了碰了，那还得了？会军媳妇说我这颗心天天揪着。会军媳妇说那谁，小蘑菇家那二媳妇，不是为了这个都闹离婚了么。翠台说，前一阵子的事儿了吧。会军媳妇说，如今这奶奶，真是不好当哇。翠台就笑。那孩子在一旁吃桃儿，拿一根木棍儿捅蚂蚁窝，忽然叫奶奶、奶奶、奶奶、奶奶，叫个不停。会军媳妇说，咱回头说话呀，我去伺候那小祖宗去。就慌忙过去了。

正在水管子底下洗桃儿呢，根莲骑着电动车过来了。日日日日一直骑上台阶，骑到院子里，方才停下来。翠台见她一双眼睛肿得铃铛似的，忙拿了个板凳，叫她坐下。根莲叫了一声嫂子，就掉了泪。翠台说正想着一会儿过去一趟呢，这忙三忙四，且出不了这个门儿。翠台问有子那边怎么样了？事儿说起来没有？怎么说的？根莲说，正凑钱呢。当时立了字据，人家不见钱不放人。翠台说不是你嫂子说托托人么？根莲说，这种事儿，本来就拿不到桌面上，算是犯法的事儿，要是托人呢，又怕动静大，再把事儿闹大了。只好吃个哑巴亏，拿钱赎人。翠台说倒也是。心想怎么还说凑钱呢，莫非香罗不管？又想起来早晨她婆婆的话，都跟根芬借了，也不知道根芬借给她没有，借了多少。就不说话，听根莲说。街上那个卖桃儿的还在吆喝，卖桃儿来——卖桃儿——又甜又脆离核儿的大桃儿哇——一遍又一遍。根莲哭了一会儿，说嫂子，我知道你们也难，可是这钱凑不上的话，有子就还得在那儿扣着。翠台说，莲啊，不是嫂子我心硬，是实在手头紧哇。这点子钱，你香罗嫂子手指头缝里随便漏一点儿，就都有了。还用得着你这么东家借西家借的？根莲说我香罗嫂子她说又开了一家分店，钱都押在店里了，手头也紧得很。翠台说哦，又开了一家店哪，挺好，你香罗嫂子这买卖越来越大了。我这二年，为了大坡结婚，借了一屁股账。房子呢，还得月月还人家银行的贷款。这两年猪的行市也不行，你哥他累死累活，一年也没有几个进项。家里有儿媳妇了，花销更大。大坡呢，偏偏又是个没出息的。天天家里闲着，东游西逛，都成了我一块心病了。根莲说，我知道你们也难。本来不想跟你们张嘴的。我也问了根芬，根芬给我打过来了一万。可这还差得多哇。翠台说，这样吧，有子出了这么大的事儿，我跟你哥是有心无力，我叫你哥把家里的钱凑一凑，看能凑多少，一会叫你哥给你拿过去呀。根莲抹着眼泪，千恩万谢，走了。

翠台就锁了门，径直到地里去找根来。

头晌午，太阳火盆子一样悬在头顶，烧得正旺。小路上青草蔓延，两边的庄稼地浩浩荡荡，大水一般。偶尔有微风吹过，绿油油的一波一波向远处荡漾开去，同天边的云彩缠在一起。一只青绿的蚂蚱忽然从草棵子里蹦出来，倒把人吓一跳。粉的白的黄的小蛾子、小蝶子乱飞，嘤嘤嗡嗡地烦人。翠台偏偏今天穿了一件杏黄小衫，是爱梨的旧衣裳，有点紧，把一对奶子突出来。那些蛾子蝶子最爱鲜艳颜色，没头没脑地往她身上乱撞，一打倒弄人一手粉末子，星星点点亮闪闪擦不干净。老远就闻见一股子粪臭味，在燥热的空气里格外浓烈。根来正清理猪圈，一车一车往外拉粪。那粪便就堆在路边，黑乎乎臭烘烘一大堆，招惹得绿头苍蝇乱飞乱撞。翠台捂着鼻子，叫根来过来，过来。根来说等会儿，没看见我在干活么。翠台火了，捡起一块土坷垃，使劲照着根来扔过去，正打在根来的腿肚子上。根来说，你！倒又笑了。过来洗了手，干活的衣裳也没有换，翠台嫌他臭，打开电扇，远远地立着跟他说话。根来听她说，掏出烟叶子来，慢慢卷烟吸。田野里没有树荫遮挡，屋子里十分闷热。不知道什么鸟，在外头啼叫，行不得也哥哥——行不得也哥哥——行不得也哥哥——行不得也哥哥——叫个不停。翠台说，怎么办，你倒是说句话哇。根来说，我们家这边的事儿，你说多少？你说多少就多少。翠台说，你们家的事儿！就你们家事儿多。根来不说话。翠台说，亲哥亲嫂子不肯出，倒找上咱们这堂哥堂嫂子了，怎么说还差着一支哩。近道不走，偏走远道。根来说，素日里和睦，还说啥亲的堂的这样的话，多不好听。翠台说，我也想做好人哪。可我不是没有么。我要是像人家那样，开着好几个店，县城里高楼住着，汽车开着，吃香的喝辣的，穿金的戴银的——根来不耐烦了，你能不能少说两句？根来说各家有各家的难处，咱不说人家，咱就说咱，咱怎么办？翠台说，家里存折上还有多少，还有你兜里的钱，都给了算了。根来说，甭说这气话。根芬给了他们一万，咱们怎么也得五千吧？少了拿不出手。翠台说，怎么拿不出手？甭打肿脸充胖子。依我看，就两千块。撑死了。根来不说话。翠台说，别忘了咱们还一屁股账呢。要是叫素台他们知道了，人家怎么想？根来只低头抽烟。翠台说，素台他们也有难处，咱们借着他们的，倒又去借给你们家这边？根来不说话。翠台说，我这亲妹子不算啥，你那堂妹子的事儿是天大的事儿。根来说，我三婶子从小待我亲小子一样，跟根生、根莲一块玩大，天天长在那院里。如今根莲有了难处找到咱们，要是不帮一点，我心里真是过不去哇。两个人都不说话。那只鸟还在唱，行不得也哥哥——行不得也哥哥——行不得也哥哥——风把猪圈里的臭味吹过来，夹杂着庄稼草木苦涩的青气。天上的云彩变来变去，恍恍惚惚。白茫茫的日光，瓢泼一般。翠台只觉一阵天旋地转，慢慢蹲下身来。根来忙问，你怎么了？翠台摆摆手说，没事儿，有点儿头晕。根来说，算了，我跟根莲去说。咱们也手头紧，叫她再想别的法子。翠台说，我都应下了，你又说算了，那根莲怎么信？根来说，我去做这个坏人行不，又不干你的事。翠台说，她肯定不说是你这个当哥的说的，这坏人也得落在我这个当嫂子的身上。根来说，那你说怎么办？这也不行，那也不行。翠台说，算了，一千块，也算是咱们尽点儿心。你一会儿给她拿过去吧。

吃了晌午饭，翠台到她爹那边去。她爹刚吃完饭，正看着电视打盹呢。电视里头唱着戏，一个红袍子长胡须的老头儿，在戏台上咿咿呀呀地唱。翠台上去就给他把声音弄小些。他爹说，这么小声，听不见。翠台说，你是耳朵背了，声音忒大，我在街上就听见了。他爹说，耳朵也背了，眼也花了，老了，净添毛病。翠台问他晌午饭吃的啥，他爹说，还能吃啥？卷子、米汤。庄稼主子，不过是这些个，老问吃的啥吃的啥。翠台说，伏天里吃点素净的，我给你拿几根丝瓜过来，清炒着吃。还有黄瓜，切了凉拌。她爹说你甭拿啊，我有，院子里这丝瓜就吃不清。我一个人能吃多少？电扇慢悠悠转着，屋子里只是觉得热。她爹说，听说有子出事了？翠台说，你都知道了，传得真快。她爹说，这种事儿。翠台说，正张罗钱哩，要十万，拿钱去赎人。她爹说，我老天！这有子呀，往上数三辈儿，你们门里也没有这号人哪。翠台说，依着我，就不去赎他。叫他吃点儿苦头也好。她爹说，这话甭在外头说，事儿不落在自个头上，站着说话，不嫌腰疼。翠台说，我就是看不上这号不走正道儿的。他们家几辈子都是老实人，怎么就出了个有子这样的。根莲也是命苦。她爹说，有子他爹早早走了，当年也是个老实疙瘩。有子他娘寡妇失业的，这么多年，不容易哇。翠台说，有子他娘年轻时候是个风流人儿，是不是？她爹说，从哪儿听来的不着调的话，有的没的。忽然就烦躁了。撵她走，说他要眯一会儿。大歇晌的还不叫人眯会儿。翠台赌气就出来了。

东燕村集上，翠台碰上根生，正在肉案子跟前割肉。根生说有子回来了，吃顿饺子，香罗也回来，叫她和根来也过去。翠台说，有子回来了？回来了就好。那谁，大坡他们也回来，我们就不过去了。根生说都过去，大坡他们也过去，难得凑一起，热闹么。翠台忙说这边一大家子，好几口子人哪，不过去了，忒麻烦。说我到那边看看啊，给小妮儿买双凉鞋去。借故走开了。

集市上熙熙攘攘，人们挤过来，挤过去，都满头大汗。有一辆汽车被堵在集市口上，一步也走不动，急得司机直摁喇叭。旁边的人就说，这可过不去，你还是绕一绕吧。有一个妇女，正跟一个卖甜瓜的吵架，非说那卖瓜的秤不准。那卖甜瓜的说，这么低的秤，还不准？人说话不能昧良心。两下里争执起来。人们围着看热闹，也有人劝说，也有人火上浇油。那个妇女嘴巴厉害，一句赶着一句，十分锋利。那卖甜瓜的是个汉们家，嘴巴笨，眼看说不过她，就说你去那家店里称称，要是少一两，你这瓜我不要钱。那妇女说，店里秤就准？那汉们说，你刚才白拿了我一个瓜，我都没说啥，乡里乡亲哩，你一个妇女家。那妇女说，谁拿你的瓜了？谁拿你的瓜了？直问到那卖瓜的脸上。那汉们无法，问她敢不敢叫他搜？那妇女说，呸，你个汉们家，凭什么搜我一个妇女家。想把屎盆子往我头上扣，门儿都没有。那卖瓜的说，我分明看见你拿了一个。那妇女说，我没拿。就是没拿。旁边有人起哄说，藏哪儿了哇，不是藏裤裆里了吧。那妇女臊得满脸通红，回头就骂那些起哄的人。翠台看她有点面熟，却想不起在哪里见过。旁边一个妇女说，这人是田庄的，就是村东口那一家，门口有棵大柳树的。翠台脑子里呼啦一下，原来是爱梨她堂姐。怪不得这么面熟，在爱梨他们家见过的。她有心上去帮她解个围，又怕她万一真的拿了人家的瓜，再有，这种时候，最怕遇上熟人，倒叫她觉得没脸。就悄悄走了。

赶集回来，翠台就把有子回来的事告诉根来。根来说，回来了？也不知道是跟谁借的钱。翠台说，你可真操心。晚上咱们去那院里看看吧，这么近，知道他回来了，再不去一下就不好了。

吃罢晚饭，两个人到根莲家去。一进院子，听见屋里有人说话，一声一声的。根莲抽抽搭搭地哭。听不见有子的声音。翠台故意在院子里喊，吃了呀不？屋里根莲出来，撩开帘子，叫他们进来。香罗坐在沙发上，有子坐在一个板凳上，脑袋耷拉到膝盖上。根生在一旁同虎子看手机玩游戏，不敢出声。根莲肿着一双眼睛，叫他们坐，坐呀。翠台问香罗，回来了？香罗说，不回来行吗，出这么大的事儿。我忙得四爪朝天，还得回来给他们擦屁股。翠台心想，说话可着嗓子眼子，这么难听。看来这是出了钱了。翠台说，你是活菩萨嘛。咱们这个院房里，大事小情还不得麻烦你哇。况且有子是亲妹夫，抓把灰比土还热呀。香罗扑哧就笑了，嫂子，就你会奉承我，我才不上你这个当呢。什么活菩萨，我是前世造了孽，这辈子来还债了。还给你们老刘家。横了根生一眼。根生却顾不上，忙着跟虎子玩游戏。根来问有子怎么回事，不碍吧？在那儿扣着，他们没动手吧？有子只是低头不说话。根来说，回来了就好。往后可千万别再赌了。咱们庄稼主子，小门小户的，万一输了，一辈子翻不了身了。有子忽然抬头问，要是赢了呢？根来一愣，一时不知该怎么说。香罗冷笑一声，要是赢了？你趁早甭做这个梦。我跟你说有子，这里头都有诡诈，你怎么不信？人家早设好局了。说着说着我又来气了，你还赌空儿，兜儿里没有钱你也敢上赌场哇。你这胆子，真是豹子胆子。人家绾好了套，就等你往里头钻呢。这下好，一套一个准儿。有子说，我这是输了，给你们落了把柄。要是赢了呢，要是赢了不就发了吗。咱这方圆多少，也不是没有这样的例子。根莲哭着说，嫂子你们听听，你们听听，煮熟的鸭子，嘴还硬呢。到这个时候了都。香罗说，人家是不见棺材不落泪，你是见了棺材也不落泪。有子有子，你有啥呀，你就趁根莲这个傻闺女，还有虎子这么个可怜孩子。要本事没本事，要能耐没能耐，不说本本分分过日子，净想这些个歪门邪道。根莲不是我亲妹子，要是我亲妹子，我肯定叫她跟你离婚。虎子眼看着十来岁了，再过二年，盖房子娶媳妇，动一动都要钱，我看你怎么办。香罗说，老话说，救急不救穷。这回是事情急迫，我也不能眼睁睁看着你被人家扣着，被人家砍手砍脚，把根莲哭死急死。我豁出去舍上这一张脸，出去求爷爷告奶奶，替你张罗你这些个赌债。我可把丑话说在头里，往后再出这事，甭怪我这当嫂子的心狠，我可管不了你了。有子的脸红一阵白一阵，低着头，一句话都说不出来。根莲哽哽咽咽地哭着，一面哭，一面骂有子。有子说，我就是想赢点钱么，我又没有想着输。根莲骂道，谁不想赢哪，谁赌钱想着要输哇。你怎么还这么糊涂哇。你个混蛋。根来说，有子你这回算是万幸，花钱买个教训，往后好好干，可不敢想这些个歪门邪道了。你娘急得都犯了病了，起不了炕。你往后可得好好的了。香罗说，为了这个，家破人亡的有的是。有子哇，也就是根莲，傻，缺心眼儿，死活都要跟着你，我跟你说，这是最后一回，要是有下回，我这当嫂子的就做主，叫根莲跟你离了。立起身来就往外走。根生忙丢下游戏，紧跟着出去了。根莲也赶忙送出来，说嫂子你慢点啊。翠台、根来跟着送到大门口，眼瞅着他们开车走了，越走越远，汽车后灯红红的，在夜色里一闪一闪。

晚风吹过村庄，送来湿漉漉的草木的气息，还有泥土的味道。小虫子们在鸣叫，你一声我一声，比赛似的。这几年，村里的大街都修好了，宽阔平坦。只有这些小过道里还是土路，坑坑洼洼的。翠台趔趔趄趄走路，心里不痛快。香罗那个样子，还真把自己当活菩萨了。什么救急不救穷的话，好像是故意说给她和根来听的。他们还借着她的钱，大坡盖房子的时候借的，如今小妮儿都几岁了，还没有还上人家。她那些个话，是在敲打他们吧。指桑骂槐的，叫她哑巴吃黄连，有苦说不出。路过秋保超市的时候，忽然想起来家里没有蚊香了，就去买蚊香。

秋保超市里人不少，都是闲人，买东西的倒不多。秋保正在低头记账，他媳妇国欣一面嗑瓜子，一面跟一个妇女说话。根来说，不忙哇。秋保说，刚忙过这一阵儿了，眼下清闲些。就问起有子的事儿。根来说回来了，事儿都了了。他媳妇国欣插嘴说，听说是香罗出面把这事儿给了的？那妇女说，人家香罗是谁呀，香罗出马，一个顶俩。根来忙岔开话题，问翠台，你不是买蚊香么？国欣指着货架子说，在那边，有两个牌子的，你看要哪一个？翠台就去挑蚊香，偷眼看那妇女，觉得面生。听见国欣正跟那妇女看手机，指点着说，看看，这不是么。就凑过去看，见照片上竟是香罗，正从一辆火红的汽车里出来，戴着墨镜，高跟鞋尖尖细细的，好像什么鸟的嘴，不是香罗是谁。还有有子，蔫头耷脑的，蹲在地下，木着一张脸，也不知道在想什么。背后就是那家超市，叫什么富豪超市，大大的招牌。国欣说，看看，底下评论这么多，鸡一嘴鸭一嘴，说啥的都有。翠台说，这是谁照的哇。怎么手机上都有了？那妇女说，这是快手，你不玩这个？翠台说，快手？快手是啥？那妇女说，哎呀，快手都不知道哇。这不是我们村的超市吗。这个是你们芳村的，那个著名人物，单枪匹马去捞人啊。翠台说你是青草镇的？国欣说，这是我妹子，我姑家闺女。翠台又仔细看那照片，香罗虽说戴着墨镜，但一眼还是能看出来。还有有子，一副垂头丧气的倒霉样儿。心想这些人真是好事儿，长舌头，这也不是什么光彩事儿，传得满天星斗。缺德货。就不理那妇女。拿了蚊香，叫上根来一块儿出来了。

刚要下台阶，见耀宗他媳妇三钗在门口立着，拿着药箱子，一眼一眼地往屋里看，急得热锅蚂蚁一般。正纳闷呢，耀宗从屋里出来，一面走，一面从兜里摸烟。三钗说快点儿吧，老天爷。耀宗吸着烟，接过来药箱子，骑上电动车就走了。翠台说，是谁不好了？这大晚上的？三钗说，是有子他娘。说是一阵心慌，晕过去了。翠台说，有子他娘？根来说有子来请的耀宗？三钗说，有子打电话来的，这边忙得离不开手，根莲又过来找了一趟。屋里有人叫先生哩？先生哩？三钗应着，赶忙过去了。翠台胳膊肘碰了碰根来，说走吧，这么晚了，黑灯瞎火的。赶明儿再说吧。根来说，这都知道了，不过去看一下不好。翠台说，要去你去吧，我不去了。根来说那你先回去睡吧。我过去看看。就急匆匆走了。

翠台只好自己回家，收拾躺下，也不敢睡，给根来留着门。想着白天里香罗的话，堵在胸口那儿，左右咽不下。迷迷糊糊中，门吱呀一声，好像是开了。她支棱一下子，就清醒了。再仔细听，又没有动静了。翠台心里怨根来，真是个实心眼儿的，人家有儿有女，他这个外姓旁人，倒使劲儿往前凑。想着有子他娘这一回晕倒，肯定是为了有子的事儿，着急上火，丢人现眼不说，又欠下这么多账。有子他娘一向是一个爱脸面的，一辈子要好儿，不肯叫人家说半个不字，有子的事儿传得沸沸扬扬，不知道这个坎儿，她能不能迈过去。一等不来，二等不来。等着等着，上下眼皮子开始打架，昏昏沉沉就睡过去了。

也不知道在什么地方，只觉得繁华热闹，像是田庄集，又像是大谷县农贸市场那条街，红男绿女，熙熙攘攘，香罗笑眯眯过来，叫她嫂子。香罗穿一件绿袍子，涂脂抹粉，像是戏里的人。她说你怎么穿成这样儿呀。香罗笑，问好不好看？翠台说，怪怪的，不如穿你平常的衣裳好看。香罗说，我哥说好看。就笑。回头飞了一眼，根来笑嘻嘻过来。翠台说，你怎么在这儿？根来不说话，只是笑。翠台伸手拽他，却拽不动。香罗扑哧一笑，嫂子你别生气。轻轻一招手，根来就像木偶似的，被她招走了。翠台在后头叫，你们去哪呀。哎，哎，根来，根来——烟尘飞扬，大雾似的，人们来来往往，川流不息。他们两个转眼就不见了。翠台追啊，追啊，一面追一面喊，喊得嗓子都破了，却发不出声来。她跑得着急，被什么东西忽然绊倒了，哎呀一声，悠悠醒转来。

看看窗子，已经微微发白了。不知道谁家的公鸡，喔喔喔喔叫起来，一声一声的。麻雀在窗台上，叽叽喳喳唱着。翠台觉得脸上湿漉漉的，也不知是汗水，还是泪水。怎么就做了这样的梦呢。奇怪。根来一夜都没有回来，白白留了一夜的门儿。这人，也不知道来个电话。又在枕头底下摸手机，早没电关机了。心想难怪。这一夜没回来，看来有子他娘的病是不大好。

夜里没睡好，头昏昏沉沉的，勉强扎挣着起来，梳洗了，把接着水龙头的塑料管子拉过来，浇了浇菜畦，又把头天换下来的脏衣裳洗了，刚擦了手，听见门响，根来急匆匆回来了。翠台顾不得埋怨，忙问怎么样？根来说，折腾了一宿，怕是不好。有子他姐姐谷子也回来了。根莲顾不上管虎子，送到咱三婶子那边了。翠台说，到底是啥病呢，这么急。根来说，耀宗说是急火攻心，一口痰上来，堵住了。早晨才醒过来，水米不进了。翠台说，折腾了一宿？根来说，有子是个没主意的，耀宗说，他娘也有年纪了，这个坎儿怕是不好过去，叫都预备着。有子就慌了。翠台说，不是醒过来了吗。根来说，你这个人，不是刚醒过来么。根来说，问了有子，才知道啥都没预备下。送老的衣裳都没有，有子他娘都这个年纪的人了，怎么这么不周全，又连夜叫人去西燕村老歪那里去买。翠台说，谷子呢，谷子跟着去的？根来说，谷子也是，这点子事儿，非得叫根莲跟着去，根莲哭哭啼啼的，又感冒着，不愿意去。翠台说，非得叫根莲去干啥？还是闺女贴心呀。根来不说话。翠台把腿一拍，说哎呀，看我，根莲是儿媳妇哇。这衣裳买好买赖，日后难免不落埋怨。有根莲在，她这做闺女的就沾不上是非了。根来说，都这个时候了，人一死一活地闹着，还有闲空儿想这些个？正说着话，只听见外头噔——嘎——一声，接着噔——嘎——又是一声，噔——嘎——又是一声。根来说坏了，坏了，这是不好了。就往外跑。翠台说慌啥？先吃口饭再说。

芳村这地方，白事放二踢脚，三响连放，就是告诉人们，有人殁了。吃过饭，满村子就都知道了，果然是有子他娘殁了。根来说，有根莲那边牵扯着，照老礼儿，还得给根生报丧，要是闹得大，咱们也得预备着。翠台说，三婶子那边是得报丧，儿女亲家么。给根生他们报丧也是该的，算是娘家大舅子。咱们这边不一定吧。根来说，看吧，怎么着食箩也得弄。后晌你们妇女们去吊个纸吧，我去问问根庆他们，商量商量，看看食箩是怎么个弄法。根来说你记着换件衣裳哇，甭穿这么鲜明的。这种场合。翠台说，你管我？我要是偏穿呢。就笑。

早晨起来，正是村里热闹的时候。街上人来人往，有上班的，有送孩子的，有赶集上店的，还有去丧主家当差的。人欢马叫。秋保家超市更是忙碌，有孩子不愿意上学，大人就买个棒棒糖哄着，哄不下，再买一个酸奶拿上。建国媳妇的烧饼摊子上，有人在吃豆腐脑，刚出炉的烧饼热腾腾的，焦香扑鼻。旁边有人就说，嚯，这生活不低呀。吃的人就笑。建国媳妇招呼着，热乎烧饼哇，豆腐脑——不来一碗？小坷垃家的炸馃子摊子也出来了，油烟滚滚，呛得小坷垃媳妇两眼泪汪汪的。耀宗的卫生院门口早等了一堆人，三钗说大伙儿排排队，排排队，昨夜里他一宿没睡，有子他娘殁了。人们就说，怪不得呢，一大早听见放炮。有人说，有子他娘有七十了？旁边的人说，七十三，属狗的。跟我家他姥爷同岁。有人就说，七十三，八十四，阎王不叫自己去。看来这话不假。有人说，信这个？我看就是有子的事儿，生生给急死了。旁边的人说，看这人儿这命，不强。早早守了寡，小子吧，又不争气。七嘴八舌，说个没休。有人见翠台过来，就问翠台，翠台说，我也刚知道。根来在那儿守了一宿，今儿早晨殁的。还有人问东问西，翠台不愿意多说，借故走开了。

路过有子家过道，老远看见大门口立着一堆人，闹哄哄忙乱着。不断有人往有子家赶去，都急匆匆得着火一般。翠台绕到另一个过道里出来，心想这会子人刚殁了，恐怕不大干净，还是避开些好。

早晨空气新鲜，满眼都是绿色，鸟儿在树上啼叫，叫得人心烦意乱。路过中树家房子的时候，却听见院子里有人哭，哽哽咽咽的，好像是中树媳妇。院门半开着，却有高高的影壁挡着，影壁前头是一个花池子，种着鸡冠花、月季，还有一种花，花朵不大，有粉的，有紫的，有粉中带紫的，有紫中带粉的，密密层层，长得十分泼辣。正怔忡着，中树从院子里气哼哼出来，猛然见了她在门外，不防备吓了一跳，却又笑了，问她吃了呀不？翠台见他神采焕发，穿着雪白的衬衣，蓝色牛仔裤把两条长腿包得紧紧的，越发显得挺拔健壮。翠台说吃了呀。你这是去哪儿呀。中树说，先去镇上一趟，叫开会哩。回来还得去有子那院里。就走了。翠台见他走路一弹一弹的，安着弹簧一般。那屁股一扭一扭，结实壮硕，又不免叫人觉得轻佻。一只鸡跑过来，闲得无聊，啄那花池子里的花，弄得细细碎碎一地的花瓣子。

来到新院里，大坡倒已经起来了，正蹲在院子里刷牙，满嘴的牙膏沫子，溅得手背上都是。大坡光着背，穿一条大短裤，脚上是一双拖鞋，五大三粗，蹲在那里，好像是半截黑塔。见了翠台问，谁家有人殁了，大早起听见放炮哩。翠台说是有子他娘，今儿早晨的事儿。大坡哎呀一声，满嘴牙膏沫子乱飞。翠台说，可怜这当娘的，生是叫有子给气死了。大坡接了一杯水，把牙刷放在里头当啷当啷搅动着，说，是给气死的？翠台说，不是给气死的，也是给急死的。翠台说作孽哇。天下当爹娘的，可怜呀。大坡把牙刷子当啷一声放回杯子里，又当的一下放在廊下的窗台上。接了半盆清水，噗噜噗噜洗脸，觉得不过瘾，又把脑袋伸进水盆里，洗起头来，叫翠台拿洗发水，就是那个白色的大瓶，海飞丝的。翠台说，这大早起的，怎么洗起脑袋来了。就到屋里去拿海飞丝。

这房子一进门是客厅，右手是卧室，门关着。迎面拿隔断隔开了，里头右手是一间小房间，左手是洗澡间，中间装着洗手盆，旁边是一台洗衣机。那洗发水就在洗衣机上放着，还有一条花裤衩，一个粉奶罩，大咧咧扔那里，像是刚换下来还没洗。翠台心里恨了一声。拿起洗发水就往外走，却见洗澡间的塑料凳子上有个东西，一看，却是一个用过的套子。翠台只觉得血往上涌，脸上呼啦一下子就烧起来了。狗日的们！拿了洗发水，当的一下扔到大坡面前。大坡吹着口哨，哗啦哗啦洗脑袋。翠台到小东屋里弄早饭，越想越恨，越想越气。听北屋的动静，还没有起来。天天吃饱了喝足没事干，闲得他们！弄个早饭都不肯，就等着别人来伺候哇。原本想拿葱花炒鸡蛋的，赌气就只开了一袋榨菜，倒在一只小碗里。吃吃吃，叫你们吃。喝饱了喝足了，闲得他们！大坡立在院子里擦头发，水珠子乱飞，在阳光里亮晶晶的。洗发水的香气弄了一院子，甜腻腻，叫人鼻子怪痒痒。见翠台出来，问她那件背心在哪儿，就是那件蓝色的，胸口带字母的。翠台说，我是你们的老妈子呀？啥都问我？饭给你们做好了，你们吃吧。就往外走。大坡说，你不吃了？翠台也不理他，径自出来了。

她爹门口树荫里歇着几个老头儿，正说有子他娘的事儿。一个老头儿说，想当年，有子他老爷的爹，他老老爷，是咱们芳村的财主，家里大骡子大马喂着，地里雇着长工。家里房子多，那整个过道都是，好大一片。几进的院子，气派得很哪。到了有子他老爷这一辈儿，家底子还厚实，可架不住他老爷是个败家子，吃喝嫖赌，把家产都挥霍了。有人就问，他老爷是不是叫东玉？那老头儿说，好像是叫什么玉，对了，就是东玉。到了他爷这一辈儿，整个家就败下来了，可是架子还在。旁边的一个人说，就是开领，他爷叫开领。那老头儿接着说，正赶上闹土改，他们家那点儿地和房子都叫分了。如今那一条过道，好大一片房子，都分给村里人了。从占良家，到过道尽里头的换米家，还有后头的居连，两边的房子，早先都是有子他们家的地方。旁边的人就叹息，三十年河东，三十年河西哇。那老头儿说，到了有子他爹这一辈儿，光景就真的不行了。都是老实巴交的庄稼主子，一辈子连个大嗓儿都不敢使。不奸不巧，本本分分，是个好人哪。有子他爹死得早，有子他娘，拉扯着俩孩子，寡妇失业的，不容易。旁边的人说，可不是，一个妇女家，不容易。偏偏有子又没出息。那老头儿说，人的命，天注定。人这一辈子，有多大的福分，有多大的灾祸，都是有定数的。旁边的人应和道，是这话。抬头见翠台在一旁立着，就说，过来了？怎么，给你爹送饺子来了？翠台就笑。抬脚进院子，见她爹正在割茴香，弯着腰，光着背，背上一层汗珠子。她爹有点发胖，弯腰就显得吃力。她夺过镰刀来要替他割，他爹不肯，说你割不好，茴香茬子留下老高。翠台说，一个割茴香。硬夺过来镰刀，弯腰割起来。茴香挺嫩，一掐一股水儿，空气里弥漫着一股子浓郁的茴香的香气，新鲜湿润，带着一种特殊的刺激味道。她爹一面擦汗，一面说，你们院房里一向闹得大，有子他娘这丧事，恐怕还要惊动你们。翠台说，大坡他奶奶那边怕是得报丧吧。她爹说，你婆婆是亲堂亲家，报丧也报得着。翠台说，这种事儿，横竖离不了一个破费。真是人多事多，一年下来，从头到尾，杂七杂八，都是花钱的地方。他爹说，后晌我也去吊个纸，有子他爹活着的时候，跟他做伴去晋县修过工，吊个纸，好歹也是个心意。翠台说，你这么大年纪了，算了，我去就行了。她爹说，谁是谁的事儿。谁也当不了谁。她爹叹口气，说你要是有个弟兄，还轮到我这么操心？我一个大老头子，还得出头露面的。翠台说，又是这话。闺女怎么了？你满村子看看，这世道，养个小子多少艰难。她爹叹口气，不说话。翠台就岔开话题，问起素台过来了没有，厂子里怎么样了。她爹说，有几天不过来了。我也是瞎操心。老了，又帮不上忙。正说着话，听见外头有人叫，出来一看，是小五子。小五子说，我爷，叫你来了。翠台她爹说，五子，啥事儿哇？小五子说，我二奶奶的事儿，中树哥是管事儿的，叫我叫你老来了，说是给你派了差事哩。翠台说，你爷这么大年纪了，还给他派差事了呀？小五子说，中树哥说了，我爷办事稳当，派了接纸的活儿，也不苦。翠台她爹说，行，知道了，我这就过去。就送小五子出来。旁边有个老头儿问，中树管事儿？杀猪了没有？小五子说，猪还能不杀一头？这么大的事。翠台说，定了谁家的猪哇？小五子说，听说还没有定哩。中树哥正找人打问哩。翠台忙把小五子叫到一边，小声跟他说，五子，打问价钱不是？五子说，是呀，还能打听谁家的猪肥？翠台就笑骂，你小子这张嘴。五子说，翠台姑，你最好赶紧叫我姑父给中树哥递句话，谁没个仨亲的俩热的呀，别叫人家抢了先儿。翠台应着，扭身就去屋里给根来打电话。

立　秋

《历书》：斗指西南，维为立秋，阴意出地，始杀万物，按秋训示，谷熟也。

立秋

［唐］刘言史

兹晨戒流火，商飙早已惊。

云天收夏色，木叶动秋声。

吃了晌午饭，翠台跟小鸾、喜针兰月妯娌俩，还有臭菊，到丧主家去吊纸。拐进过道里，老远见有子家门口白花花一片。大门上挂着白布，门口停着一片车，有电动车，也有摩托车，还有一辆汽车，停在最里头，车屁股朝外。院子里早盘起了一个大灶子，上头坐着一口好大的铁锅，里头热气腾腾，正在炖菜。五张戴着白围裙，满头大汗，正在灶上忙碌着。大灶四周的地下，摆着一大摞一大摞的碗盘，整捆整捆的筷子。旁边的一个大盆子里，是调好的凉菜，五张吩咐着一个妇女，正在装凉菜碟子。靠墙的树荫底下，摆着一张八仙桌，几个老头儿围坐着，中树叉腿立着，吸着烟，在商量事儿。谷子一身白孝，坐在北屋灵前哭她娘，几个妇女在旁边劝说，一面劝，一面跟着掉泪。地下铺着干草，踩上去嚓嚓嚓嚓直响。芳村这地方，妇女们哭丧都拉着长音儿，唱戏似的。谷子哭娘哇，亲娘哇，我那受苦受累的亲娘哇，一辈子没有享过一天福的苦命的娘哇。你怎么就这么走了哇，亲娘哎，狠心的娘哎，往后呀，叫你这闺女有话跟谁说呀，有难处跟谁诉哇。亲娘哎——人们听了，都跟着落泪不止。翠台跟着妇女们烧纸，跪拜，听着谷子的哭声，心里酸楚，想起了自己的亲娘，自己多年没娘的难处，也跟着哇哇大哭起来。正哭着，旁边的喜针碰了碰她胳膊肘，方才收了泪，又劝了谷子几句，无非是人死不能复生，活着的人还得活呀，甭哭坏了身子之类的话。谷子哭得死去活来，哪里肯听。

丝瓜架底下，几个人埋头忙着，中财管记账，建国跟顺秋收礼钱。西屋里，是有子他娘的娘家人。有子他娘是城北的司家庄的，有两个兄弟，一个妹子，还有侄子外甥，来了一车。这种时候，娘家人是顶尊贵的，谁也不敢慢待，更不敢得罪。这种场合，娘家人就是来挑刺挑礼儿的。得的什么病，怎么治的，吃了什么药，怎么殁的，如何发送，闹多大场面，娘家人都要过问。要是娘家人说个不字，这丧事就不好办。院子里搭着棚，遮住了夏天的烈日。蝉在树上拼命地唱着，知了知了，叫个不休。院子里乱哄哄的。哭声，说话声，喊叫声，咳嗽声，乱成一团。翠台正纳闷怎么没有看见根莲。却看见根莲从外头进来，一身孝衣，脸儿黄黄的，头发汗湿，有一绺粘在额前，怀里抱着一大包东西。见了她们，也不招呼，只是木木地点了点头。旁边中树叫她，好像问她什么事，她也只是点头，说都行，都行，中树哥你是管事的，你看着办吧。

几个人出来，臭菊说，我怎么看着根莲不大好哇。兰月说，这种时候，肯定是忙昏了头了。小鸾说，有子刚刚出了那么大事，眼下又是一场。雪上加霜哇。喜针说，看根莲这命。翠台心里疑惑，好像是也没有看见香罗，莫不是没有来。兰月说得赶着上课去，请假出来的。小鸾也说店里没人，她得去盯着。臭菊就问小鸾还雇人不，要是雇人的话她也想去。小鸾说，我可雇不起你。臭菊说，大老板了，还亲自干活呀。又说赶明儿小见相媳妇，得回去预备预备。一时间都散了。喜针说，闹了半天，就你我两个闲人哪。翠台说，你怕啥，他们父儿俩都挣着钱，哪用得着你。喜针说，谁的愁谁知道。喜针说老二眼看大学毕业了，在石家庄找了个工作，对象也在石家庄。翠台说，那还不好，你好福气。喜针说，人家女方催着结婚哩。翠台说，可也是，大学毕业两年了，岁数也不小了。喜针说，结婚呢，就要买房子。女方她妈一口咬死了，不买房子就不结婚。翠台说，在市里买房？喜针说，可不是。市里的房子有多贵？我那老二也生气，嫌人家不体谅。都是庄稼主子，谁家开着银行呢。翠台说哪里的人哪，老二这对象？喜针说，沧州的，也是村里人，跟老二他们是同学。翠台说同学好，知根知底的。喜针说，两个人为这个闹别扭哩。谁都不理谁。老二倒是说了，妈你甭着急，我把家里情况说了，她家要是非逼着买房，就分手。翠台说，这老二倒是懂事儿孝顺。喜针说，可话是这么说，要是真的为了这个把这门亲事给散了，我这心里总是不忍。翠台说，当老人的么，心是一样的。喜针说，可要买房呢，我们哪里有那么多钱？就是叫我们两口子把骨头肉都卖了，也凑不上这么多哇。翠台就叹气。喜针小声在她耳朵边说，老二说了，不怕，再等等。反正都住一块了。翠台哎呀一声，说我的娘哎。如今的孩子们。喜针说，这都啥年代了。我也不是老脑筋，我开通得很。这下倒好了。我跟你说，咱是小子家，不怕。她是闺女家，抻着呗，抻着抻着就沉不住气了。翠台见她絮絮叨叨说个没完，又惦记着猪的事，也不知道，根来给中树说了没有。喜针伸着俩指头说，我这是俩小子哪，当老人的，要是一碗水端不平，日后都是事儿。翠台心里说，这个时候了，还臭显摆。说还得去她婆婆那边一趟，问下弄食箩的事儿。借故走了。

就真的往村南去，一面走，一面给根来打电话。打了两个，却没有人接。走过一段田里的小路，豆子枝枝杈杈的，把腿肚子划得痒索索的。田埂上长着一蓬一蓬的马生菜，茂盛肥厚。田野里寂静极了，一只马蜂嗡嗡嗡嗡飞来飞去。深一脚浅一脚，上了公路，灌了一鞋壳子土，出了一身热汗。到了树荫底下，再给根来打电话，这回接了。听见那边猪还在吱吱吱吱叫着，还有乱哄哄的人声，根来只说了一句正忙着捆猪哩，回家说。就挂了。翠台心说这是成了，心里喜欢。树上忽然掉下来一个东西来，软乎乎的，正好掉她手背上，一看，是一只吊死鬼，这种虫子黑绿的身子，胖胖的，槐树上最多，常常就啪嚓掉下来一只，吓人一跳。她婆婆家门口那居连，拾掇得干净利落，开成了菜畦，种上了菜，还种了几棵玉米。玉米长得青壮茂盛，却不肯结棒儿。她婆婆头上顶着一块湿毛巾，正弯腰捉豆角上的虫子。翠台说，今年虫子多不多呀。她婆婆耳朵背，问了两句，才听见了。见是翠台，说多哇，怎么不多。这好好的豆角都给咬坏了。又问翠台吊纸去了没有。翠台说，我刚吊纸回来，谷子姐哭得可真是痛哇。她婆婆说谷子这闺女孝顺，三天两头来看她娘。一年四季的衣裳鞋袜都是她管着，做点儿差样儿的饭，也给她娘送过来。翠台说，谷子姐婆家是西河流的吧？还是东河流？她婆婆说，西河流。十多里地呢，你谷子姐孝顺。豆角是豇豆角，长长的挂下来，有的是碧绿的，有的绿得发白，紫色的豆角花开着，惹来几只蜜蜂，嘤嘤嗡嗡嘤嘤嗡嗡，飞过来飞过去。翠台说，来这边报丧了没有？她婆婆说，我这边倒没有。这种亲戚，报也报得着，不报呢，也没大妨碍。想必是人家觉得我一个孤老婆子，能省事儿就省事儿了吧。翠台说，不报正好，省了。我三婶子那边得报吧。她婆婆说，你三婶子那边自然得报，儿女亲家么。又小声问有子的事儿，听说都了了？没朝你们张嘴吧？翠台刚要说话，傻货他娘摇着蒲扇，慢慢走过来，老远就说，娘儿俩鼓捣菜哪？这大热天儿，也不闲着。翠台她婆婆说，豆角生虫子不少，我也不敢喷药，捉捉虫子。傻货他娘说，喷药可不敢，自家吃的菜。又说起有子他娘的事，啥病哇，这么快。翠台她婆婆说，听说是心脏的事儿，心梗。傻货他娘说，有子他娘好脾气，性子柔软，一辈子都没见她跟谁红过脸儿。翠台她婆婆说，可不是。傻货他娘说，当年是跟我一年嫁过来的，她娘家是城北的，好像是司家庄。我娘家是北风村。我记得我俩是同岁，都属狗，她还比我小俩月哩。翠台她婆婆嘴里啧啧着，说，你看看，你看看。傻货他娘说，人这一辈子哪，真快，一眨眼的事儿。今儿个脱了鞋，赶明儿不知道还能不能穿上。翠台她婆婆说，可不是，人这一辈子。翠台见她们两个老婆儿说话挺稠，就想走了。却听傻货他娘叹口气，说，没听说有子他娘有心脏病，也是为了有子的事儿，一下子梗住了。养儿防老，养儿防老，谁想到倒受了儿女的累了。翠台她婆婆说，可不是。傻货他娘说，我听人说，这回有子是钻了人家圈套，给套住了。翠台她婆婆说，赌钱这东西，沾都不能沾。傻货他娘说，有子这毛病，有二年了吧。外头都知道，就是瞒着家里头。听说有子在青草镇那房子，也抵押出去了。翠台说青草镇的房子？就是那个新盖的小区？傻货他娘说，我也不知道是不是新盖的小区，反正有子那楼给抵押出去了。她婆婆说，真是败家子儿，把家都败光了，那是给他小子置的房子呀。

太阳渐渐落山了。翠台拎着一袋子蔬菜往回走。风从田野深处吹过来，把豆子啊，玉米啊弄得哗啦啦作响。棉田里开着粉的白的黄的花，颤巍巍的，在风里摇啊摇。人家的篱笆上爬满了牵牛花，一朵一朵张着小嘴儿，粉粉紫紫一片。走着走着，脚下一绊，却是一只北瓜，圆圆的，长着一道一道好看的花纹。芳村这地方，把南瓜不叫南瓜，叫北瓜。南瓜呢，却是另外一种，长且圆，绿皮儿，个儿大，长熟了的南瓜足足有好几斤重。芳村人大多把这南瓜炖菜吃，也有做馅儿的，包饺子、蒸包子。倒很少有人炒着吃的。北瓜呢，又甜又面，人们蒸着吃，也有熬北瓜粥的，也有煮面条做疙瘩汤放上两块的。早些年常说，瓜菜半年粮。如今日子好了，人们种北瓜，不过是图吃个稀罕。翠台抬头看了看，见进进媳妇出来倒垃圾，想这菜地八成是进进家的。进进媳妇只穿了一件奶黄碎花裙子，露出雪白的胳膊大腿，脚上是一双粉色拖鞋。看见翠台，赶着叫姐姐。翠台说，该做饭了呀。我换米姨回来没有哇。进进媳妇说，上个集回来了一趟，忙得不行。翠台说，我换米姨身子骨儿倒壮，上了年纪，多动动是好事儿。芳村这地方，把老人家的健康叫作壮。问起来都是，老人壮不壮哇。进进媳妇说，这二年也弱了，三天两头吃药。翠台说，巧儿的事儿有信儿没有？进进媳妇说，说是到南方打工了，跟了一个男的，二茬儿的。姐姐，这事儿还瞒着我妈哩，千万不能叫她知道哇。翠台说，知道知道。你赶紧弄饭吧。就走了。

回到家，却见家里没有人。偌大的院子静悄悄的。一只红气球躺在地下，被风弄得一会儿东，一会儿西。车不在，想必是大坡开出去了，莫非是一家三口又去了田庄？翠台把拿回来的豆角择了，盘算着拿豆角炒顿饼吃。又把茄子洗了，坐上锅，馏卷子，把茄子也蒸上。看样子，大坡他们也未必回来吃饭。正在剥着蒜，根来来电话了，说是在丧主家哩，就不回来吃饭了。翠台还没问他啥时候回来，就挂了。翠台心想，怎么把这事儿给忘了，肯定给他派差事了。一个人吃饭，觉得无味。潦草吃了几口，洗碗刷锅，收拾利索了。正洗衣裳呢，香罗却来了。翠台忙擦了手，拿个凳子，叫她坐。

香罗穿了一条石榴红桑蚕丝裙子，上头是一件黑丝小衫，头发绾起来，梳了一个圆圆的发髻。金项链上吊着好大一颗珍珠，被那黑丝小衫衬托得越发晶莹耀眼。翠台心里说，这种场合，还打扮成这样。脸上却笑着，问她啥时候回来的呀，去那边烧纸了没有？香罗说，我这是刚回来，还没过去哩。你们都去过了吧？翠台说，我们是今儿后晌去的，人挺多。香罗说，我来是问问你，如今这村里怎么走着的呢，这种白事儿，兴上多少礼哇？照说算是至近的亲戚们。翠台说，这种事儿，随大流就好。你来我往，就是个礼节，图个热闹。话一出口，才觉得说得不好，你来我往，这可是白事儿。忙说我不是这个意思，你可甭挑我。香罗笑道，没事儿，哪有那么多事儿。谁是说话的把式呀？再说了，话粗理不粗。我就随大流。香罗说根生一天到晚待在那院里，根莲碰上事儿人都傻了，一问三不知。翠台说，这么大的事儿，根莲年纪轻，哪里经见过这个。他们那边院房又大，人多事杂，够她忙乱的。香罗说，也不是年轻不年轻的话，根莲性子木，家里头还好，在外头就差得多，人一多，连句囫囵话都说不成。这种事儿也是难为她。翠台心里哼了一声，就你能？在外头见多识广，看把你能的。香罗说，我得去烧个纸，要不你跟我做个伴儿？过了今儿个，赶明儿再去，就不好了。翠台心想，原来是为了这个。就说是这话儿，赶早不赶晚，咱这就去吧，趁着天还不黑。

妯娌两个出了门，边走边说话。拐进过道，老远看见有子家门口十分热闹，穿孝衣的，戴孝帽的，白幡飘飘，白茫茫一片。香罗小声说，坏了，忘了换件衣裳。翠台看着她的石榴红裙子，心里说活该，这会子倒想起来了。成天价臭美，也不看看场合。就说，幸亏天快黑了，看不清楚。香罗说，院子屋子里都亮着灯呢。急得不行，就要往回走。翠台拽住她，说你那高跟鞋，一崴一崴的，走到家再回来就半夜了。就掩嘴哧哧笑。香罗说，嫂子你还笑，这样进去可不成哇。正说着话，见老远过来一个媳妇，穿着一条白裤子，上身倒是自己衣裳，就说，好了，来救兵了。就上去跟那媳妇说话，那媳妇是砖头家的新媳妇，听了翠台的话，满脸通红，拐进旁边小欢子家，两个人把衣裳换了。翠台对着那媳妇说，换着要了啊，你香罗嫂子这衣裳可是名牌，贵得不行。那媳妇只是笑。香罗穿着那肥大的孝裤子，抱怨说，哎呀这么肥大，布袋一样。翠台说，将就点儿吧，总比你那红裙子强。

一进门，早有人把纸锞接过去，根莲一身白孝，跪在门前，给来吊纸的人们磕头。翠台陪着香罗，跪在地下烧纸，哭了几声。谷子还在哭着，她们过去又跟着哭一会儿，就劝她保重身子的话。延挨了一会儿，两个人才出来。院子里男人们都不干活儿了，只拿眼睛看着香罗。香罗上身黑丝小衫，下面是一条肥大的白裤子，一口钟一样，走路一摆一摆，倒越发显出撩人的腰身来。灶上的五张叫道，我的娘哎，看我嫂子这小模样儿，这小腰儿。旁边的人就起哄，五张，到底是娘呀，还是嫂子呀。五张笑骂道，去你娘的，就你贫嘴。中树过来说，少起哄，臭小子。转身给香罗笑得明晃晃的，叫她婶子，问她什么时候回来的哇？忙不忙？发财呀。香罗说，我刚回来，家也没回，先过来烧个纸。中树你行啊，这么大一摊子，总指挥哇。中树说，小打小闹，小打小闹。香罗从随身的小包里掏出钱包来，摸出一张一百的票子，递给中树，说我也上个礼吧，是个心意。中树忙叫记账的过来收了，说记上记上，香罗婶子，一百块大洋。旁边有人故意要闹，说我婶子这么有，一百怕是不够吧。就有人跟着喊，不够不够不够。香罗就笑骂，甭起哄啊。再拿出崭新的一百来，扔给他们，说去买冰糕吧，这么热的天。旁边的人还喊，不够哇。要买冰镇啤酒，买饮料。五张说，不够哇不够哇。一院子人们都喊，不够哇不够哇。男的啤酒，女的冰糕饮料。还有人喊，还有烟，还有烟。香罗见躲不过，只好又出了一百。中树朝着五张使个眼色，几个辈分小的就上去，要抢香罗那巴掌大的小包。香罗笑骂道，谁家的小子？土匪哇？明抢？那些人哪里肯罢手。香罗情知躲不过，又不好恼，只好又出了五十。拽上翠台，逃也似的跑出来了。

天气大热，两个人跑了湿淋淋一身汗。香罗说，真是不像话，如今这都兴成啥样子了，白给他们绑了票。翠台说，也就是图个热闹，要是没人闹，冷冷清清的，丧主家又觉得没脸面。香罗说，早些年也闹，不过是买点儿瓜子糖，小打小闹的。如今是越闹越大了，闹得不像话。翠台不说话，想起来贵枝他女婿被绑票那回事，心里说，入乡随俗，在城里不过是个打工的，还真把自己当城里人啦。扒了外头那层皮，还不是个庄稼主子么。香罗说，看这，烧个纸，白白扔了二百五。就嘎嘎笑起来。翠台也笑，二百五，中树可不就是个二百五么。

就找那新媳妇换衣裳。香罗说，我眼拙，那媳妇是谁家的？怎么看着眼生呀。翠台说，砖头家的，今年新娶的。香罗说，那难怪。两个人到砖头家，换了衣裳，又说了会子闲话。那新媳妇坐在一边，一眼一眼地看香罗，从头到脚，看个没了。香罗扑哧就笑了，你怎么老看我呀，我脸上有花儿？新媳妇说，婶子你好白哇，咱俩一比，差一色。你看看，你就像是白面粉里头打个滚儿出来的。几个人嘎嘎嘎嘎笑起来。

从砖头家出来，翠台说，你在家住几天吧？香罗说赶明儿先回去，等出殡的时候再回来。香罗说店里忙，离不开人。这边有根生哩。翠台说，怎么方才没有看见根生？香罗说，虎子病了，根生领着虎子输水哩。翠台说，我三婶子哩？香罗说，今个人们去家里报丧，也是心忙，跑来跑去的，把脚给崴了一下。翠台呀了一声。香罗说不是我怨她，人家来报丧，给点儿钱打发了就行了，如今不都是兴这么着？她非要给人家做饭。都啥年代了，如今谁还缺这口饭吃哇？翠台说，我三婶子也是念着老礼儿。做饭忒麻烦，上了年纪的人，都还念着老礼儿。香罗说，她念着老礼儿，自家麻烦不说，还给小人儿们添麻烦。崴了脚，动不了了。还得叫人伺候着。香罗说越忙吧，越添乱，人老了，小孩子一样，真是没法儿。路过秋保家超市，里头背对着她们，有个人在买东西，高声音大嗓门的，灯影里看不真切，那身形敦实健壮，像是大全。香罗说，家里没卫生纸了，我进去买点卫生纸。翠台说，那我先回去了呀。香罗哪里肯放她，硬拉着她进了超市。

超市里人不多。灯影里，果然是大全，正吩咐着国欣拿一只烧鸡，半斤焖子，半斤猪头脸儿，半斤豆腐皮儿，一根粉肠儿，叫她切切拌好，多加点儿辣椒。国欣说鸡哩？大全说，这个你得问秋保哇。就哈哈笑起来。国欣臊得满脸通红，秋保埋怨道，全哥哇，也不看看辈分儿。大全笑道，乡亲辈儿，瞎胡论儿。弟妹你甭见怪啊。香罗扑哧一笑。大全回头见是香罗，说怎么，你回来了？香罗说，这是你一个人的芳村哇？就不兴我回来？大全笑道，看你这张嘴。大全说来了几个朋友，弄点儿菜，喝点儿。香罗说，我那天说的那事儿，还等你信儿哩。大全说，再等等，容我几天。转身对秋保说，今儿个她俩拿啥，都记我账上哇，我买单。我先走，他们还等着我哩。就匆匆出去了。

香罗看着他背影，跟翠台说，拿，不拿也白不拿。就挑了一箱子六个核桃，两盘鸡蛋，两盒巧克力，一包槽子糕，半斤咸驴肉。

秋保笑得不行，嘴都咧到后脑勺了。见翠台立着不动，说动手哇婶子，千载难逢的好机会，叫全总出点儿血。香罗说，快点呀嫂子。翠台说，你挑，我帮你拿着。国欣过来也帮着挑这挑那，只拣那贵的好的往袋子里装。香罗说，行啦行啦，人家大老板的钱也不是大风刮来的。差不多就行啦。秋保说，这一星子半点子，连全总的一根毫毛都够不上。婶子你还是心疼他。一屋子人就笑。

街上人不多。天热，人们都躲在家里吹电扇。上了年纪的人们怕费电，出来在门口歇凉说话。烟头一红一红的，也能熏熏蚊子。不断有人往有子家去，打牌的，推牌九的，有亲自上场的，也有在旁边观战的。这种白事儿，丧主家守灵的人们闲着无事，院子里屋子里，好几班子。有好当钱的，专门等着谁家有白事儿，就能痛快玩几天了。芳村这地方，无论红事儿白事儿，都图个热闹。人越多，越热闹，主家越有人缘儿，越有脸面。因此上，对这种牌局，村里也是睁一只眼闭一只眼，只要是不太过分，也就不大管他们，由着他们去。

夜里，说起白天的事儿，翠台撇着嘴道，叫她显摆，显摆去。白送了二百五。都说她猴儿精，我看她就是个二百五。忍不住地笑。根来说，哦。翠台说，还有，叫我做伴儿去，也不跟我商量，自个儿倒单独上了礼，把我晾一边儿了，难看不难看？根来说，上了多少？翠台说，上了一百。不在上多少，我是说这个事儿，她办得就不对。根来说，也是。那你上了没有？翠台说，我没上，我哪有准备哇，身上就没带钱。翠台说，凡事都要掐尖儿，站高岗儿。掐去，站去。活该叫她白扔了二百五。根来说，行了行了，睡吧。翠台说，还有稀罕事儿哩。就把超市里大全的事儿学了一遍。翠台说我本来不想拿，她非得叫我拿，后来我想不拿白不拿，大全把话也当着人们说下了，我就是不拿，人家还当我拿了。根来说，那到底拿了没有哇？翠台说，拿了哇。你没看见桌子上那一袋子东西呀。就哧哧哧哧笑。根来说，行了，沾了光就喜欢了。睡吧睡吧，赶明儿还得早起哩。翠台说，我倒忘了问了，大坡哩？照理说他也该去有子那边待半天去。根来说，不是在田庄么。这两天我都没见他人影儿。翠台就气道，我养大的小子，倒成了人家的小子了。又不是倒插门，这天天长在丈人门子上，算怎么回事哇。

出殡这天，又是个响晴的天气。一大早，根来跟院房里弟兄子侄们抬食箩去。芳村这地方的风俗，逢白事儿，亲戚啊，族人啊，交好的乡亲啊，吊纸之外，还要给丧主家送食箩。拿一个大笸箩，长圆形，是乡下特有的那种，里头装上新蒸的鸡，鱼、猪头、叫作面三牲，再拿一个包袱皮裹起来，架一根棍子，由两个男丁抬着，一路送到丧主家去，浩浩荡荡，有一种肃穆庄重的气势。一院子的人们，点评着谁家的食箩好，谁家的媳妇手巧，蒸的鸡啊鱼啊活灵活现，面三牲也好看，又大又白。管事的吩咐人把里头的东西剩下一两样儿，叫送食箩的拿回去，叫作回筐。早年间粮食珍贵，人们对食箩十分在意，一场白事过后，食箩的事还要被议论很久。后来，这习俗渐渐不一样了。食箩还是照样送，可是都简单多了。弄一个篮子，里头装上四个卷子，一盒烟，一个人提着就去了，寡淡得很。如今呢，人们索性连卷子也不放了，谁家还稀罕那几个卷子呢。篮子里直接放烟，放点心，放鞭炮。点评的人们，也不过是议论谁家的烟牌子强，谁家点心好，出手大方。

翠台等着香罗，一等不来，二等不来。炮声咚嘎，咚嘎，咚嘎，咚嘎，一声连着一声，把地面都震得微微颤抖着。人们都往有子家那边走，也有小跑着的，跟头骨碌的。几个妇女从盒子家出来，叽叽嘎嘎的，说走哇，走哇，看埋人去哩。身上还沾着线头儿，胳膊上还戴着套袖，身上穿着围裙。翠台立在过道口，正心急呢，见香罗的大红汽车开过来，停在一个路口。翠台跑过去，说怎么才来哇，这都要出殡了。这汽车忒显眼，就停在这儿吧。说着拉着香罗就往那边跑。香罗的高跟鞋一歪一歪的，嘴里直叫娘哎，娘哎。气喘吁吁的。人群里热气腾腾，人人都在流汗，汗味，香水味，脂粉味，清凉油味儿，膏药味儿，尘土味儿，说不清楚的什么混合味道，叫人喘不上气来。大门早被堵上了，水泄不通。翠台她们挤不进去，只好等着一会儿在外头上车。唢呐也吹起来了，哀哀的，幽幽的，慢慢慢慢的，好像是一个人在细细抽泣。炮声咚嘎，咚嘎，咚嘎，咚嘎，一声连着一声，叫人心里一紧一紧的，背上唰唰唰起了一层鸡皮疙瘩。旁边有个妇女说，听说娘家人闹起来了，好大一场。另一个妇女说，为啥闹呢？那妇女说，还能为啥，嫌这丧事潦草呗。有人说，差不多子。总不能比人家田庄那个大老板他爹那回。那可是惊动了全县哇。一个妇女说，娘家人么，就是挑毛病的。有人说，别的不说，饭食就不强。不是面条就是熬菜，也看不见肉，忒素了点儿吧。有人说，说是村上管着呢，不许杀猪。有人就说，管得也忒宽了。有人说，怎么不能杀？听说是捉的根来的猪。正热闹着，只见人群一阵骚动，门口劈开了一条缝隙，有子披麻戴孝，双手打着幡，一左一右两个人搀扶着，呜呜呜哇哇哇大哭。后头是谷子抱着骨灰盒，也是披麻戴孝，浑身缟素。起灵了。有子哭着，狠命摔了瓦，大哭不止。一时间哭声震天。人群自动闪开一条道路，让送殡的队伍过去。后头是孝子们，前头的穿着全孝，后头的穿着半孝，最后头的一群人戴着孝帽子，是更远一房远一支的，远远跟着。有几辆车，车上都是女眷们。人们跟着队伍走，一面走，一面跟着人家哭。一时间白幡飘飘，白花漫漫，白衣白孝，压地银山一般，浩浩荡荡朝着村外走去。有人就说，这会子没看头了，早先都是马车牛车，妇女们一身孝衣坐着，能看见谁哭得好，谁哭得不好，如今这都躲在车里头，啥都看不见，只看见车屁股了。有人就说，可不是。没啥意思了。翠台跟香罗坐在同一辆车里头，汽车的轰鸣声、汽笛声、哭声、炮声、唢呐声、人声，闹哄哄混杂一处，叫人头昏脑涨。孝子们几步一磕头，几步一磕头，街上尘土飞扬，空气里弥漫着呛人的硫黄的味道。人们都跟着队伍走，泪窝子浅的，跟着人家掉泪，眼睛红红的。性子急的，小跑着往前赶，抢先跑到人家坟地上等着。芳村这地方，坟地大都在田野里。也有心眼儿多脑子活的，想抄近道，从豆子地里斜着蹚过去。后头有人就骂，谁呀那是，不长眼，那是道儿不是？唵？人们哪里顾得上这些，豆子枝子叶子噼里啪啦打着小腿，把腿肚子划得生疼，也不管。芳村这地方，看埋人，其实看的是活人，看活人怎么哭，哭得厉害不厉害，伤心不伤心。看活人主要是看这家的儿媳妇，看儿媳妇哭得好不好，痛不痛。闺女是亲生的，儿媳妇么，到底还隔着一层肚皮么。

终于到了坟地，入土，埋人，孝子们又是一场大哭。很快，一个圆圆的坟头堆起来了，妇女们拉开架势，开始烧纸，哭坟。谷子和根莲，姑嫂两个跪着，浑身重孝，汗淋淋都湿透了，脸上也是水洗了一般。谷子哭她的亲娘，声嘶力竭的，谁都拉不起来。根莲也哭，人们仔细听，想听听她哭的什么。翠台跟香罗在一旁劝着，左右不过是那句话，人都走了，甭哭坏了身子。再也说不出旁的话来。坟地上烟气腾腾，呛人口鼻。火光灼热，烤得人酷热难当。妇女们苦苦劝说，少不得又跟着人家哭一场。香罗拽了翠台一把，趁人不注意，两个人悄悄撤脚出来。

下午两点多，正是一天中最热的时候，阳光热油盆子一般，把田野村庄烤得滚烫。大片的庄稼地，郁郁葱葱，弥漫着潮湿的水汽，被太阳一蒸，散发出一股子浓烈的苦涩的青气。天上干净得很，一片云彩也没有。远处是几家厂房，在田野里突兀地矗立着，彩旗在风中摇摆飞舞，给这寂静的村野平添了一些活泼的气息。再往远处，就是东燕村了。烈日下面，只隐约看见雾蒙蒙的轮廓。刘家的坟地四面是庄稼地，北边是豆子地，南面是玉米地，西边是一小片花生地，东边也是豆子地。坟地那边白花花一片，有白幡和白花飞起来，在烈日下盘旋不去，大鸟一般。泥土呛人的味道，混合着烧纸的烟气，热腾腾的逼人。坟地里还有人在哭着。是根莲的声音。根莲不会哭，只是直着嗓子，一声一声，叫着，述说着。细细一听，香罗就笑了。跟翠台说，这闺女，傻不傻，你听听，你听听。翠台仔细一听，根莲哭的却是有子。根莲说你走了，谁还管着你家小子呀，成天价赌钱，早晚是个家破人亡，你管不管你家小子哇。我跟着他没法过了哇——翠台说，她也是急得。香罗说，你听谷子。谷子哭的却是她娘。谷子说你养的好小子哇，把你生生急死啦。我那苦命的亲娘哎——姑嫂两个在坟前你一句我一句，哭得死去活来。旁边的人听着，都跟着落泪。听着听着，渐渐听出了不对。香罗说，这谷子也是，怎么往后就没有娘家了，怎么就没有家了。真是的。翠台说，理儿是这么个理儿。香罗说，那叫当兄弟媳妇的怎么说？这谷子看着不吭不哈，不是一个善茬儿。翠台说，缺心眼儿么。谷子哭得一死一活的，谁都拉不起来。根莲更是哭得嗓子都哑了。两个人披头散发，在坟前打着滚儿。有子蹲在一旁，抱着脑袋，怔怔的，木头人一样，一句话也不说。香罗说，这可不行。管事儿的哩？中树哩？到处找中树。翠台说，那不是，在那边吸烟哩。中树过来说，心里有疙瘩，哭一哭也好。笑嘻嘻的。转过脸去，却嗵嗵嗵径直走到坟前，对着地上两个浑身重孝的土人儿呵斥道，行了行了啊，差不多就行了。人走都走了，活人还得往下过哩。使个眼色，叫两个男的过来，硬是连拉带拽，把姑嫂二人架出去了。

喧闹的村庄又安静下来。好像是什么都没有发生过一样。人们都渐渐散了，干活的干活，回家的回家。香罗嫌热，回家去了，翠台落了单，蔫蔫儿地回去。小闺赶上她，说嫂子，家里歇会儿呗？翠台说，改天吧。小闺说，大热天的，来吹会儿电扇，喝口水，凉快凉快。

小闺家台阶挺高，绿色的大门，大红春联颜色还鲜艳着，上头写着：年年顺景财源广，岁岁平安福寿多。一进门是一个影壁，画着山水，题着字。影壁跟前停着一辆电动车，车筐歪着，里头放着一把豇豆角。院子里有一个花池子，种着鸡冠花、仙人掌、美人蕉，还有一种花，矮矮的，花朵却开得稠密热闹，俗话叫作死不了的，十分好养。廊下的台子上扔着一双粉色拖鞋，一前一后，离开老远。小闺把她让到屋里坐，拧开电扇，两个人坐下说话。小闺说，我跟你说，我们那儿缺人，你去不去？翠台说，去呀。正闲得慌哩。花销忒大，不进钱可不行。小闺说，都是缝纫活儿，你最拿手。翠台说，拿手不拿手，挣钱就行。就笑。说是不是小辛庄那一家哇，是计件呢还是计工呀。小闺说，是计件。干得多挣得多，干得少挣得少。小闺说就是有一样，如今订单说不准，上头管得紧，有时候订单少，就没活儿。翠台哦了一声，说那还招人？小闺说，正是有人嫌活儿少，才不干了呀。翠台说，我回去跟人家商量一下，要是她愿意去，我就给她领着孩子，要是人家不愿意去呢，我就去。小闺说，谁呀？翠台说，还有谁，儿媳妇呗。小闺就笑起来，看你这婆婆当的。好婆婆哇。翠台笑骂道，甭笑话我，你也有这一天，不信你往后看。小闺说，那可说不准，万一我修下了呢，叫你眼气去。两个人说笑了一阵子，小闺忽然说，怎么不见香罗呀，好像看见她送殡了。翠台说，说是弄了一身汗，回去洗了。小闺说，是不是一辆红车，火焰似的，路口停着的那辆。翠台说，是呀。小闺把嘴一撇，说，听说她那儿又招人哩，刚把大眼儿家那二闺女招走了。翠台说，就是那个高高挑挑的，嘴角有一颗痣的？小闺说，可不是，俊着呢。可惜了的。翠台说，周瑜打黄盖，一个愿打，一个愿挨。小闺说，那大眼儿也是，怎么就那么狠心，把好好一个闺女往火坑里推哇。翠台说，他家那大小子，不是离了么，要是再娶一个，真是比登天还难。小闺说，可不是，就凭他家那条件儿。小闺忽然哎呀一声，说这不是卖了闺女，给小子娶媳妇么。翠台说，这话可甭到外头说去，哪说哪了，忒难听。小闺说，听说大眼儿媳妇跟他打架哩，打得那个武哇。翠台说当娘的么。小闺把下巴颏儿指了指东边，说这么近，我啥都听得见。出去劝吧不是，装聋子吧也不是。翠台说，家家有本难念的经哇。

有子家门口有一堆纸灰，给风一吹，飘飘摇摇飞起来，飞到树枝上，飞到电线上，飞到旁边的篱笆上。有子他婶子刚烧了纸，眼睛红红的，跟旁边的人说闲话儿。做饭的五张正端着一大盆泔水出来，吭哧吭哧的，要泼到菜地那边去。大街上不时地看见纸剪的白花，零零落落的，还有白幡上掉下来的丝丝缕缕。空气里弥漫着淡淡的硫黄的味道，有点刺鼻。人们见了，老远就问，埋了？人说，埋了。又问，清事儿了？人说，清事儿了。有人就说，人这一辈子，就这么回事儿。旁边的人说，可不是。短短几十年，做梦一样哇。

翠台慢慢往回走，见她爹跟几个老头儿在阴凉里坐着。她爹说，没意思，越来越没意思了。早些年还能请班子戏，热热闹闹的，如今上头管着，戏也不让唱了，电影也不让放了。一个老头儿说，如今谁还看电影？另一个老头儿说，恐怕看唱戏的也多不了。小年轻的们，都看手机哩，谁稀罕这个？一个老头儿说，管着点儿也好，要是不管着，不定闹成啥样哩。大全他娘那一场，闹得有多大？旁边的老头儿说，闹多大有啥用？活着的时候多孝顺一些就都有了。人都死了，还不是给活人挣脸面么。又说起那个卖老衣的怎么不过来了，上回白娃给人家讲价，讲急眼了，俩人戗戗起来了。见翠台过来，她爹说，怎么不见大坡哇？翠台说，田庄转鼓上有事儿，走不开。她爹说哦，有根来也行，一家子好歹出个人，这种场合。正说着话，听见东头那边有人嚷嚷，一声一声的，好像是在吵架。翠台心里一紧，急忙往那边赶。拐进过道，却见喜针家门口有几个人立着，喜针在自家院子里哭。这才放下心来。臭菊见她过来，小声说，打架哩。这梅平日里看着一笑一笑的，谁料到这么大性子哇。翠台说，为啥呀这是？臭菊说，这不是确权惹的么，宅基地的事儿。正说着话，梅肿着一双眼睛出来，跟喜针说，我啥都不说，你把我们跟二夹子扯平就行。梅说成天价哭穷，没钱没钱，没钱就一下子给二夹子出了三十万？还瞒着我和立辉，当别人都是傻子呀？喜针说，是，我是给了立伟三十万，我也不想给，可我不给行不行？人家女方要房子哩。你打问打问去，石家庄买房子多少钱？梅说，那你给他买吧，你要是这么偏心，等你老了我们可不管，叫二夹子管着你去。喜针说，这三十万算是首付，连首付也不够。我借了东家借西家，凑了这三十万，才算保住了这门亲事，你们当哥嫂的，就忍心看着立伟打光棍哪？梅说，那我这罪名忒大了，这么大的帽子我们可不敢戴。梅说你愿意给他你只管给，我就是有一个条件，眼下要确权呀，家里这两块宅基地，都是我们的，没有二夹子的份儿。光这个还不行，往后你还得找平喽，二夹子你一点都不能管，只能管我们，他们往后有了孩子你也不能领，只能帮着我们领孩子。喜针说，这是你们当哥嫂说的话？我不跟你说，我给立辉打电话。我倒要问问他，这是你的主意，还是他的主意。说着就真的打电话。梅说，你打，你打吧。你那小子是个软柿子，你光挑软的捏。你打吧。你偏心眼子。立辉不是你亲生的哇？喜针气得脸儿白白的，拿手机的手哆嗦着，你厉害，你也有老的这一天，你也有小子，你家小子也得娶媳妇。再也说不出旁的话来。翠台忙过去，把喜针往外头拽，小声说，干啥这是，不怕叫人家笑话呀。臭菊说，梅，你少说一句，少说一句，当小人儿哩，少说一句吧，看把你妈气的。梅说，我少说一句，话都叫她说了，一个当老人哩，一碗水端不平，怎么叫小人儿们心服口服哇。喜针说，你们听，你们听听。梅说，听就听，我不怕左邻右舍听。我攥着满把儿的理儿，我怕啥？喜针说，你们过事儿那会儿，六七年了，眼下兴得有多大？三十万能娶回来一个媳妇不？你们算算账儿？我给他们三十万，就算把他们扔出去了，别的一概不管，这还不行？梅说，我不管，一样的人儿，就得一样对待。喜针气得浑身哆嗦，说你们听听，你们听听。翠台拽着她往外走，小声说，都是气头上，话儿赶话儿，还能说出什么好听的来。走吧走吧，到我那院里歇会儿。硬拽着就出来了。梅还在院子里骂糊涂街，坏了良心哇，偏心眼子哇，欺负老实人哇。骂个不休。

门口一堆人立着听，街上也有路过的，停下来看热闹。有说婆婆不是的，有说媳妇不是的，也有的说都不是善茬儿，针尖儿碰上了麦芒，各打五十大板。中树媳妇正好骑着电动车路过，停下来听人们嘈嘈杂杂议论，叹口气道，真是的，确权倒确出事儿来了。说着骑上电动车就日日日日走了。臭菊看着她背影，把嘴一撇说，这个年纪了，看脸上那层粉，一笑都唰唰掉渣儿。旁边的人就说，这人儿不白，生是给抹的。臭菊说，那嘴唇儿红的，吃了死孩子似的。人们就笑，看你这张嘴。

处　暑

《月令七十二候集解》：处，止也，暑气至此而止矣。

七夕处暑

［清］爱新觉罗·胤禛

天上双星合，人间处暑秋。
稿成今夕会，泪洒隅年愁。
梧叶风吹落，璇霄火正流。
将陈瓜叶宴，指影拜牵牛。

黄昏慢慢降临了。满天的晚霞，把村庄染得红彤彤的好看。蝉躲在树上，吵得人心烦意乱。村里大喇叭上喊着：村委会门口有批发冰糕哩，村委会门口有批发冰糕哩，谁买冰糕，谁买冰糕，价格优惠，价格优惠……一遍又一遍。院子里泼了水，清爽干净，凉沁沁的舒适宜人。丝瓜架上开着小黄花，一朵一朵，明艳极了。一根一根丝瓜垂下来，长长短短，碧绿喜人。翠台说，这丝瓜真能结，你看看，上顿丝瓜，下顿丝瓜，都吃絮烦了。喜针说，丝瓜是好东西，通经络，耀宗还嘱咐我多吃呢。翠台说，是不是？我给你摘去，什么稀罕东西。就起身去摘丝瓜。喜针说，我不是老是奶疼么，去县医院查了一下，说是乳腺增生。可把我吓坏了。翠台说，是挺吓人，你看那碰子家儿媳妇，俩都割了，一个都没保住。年轻轻的。喜针说，我给你说，这都是生气气哩，妇女家生了气，都往这一经里走。翠台抱着几根丝瓜过来，说吃吧，敞口儿吃。喜针看那丝瓜又大又肥，顶着小黄花，叹口气说，你看我这命，天天生这些个闲气。一面说，一面就掉下泪来，说迷小子迷小子，迷了一辈子小子，如今才知道小子的厉害。翠台说，不是小子，是媳妇。喜针说，还不是一个样儿？梅这么硬气，还不是立辉给撑着腰哩。两口子一条心，合起伙来对付我。喜针说你听听，说老了不管我，你听听。翠台说，不过是气头儿上的话。喜针说，背后净骂我哩，当我不知道？翠台说，朝廷背后还有人骂哩，何况是婆婆。喜针说，立伟的事儿，我给你说过吧？翠台心里说，哪儿跟我说过哇，你不是跟臭菊合式么。喜针说，立伟对象她妈，非要买房子，不买房子不让结婚。这不是，好说歹说，硬是不松口儿。翠台说，那就晚一年么，立伟年纪还不大。喜针说，这种事儿，夜长梦多。一年一个样儿，将来还不知道能兴成什么样儿哩。过了事儿，我也算是把大事都了了，歇心了。翠台说，那都说下来了吧，这事儿？喜针说，还没哩。我就是试探一下，人家就闹起来了。你看这。翠台说，要我说呀，该瞒的时候得瞒，这种事儿，还一五一十，掏心窝子，你也忒实在了。喜针说，立辉跟他爸俩人拉皮子，钱也伙着，这事儿瞒一时还行，还能瞒得了一世？我干脆就实话实说，打开窗户说亮话儿。翠台说，可也是。喜针说，这不是确权么，我原本想着，家里这两块宅基地，他们兄弟俩一人一块儿。谁想到老大倒闹起来了。翠台说，那立伟对象那边说下来没有？喜针说，三十万还是我心里想的，人家还没有点头儿哩。那边说了，想双方老人见个面儿，当面把这事儿说说。翠台说，那人家是想叫你们去一趟。这种事儿，女方金贵，男方就这种低贱角色么。喜针说，可不是。喜针说三十万按说不算多，猛一听是不少，可就怕细细算账儿。翠台说，立伟不是说了，家里供了他念书，结婚就不用管了。梅就是咬这个。喜针说，话是这么说，可眼瞅着他们过不了事儿，我这当妈的就真的甩手在一旁看着哇。喜针说，你听听，老了不管我，这会儿我还能走动跳动，还能给他们做饭领孩子哩，就对我说这个。要是有一天我生了病躺倒动不了了，他们还能管我？就哭起来。翠台心里也难受，不知道怎么劝她才是。那边院子里，梅还在骂糊涂街，一口一个老混蛋，一口一个老东西。喜针说，你听听，你听听。我是造孽哇我。就要给立辉打电话。

给立辉打电话，偏偏就没有人接。再打，还是没有人接。喜针说，这是成心，肯定是成心。翠台说，兴许是干着活哩，听不见。喜针说，我就是恨他这一点，一点儿主都做不了，叫人家拿捏的，小鸡子似的。我就不懂了，她有啥好怕的，要是碰上一个脾气不好的，摁住就是一顿苦打。看她还敢闹。隔壁院子里还在骂，不点名不道姓，指桑骂槐，渐渐地，也听不见人们劝了。喜针说，小老婆子，我非得叫立辉跟她离了。叫她闹。翠台说，你看你，这是当婆婆的说的话？传出去，多难听。喜针说，这不是过过嘴瘾么。翠台倒给她气得笑了。喜针又要给顺秋打电话，还是打不通。气得咬牙骂道，死哪儿去了这是。翠台说，肯定是忙着干活哩。等等吧，等他们回来再说。那边院子里渐渐没有动静了。喜针立起来要走，说我挨了骂，还得给人家做饭去。贱不贱？翠台说，你也是，干脆分了家算了，眼不见心不烦。喜针说，你怎么还不分？还说我哩。两个人就笑。喜针说，我这辈子，连个闺女也没有，等着受罪吧。我真眼气你，好歹还有二妞哩。翠台说，二妞这个哪有准哇，一头二十了，还念着书哩，往后找个天南海北的，指着她？

正说着话呢，听见外头汽车喇叭响，大门吱呀一声，大坡他们回来了。喜针说，我回去做饭去，你也做饭吧，都回来啦。就走了。

爱梨抱着孩子，孩子睡着了。翠台忙要接过来，爱梨却说不用，眼皮子不抬，径直进屋去了。翠台偷眼看她脸色，好像是不大好。心里说这又是怎么了。大坡停好车，去水管子底下洗脸，噗噜噗噜的，弄得水花四溅。翠台见他大裤衩子汗湿了半截，一双脚都是土，拖鞋趿拉着，问他这是干吗了，热成这样儿。大坡只管哗啦哗啦洗，洗了半天，擦了，见翠台还立在那儿，没好气道，干吗了，干活呗。紧干慢干，还嫌干得少。指手画脚的，指派这个，指派那个，又不是她家长工。翠台赶忙给他使眼色，叫他小点儿声。大坡说，听见怎么了，我就是叫她听见。在她家门上，天天给我甩脸子，吆三喝四的，叫我下不了台。翠台说，你再大点声儿？再大点儿声？气得不行。回头却见爱梨已经立在门口，身子靠着门框，一只脚里，一只脚外，手里拿着孩子的一只塑料小狗，说，妈，你叫他说，叫他痛快说，不叫他说就憋死他了。翠台忙说，孩子睡着了？开电扇没有，热不热？大坡说，是哇，再不说我就憋死了，在你家憋了这么多天了，回来还不叫我说说。翠台骂大坡，你还说，你还说，生怕把你当哑巴卖了哇。你个獠子草的。爱梨说，看见了吧，在我家就是这样。又懒，又没出息，眼里又没活儿，嘴又不好使，跟我姐夫一比，一个天上，一个地下，他就跟个大傻子一样。我怎么就瞎了眼找了你哇。大坡说，你姐夫这二年挣了点儿钱，一家子就把他捧得高高的，早几年怎么不是这样，你们怎么笑话人家的？我懒，我没出息，说一千道一万，还不是嫌我挣不来钱？势利眼，一家子势利眼。爱梨说，就是嫌你挣不来钱，怎么了？就是势利眼，怎么了？大坡说，后悔了哇，后悔还来得及。正说着，翠台一巴掌打过去，他光着的背上就是通红一个巴掌印子。翠台咬牙骂道，混账东西！还说？你还说？看把孩子嚷醒了，有你们这么当爸妈的没有？爱梨哇的一声就哭出来。屋里的小妮儿也醒了，呱呱呱呱大哭。翠台忙去屋里哄小妮儿，小妮儿迷迷糊糊的，找妈妈找妈妈找妈妈，挣了一身汗。爱梨却不过来，只在门口哭个不休，边哭边骂大坡。大坡说，你嘴里干净点儿，甭碍妨老人们。爱梨哪里肯听，只是骂。大坡说，你还骂？谁家没有老人哇，你再骂我可就还嘴了。翠台在屋里哄孩子，气得浑身哆嗦。出来骂大坡，叫他闭嘴。又跟爱梨说，你这张嘴就骂，骂大坡他爹，骂他娘，骂他爷他奶奶，骂他八辈子祖宗。这还当着我哩。当着我，大坡不还嘴，要是大坡忍不住还了嘴，他一个汉们家，你能受得了？爱梨说，他还嘴呀，我等着他还嘴哩。翠台说，行了，你也别闹了，大坡挣不来钱，一家子就都有不是了。翠台说我倒有个事儿，正要跟你们商量。你看看这一个村子，男的女的，老的少的，有抻着脖子歇着的没有？我盘算着，大坡也找活儿去，咱俩呢，一个人领孩子，一个也出去干活儿，你看怎么样？爱梨不说话，只是抽抽搭搭地哭。翠台说，这样，要是你出去上班，我情愿在家领孩子，你放心，我把孩子弄得好好的。你们挣了是你们的。爱梨还是不说话，鼻子一抽一抽的。要是你不愿意出去，你就在家领着孩子，我出去找活儿去。我挣了工资，咱们对半儿分。爱梨还是不说话，撕了一块卫生纸擦眼泪。翠台说，我挣了工资不能全给你们，你们也清楚，我外头还有账哩，你们过事儿时候借的，这都好几年了。还有，二妞还念着书哩，供个学生，也得花钱。爱梨不哭了，把那团卫生纸揉来揉去，揉成一个小球，拆开，又揉。大坡说，妈问你哩。翠台说，我就这个意思，你们商量商量，不急。爱梨说，小妮儿跟你没事儿吧？翠台说，我是她亲奶奶，你还不放心？爱梨说，不是不放心，我是怕她离不了我，从小到大，乍一离别——翠台就笑了，说你不就是在邻近么，天天回来哩。

次日翠台领着爱梨到小闺家，嘱咐了一番，看着她们做伴儿骑着电动车日日日日走了。小妮儿眼看着她妈妈走了，哭着找妈妈找妈妈。翠台说，妈妈挣钱去了，挣了钱给妮儿买好吃头儿。抱着小妮儿到秋保家超市，买了一根棒棒糖。国欣说，妮儿，叫你奶奶买香肠，买酸奶。问她妈妈哩？翠台说，上班去了。国欣说，年轻的们，都闲不住。说今儿个有子他娘头七哩，一大早就有人过来敲门子，买东西。翠台说，该着你家发财哩，好买卖。国欣说，这二年也不行啦，人们都在网上买，不行啦。翠台说，网上买？人家往咱这村子里送？秋保说，送哇。看来婶子你不上网。小年轻的们都使淘宝，还有京东。翠台说，我的娘哎，如今时兴这个了，真是跟不上趟儿了。正说着话，只听见外头一阵喧闹，一辆电三轮停在树荫里。秋保皱眉说，真是说曹操曹操到，不经念叨，这不来了。狗日的小孙，不当不正，偏偏就停在我们外头。那个叫作小孙的正忙着打电话，瘦长脸儿，头发染得金黄，汗淋淋的。国欣说，我去轰他去。秋保说，轰人家干吗，咱是买卖，人家也是买卖。国欣说，他做买卖做到咱家门口了，我去叫他挪挪摊儿。秋保说，行了行了，妇道人家，头发长，见识短。国欣说，我怎么就头发长见识短了？许你说，还不许我说？秋保说，这是什么时代，网络时代，你把人家轰走，还挡得住人家的网络？这是趋势，趋势懂不懂？就像滹沱河放水，你能挡住？国欣撇嘴道，那咱就叫这水把咱淹了哇？秋保说，说你妇道吧，还不服，跟你就说不透。正说着，中树叼着一根烟进来，一面走一面打电话。秋保忙过去迎着，等中树打完电话，问他拿点儿啥哇？中树说，有子他娘，今儿个不是头七么，凡是有人来拿东西，都得有我发话。甭叫他们乱记账儿。秋保说那是那是，不能乱了套。中树说，有子在外头赌钱，说不准还有账儿哩，你这边有数就行。要是叫外人趁乱钻了空子，赊了东西，弄一堆糊涂账，到时候都不好了。秋保一迭声说，是是是，给中树递烟，中树摆摆手不要，扭身走了。

国欣说，娘哎，外头还有账哇？这个有子！秋保瞪了她一眼，说杀人偿命，欠债还钱。就你大惊小怪哩。中树倒是好意，来跟咱们说一声儿，要不咱们万一把东西赊出去，找谁要账去，还不是白扔东西？旁边一个人说，听说有子这回没吃苦头，全凭着香罗。国欣说，香罗那还不是为了根莲？当哥嫂的，总不能看着根莲受罪。

这根莲也是命苦，哎不是我说，你看她那长相，就不是个有福的。旁边那妇女说，怎么说？国欣说，忒瘦，薄嘴唇，嘴角耷拉着，法令纹那么老深，看着就苦相。忽然想到翠台是根莲堂嫂子，忙说，我也是瞎说哩。根莲有她嫂子香罗，怕啥，有人抱后腰哩。讪讪笑。翠台心里说，这人穷了就是气短，是人不是人的，谁都想踩上一脚。心里恼恨国欣是非，长舌头，脸上就不好看。抱着孩子就出来了。

街上人不多。那个送快递的电三轮还在，不断有人来拿包裹，跟那小孙有说有笑。一个闺女骑车子过来，把东西一撂，说拿错了，这不是我的。那小孙说，不是你的？你不是刘小静？那闺女说，我是刘小青。哧哧哧哧笑。那小孙也笑。建国媳妇在案子上揉面，两个大奶在胸前一涌一涌。见翠台过来，说领着哩？翠台说，领着哩。不忙哇？建国媳妇说，早晨不行，头晌午忙一阵儿。那谁家，有子家订了好几炉，他家今儿个待客哩，听说客不少。又问翠台，你怎么不过去哇。翠台说，我领着个孩子，啥都干不了。建国媳妇说，他家这白事儿闹得不大，淡白白哩。听说娘家人不痛快，找了不少茬子，谷子也不喜欢，正闹别扭哩。翠台说，有子正碰上事儿么，看这个寸劲儿。建国媳妇说，谁说不是哇。老话儿说，福不双降，祸不单行。小妮儿举着棒棒糖，吃得口水流出来，脸蛋子亮晶晶的。建国媳妇说，妮儿啊，甜不甜？翠台掏出卫生纸给她擦嘴，她把身子拧来拧去，不肯让擦。建国媳妇说，她妈妈哩？翠台说，干活去啦。小辛庄，就是小闺她们那家厂子。建国媳妇说，这领孩子比干活还苦哩，不信你试试。一天下来，腰酸腿疼。翠台说，没法子哇，没法子。建国媳妇说，我那小子下年过事儿，我早跟他说下了，孩子我可不领，我打烧饼，挣了钱跟你们分。翠台说，你是眼下嘴硬，到时候亲眼见了，恨不得天天把人家噙嘴里。当奶奶的，就是贱。建国媳妇笑，可不，又是一辈儿的人儿哪。

耀宗老远过来，穿着雪白的衬衣，皮鞋锃亮，一面走，一面吹口哨。建国媳妇嘴里啧啧两声，说，看人家三钗这一辈子，修下啦。有人拦下耀宗，问他的胃疼的事儿。建国媳妇说，难得他空闲，我也问问他。耀宗跟那人说了一会儿，慢慢踱过来，建国媳妇说，哎哎，耀宗、耀宗。耀宗说，怎么，烧饼出炉了？建国媳妇说，是哇，新出炉的烧饼，叫你来吃哩。耀宗哼了一声，说光耍巧嘴儿。怎么了？建国媳妇说，还是老毛病。头晕，天旋地转的，有一回差点摔倒。耀宗说，血压闹的。降压药你得按时吃，不能落顿儿。建国媳妇说，我也是心忙，有一顿没一顿的，谁天天记得这个。耀宗说，这降压药一旦吃上，轻易不能停了，这可不是闹着玩儿的。建国媳妇说，我的娘哎。吐了吐舌头。耀宗让她把手伸出来，给她摸脉，看了看舌苔，说，我再给你开个方子，吃点中药调调，你这是气血不足，肾虚。掏出纸笔，当下就写起来。建国媳妇说我睡觉不好，老做梦，醒了累得不行。老觉得身上没力气。每月那个事儿也不准……正说着，耀宗却把方子开完了，刺啦一声撕下来，递给她说，抽空过来把药抓了吧。有药锅子吧？建国媳妇说，汤药哇，我哪有工夫熬呀。那边又有人叫耀宗、耀宗。却是三钗，立在台阶上往这边看。门前早排了长蛇一般的队伍，都是看病的。建国媳妇看着耀宗的背影，说，活该人家发财哩。人吃五谷杂粮，哪有不生病的呀。翠台说，这大热天，熬汤药可是苦差。建国媳妇说，我叫我家他奶奶熬去，她那儿有药锅子，我哪有这闲工夫？

远远看见一群人，白花花过来。翠台眼尖，一眼看见谷子、有子，还有刘家院房里的人们，有提着篮子的，有扛着铁锨的，有什么都不拿甩手走着的。建国媳妇说，烧纸的，烧纸的回来了。还有几个人，看着面生，好像是城北娘家那些人。人们都立下来看，争执着哪个是娘家侄子，哪个是娘家外甥，那个一脸络腮胡子的，是娘家侄女婿。说话间一群人就过来了，谷子白花花一身孝走在前头，低着头，眼睛哭得烂桃子似的。有子也穿着一身重孝，头发乱蓬蓬，蔫萝卜一样。翠台刚想着怎么开口，却见他们往北一拐，拐进过道里去了。建国媳妇说，怎么没看见根莲呢？翠台说，根莲当媳妇的，肯定得去，这种事儿。建国媳妇说，不是我多嘴，往后这日子怎么过哇。一屁股账，大窟窿小眼的。翠台说，啥样的都得过。车到山前必有路。唉，自古以来，不都是这样么。

领了一天孩子，果然是腰酸腿疼。白天倒还好，天一黑下来，小妮儿哭啼啼的，要找妈妈，找妈妈，找妈妈。闹个不休。翠台一面哄她，一面预备做饭。心烦意乱的。大坡也不知道跑哪去了。说是去找活儿，不知道找到没有。翠台里走外转，煎熬得不行，也没心思弄饭，馏卷子熬米汤，等他们回来炒个茄子，就罢了。

天色渐渐暗下来。街上人们匆忙走过，有下班的，有接孩子下学的。这二年电动车兴起来了，妇女们的电动车小巧轻便，日日日日跑得飞快。男人们都开汽车，汽车这种大家伙，男人们都爱。自行车倒少了，除了一些上了年纪的，人们都不大骑自行车了。蝉在树上叫，还有蟋蟀，在草丛里吱吱吱吱吵个不休。田野里黑黢黢的，在暮色中散发出郁郁的潮气，热腾腾湿漉漉的。丰收爷早搬着凳子出来了，坐在门口，默默吸烟，暗红的烟头一亮一亮。添福媳妇在做饭，弯着腰，磕磕碰碰的，在院子里出出进进。空气里有一股子葱花爆锅的焦香，混合着浓郁的葱蒜的辛辣，挺好闻，又有点儿刺鼻。翠台抱着孩子，嘴里唱着，猫来了，狗来了，吓得小妮儿睡着了。猫走了，狗走了，吓得小妮儿睡醒了。一遍又一遍。小妮儿也是玩累了，歪在她肩膀头上，哼哼唧唧的，小冻狗子似的。忽然一个人影子就在眼前冒出来，翠台吓了一跳，仔细一看，却是大坡，笑嘻嘻的。翠台见他笑，气更是不打一处来。大坡转到他妈身子后头，歪着脑袋看他闺女，左看右看，看不够。小声说，呀，睡着了？翠台没好气地说，还看，还看，不赶紧抱你闺女去屋里。大坡说，甭换手了吧，一换手，又该弄醒了她。翠台说，你倒是心疼你闺女。你妈抱了一天了，胳膊都酸得抬不起来，你怎么不心疼一下你亲妈？大坡嘿嘿笑着，就把小妮儿抱过去，小心翼翼地，抱瓷娃娃似的。翠台笑骂道，看你这当爸爸的。哼，不养儿不知父母恩哪。翠台说当年我也是这么把你抱大，从刚生下来，才不过一尺长。唉，这一晃，你都当爹了，真快呀。娘儿俩把孩子安顿好，蹑手蹑脚出来。

大坡说，怎么还不回来呀——我是说爱梨。翠台说，打个电话，给她打个电话问问。头一天上班，不会有啥事儿吧。大坡说，能有啥事儿呀。就掏出手机打电话。却没有人接。再打，还是没有人接。大坡说，怪事儿。就到街门口去张望着。翠台忙着切茄子，茄子滚圆，一切一骨碌，一切一骨碌，翠台心里烦乱，差一点切了手。侧耳听一听，街门上并没有动静。又扬起嗓子叫大坡，大坡，打通了没有？大坡说，正打哩。翠台把茄子切好，又剥了几瓣蒜，拍碎了，等一会儿炒爆锅。

街上大喇叭里噗噗噗噗响了几声，开始广播。西头永富家卖纯净水，西头永富家卖纯净水，物美价廉，物美价廉，谁买纯净水，谁买纯净水……翠台见大坡蹲在门口玩手机，问他打通了没有。大坡说，打通了，路上走着哩。翠台说，噢，那就好。你那活儿找着了？大坡说，不好找。翠台说，不好找不好找，我看你是怕抻你那懒筋吧。翠台说，要不你也去包块地？宝震他们承包地，听说还不赖。大坡说，种地？我不愿意种地。宝震他们两口子，天天长在地里。翠台说，说了半天，还是一个懒。大坡说，我就是不想种地。翠台说，种地怎么啦，一个庄稼主子，种地丢人哇？大坡说，你看咱村里年轻人们，有几个愿意种地的？翠台说，宝震算老哇？宝震怎么就愿意种地？大坡说，宝震是宝震。翠台说，说来说去，还是一个懒。大坡说，我不是懒，我就是不想种地。翠台说，不种地你去坐办公室去？像你姑你姑父那样？要不就去开厂子去，当大老板，像大全那样？还是学学有子？去赌去？大坡说，你说，你还说。翠台说，我不说了，我说够了，这些年我早说够了。我说也是白费吐沫，我把嘴唇磨破了也不顶事儿。大坡说，又是老一套。赌气走了。不想一道光却老远打过来，明晃晃地照人眼。爱梨骑着电动车，日日日日眨眼就到了跟前。翠台说回来了？今儿个怎么这么晚呀？就赶紧进屋炒菜。院子里，爱梨洗脸，一面洗，一面跟大坡说话。爱梨说今儿个活儿多，我也是手生，干活慢。大坡说，计工还是计件？爱梨说，计件。哗啦哗啦洗脸，又进屋里去换了家常凉快衣裳。翠台把饭弄好了，根来却打电话说猪病了，他得请先生看看，叫吃饭甭等他。一家人吃饭，爱梨问孩子怎么样，闹没闹？翠台说，好着呢。乍一离别，难免哭几声，有吃有喝就又忘了。爱梨说，给她多喝水，天热。翠台说，喝了一大瓶子。又吃了人家建国媳妇大半个烧饼。爱梨说，烧饼硬，不好消化，还是少吃。翠台心说，事儿多，吃个烧饼怎么了。爱梨说，歇晌儿叫她睡一觉，起来给她蒸个鸡蛋羹吃。翠台说，小人儿家，按时按晌吃饭就行，甭乱吃东西，倒撑坏了。爱梨说，鸡蛋羹没事儿。翠台说好。你就好好上你的班，我领着孩子，你放心。爱梨又说起来他们老板，跟她娘家还是拐着弯儿的亲戚。大坡说，大水冲了龙王庙，一家不认一家人哇。爱梨说，说是这么说，可如今在人家手底下打工，拐了好几道弯儿的亲戚，还是不提的好。翠台说，是这话。两边都自在，少麻烦。

吃了刷了，又把一家子换下来的衣裳洗了晾上，根来还没有回来。翠台就一个人出来，到旧院里去。

月亮升起来了。星星零零落落的，东一颗，西一颗。大片大片的庄稼地，在月亮地里投下浓密的阴影，重重叠叠的。小虫子们吱吱吱吱叫个不停，叫得四下里越发幽静。添福一家子在院子里吃饭，大白鹅嘎嘎嘎嘎叫着，一会儿被主人呵斥一声。出门不远，路边有一个垃圾桶，将近一人高。有人趿拉着拖鞋，呱嗒呱嗒，倒了垃圾，又呱嗒呱嗒走远了。

翠台转转悠悠，不知不觉竟走到她爹这院里来。她爹正坐个小凳子，在门口吸烟。见她过来，说吃了呀不？翠台说，外头蚊子多，怎么不进屋里哇。她爹说，我吸着烟，熏蚊子哩。翠台说，一点儿风都没有，你看这树枝儿。去屋里开开电扇吧。她爹说，费那电干吗？一会儿风就来了。翠台问他吃的啥饭呀。她爹说，还能啥饭，老一套呗。她爹说天热，吃啥也不香甜。翠台说，是不是上火了呀。她爹说，嘴里子上起了个泡。翠台说，那是上大火了，多喝水哇。翠台她爹说，喝水能喝好？那还要先生干吗。翠台生气地说，咱不抬杠，咱不抬杠。要不我去耀宗那儿给你抓点药去。她爹说，你甭去，这点子病，这点子病还算个事儿？黑影里过来一个人，说吃了呀不？翠台说，吃了呀，白娃爷你吃了呀不？就到门筒里拿了个板凳出来，白娃爷坐下，掏出一根烟卷儿扔过来，说吸这个吧。她爹接过来一看，是中南海，说怎么舍得吸这个啦？白娃爷说，女婿过年时候给买的，经了夏，就不好了。她爹说，前几天我也在丧主家挣了两盒，绿石家庄。这烟卷儿有啥吸头，就是来个人儿看着好看些，依我看，还不如我这旱烟叶子有劲儿哩。白娃爷说，你呀，就是受罪的命。转头跟翠台说，叫根来给你爹买点儿好烟，吸了一辈子旱烟叶子，死了多冤得慌。翠台就笑。

根来回来的时候，翠台都睡了一小觉了。听见外头哗啦哗啦水声，翠台撩开窗帘看，见院子里灯开着，根来脱了个精光，赤条条洗澡呢。翠台心里骂了一句，又躺下接着睡。院子里哗啦哗啦响个不停。知了好像是喊累了，这时候竟安静下来。风吹过树梢，弄得树叶子簌簌簌簌乱响。屋子里有一只蚊子，一会儿飞过来，一会儿飞过去，在耳边嗡嗡嗡嗡的，翠台迷迷糊糊的，也懒得理它。也不知道什么时候，一个黑影子过来，把她翻过来，掉过去，这么着，那么着，她想推开，却睁不开眼。只觉得浑身酥软受用，一摊水似的，拾不起个儿来。毛巾被正盖在她头上，憋得她喘不过气。黑暗里金灯银灯乱走，她觉得嗓子里有股腥甜的味道，身子却像在棉花垛上陷着，越陷越深，越陷越深，脚下是漫漫大水，一个浪头接着一个浪头，叫人一阵阵天旋地转……也不知道过了多久，她才悠悠醒来。

天蒙蒙亮了。麻雀在院子里叽叽喳喳叫着，炒豆子一般热闹。枕头上湿漉漉的，都是汗。旁边根来仰面朝天躺着，毛巾被揉成一个疙瘩，被蹬在脚底下。淡淡的晨曦悄悄爬上窗台，怯生生，羞答答的。不知道谁家的公鸡，忽然记起自己的职责，喔喔喔喔鸣叫起来。她模糊想起昨天夜里的事，也不知是真的，还是在做梦。真不要脸。她把头埋进毛巾被里，悄悄骂了一句。也不知道是骂谁。

白　露

《月令七十二候集解》：秋属金，金色白，阴气渐重，露凝而白也。

咏廿四气诗·白露八月节

［唐］元稹

露沾蔬草白，天气转青高。
叶下和秋吹，惊看两鬓毛。
养羞因野鸟，为客讶蓬蒿。
火急收田种，晨昏莫辞劳。

转眼八月十五了。这个时令，正是庄稼们成熟的季节。家家户户都忙着过节。打月饼，买水果，割肉的割肉，赶集的赶集。在芳村，八月十五是个大日子。早年人们都是买月饼，如今都是到葫芦家去打。自家的白面，自家的花生油，自家的芝麻、花生、红糖、冰糖，干净，放心。小子定了亲的人家，要给女方家里送月饼，送水果，一送就是成箱地送，这种事上，小气不得。出了门子的闺女们，也要给娘家送。婆婆呢，也给送，就有限得很了，全是看着街坊面儿上好看。因此上，进了农历八月，人们就都忙碌起来了。

这一天是东燕村集，爱梨她们歇班儿，翠台盘算着，爱梨领着孩子，她正好腾出手来，去葫芦家里打月饼。一早起来，吃罢早饭，翠台到喜针家来，问她打月饼去不？喜针说，这个节气过的，心里腌臜呀。翠台知道还是她家儿媳妇的事，就劝道，怎么着也得过节哇。八月十五哩。喜针说，跟我闹哩，天天鼻子不是鼻子脸不是脸的。翠台说，还是为了确权的事儿？喜针说，可不是，确权确权，倒弄出事儿来了。翠台说，这疙瘩早就结下了，也不碍确权不确权的事儿。喜针说，我怎么不知道。这是使奸狡哩。在芳村，人们把计较叫作使奸狡。翠台说，孩子多了，就好使个奸狡。喜针说，我就跟立辉说了，你们甭不知足，我管了大的，就得管小的。你们是老大，从过事儿起，我从头管到脚，伺候吃伺候喝，连个擦屁股纸我都给买着。还要我怎么样？翠台说行了行了，天不早了，咱们赶紧拾掇一下去吧，集上人多，听说天天排大队。喜针说，我憋得慌，再不跟你说说就憋死了。我就该把他们早早扔出去，啥都不管。我也不指望他们养老，我自力更生。翠台就笑，行了，甭在背后说大话了，还自力更生。喜针说，也是，挨着骂，还得给人家打月饼哩，贱不贱呀我。叫人家去给娘家送去。叫她娘的吃，叫她娘的喝。翠台说，你小点儿声。慌忙往院子里看。喜针就嘎嘎嘎嘎笑。

街上人们缕缕行行的，有赶集的，有送孩子上学的，有上班的，有串门子的。两个人推着电动车，驮着面啊油啊杂七杂八，摇摇晃晃的，也不敢骑。出了芳村，一直往东，都是平坦的柏油公路。两旁是庄稼地，两堵绿墙似的，把马路遮挡得严严实实。庄稼们都成熟了。大片的豆子地，叶子都发黄了，露出饱满的大豆荚，鼓鼓囊囊的。大玉米棒子歪着脑袋，一大个一大个，斜插在秸秆半腰里。谁家的地头上种着一小片高粱，穗子通红通红，沉甸甸耷拉下来。花生地都在河套里，沙土地，种花生、红薯最好不过了。走着走着，喜针忽然说，坏了，出门慌张，忘了上茅子里。翠台说，你呀。拿下巴颏儿指了指玉米地，说，就近呗。喜针看看前后无人，哧溜一下钻进庄稼地里。翠台在路边等着，看着车子。田埂边的马生菜长得茂盛，一片一片，泼辣得很。野蒿子早长疯了，一蓬一蓬密密实实，好像是越晒越绿似的。一只蚂蚱忽地一下蹦出来，通身青翠碧绿，长长细细的腿儿，转眼就不见了。玉米地里一阵摇晃，哗啦哗啦乱响，洑水一般。喜针忽然冒出头来，笑嘻嘻的，说我这是懒驴上磨屎尿多哇。翠台就笑。喜针说，我掰了几个棒子，回去煮着吃。翠台说，手真快。没喷药吧？喜针说，你怕你甭吃。我不怕。说话间来到东燕村。葫芦家的门市就在村西，一进村，就看见门前排着一溜长队。喜针说，娘哎，这么多人。两个人把东西放地下，都是满脸热汗。翠台说，你先占着地方，我去前头看看去。就挤到前头去看。这是临街的三间，外头是两大间打通了，卖一些吃食，货架子上摆着饼干啊，蛋糕啊，糖啊，挂面啊，干面条啊之类。里头屋是一个小间，靠墙摆着一个大烤箱，几个妇女穿着围裙，戴着套袖，围着一个大案子，正在做月饼。案子一头是一大盆子馅子，案子上一层油光，妇女们正把馅子包到面剂子里去，油渍麻花的一双手，灵巧极了，一会儿一个，一会儿一个，看得人眼花缭乱。有一个妇女把月饼摆列好，放进烤箱里，一个妇女在烤箱这边照应着。葫芦媳妇走来走去，这边看看，那边看看，穿着一件红格子围裙，眉毛文了，弯弯细细的。翠台说，哎呀，大指挥官哇。葫芦媳妇说，打月饼呀？你看这，忙得不行。翠台说，发财呀，你家这买卖，发大财。葫芦媳妇说，也就是这一阵子的事儿。日夜不停，人歇烤箱不歇。翠台说，过八月十五，谁家不吃月饼哇。该着你家发财哩。葫芦媳妇说，发财不发财的，方便大伙儿呗。咱这儿打的月饼，比外头买的可强多了。城里大超市里卖的月饼，就是个包装好看，贵得不行，都贵在那个包装上啦。花那么多钱，哪里是吃月饼哇，是吃包装哩。那边有人叫葫芦媳妇，说老板，老板。葫芦媳妇就笑骂，啥老板，你这张嘴！翠台转了一圈回来，见喜针正跟一个媳妇说话。那媳妇看着面生，穿一件绿地黄叶子的衣裳，头发绾起来，拿一只蓝色塑料卡子别住。喜针说，这是他舅家二媳妇，苌家庄哩，正碰上，你说巧不巧。又跟那媳妇说，这是芳村的邻家，一辈子合式得不行。那媳妇赶着叫姑，说我姑打月饼呀。翠台心里说，这媳妇倒是伶俐。跟她寒暄了两句，就说要去集上看看呀，人这么多，轮到怕是还早着哩。

集上熙熙攘攘，卖菜的，卖肉的，卖新鲜水果的，卖五金日杂的，卖布的，卖衣裳鞋袜的，卖种子农具的，修鞋的，配钥匙的，拔牙的，算卦的，剃头剃脸的……翠台在卖鞋的摊子面前停下来，看那些鞋。卖鞋的是个圆脸妇女，嘴唇挺厚，一说话飞吐沫星子。见她看鞋，招呼她说，买鞋呀？多大脚哇？翠台说，我看看。

就又左看右看。卖鞋的说，这对白的，多洋气，今年这个样式时兴，真皮的，你看看这皮子。翠台说，怎么脚后跟没有鞋帮子哇？这怎么穿？卖鞋的说，就是这样式的呀，这叫啥鞋来着，你看我这脑子，生是记不住。反正城里都兴这个哩。翠台拿着那鞋，左捏捏右看看，卖鞋的说，试试呗？我看看你的脚，三七，还是三六？翠台说，三七。就拿了一双三七的上脚试试。却大小正好。翠台问，多少钱哪？卖鞋的说，看你是个实在人，我也不要谎了，一口价，五十。翠台说，真皮的？卖鞋的说，真皮。翠台又看那鞋，捏来捏去，说看着不像呀，你可别糊弄我，我家里也是做皮子的。卖鞋的说，你这个人，五十能买真皮的？你有货不？你有多少我要多少。翠台说，那你刚才说真皮的。卖鞋的说，皮革的，猪二层吧。翠台脱下鞋，换上自己的鞋，转身就走。那卖鞋的赶紧说，哎哎，怎么一句话不说完就走哇。翠台说，你这人，老赶集卖鞋，不实诚。卖鞋的说，怎么不实诚了？五十块钱，如今这钱多喧呀，五十买对这么洋气的鞋。翠台说，二十。卖鞋的叫了一声娘哎，哪有你这么讲价的呀，拦腰就砍一半子多。翠台扭身就走。卖鞋的说，别走哇，你诚心买不诚心买？翠台说，不诚心买我在这儿费半天唾沫？卖鞋的说，那你说个价儿，我听听。翠台说，不是说了么？卖鞋的说，二十？连本儿都不够。你横不能叫我赔钱哇。卖鞋的说我起三更熬半夜的，两头见星星，风里雨里，赶集卖鞋，也不容易。翠台说，都不容易。眼下挣钱难哇。卖鞋的吐沫星子乱飞，两个嘴角都是白沫子，说你也别一口咬死了哇，你再添添，再添添。翠台说，二十三，一分不添了。卖鞋的说，二十五。二十五你穿走。我豁出去了。翠台说，二十三。卖鞋的说，才两块钱。咱甭争来争去的了。翠台说是呀，才两块钱。卖鞋的说，二十四。你要就要，不要就算了。我还赔钱哩。翠台说，你就少赚两块吧，再说了，四四的，多难听哇。做买卖的，不都图个吉利么。那卖鞋的生气地说，那怎么不二十八？真会讲价哇。翠台笑道，我不要白的，忒不禁脏，有别的颜色不？卖鞋的拿出一双黑的，翠台说黑的好。就买下了。那卖鞋的说，哪个村的呀，这么会过，赶明儿还不得过成个财主哇。翠台就笑，芳村的。赶明儿过成财主了来我家串亲戚呀，待待你。

又看见卖白菜籽儿的，过去看了看。想着算了，还是叫根来买吧，白菜籽儿这东西，买不好了可不行。抱着鞋盒子往葫芦家这边走，却碰上根莲，黄着一张脸儿，眼睛下面有一块青。翠台说，是莲呀，老远看着像你。根莲说，嫂子你也赶集呀。翠台说在葫芦家等着打月饼哩，抽空儿赶个集，买了对鞋。根莲说，他奶奶赶明儿五七哩，我买点儿菜。我哥你们也过来呀。翠台说，赶明儿五七哩？真快。这一晃。我叫你哥过去，我领着孩子，她费得不行。根莲说也省事儿，就是熬顿菜。有子这事不了，心里腌臜呀。翠台说，有子的事儿你还得管着点儿。这东西上瘾，由着他可不行。都是庄稼主子，谁家也禁不住这个呀。根莲点点头，眼圈就红了。翠台说你买菜吧，我那边还排着队哩。

队伍早挪了一大截，喜针正弯着腰，把地下那些东西往前挪动。那媳妇还在一旁立着，跟她说话。喜针抬头看见翠台，强笑一下，说买啥了，这么半天。翠台见她眼睛红红的，知道又是在说家里的烦心事，就打岔说，我买了对鞋，你们看看，好看不好看？拿出鞋来，喜针和那媳妇都说好看，挺洋气。问多少钱，翠台就说了。都夸她会买，翠台得意得不行。那媳妇说，我也去转转，我姑你们慢慢等着吧，有空咱再说话呀。就走了。翠台看着她背影，说这媳妇挺好人儿呀。芳村人说谁好人儿，就是夸谁长得好，俊俏。喜针说，看着一笑一笑的吧？是个有脾气的。立辉他舅他妗子都有点儿惧人家。翠台说，那倒看不出来。喜针说，有脾气不怕，怕的是不说理儿。这媳妇倒说理儿，不像我家里那个。翠台说，行了行了，跟娘家人诉说半天了，甭不痛快了。喜针说，我心里窝着这口气，就是出不来。气得我，心口疼。就说昨儿吧，说赶明儿打月饼呀，给她娘家打多少，还是十斤？够不够？问了有一百回，人家生是不说。翠台说，谁问哪？喜针说，立辉问呗，我才不去碰那个钉子。你说换了你，你生气不生气？上赶着给人家娘家打月饼，人家硬是不领你这个情。翠台说，是哇，这个不该。喜针说，我真想顺坡下驴，就不给她娘家打。可又怕真的闹起来，立辉夹在中间为难。你看我这当婆婆的，难不难哇。翠台说，都在气头儿上，甭那么较真儿。你打了搁家里，她拿不拿是她自己的事儿。喜针把嘴一撇说，还能不拿？她又不傻。翠台说，如今的媳妇们都这样，都不傻，精着哩。就笑。

轮到她们的时候，已经是近晌午了。集也快散了，人们肩背手提的，纷纷往回走。喜针说，你看着啊，我也去转转去。翠台说，这都落集了，还转个啥？喜针朝她挤挤眼，说落集了才去转哇。不一会儿工夫就回来了，手里抱着杂七杂八的一大堆。翠台说，真会过哇。喜针笑得嘎嘎的，说我就是愿意占这点儿便宜，你看这桃儿，有点干疤瘌，贱了一半子哩，论堆儿，一块五一堆儿。葫芦媳妇说，嫂子你真会过，存那么多钱干啥呀，都叫虫儿给蛀啦。一屋子人都笑。喜针说，哪有你发财哇。不说这个门市，光年年八月十五，就赚得大瓮满小瓮流哩。你打听打听，谁不知道葫芦哇。葫芦媳妇就笑，行了嫂子，甭光卖话了，赶紧看看你这月饼吧，糖忒多，甜得齁嗓子。

回到家，翠台把盛月饼的纸箱子打开，拧开电扇吹着，等它们慢慢凉下来。爱梨抱着孩子过来，拿了一个掰开，一半给孩子，一半自己尝尝。翠台说，你多拿点儿，给你妈他们。爱梨说我赶明儿也歇班儿，赶明儿送去吧。翠台说，怎么赶明儿又歇班儿？爱梨说，刚来的电话，说是上头检查哩，不敢开工。翠台说，三天两头检查，还叫不叫人干活了？唠唠叨叨抱怨不止。爱梨说，又不是我一个，都歇着哩。我正好去趟田庄，赶明儿田庄集哩。翠台心里说，又赶集，赶集就得花钱。这么过光景？

吃晌午饭的时候，根来从猪圈里回来。翠台嫌他不洗手，又嫌他不换鞋，身上臭，絮絮叨叨的。根来就火了，把饭碗一推，说，我就是干的这不干不净的活儿，一个喂猪的，你想叫我天天喷香水哇。爱梨扑哧就笑了。翠台见他火了，就说，看，看，怎么这么不识逗哇。小妮儿跑过去，闻了闻她爷的衣裳，皱着小鼻子，说臭。又摇摇头说，不臭不臭。一家子都笑了。

翠台刷碗，根来在一旁吸烟。翠台就说了集上碰见根莲的事儿，说赶明儿有子他娘五七哩，她还说叫咱们过去哩。根来说，哪有心思过五七哇，有子又出事儿了。翠台说，又出事儿了？根来说，外头又逼账哩，这回说是九万。有子吓得不敢回家。翠台说，怨不得。今儿个见根莲，说起有子来眼圈发红。根来说，根莲也是命苦。翠台说，她跟你张嘴了？根来说，她倒没有，是有子，有子打电话，问咱们手头宽裕不。翠台说，你怎么说？根来说，我还能怎么说？咱们还借着素台他们的哩。翠台说，我可嘱咐你呀，你甭在外头打肿脸充胖子。根来闷头吸烟，不说话。翠台说，俗话说，救急不救穷。你要是耳朵根子一软，非把你套进去不行。根来说，这还不急？翠台说，这是赌债！是没底儿的窟窿。我就知道你耳根子软，成不了大事。翠台说人家叫一声哥，你就不知道东南西北了。你是有万贯家财？根来闷头吸烟，只听见呼哧呼哧出粗气。翠台说，看看，还不服呢。我这话你可听着，甭一个耳朵里进，一个耳朵里出。我可跟你说呀，咱们还借着素台他们哩。增志厂子出了那么大事儿，人家也没有跟咱们张嘴要。为啥，知道咱们紧。你要是在外头充大个儿，把手头这一点儿借出去，我可跟你没完。根来说，看你这厉害样儿，我说借了没有？我说了一个借字没有？你这唠唠叨叨的。翠台说，我还不知道你？我跟你这么多年，你一撅尾巴，我就知道你要拉啥屎。根来气得忽地一下子立起来，说，你这张嘴，说话能不能再难听点儿，唵？翠台就噗地笑了，看，看，还急眼了。把一双湿手擦了擦，立在他跟前，一只脚踹了一下根来的凳子腿儿，隔一会儿，又踹一下，又踹一下，笑眯眯的。根来撑不住，也就笑了。翠台说，有子那边，你去还是我去？赶明儿我不领孩子，他们去田庄。

一大早起来，打发走大坡一家三口，翠台就梳洗了，换了一件素净衣裳，到有子家去。

是个好天儿。天蓝得要拧出水来，云彩一大朵一大朵，棉花似的，在天上翻卷着，一会儿像是一匹马，一会儿又像是一只狗，眨眼之间，再抬头看时，又变成一头肥猪的样子，哼哧哼哧跑得飞快。这个时节，到了白露，满村的草木庄稼，都渐渐深沉下来。人家的墙上，丝瓜花早开败了，丝瓜大大小小，累累垂下来，也该是快落喷的时候了。篱笆上的喇叭花却开得正泼，一朵一朵，一朵又一朵，密密匝匝的，热闹极了。临街人家的院墙上写着，整村推进展新貌，带动农户奔小康。深蓝色大字，衬托着刷得雪白的底子，十分气派庄严。这标语旁边，却歪歪扭扭写着一行字，西河流小废物家卖猪饲料，电话：183××××7882。电话旁边，不知道谁家孩子淘气，画了一只小猪，圆滚滚的，尖耳尖嘴，却戴了一副眼镜。老远看见建国媳妇的烧饼摊子又摆出来了，有个外村人看病的，正坐在摊子前头吃豆腐脑。那一片油烟滚滚，夹杂着诱人的香气。小鸾正拿着一只大碗出来，见了翠台，问她吃了呀不？翠台说，吃了呀。你这是？小鸾说，蛋子发烧了，想吃豆腐脑。我给他打一碗去。小鸾说怎么今儿个解放了？孩子哩？翠台说，她妈不上班，说上头又检查哩。我这是去有子家，他娘今儿个五七哩。小鸾说咱村里也检查哩，都歇着哩。翠台说这算怎么回事儿哇，可歇不起。小鸾说，听说外村里有胆子大的，白天歇着，夜里干活。翠台说，生是把人们给逼的。小鸾说，抓环保抓环保，抓得人们都没活干了。翠台说，可说呢。看来皮子这行越来越不好干啦，人们该盘算盘算转行。小鸾说，干啥哇，干啥都手稠得不行。再说了，皮子这一行都干这么多年了，一时半会儿哪就能都丢下呀。翠台说，你倒不怕，有这饭馆哩。一个饭馆就养住了。小鸾说，如今也不比早先了，上头管这么紧，谁还敢下馆子吃饭？翠台心里说，甭哭穷，我又不跟你借钱。就说赶紧去打豆腐脑吧，孩子还等着哩。我也得去有子家，五七哩。小鸾说，都五七啦，真快。又压低嗓子小声说，听说有子的事还没了哩，你说是不是人一沾上这个就变了呢。翠台说，是不是，我倒是没听说。小鸾说根莲四处张罗钱呢，说是好几十万，我的娘哎。翠台心里说，看来都传开了，越传越不像。嘴是扁的，舌头是软的。真是唾沫星子能淹死人。小鸾见她不说话，那啥，我赶紧打豆腐脑呀。就走了。

有子家在过道最里头，房子后头就是庄稼地。老式的青砖瓦房，院墙也不高，院子四方四正的，种了不少树。枣树、石榴树、香椿树，还有一棵白杨树，有一搂粗，笔直的树干，树荫浓密，遮盖了半个院子。一进门，见根莲正在院子里忙着，穿着孝，衣裳肥大，人也显得邋遢。谷子坐在一旁的凳子上，守着一个簸箩，正埋头弄那些纸锞锡箔，金银元宝，一沓一沓的纸票子，弄得两只手上星星点点。大灶子还没有拆，刘家院房里几个妇女们在灶台旁边，刷碗的刷碗，择菜的择菜，收拾早饭的锅碗，预备晌午饭。城北来的娘家人在东屋里歇着，有子的一个堂嫂子不断端茶倒水，出出进进照应着。根莲见了翠台，说，嫂子你过来了。孩子哩？翠台说她妈妈领着哩，回田庄啦。翠台说，客们都来了吧？根莲说，差不多了。城北的还是挑这挑那，有子这个事儿又正闹着，我哪有心思应付他们呀。翠台说，丧事儿上闹闹倒也不算过分，娘家人么。如今这人都埋了，还闹啥闹？根莲说，嫌不排场呗。过个五七，能有多排场哇。咱又不是人家那大家大业的。翠台说，你嫂子来了没有？根莲说，电话里说来，到这会儿还不见人影儿哩。人家也是买卖，我也不好意思硬叫。翠台说，你嫂子来了，就能把城北那些人压一压。根莲苦笑了一下，正要说话，谷子摆手叫翠台过去。谷子也是一身白孝，脸上汗津津的。翠台说，歇会儿吧，看热的。谷子说，嫂子，我娘走了，我发急是发急，也是一股子急，日子一长就慢慢过去了。可是有子这事儿，就在眼前，往后可怎么办哇。说着就扑簌簌掉下泪来。翠台说，有子你还得说他，你当姐姐的，怎么说都没事儿，等过了五七，你好好劝劝他，给他把话说透。谷子说，人大心大，他也是成家立业，当爹的人了，他听我的？眼下我是恨他恨得牙根儿疼，要不是看着虎子，姑姑姑姑地叫着，我真想甩手不管他。翠台说，亲兄弟，怎么能不管哇。谷子说，从我这儿先是拿了两万，又拿了一万。根莲哭哭啼啼的，我看了也是难受。翠台说，可也是，谁家能供着他赌钱哇。谷子说，我就是怕根莲再跟他离了，这个家就真的散了。嫂子你劝劝根莲，不看旁人，看看虎子，那么好的孩子——翠台见她不停落泪，生怕旁人看见了乱猜疑，就劝她甭发愁，她找空儿劝劝根莲。

从坟上回来，正是头晌午。院房里妇女们买回来半簸箩烧饼，几斤馃子，打了一锅糊汤，一干人等在院子吃饭。男人们喝酒，从秋保超市里买了几样儿盒菜，酒是啤酒，天热，喝冰镇啤酒凉快。翠台胡乱吃了一个烧饼，喝了大半碗糊汤。糊汤齁咸，好像是打死了卖盐的，黏糊糊都是粉面子，上头飘着零星的蛋花。翠台心想，难怪城北娘家人挑剔，这饭真是不强，好歹过五七哩。

把客们都送走，帮着院房里妇女们洗了刷了，翠台就撤脚出来了。不知怎么，她有点怕看根莲泪汪汪的样子，还有谷子，哭得眼睛烂桃子似的，一声一声叫着她娘，叫得人心尖尖儿疼。翠台眼窝子浅，见不得这个。

到底是没看见香罗的影子。这个小老婆子，眼里都是钱。她才舍不得撂下她那买卖，回来给小姑子她婆婆过五七哩。有子好像只露了下头，也就不见了。听说要账的拿着刀子，扬言要砍了他两只手，吓得他不敢回家。

回到家里，院子里静悄悄的。叫了一声，没人应。爱梨好像是领着孩子出去玩了。只见大坡躺在床上，仰八叉，只穿一条大裤衩，小山一般，打着呼噜。电扇开着很大，把小妮儿的气球吹得一飞一飞的。翠台看着他睡觉的香甜样儿，不由得叹口气。大坡再不好，懒，不挣钱，可他到底还是没有走邪路。要是像有子那样，沾上了赌，非把她急死不可。不行，还得叫他赶紧找活儿干，有句话叫作无事生非，老闲着闲着，难免不会生出什么事儿来。

晌午错，村子里一片安静。太阳白花花的，雨点子一样落下来。知了躲在树上没命叫着，一声高一声低，交织在一起，好像是金鼓齐鸣。田野里庄稼们都晒蔫了，风吹过来，湛绿的大水一般，一浪一浪向前滚动着。过道里安静极了，一个人影儿也不见。一只黄狗在阴凉里卧着，恹恹的，像是要睡着了。一进素台家院子，刚要叫她，却听见屋里有人在说话。

我问问他们。是素台。

你可甭问。是增志。

问问怎么了？素台说。

这种事儿！这种事能问？你甭问。增志说。

翠台心里纳闷，两个人这是在说什么呢。脚边一个板凳，不小心给踢翻了，当啷一声响。里头说话声就停下了。翠台只好问，有人不呀？素台？撩开帘子进屋里，见素台歪在沙发上，穿着一件无袖连衣裙，宽宽大大的。光着脚，拖鞋在地下歪歪扭扭扔着。增志在沙发的榻上坐着，茶几上摊开了一堆本子，好像是账本。见翠台进来，增志忙说，姐姐过来了？翠台说，都在家呀。素台把嘴一撇说，不在家还能去哪呀，反正厂子里也没单子。翠台说，如今活儿都少，爱梨也歇着哩。说是上头查得紧。素台说，查查查，这上头也是，三天两头查，查他娘的脑袋。增志说，为了那笔钱的事儿，刚缓过一口气来，这又出岔子了。就叹气。素台说，赶明儿我也去小别扭媳妇家烧烧去，这二年不顺当哇。增志说，烧烧就顺当了？无非白费钱、费东西。素台气得不行，跟翠台说，你听听他这话，你听听。净说这种不知好歹的话，得罪下了仙家们，怨不得不顺当。增志说，成天价烧呀燎呀，把钱都花在这上头了。顶事儿了没有？素台说，这么多年你顺风顺水，开着厂子，做着买卖，你还真以为都是你的福气哇。要不是我逢初一、十五给你烧着求着，哪有你这么多年的财帛？增志说，这么说都是你的功劳哇。那你怎么不求着仙家们，把眼前的难关渡过去呀？素台说，姐姐，你听听，你听听。翠台见两口子吵起来了，劝说了半天。素台说，厂子就剩下个空架子，连个单子都没有。可话说回来，就算是有单子，到哪去找工人呀。如今人们都精着哩，生怕最后给不了工资，白干了。当年红红火火的买卖，怎么就走到了这一步哇。说着就哭起来。增志掏出烟来，默默吸着。素台就数落道，吸吸吸，一天几盒呀。增志只是不理，仍闷头吸烟。翠台也不好劝他们，想起还借着他们的钱，就更不好劝了。强说了一会子闲话，见素台心不在肝上，也就撤脚出来，刚走到院子里，又想着送月饼的事儿怎么忘了说，进屋就放茶几上了，也不知道他们看见了没有。

素台家这个过道，是清一色二层小楼。当年素台家盖楼的时候，在村子里算是数一数二的。那时候增志刚发了财，正在兴头上，一心要在人前逞能。要了两处宅基地，并作一处，并排盖了二层小楼，院子就格外比人家的大。用的都是头等的材料，设计也出挑儿，装修更是费了心思，当时轰动了整个芳村。人们说起来，都感叹，看人家增志。后来，人们都照着增志家的小楼当样板儿，盖二层的多，也有盖三层的。这些年下来，村里的小楼越来越多了，增志家这当年的样板儿，倒渐渐给比下去，不那么抢眼了。

出了过道，道北种着一棵老槐树，遮了人家半个房子。破锣家儿媳妇正推着小车在树底下坐着，车里躺着个小娃娃，咿咿呀呀学舌呢。见翠台过来，就叫她翠台姑。翠台姑这是来这院里了，素台姑在家呀。翠台说是哇，她在家哩。就凑过来看那小娃娃，说看，看，长得多排场，真好小子。破锣家儿媳妇就对着那小娃娃说，叫老姑，老姑夸谁哪，唵？夸谁哪？翠台问孩子几个月了，奶水好不好，够不够吃。破锣家儿媳妇都一一说了。翠台看那小娃娃白白胖胖雪团子一般，喜欢得不行，心想小妮儿也这么大了，也不知道，大坡他们哪年能再要一个，要是个小子，就最好不过了。在村里，没有个小子还是不行。破锣家儿媳妇说，翠台姑，昨儿晌午我也在这儿坐着，领着臭小，听见素台姑他们吵架哩。翠台说，跟谁？破锣家儿媳妇说，还能跟谁，跟我增志姑父呗。翠台说，是不是？破锣家儿媳妇说，我听见一声一声的，就过去劝。又不敢到跟前去，他们嗓门大，吓得臭小啼哭个不停。破锣家儿媳妇说听了半天，也没有听出个一二三来。好像是为了钱的事儿。翠台说，为了钱？破锣家儿媳妇说，我听着说是工资工资的。我姑父脾气真大，我素台姑吆喝着骂他，骂得真丑，我生怕我姑父伸手打了她。翠台说哦。我刚才看着倒好好的呀。心里烦乱，不愿意跟她再啰唆，就借故走了。

一路上胡思乱想，想得脑仁子疼。又想起方才一进院子，听见他们两口子在屋里说的那些话，好像也是钱的事。大坡过事儿的时候，她借过素台他们一笔钱，如今小妮儿都好几岁了，掐指算一算，倒也有好几年了。是不是两个人为了这个吵架呢。又想起刚刚他们说的烧一烧的话，心里疑疑惑惑，越发不得劲儿了。在素台跟前，她这个做姐姐的，做小伏低的，为了什么，还不是为了花着人家的钱么。拿人家手短，吃人家嘴短。自古以来，就是这样的。

边走边想心事，竟然迎面跟一个人撞了个满怀。那人啊呀一声，仔细看时，却是小令。小令穿着一件草绿背心，胸前松松垮垮的，两个胳肢窝底下都溻湿了一大片，云彩一样。翠台说，这是去哪呀，这么大汗小汗的。小令说，张段固那边，又闹哩。我刚才去春米家了。翠台说，张段固？就是那个闺女，小少？小令说，也不是小少，是小少她妈。翠台说，她妈那人儿可不是个省事儿的。我不是嘱咐你了，这门亲事，成不成全在她妈。小令说，芝麻大点儿的事儿，她就闹个没完。折腾人哩。翠台说，这回是为了啥呀。小令说，这不八月十五么，我早早打了月饼，又到河套果树趟子里买了苹果买了梨，赶集买了两只白条鸡……翠台说，老天爷，这还不够？小令说，还有一箱露露，一箱六个核桃。前天派磊子给人家送去了，谁知道倒送出不是来了。翠台说，是嫌东西少？还是？小令说，十斤月饼，一箱子苹果，一箱子梨，一箱子露露，一箱子六个核桃，两只白条鸡，后备厢里满满当当。要说东西多少，我也不敢说我这送得多，可我也是踮着脚尖，努着劲儿送，多吧少吧，总是个心意。我就这么个条件儿，这种节气，宁可家里头少吃一口，也得给人家送个体面哇。翠台说，那到底是为啥闹呀。我倒不懂了。小令说，人家横竖不说，生是闹。当场就给磊子下不来台，说叫他拿回来，他家不吃这些东西。翠台说，真使得出来。不看僧面看佛面，还有媒人哩，春米跟他们一个村子，乡里乡亲的，还沾挂着，这点儿脸面他们得给哇。小令说，谁说不是呢。春米也架火得不行，说要去他们家一趟，我这不正要去找你哩。翠台看着小令两个胳肢窝底下湿乎乎两大片，溻染得越来越大，心想这出汗的毛病啥时候有的，怎么早先没见她这样呢。小令见她不说话，就说，春米的意思，想找你做伴去，谁叫我过成这个样儿呢，命不济哇。少不得还要辛苦你一趟。翠台本来心里烦乱，不想揽这事儿，但见小令眼泪汪汪的，又觉得可怜。想自己也受过这个罪，心里头早软了，忙说，说啥辛苦不辛苦的话，真是见外了。我跟春米商量一下，看看哪天去。孩子的亲事，是大事。小令一个劲儿说，你看我这命，看我这命。就掉下泪来。两个胳肢窝里更是汹汹地出汗，那云彩块子越发大了。翠台皱着眉头，心里说，这小令也是，天下当爹娘的，可怜哇。

一面走，一面叹息。又想起大坡的事，更是心烦意乱。今儿原本想着去素台那里探探口气，不想却正碰上她跟增志吵架。听那意思，增志那厂子是真的不行了。她先前总不大信，热闹闹红火火一个厂子，说不行就不行了？看来世事真是难料。大坡的事儿，她还是另想法子吧。

吃罢晚饭，刚要去给她爹送月饼，春米却来了。翠台说吃了呀不？你怎么这么稀罕呀。春米说，嫂子，趁着吃饭工夫，我来串个门儿。翠台说，叫我猜一猜，准是有事，小令家的事儿。春米就笑，你早知道了吧。翠台说，我能掐会算，还能不知道。春米说，今儿后晌，小令婶子过来找我，哭哭啼啼的。我原本是想着做件好事儿的，你看这，你看这。翠台说，我听小令说了，这是女方在挑理儿哩。春米说，小令婶子也是随大流哇，送的东西只多不少。我就不懂了。翠台说，我看这事主要是小少她妈，小少那闺女看着安安生生的，倒不至于。春米说，按照辈分，我还得叫她妈一声姐姐，她这么为难我，真是不该。咱们去一趟吧，去一趟，探探她的口风。翠台说去呗，事儿都到了这地步，咱们好事做到底，送佛上西天。两个人商量好了就在后天去。又说了会子闲话，春米就走了。

大坡从屋里出来，光着个脊梁，只穿一条大裤衩子，抱着手机，一面看，一面笑。手机里热闹得不行，砰砰啪啪的，好像是在演电影。翠台见他这个样子，气不打一处来，咬牙骂道，成天价玩手机玩手机，你多大了？俺？怎么心里一点事儿都不盛哇。大坡正看得高兴，给他妈一说，倒吃了一惊。又怎么了？我？翠台说，玩手机能挣来钱？能挣来吃的喝的？你怎么不长记性哇。我可跟你说，赶明儿你得给我找活儿去，光在家里这么歇着可不行。大坡说，你找活儿找活儿，我不想找活儿？你倒指给我，到哪儿去找活儿？翠台说，你七尺高的汉子，也是成家立业了，倒来问你妈我，问一个妇女家？翠台扭头叫，爱梨？爱梨？大坡说，甭叫了，出去了。翠台说，领着孩子出去了？大坡不理她。翠台说，你甭跟我拧脖子。我是不愿意叫你媳妇听见咱娘儿俩吵。趁着你媳妇不在，正好，我跟你说道说道。大坡说，又是那一套，你能不能说点新的哇？翠台就火了，骂道，对了，就是这老一套，我掰开了揉碎了，跟你说了一万遍，把嘴皮子都磨破了我。你听进去了没有？哪怕听进去一句半句，还能是如今这个样子？大坡说，我怎么了？是，我没找到活儿，可眼下活儿不好找，这怨我了？我又不是没找。翠台说，我就不信了，找不着？那立辉、凯子、军亮、海峰、进进，人家怎么就能找到哇？你就是懒，一身的懒筋懒骨头。翠台说你赶紧给我找去昂，这个月手机费甭朝我要，要也没有。大坡拧身子就出去了，帘子啪的一声。翠台在后头叫他，你去哪儿呀，这么大个人了，在街上闲逛，臊不臊哇？

一个人在家生了一会子闷气，就拿了二斤月饼，到她爹这院里来。几个老头正在街门口歇着讲古，见她过来，一个老头儿说，给你爹送啥好吃头来了？翠台心里烦恼，也不愿意敷衍他们，说了一句歇会儿呀，就进屋去了。屋子里黑着影儿，翠台摸索着开了灯，灯光昏黄，好像也就是十五度的灯泡。她爹也跟着进来，看见方桌上的月饼，说甭给我，我吃不了甜的，烧心。翠台说，过十五哩，谁家不吃月饼。她爹说，你能打多少，给这个给那个，剩不下啥。翠台说，多了这点子就富了？真是。拿出一个就给她爹，叫他尝尝。她爹说，我不吃，刚撂下饭碗，还饱着哩。还是掰开了，吃了半块儿，另一半叫翠台吃，翠台不吃。她爹说，到底是家里打的，都是实在东西，不比外头买的，又贵，又不好吃。她爹说素台有阵子不过来了，也不知道忙啥哩。翠台不想叫她爹着急，就说她兴许是忙呗。你也是，见了面说话就吵，几天不见了还念叨人家。她爹就笑。又问起大坡找到活儿没有哇？听说爱梨倒上班去了，怎么样？活儿苦不苦？翠台正被触动了心事，说爱梨刚上了几天班，倒歇了两天了，还不知道怎么样呢。翠台说提起大坡我就愁得不行，看看吧，实在不行，就叫他跟着他爸喂猪去。她爹又问起来猪怎么样？这过十五哩，猪肉涨了点儿，猪也涨了点儿吧？翠台说听根来说，好像是涨了一点儿。麦天里到过五块，眼下七块多了。她爹欢喜道，涨了好，涨了好。顺当几年，把外头的账还还，就轻快了。翠台说，你这么大年纪了，有吃有喝，甭操那么多的心。翠台说你屋里灯泡度数忒低了，你眼又不好，看不清楚，赶明儿我给你换一个。她爹说，甭换。这样挺好。那么亮干啥？吃饭还能吃到鼻子眼儿里去呀？

秋　分

《春秋繁露·阴阳出入上下》：秋分者，阴阳相半也，故昼夜均而寒暑平。

咏廿四气诗·秋分八月中

［唐］元稹

琴弹南吕调，风色已高清。
云散飘飖影，雷收振怒声。
乾坤能静肃，寒暑喜均平。
忽见新来雁，人心敢不惊？

芳村这地方，八月十五这个时节，正赶上收秋。华北大平原上，玉米、豆子、高粱、棉花、谷子、芝麻，该熟的都熟了。山药啊花生啊，还要晚一些时候才熟。如今棉花地少了，人们嫌费事。

侍弄棉田忒麻烦，打油蛉，打杈子，摘棉花，一喷二喷三喷，没完没了，最后还要把棉花秸拔下来。除非是有娶媳妇的人家，才种上一点儿，预备着给新人做新被褥，给新添的小娃娃做棉衣裳。也有人家索性一点儿也不种了。怎么办呢，一律去买现成的，鸭绒被、羽绒被、太空被、空调被，商场里什么没有？小娃娃的衣裳就更齐全了。如今的年轻人们，尿褯子都不用了，人家用纸尿裤。真是会享受。高粱呢，也是一些老派庄稼人才肯种，在田埂地头上，种上那么一点儿，只为了使那高粱秸秆，编放饺子的排排，编盛干粮的浅子，高粱穗子呢，绑刷锅的炊帚，扫地的笤帚。谷子也不种了，嫌糟蹋忒大，只那麻雀就受不了，还不够它们偷吃哩。收秋时节，村庄里一派忙碌。空气里流荡着庄稼成熟的气息，甜丝丝，醺醺然，是陶醉的意思，也是喜悦的意思。翠台家里统共就二亩半地。当初分地的时候，人口也少，后来这些年，添丁进口，也是一大家子人了，地却一直没再动过。不够吃怎么办，买着吃呗。如今什么不是买？卷子、面条、烙饼、饼丝，连个饺子皮儿都有卖的。如今的人们，享福呀。

大坡忙了几天，玉米、豆子都收完了。还有一点花生，在村东的那块洼地里。也就半亩吧。翠台的意思，是想着家里有孩子，过年的时候省得花钱买了。她跟大坡娘儿俩忙地里的事，爱梨领着孩子，根来呢，日夜待在猪窝里。这些天有只母猪正在生产，不敢大意了。爱梨的厂子里有人下来检查，三天打鱼两天晒网的，不怎么上班。翠台心里着急，见爱梨倒是嘻嘻哈哈，没事人似的，恨得不行。又不好多唠叨。

这天吃完饭，在院子里剥玉米棒子，喜针过来了，搬个板凳坐在对面，看着翠台剥玉米。翠台说，地里都忙完了吧？喜针说，有啥忙头儿？这点子活儿，三天两早晨的事儿。喜针说，都歇着哩，他家父俩儿。翠台说，那么多活儿，怎么舍得歇着了？喜针说，说是不让用三马子啦，嫌污染，让换车哩。翠台说，谁说的呀？喜针说，上头呗。翠台说，噢，那三马子烧柴油，污染忒厉害。喜针说，谁不知道污染厉害，呼呼冒黑烟。可换个车多贵？怎么也得十来万吧？翠台说，老天爷！是不是？喜针说，上下嘴唇一碰，说起来倒轻巧。谁家舍得换呀？这又不是仨瓜俩枣哩。翠台说，可也是。那国家的意思也不差。咱这地方弄皮革这么多年，水都弄坏了。不管是不行。喜针说，可钱谁出呀？十来万哪。就算一年能把本钱拉出来，谁知道往后这活儿有准儿没有？翠台说，一年下来，他家父俩儿拉十万十几万还不是小菜一碟呀。喜针就支支吾吾的，说哪有那么多。翠台说，看把你吓得，又不朝你家借钱。就笑。喜针也笑。大喇叭上有人喊，医疗队下乡了，医疗队下乡了。在村委会门口，在村委会门口，谁来做检查，谁来做检查，抓紧来昂，抓紧来昂……一遍又一遍。喜针说，查查去呗？闲着也是闲着。翠台说，没病没灾哩，查那个？喜针说，反正是免费，不查白不查。翠台说，不是说有规定么，六十岁以上的。喜针说，谁管你那么多？你去都去了，他们还能把你撵回来呀？翠台撂下手里的活儿，两个人就说说笑笑去村委会。

小鸾私厨旁边的过道里停着好几辆车，人们进进出出，好不热闹。翠台说，买卖挺强呀。喜针说，拴财家待客哩，月子客。他家老二添人儿啦。翠台说，闺女呀小子呀？喜针说，闺女。翠台说，闺女好，如今时代不一样了，闺女、小子都一样。喜针说，话是这么说。翠台说，我觉得都一样。一个大坡就把我急死了。喜针说，二胎都放开了，你不想叫他们给你添个孙子？翠台说，早先倒是想，想得不行。如今倒想开了。想那么多干吗？管了这一辈儿，我还能管得了下一辈儿呀？说话间，看见中树在小鸾私厨门口立着吸烟，脸上笑笑的，跟人们扯闲篇儿。喜针把胳膊肘儿碰碰翠台，小声说看，看见了吧？翠台说，怎么？喜针说，看来是无风不起浪，都说他俩靠着哩。翠台说，这个可不敢乱说。喜针说，都过了明路了。翠台正要说话，见小鸾一扭一扭地出来，指挥着两个小闺女搬凳子，抬头看见她们，笑嘻嘻的，说闲在呀？喜针说，我俩大闲人，哪有你发财呀。小鸾说，待客哩，好几桌，楼上楼下都满了，他们家亲戚多。翠台说，好买卖，你忙你的。我俩去做个检查。

村委会门口，几张桌子一字排开，几个穿白大褂的医生正忙碌着。一楼的会议室开着门，做心电图的、做B超的在室内，量血压的在外头。前面有几个人排队，也有年老的，也有年轻的。有一个老婆儿颤巍巍的，坐在凳子上，一个医生在给她量血压。旁边桌子上放着一摞宣传册子，宣传健康知识。一个老头儿过来，跟那女医生要了一本，旁边有人就说，我三爷，你识字呀？那老头儿说，怎么不识？我不认识字们，字们认识我。人们都笑。一个老婆儿说，他是老财迷，要拿着卷烟吸吧。那老头儿说，冤枉我？我不会叫小孙子念给我听？那女医生戴着浅蓝口罩，两只眼睛笑得弯弯的，月牙儿一样。翠台说，真好看。喜针说，谁呀？翠台说，那女医生。喜针说，城里人么。喜针说你看人家，穿个白大褂，硬是叫人觉得好看，清清爽爽，干干净净，刚洗的嫩葱似的。又小声说，不知道能不能看妇科。翠台说，你怎么了？喜针把嘴巴凑到她耳朵边，小声说了。翠台笑得不行。喜针说，你还笑？人家都愁死了你还笑？一个老头儿从会议室出来，一面走一面说，那个机器真厉害，人家一照，五脏六腑看得清清楚楚。众人都笑。翠台说，做心电图的是个男的。我娘哎。喜针说，男的怎么了？翠台说，怪害臊的。喜针说，这有啥？接生的还有男医生哩。翠台说老天爷，那可臊死了。翠台说，要不咱问问那女的，就是那女医生，看她能给咱做不？

从村委会出来，建国媳妇的烧饼摊子还忙着。有个妇女立在摊子前面，跟建国媳妇说话。翠台看那妇女脸儿生，八成是外村的，来耀宗这儿看病。三钗在高高的台阶上立着，穿一件乱花裙子，头发绾起来，露出白净的脖子来。远远朝着村委会门口张望。喜针说，同行是冤家。这医疗队一来，怕是扛耀宗家呀。翠台说，不相干么。人家又不给抓药。喜针说，耀宗这儿也有专门量血压哩，免费。说是六十岁往上的，都免费。翠台说，这也是上头派下来的。人家那儿都有底儿，定时给人们打电话，叫人们记着去量。翠台说我爹就老是忘了这回事儿，人家打电话才想起来。喜针说，这不能叫人家那俩小闺女白干吧，上头肯定给出着钱哩，给发工资，你信不信？

正说着话，小鸾家饭店里坐席的人们都出来了，吃饱喝足，一个个满脸红光，笑嘻嘻的。也有妇女们忙着把席上的剩菜打包，拉拉扯扯的，相互让着。这种酒席，妇女孩子多，男人们替另坐，都是女方的至亲。有人喝多了，趔趔趄趄的，嘴里含混不清地说着醉话，你兄弟我你还不知道？就是这耿直脾气。下回咱弟兄俩单喝，咱好好喝一场——车轱辘话，一遍又一遍。有妇女跑过来训斥，你还嫌在咱北风村丢人不够哇？你还非把人丢到芳村来？那北风村的醉汉只是嘿嘿傻笑。人们开车的开车，骑电动车的骑电动车，也有一些娘家人，坐婆家这边雇的客车，早早等在过道口的大树下。一干人吵吵嚷嚷上车，这边的主人家立在街边，说着送客的话。一遍二遍三遍，笑着，摆手，那些个大大小小的车辆终于走了，走远了，街上腾起细细的灰尘，一时不散。小鸾家门口霎时间安静下来。小鸾她婆婆拿着个笤帚扫地，哗啦哗啦，一面扫，一面跟旁边一个老婆儿说话。那老婆儿说，拴财家客不少哇？小鸾她婆婆说，可不，楼上楼下都坐满了。那老婆儿说，听说酒席挺强，多少钱一桌呀？小鸾她婆婆说，茶架儿，酒水，凉的热的，荤的素的，七大碟子八大碗，鸡鸭鱼肉，都上全了，你说强不强？二百六一席，多省事儿。那老婆儿说，是省事儿。花点儿钱，省多少事儿呀。吃饱喝足，擦擦嘴，拍屁股就走。多省事儿。小鸾她婆婆哗啦哗啦扫地，一时间狼烟四起。那老婆儿捂着嘴，一面躲避一面说，光是吃剩菜就够了吧，哪一席不剩菜哇。小鸾她婆婆说，哪有剩菜，人们早打包带走了。再说了——她看了看四周围，小声说，人家不叫吃，嫌剩菜脏。那老婆儿说，谁？小鸾她婆婆刚要说话，听见高跟鞋响，扭头见小鸾提着一个大塑料袋出来，忙朝那老婆儿使个眼色。小鸾说我去西河流一趟，一会儿回来呀。骑上电动车就走了。她婆婆撇嘴道，准是给她妹子送东西去了。那老婆儿说，那你还能挡住人家送？亲姊妹么。

远远看见丁字路口停着一辆车，车厢耷拉下来，满满一车山药，宝震媳妇正弯腰给人家过秤，旁边立着几个人。翠台说，这是干吗呢，卖山药哩？芳村这地方，把红薯叫作山药。喜针说，看着像宝震家河套地里种的吧。宝震媳妇笑笑的，说婶子吃山药不呀？

河套里沙土地种的山药，红瓤甜，白瓤面。翠台见那山药圆滚滚一个一个，有紫皮的，有粉皮的，湿漉漉的，沾着新鲜的泥土，笑道，这可是稀罕物儿，刚刨的吧？宝震媳妇说，今年的新山药，尝尝呗？喜针说，我不吃这个，早些年上顿山药，下顿山药，都把人给吃伤了。翠台说，我倒是好吃这个。有心挑几块，想起一家子除了她，都不吃山药，也就罢了。旁边有人拿着蛇皮袋子出来，一买就是半袋子。喜针小声说，一个山药，如今倒成了好东西了。又说宝震家这二年种地发财，听说又买了小区？翠台说，就是村西那新盖的小区？喜针说，可不。那小区你去过没有？盖得好着呢。翠台说，听说是跟城里一样，有空咱们也看看去，开开眼。

秋天的阳光洒满了院子，树影子乱摇，铜钱大小的光斑从树叶子缝隙里漏下来，落了人一头一脸。半院子玉米棒子，黄澄澄金子一般堆着。翠台盘算着晚饭的事，根来的电话却打过来。根来说你过来一下，对，这会儿，就这会儿，越快越好。没事，你过来吧。对，猪窝里，还能在哪儿？翠台心里慌慌的，刚出了大门，想起来还没有锁屋门，又回去锁屋门，出来走了老远，才想起把钥匙锁屋里了。

秋庄稼都收割了，田野一下子显得空旷起来。谁家的田间种着树，一棵一棵，士兵站岗似的。电线一道一道的，在天空上画出细细的痕迹。有几块云彩，薄薄的，拖着长长的尾巴，在半空中飞来飞去。不知道谁家的菜地，郁郁葱葱一片，长势喜人。大葱筒子又粗又硬，深绿中泛着点点微白。韭菜开着琐琐碎碎的小白花，一簇一簇，逗引得蝶子、蛾子乱飞不止。白菜地还闲着，要等到种上麦子以后，才种白菜。乡下就是这样，节气管着呢。人误地一晌，地误人一年。地头种着几棵洋姜，挺直的秆子，瘦瘦高高的，在风里摇头晃脑。翠台走得慌忙，踉踉跄跄，竟走出了一身热汗。细细琢磨根来电话里的语气，倒觉得没有不寻常。心里头依然七上八下。真是怪得很。

猪窝里寂静极了。翠台觉得不祥，听见一颗心在腔子里嗵嗵嗵嗵跳得厉害。根来蹲在门口吸烟，脸儿白白的，手里的烟哆哆嗦嗦，半天送不到嘴边。翠台说，怎么了？唵？根来不说话。翠台跑到猪圈里一看，遭了雷击一般，霎时间傻了。大大小小的猪们，横七竖八躺着，一动不动。翠台说，怎么了这是？老天爷呀！根来不说话，哆哆嗦嗦地吸烟。翠台跌跌撞撞跑过来，劈手把他的烟夺过来，扔地下，怎么回事？怎么回事呀？老天爷呀！根来说，死了，都死了。死光了。翠台又跑到猪圈那边看，只觉得眼前一黑，腿一软，一下子坐在地下。根来慌了。立马给大坡打电话。问大坡在哪里，叫他快点到猪窝里来。又要给耀宗打电话，被翠台拦下了。翠台咬牙恨道，你还嫌不够乱？你想叫整个芳村都知道？根来说，叫耀宗来看看，给你开点药。翠台说，我没病，开哪门子药哇？你眼下最要紧的，是想想怎么处置这些猪。根来说，怎么处置？都死了。翠台说，你赶紧的，叫人把这些猪都拉走，埋了。根来说，埋了？就这么埋了？正说着，大坡开着车来了。翠台说，猪都死了，死光了，一窝端了。赶紧的，你们赶紧找人，把它们拉走埋了。大坡的眼睛瞪得老大，都死了？都死光了？怎么回事哇？这么快？根来说，八成是闹瘟疫哩。猪先生也说不清。翠台说，废话少说，赶紧的。大坡说，就这么埋了？可惜了的。要不问问谁要？贱卖呗，好歹能卖点儿钱。根来皱着眉头，不说话。翠台说，卖给谁呀？这可是病猪！大坡说，问问饭馆里，看谁要。根来说，那不是坑人么。翠台说，卖给饭馆里？叫人们吃病猪肉？大坡说，咱不在近处卖，咱往远处走，问问城北里，还有河那边，晋县里。根来说，卖哪都是坑人哇。大坡说，那就都这么埋了？这一下子咱赔多少？翠台见根来把脚尖在地下划来划去，眉头拧成一个大疙瘩，沉默半天，叹口气，说，算了。咱人穷不能志短。咱再难，也不能干这种缺德事儿。大坡跺脚叹气，说就你们死心眼儿，这年头儿，谁还讲仁义？谁不是顾自个？翠台说，不行。我说不行就是不行。你要敢干这种事儿，甭怪我翻脸不认人。扭脸叫根来，快，赶紧的，别叫人们看见，咱不想发这个昧良心的财，别人可说不准。根来就给人家打电话，夜里趁着天黑，人少，把猪都拉走埋了。整整拉了三大车。翠台守着空荡荡的猪圈，哇的一下子哭出来。

根来病了。一连好几天，不吃不喝，也不出门，只待在家里闷闷躺着。翠台私下里把大坡叫到一旁，嘱咐他说，把爱梨娘儿俩打发回田庄吧，家里头清净些。大坡点头，说要不请耀宗来看看？翠台说，看啥看？你爸这是心病，再好的先生都治不了。大坡说，那怎么办呀？他老这么不吃不喝哪行？翠台看了一眼自己的小子，心里又是喜又是愁。喜的是，经了这一场，大坡好像是忽然变了，变得，怎么说，懂事了，知道心疼人了——要是他早这样多好哇。愁的是，这一回把猪都给糟蹋了，辛辛苦苦，白忙一场不说，赔个底朝天。根来一口一口养大的活物儿，说没一下子就全没了，眼睁睁的，都死在自己跟前。叫他怎么受得了？

立秋以后，一早一晚，天气渐渐凉爽下来。三伏不了秋来到。夏天只剩下个尾巴，眼看着秋天来临了。翠台天天守着根来，变着法儿给他做汤做饭，慢慢将养。平日里一张嘴厉害得不行，如今却只字不提猪的事儿，只把一些个村里的闲话儿说给根来听。谁家添了小娃娃啦，谁家的闺女考上北京的大学啦，谁家亲戚出了车祸，把腿给撞坏啦，谁家老人病了，拉到城里不收，又拉到石家庄，求爷爷告奶奶，才算收下了，怕是不好。根来只是不说话。翠台说，今儿个东燕村集哩，一会儿割肉去，咱吃饺子呀。根来说，还吃饺子哩。翠台说，哎，什么话？怎么就不能吃饺子啦？根来说，出这么大的事儿，还有心思吃饺子？翠台说，你还是大男人哩，七尺高的汉们家，心量忒窄，连个妇女家都不如。这点子事儿，就把咱给撂倒啦？翠台说一辈子这么长，这点子事儿！根来叹口气，默默吸烟。

这天刚吃完饭，根来他娘过来了。进门就叫根来，根来。翠台出来，把她往屋里让。她婆婆说，出了这么大事儿，我才听说。翠台见她眼泪汪汪的，生怕根来看见，又勾起他的心事，就小声嘱咐她婆婆，叫她别提猪的事儿，你自家的亲小子你还不知道，拧脾气，一根筋，好钻牛角尖。她婆婆慌忙答应了。见根来歪在床上，胡子拉碴，人瘦了一圈，也不敢问，只好说些咸的淡的家常话给他听。翠台心想，好事不出门，坏事传千里。紧瞒着慢瞒着，到底还是传出去了。这些天，村里养猪的都碰上了麻烦，不落家，差不多都是一窝端了，糟蹋了多少猪！一时间，人们都不大敢吃猪肉，万一有黑心的买卖人呢，病猪死猪，只要挣钱，哪里还顾得上人们的死活哇。她婆婆正在跟根来说根芬家的事儿，说是正看房子呢，城里的房子真贵呀，一平方米几万，花好几万块钱，只能买巴掌大一小块。根来说，城里的房么。肯定是贵。她婆婆说，我跟根芬说，你们还不如回来买哩，在大谷县城里，啥样的好房子住不上？根来说，到大谷县？那还不到青草镇上，要不干脆就回咱芳村？她婆婆给小子噎了一下，讪讪笑。翠台说，根芬他们不是有房子么？她婆婆说，这个忒小，想换个大点儿的。翠台说，住着呗，发那急哩。小倩又是个闺女家，往后还能没房子住？她婆婆说，我老了，管不了，他们总是有他们的道理。老了，没用了，我说句话还有谁听？根来见他娘絮絮叨叨的，嫌烦，就趿拉着鞋到院子去。

村里果然传开了。说是非洲猪瘟，一种传染病，邪乎得不行，全国死了大几十万，快一百万头。人们都说，老天爷，这是天灾呀。都叹息不止。翠台默默听人们沸沸扬扬议论，心里又是惊，又是愁，倒觉得没有早先那么难受煎熬了。村里大喇叭也开始广播，提醒人们少吃猪肉，注意猪肉安全。中树他们走家串户的，到养猪户家里去，问东问西，了解情况。说上头有文件，新政策就要下来了。有人问这么大糟蹋，国家给补助不给？中树说，中央里有文件，等着吧，上头都惊动了，咱安心等着。这么大个国家哩。中树说你急啥，又不是你一家？传达还得一级一级哩。人们说，急是不急，就是闲得人心慌。看看国家怎么说吧。

根来和翠台商量，想出去找点活儿干。养猪的事儿，怕是还得等一阵子。翠台说，急啥急？一辈子的急脾气。劝他把心放肚子里，等等看看。一年忙到头，天天在猪窝里待着，难得歇歇喘口气。白菜也该种了，咱们今年在旧院里种点白菜，大冬天，白菜顶百菜么。

寒 露

《月令七十二候集解》：九月节，露气寒冷，将凝结也。

咏廿四气诗·寒露九月节

［唐］元稹

寒露惊秋晚，朝看菊渐黄。

千家风扫叶，万里雁随阳。

化蛤悲群鸟，收田畏早霜。

因知松柏志，冬夏色苍苍。

乡下的秋天，几场秋风秋雨，秋就渐渐往深处去了。花生和山药都收回家了。最后一喷棉花也早摘干净了。棉花秸秆经了雨水，黑黑硬硬，在秋天的田野里倔强地挺立着。大片大片的麦田，平整极了，安静极了。田地里的畦子横平竖直，棋盘似的，向远处延展开去，叫人看着看着，心神不由得就远了。麦苗的嫩芽还在泥土里沉睡着。菜地里的小白菜苗却已经悄悄拱出来了，星星点点的嫩绿，给这深秋寂寥的田野平添了活泼泼的生气。

村里大喇叭上喊，全体养猪户，全体养猪户，听到广播，马上到村委会开会。根来说，这是有文件了。说着就往外走。翠台说，你不带个本儿带个笔？根来说，还带本儿带笔！脑子还不够使？翠台笑骂，就你那脑子？猪脑子！

爱梨上班去了。大坡领着小妮儿，在门口的公路上骑小车。小妮儿胆子小，想自己骑，又不敢。尖叫着，叫爸爸、爸爸、爸爸。翠台坐在门口，给小妮儿打毛衣。浅绿的毛线团子，在脚边的竹篮子里骨碌碌滚动着，小兽一般伶俐。兰月骑着电动车，日日日日过来，头发跟丝巾缠在一起，给风吹得往后面直直地飞去。见了翠台，大声招呼着，打毛衣哪。翠台说，我是闲得没事儿，孩子的毛衣。你上课去呀？兰月说，是呀，我嫂子他们有点事儿，回来一趟，我还有一节课哩，要迟到啦。慌忙走远了。翠台想，喜针他们有啥事儿呀？这妯娌俩倒是挺和睦。兰月是个文化人，到底不一样，知书达理，喜针那个性子，换个二人，也难说。小妮儿却哇哇哭起来，原来是摔了一跤。大坡在一旁笑得哈哈的，也不扶她。翠台说，你！怎么不管孩子呀！就叫她这么啼哭？有你这么当爸爸的没有？小妮儿哭得更厉害了。大坡说，真笨呀妮儿！小笨蛋！笑得喘不上起来。翠台气得不行，跑过去把小妮儿抱起来，训大坡，她才几岁呀？你不笨？你像她这么大，还不如她哩。大坡说，我？是不是？

吃饭的时候，根来才回来。一进门就说，有政策了，上头有说法了。翠台说，上头怎么个说法？根来说，上头说了，鼓励人们发展新模式，新养殖模式。翠台说，新模式？根来说，公司加农户，简单说，就是大公司提供猪崽、药品、饲料、场地，职业培训啥的，咱农户就管养猪。翠台说，大公司都管着，咱只管养猪？根来说，这样的好处是，咱不承担风险，风险有大公司担着，心里踏实多了。翠台说，那这个不赖。根来说，坏处是，这样就得跟大公司分红，挣了钱就不光是咱自家的了。翠台说，还得跟人家分呀？根来说，那肯定。等于是人家给咱下本儿，从资金到技术，咱就只管养猪。翠台说，这个好。夫妻两人都欢天喜地。

好几天，人们议论纷纷，都在说新模式的事儿。有人信，有人不信，有人半信半疑，等着看风向。村里又开了两次会，学文件，做动员，鼓干劲。养猪户都兴奋得不行，盼着配套政策快点出来，越细越好，越落地越好。有些野心大的，开始摩拳擦掌，准备撸起袖子，大干一场了。有些胆子小的，就谨慎得多，倒宁愿自己单干，赔吧赚吧，都是自己的。万一赚了，就赚个大的，一夜暴富，也不是没有现成例子，像苌家庄的苌海海家，就是靠养猪发了财，成了方圆几十里最大的养猪场老板，人送外号猪司令。人家猪司令就是步步踩在点儿上，时气强。就像这回闹猪瘟，人家的猪刚刚出栏，一个都没糟蹋。人家不发财谁发财？

这天刚吃罢晚饭，村北的发达来了。根来说，你怎么这么稀罕呀？拿出烟叶子，叫他卷烟。大坡掏出一盒烟卷儿来，扔过去一支，说吸这个吧，发达叔。发达呵呵笑，说还是大坡这烟强。根来哥，看你混哩，连小子都比不上。翠台说，你哥哪像你呀，你这个名儿起得好，这二年真发达了。发达说，嫂子你净笑话我。我的底儿别人不知道，你还不知道？翠台说，反正你家的猪这回糟蹋最少，这我知道。发达说，那你是光看见这一回了。发达说开会说的那事儿，我哥你怎么看？根来说，国家要抓咱农村，抓咱农民，这是肯定的。那文件名字叫啥来着？说着翻手机。大坡早把手机翻出来了，嘟嘟囔囔念半天，说，全面推进乡村振兴，反正就是要振兴咱乡村，建设咱乡村。根来说，对，就是这个。这肯定是好事儿，大好事儿。发达说，我还不知道是大好事儿？我是说，这个文件是大方向，具体怎么弄，还得有配套政策。根来说，这个事儿你问问苌家庄的海海，就是猪司令，你们不是沾亲戚么？发达说，那是我二舅，亲舅。翠台说，老天爷，闹了半天，这么至近的亲戚呀。怨不得。根来说，你二舅怎么说？发达说，我二舅说，这是个机会。国家都下文件了，谁抓住了机会，谁就能发家致富。我二舅脑瓜灵活，政策吃得透，人家天天琢磨这个。根来说人家大老板么。发达说，我二舅说了，如今赶上好时代，咱要把国家的政策用足，不用白不用，谁用谁沾光。我二舅说，国家搞乡村振兴哩，乡村怎么才算振兴？咱农民过上好日子，才算振兴么。翠台插嘴说，怪道人家当大老板哩，人家就是站得高，看得远。哪像咱老百姓，就看眼前一拃长，鼻子尖儿底下一小块。根来说，人家胆子也大，敢干敢闯。翠台说，可不人家胆子大，钱是人的胆么。你有这个胆子？发达说，我二舅也是小打小闹起来的，他早些年可是吃了不少苦。根来说，我想着，国家这么大，能照顾到咱们一家一户的？发达说，那不可能。我二舅说，估计得有一定规模才行。比方说像他那样的养猪场。翠台说，老天爷，全县有几个他那样的呀。发达说，国家不是鼓励人们规模经营么，搞规模养殖，把这些个零零散散的农户养殖都联合起来，也好管理。根来说，是有这话。翠台说，道理是这个道理，可是谁出来牵头呀？发达说，我就是为这个找你们，咱商量商量，看这事怎么弄。根来低头默默吸烟，翠台说，好哇，这是好事儿，你二舅那边消息灵通，你多打问着，咱们也要沾沾政策的光，那个词怎么说，兴旺一下子。大坡笑得一仰一合的，说那叫振兴，乡村振兴。妈你真是。翠台就笑，就你能，就你能行了吧？

次日一早，正扫着院子，喜针慌慌张张来了，进门就找根来。翠台说，根来起来就出去了，你找他有事儿？喜针说，出了点事儿，顺秋和立辉他们拉脚儿，叫人家把车扣住了。翠台说，怎么回事呀？喜针说，上头给扣住了。唉，本来是叫换车，嫌这种三马子污染厉害，可谁家舍得换呀？十来万，可不是小数目。大伙儿都不换，说句不好听的，这是偷着拉哩，白天不敢拉，怕人家查，可谁知道夜里也查哇？这回可好，扣下了。翠台见她前言不搭后语，知道是急坏了，心想车叫人家扣住了，她大清早找根来，是啥主意呢？就故意不问，看她怎么说。喜针说，前些天扣过一回，托兰月找了找他们同事，是乡里耿秘书家亲戚，找人家说了说，交点儿罚款意思一下，就算是把车要回来了。翠台说是不是？心想怨不得那一回碰上兰月，急匆匆地赶着回去上课，原来是这回事儿。喜针说，可这回不行了，说是上头抓得严，这车早先抓住过一回，人家那儿都有底儿了。还有，也不好意思老是找人家兰月托人。翠台说可也是，人情账最难还呀。心想莫非这是来找根来托人，根来能托谁呢？二妞还念着书哩，莫非是——喜针说，我这个人你也知道，平时话多，这个时候倒张不开嘴了。我是想求根来托托人儿——翠台说，这话说得，又不是外人。可根来他一个庄稼主子，他认识谁呀？喜针说，根芬呀，你都糊涂啦。喜针说根芬在外头这么多年，三朋四友的也多，还有她女婿哩，听说她女婿在政府里头，还是个官儿？翠台说，哎呀，你是说根芬呀？根芬你还不知道？性子肉得不行，这么多年，也没见她给家里办过啥事儿。还有她女婿小宋，说是市里长大的孩子，在政府里头上班，具体干啥工作，人家说过，咱也不懂。我跟你说一句不该说的，反正我没看出来，她这女婿有啥大本事。喜针说，不是说人托人，能够着天么？我就是想叫根来问问根芬他们两口子，托托人，把车要回来。两辆车，一辆就两万多，两辆五万块哪。喜针说着，泪就下来了。翠台见不得她这样子，忙说，你甭着急，我叫根来问问他们。这早晨起来就不见人影儿，真是没尾巴的鹰。就给根来打电话，却打不通。翠台急道，这是去哪儿了呀，大清早的。喜针说，我先回去，家里还乱着呢。为了这个，跟立辉闹哩。一会儿根来回来，你问问他呀。就急急忙忙走了。

饭菜端上桌子，根来才回来。一面洗手，一面问，吃啥好的呀？翠台见他一脸喜色，便说，有啥好事儿呀？根来说，快啦，等着吧。就端起碗来吃面条。翠台说，打你电话也不接，喜针找你哩。根来说，找我？找我干啥？翠台说，找你有事儿呗。瞪了根来一眼。大坡说，我听见说，立辉他们的车叫人家扣住了？翠台说，可说呢。两辆车，都扣下啦。喜针快急疯了，一个劲儿掉泪。根来说，那找我？爱梨说，肯定是叫你找我姑父呗。根来说，找小宋？小宋能管得了这种事儿？翠台说，她想叫根芬他们托托人，把车要回来。根来说，说得倒轻巧。这种事儿。大坡说，这会儿正管得紧，上头抓生态治理哩，那种车污染忒厉害，呼呼地冒黑烟哇。翠台说，往后你们甭在外头吹昂。你姑你姑父又不是啥官儿，好像是有多厉害似的，光给咱找麻烦，平白得罪人。大坡说，谁吹啦？小妮儿在北屋里哭起来，叫妈妈、妈妈，爱梨说孩子醒啦，就扔下饭碗去北屋。翠台说，一会儿她肯定还得过来，我是说喜针，你可想好了，怎么答复她。这种事儿，唉。

晚上下班的时候，爱梨拿回来一桶花生油，说是厂子里发的，翠台十分喜欢。说这厂子挺不赖，还发油。不赖。爱梨说，工资也是一个月一结，不拖欠。大坡说，到底是合资的，大厂子，正规。爱梨说，我喜针娘家那事儿怎么说的？翠台往院子里看了看，压低嗓子说，后来又找你爸，你喜针娘那性子你还不知道？恨不能立逼着你爸给你姑打电话。爱梨说，我的娘哎。翠台说，你爸又拉不下脸儿来，只好当着她面儿打电话。爱梨说，后来哩？翠台说，你姑也是，含着冻凌化不出水来。能办就说能办，不能办就说不能办，直截了当。爱梨说是呀。我姑怎么说？翠台说，支支吾吾，句句都说不到点子上。真是把人急死。怕得罪人，早晚不是个得罪？爱梨说，可也是。大坡说，我姑就那个性子。翠台说，这不当着你爸的面儿，我说句不好听的，他们兄妹俩忒像，一个比一个肉。这种事儿，意意思思的，倒把人家事儿给耽误了。你们说是不是？爱梨说，那到底怎么说的呀？翠台说，又说问问同事，又说问问朋友，又说问问小宋。哎呀我的天，我都替她急得慌。爱梨笑得不行，人家公家人哩，走南闯北的，见识不比咱们多？翠台撇嘴道，我是念书少，要是我考出去，不是我吹，肯定比你姑强。大坡憋着笑，说，我妈是当总理的料，一辈子窝在芳村，真是白瞎了人才。翠台瞪他一眼，恨得不行，又是咬牙，又是笑。

一连下了好几天雨，也不大，淅淅沥沥的，叫人心里头乱纷纷的。下雨天，街上的人不多，都急匆匆的，打着伞。村庄笼罩在淡青色的雨雾中，有点恍惚。远处的树木啊，田野啊，小路啊，模模糊糊的，看不真切。添福家的大白鹅却不怕雨，在院子里走来走去，一会儿嘎，叫一声，过一会儿，嘎，又是一声。添福家的小孙子在门槛上坐着，手里拿一块卷子，掰一块扔给它们，过一会儿，又掰一块儿扔给它们。添福媳妇在屋里喊，狗儿？狗儿？甭老喂它们，看把它们撑着了。雨越下越紧了。这个季节的雨就是这样，不下是不下，一下就是好几天。一场秋雨一场寒。这话是对的。一场雨下来，一早一晚，天就真的渐渐凉下来了。

直到傍晚时分，雨才慢慢小了。大地好像是吸饱了雨水，到处湿漉漉的。树木的叶子倒还青绿着，时不时啪嚓一声，掉下一大颗雨珠子来。翠台忙着烙饼，屋子里弥漫着新麦子面的焦香味。翠台说，到底是新麦子面，香。根来坐在一旁卷烟，说，新麦子面么。九六年发大水，麦子都出芽儿了，还记哩不？翠台说，那还能忘了？吃了一年的黏卷子，真难咽呀。根来说，也不是光叫你吃，全国人都吃了一年。翠台说，城里人真可怜，你说，他们能吃上咱这新麦子面不？根来说，看你说的。你以为人家城里人净吃咱剩下的，陈面陈米？翠台就笑，我也是听喜针她们说。根来说，妇道。如今什么时代？供应充足着哩，有钱啥买不到？翠台说，说起喜针了，我还忘了问你，她家那事儿怎么说的？根来说，车是开回来了，罚款肯定跑不了。根来说也就是大全脸面大，人家不好驳了他。翠台说，根芬他们也是，直截了当说个不，就那么难呀？这回可把喜针得罪下了。翠台说怎么也是个得罪，早得罪也是得罪，晚得罪也是得罪。根来说，什么得罪不得罪的？根芬他们不也找人了么？左一个电话右一个电话。翠台说，不是没办成么？打来打去还不是白忙一场？翠台说有句老话怎么说的，百无一用是书生。念这么多年书，考出去成了公家人儿，连人家大全都不如。根来说，这是啥话？根芬、小宋他们那是吃国家饭的，小宋大小也是个干部。那能比？大全不就是有点儿钱吗？大老板大老板，脱了外头那层皮，骨子里还不是个庄稼主子？翠台把嘴一撇，你们刘家人都这样，护短，不叫人家说一个不字。你娘不就是这样？把那闺女、女婿夸得，没个错缝儿，这下可好。根来默默吸烟，半晌才说，可也是，大全这家伙，从村里到乡里再到县里，人家硬是都买他的账。你到哪儿说理去？根来说，说别的都是假的，咱也得赶紧想法儿挣钱呀，发家致富，有了票子，腰杆子才硬嘛。就又说起来养猪的事儿。说村委会给咱们村养猪户们又开会啦，要联合起来干呀。根来说上头鼓励规模经营，咱村里也动员人们，联合起来，干一场大事儿。翠台把烙饼在锅里头翻来翻去，铁手似的，也不怕烫。听根来这么说，也顾不上她的锅了，说听说发达家去年赚了有二十万，老天爷，人家时气真好。根来说，发达说了，他出来牵头，把咱芳村这些户养猪的联合起来，搞一个大养猪场。中树也说，上头给这么好的政策，咱得抓住哇，咱得用足用好哇。翠台说，中树说的？根来说，中树这小子看着吊儿郎当，关键时刻还真有两下子。你看他在会上那个架势，大干部一样，讲话都是一套一套哩，文件政策都熟得很，又有一副好口才，会做思想工作。翠台说，是不是？根来说，也有人打自家小算盘，怕摊子大不好弄，不敢迈出这一步去。中树就说了，如今是新时代了，咱就要敢作为敢担当，前怕狼后怕虎，怎么干大事儿哇？扭扭捏捏，娘儿们家似的。把那些人说得臊得不行。翠台一面烙饼，嘴里丝丝哈哈吸着冷气，一面笑，谁呀，叫我猜猜，准是分起，是不是？根来说，分起，还有伟强、争斌意意思思的，墙头草，哪边刮风哪边倒。翠台撕下一块烙饼，塞到根来嘴里，说尝尝，看熟了不？

晚饭是烙饼，一碗葱花炒鸡蛋，一碗炒豆瓣酱，熬的新米汤，金黄金黄的，有新小米特有的香气。大坡洗了两棵葱，把葱白揪下来，把烙饼抹上豆瓣酱，卷上炒鸡蛋，卷上葱白，大口大口，吃得十分香甜。爱梨看他狼吞虎咽的样子，瞪了他一眼，说难看不难看呀？大坡说，在家里吃饭，啥难看不难看？爱梨说，说你吧还不服，家里外头，干啥事儿都没个样儿。大坡刚要开口，翠台说，大坡从小就护食，吃饭护食，忒难看。大坡说，看我不顺眼，干啥都不顺眼。爱梨说，说你吃饭护食哩，甭扯别的啊。翠台见小两口又要吵起来，忙说，有个事儿，跟你们商量一下。燕敏家幼儿园不是开张了么，听说挺不赖，咱小妮儿也送去上吧？一是幼儿园孩子多，有玩伴儿，二来呢，我也能腾出手来，找点儿活儿干。爱梨默默喝米汤，不说话。大坡说，我看行。村里这么大的都去上了。爱梨说，人多，老师难免照顾不过来，闹病了怎么办？大坡说，锻炼锻炼呗，人家的孩子能去，咱家的孩子就那么娇气？爱梨说，你这是啥话？咱小妮儿胆儿小，又胎里弱，你不知道哇？翠台说，听说是伙食不赖，教得也挺好，俩老师，管得挺周到。你们先商量商量，看怎么着好。又问根来，燕敏娘家是城关里吧？干净利落的一个人儿，挺俊。根来说，是城关里，做闺女时候在城关小学教书。爱梨说，那怎么嫁到芳村来了？又觉得话没说好，红了脸，忙找补了一句，这么远。翠台说，听说俩人是同学，锁子家那小子，俩人同学，自己谈的。两个文化人，开个幼儿园，倒给咱芳村做了件大好事儿。大坡说，听说上头都来采访了，好几个人，开着车，长枪短炮的。好家伙。爱梨说，是不是？

一场秋雨过后，夜里果然凉了下来。风吹过树木，簌簌声响，越发添了秋夜的意思。好像是蟋蟀，或者是别的什么小虫子，在墙角吱吱吱吱叫着，一阵紧似一阵。不知道谁家的狗，忽然大叫起来，不依不饶的，叫得人心烦意乱。翠台说，把小妮儿送幼儿园，我去干活儿呀。绷板儿，做衣裳，都行。反正都在咱村里，挺方便，家里的事儿也误不了。根来说，我看着爱梨不大愿意。翠台说，心疼孩子呗。根来说，家和万事兴，还得都喜欢才行。干活儿的事儿，甭着急。翠台说，听你口气，财大气粗的。你要像人家发达他们多好，一年几十万，我还怕啥？根来说，甭急，早晚的事儿。翠台就笑，净给我画大饼，说得跟真的一样。

田庄集上，巧不巧正好是个星期日，爱梨他们歇班，张罗着吃涮羊肉呀。吩咐大坡买羊肉，买青菜，买火锅底料，买芝麻酱，买东买西，买这买那。大坡说，田庄集上有宰羊的，现宰现卖，新鲜，还能讲价儿。就和爱梨一家三口，去赶田庄集。翠台有心拦下，又不愿意扫了孩子们的兴。心想这真是挣了工资了，大巴掌大手哩，还涮羊肉，不过啦？

倒是一个响晴的好天气。天蓝蓝的，又高又远。天地好像都开阔起来，空气清爽，仿佛水里洗过一样。阳光软软的，风也是软软的，有微微的凉意，却是刚刚好。她爹家门口坐着几个老头儿扯闲篇儿。有个老头儿说，听说拐子病了？另一个老头儿说，拐子？

村南的拐子？那老头儿说，可不是，咱芳村有几个拐子？说是摔了一跤，把腿摔坏了。旁边的人就问，那够他呛。人上了年纪，就怕摔，人老了骨头就脆了。早先说话那老头儿说，去县医院住了半月，如今回来了，在家里养着哩。旁边的人说，累着孩子们呗，没办法。那老头儿说，要想不累着孩子们，就住养老院去。有人说，养老院？还是算了吧。听着好听，你以为真的像电视上演的一样？抬头见翠台过来，说你看看，还是近了好，抬脚就过来了。翠台这一天来她爹这边好几趟，住养老院你试试？翠台就笑，怎么说起养老院来了？她爹说，扯闲篇儿呗。旁边一个老头儿说，满仓他娘住了俩月，这不跑回来了？满仓弟兄俩电话里说去看看她，她一听，赶紧把行李收拾好，单等着满仓他们去呢，见了面，二话不说，装上车，立时三刻就要回来，好说歹说，非回来不行。翠台问，为啥呀？那老头儿说，说是打饭定量，她饭量又大，吃不饱。一两天行，三五天也行，日子长了，谁受得了哇？众人都点头。旁边的一个老头儿就冷笑了一声，说，吃不饱？我看都是瞎编哩。肯定是条件不强，她不愿意住。要不就是觉着孤得慌，想家了。镰刀媳妇怎么不回来？人家养得白白胖胖，恣得不行。有人问，镰刀媳妇在哪个养老院？那老头儿说，人家那个条件强，有专人伺候着，衣裳有人洗，饭有人做，单间住着，伙食也强，伺候得忒周到。就是贵，一个月一千六。有人问，那满仓他娘住的那家呢？那老头儿说，好像是八百？是八百，你看，差一半子哩。众人都默默的，有的叹息，有的咂嘴，一时间无话。翠台说，我去院里弄点儿芫荽，吃火锅呀。

这季节，菜畦竟还是郁郁葱葱一片。白菜苗子刚刚冒出来，绿茸茸的好看。芫荽和大葱种在一角，都是湛绿湛绿，有的大葱莛子长了葱娃娃，有的葱娃娃顶破了头，冒出碎碎的小白花。芫荽们密密实实的，一簇簇茂盛极了。翠台掐了一大把，弄得满手湿漉漉，又是露水，又是绿汁。她爹跟进来，说多掐点儿，这东西长疯了。翠台说，你过去吧，吃火锅呀，他们买羊肉去了。她爹说，我不去。我还是吃卷子喝米汤吧，我嘴壮。翠台知道爹的脾气，就不再劝说。蹲在地下，顺手把芫荽择一择。她爹说，根来哩？就这么歇着？翠台说，这不村里要弄养猪场么，他也是天天不着家，跟大伙儿张罗这事儿哩。她爹说，我听说是发达牵头？他这二年倒是不赖。翠台说，人家时气好，这回咱也跟着沾沾光。她爹说，沾政策的光吧。国家这么好政策，啥叫时气？这才叫时气。这要是早年间——翠台知道他又要讲古，忆苦思甜，忙打岔说，这几天素台过来没有？她爹说，那天在门口路过，骑着电动车，匆匆忙忙的，也没停下说句话儿，好像说是去开会。翠台说，素台去开会？开啥会？她爹说，谁知道？反正走得飞快，火急火燎的。翠台说，她能有啥事儿？她开会？她爹看着她把芫荽择干净，把根子上的泥土摔掉，又到水管子底下把手洗了，叹口气说，满仓他娘也是可怜，有家不能回，叫孩子们送去住养老院。连顿饱饭都吃不上，你看这。翠台说，不是回来了么？她爹说，满仓他娘也是性子泼辣，敢说敢干，要是个性子软的，恐怕就忍下了。又叹气。翠台扑哧就笑了，你老叹啥气？人家不是回来了么。她爹说，养儿防老，养儿防老，满仓他娘养活了俩小子一个闺女，到头来，你看这命？翠台说，人家住养老院的多着哩，都是有儿有女，手头还有钱。那谁，香罗她娘，还心心念念想着去住哩。她爹说，小蜜果？香罗那么有，还叫她娘去住养老院？翠台说，你看你，真是老脑筋。如今时兴这个，是好事儿哇。赶明儿有空了，好好给你拆讲拆讲。她爹说，你甭给我讲，我也不去住那个养老院。金窝银窝，不如自家的狗窝。我死也要死在自家炕上。翠台见她爹动了气，就把话岔开，说些咸的淡的，有的没的。她爹沉着个黑脸，默默吸烟。一只花猫忽然溜进来，踮着脚尖儿，蹑手蹑脚地，怯生生看着他们，喵呜一声，喵呜又一声。见没人理它，觉得无趣，又一溜烟儿似的逃走了。

霜 降

《月令七十二候集解》：九月中，气肃而凝，露结为霜矣。

咏廿四气诗·霜降九月中

［唐］元稹

风卷清云尽，空天万里霜。
野豺先祭月，仙菊遇重阳。
秋色悲疏木，鸿鸣忆故乡。
谁知一樽酒，能使百秋亡。

北方的乡下就是这样，几场西风过后，时令就渐渐往晚秋去了。这个季节，早晨起来，常常就起了雾。整个村庄笼罩在雾霭的轻纱里，直到太阳都升得老高了，雾气才渐渐散去。此时的田野啊，房屋啊，树木啊都变得湿漉漉的，饱含着水分。麦田里，麦苗子已经长出来了，湛绿湛绿的，叶尖子上滚动着透明的露水。菜畦里，大白菜们长势正好，大的足足有脸盆大了。霜降了，正是大白菜窝心的时候，白菜心子越是瓷实越好。在北方乡下，白菜是人们的看家菜。

这一阵子，村里的养猪场正紧锣密鼓地准备着，发达牵头，养猪户们三天两头碰一碰，开小会，有时候，中树也亲自出来，跟人们一起出主意，想办法。村里人都说，这是要搞大事了，说不定这些人就靠这个发了。也有人家早先本没有养猪，打打零工，种种自家的地，这时候见了人家发财，也眼红了，动了心，非要加进来，入伙。发达说好哇，人多力量大。众人拾柴火焰高么。根来忙得天天不见人影儿，好像变了个人似的，说话一套一套的，又是政策，又是技术，头头是道。翠台从旁看了，心里暗自吃惊。大坡也白天黑夜跟着去开会，带着本子带着笔，还挺像那么回事儿。翠台心里喜欢，跟根来商量，赶明儿上头培训，也叫大坡去。年轻人，脑子好使，多学点儿技术，长长本事。艺多不压身么。

这天吃完早饭，翠台送孩子上幼儿园去。这个时间，街上人挺多，有上班的，有上学的，有下地的，有赶集上店的。翠台推着自行车，后头车尾巴上放了个小椅子，小妮儿坐在上面。前头车把上挂着她的小书包。臭菊骑着电动车过来，老远就问，送孩子去呀？翠台说，送孩子。你哩？你这是去哪呀？臭菊说，我去五子家，打听点儿事儿。翠台说哦，那你忙，我赶紧送孩子去，迟到啦。心想臭菊跟五子不对付，早些年为了孩子的事儿，吵嚷过。这么多年都彼此不搭理，这可是日头从西天出来了。拐进燕敏家那个过道，门口停着好几辆电动车，也有自行车，人们匆匆忙忙，都是来送孩子的。燕敏家是一座二层小楼，院子挺大，都铺了五颜六色的塑胶地垫。有小滑梯，有跷跷板，有城堡，有蹦蹦床。燕敏穿一身米色小西装，干净利落，立在教室门口，笑盈盈的。刘诗萱来了？谁叫刘诗萱呀？小妮儿？小妮儿害臊了，躲在她奶奶背后。燕敏把她抱下来，叫她跟奶奶说再见。陆续有人们把孩子送了来，院子里叽叽喳喳，一片热闹喧哗。翠台心里想笑，这个燕敏，明明在芳村，还撇着洋腔儿，说普通话，小妮儿也跟着学，叫人听了后脊梁唰唰的，起鸡皮疙瘩。真是的。

人家墙根底下盛开着野菊花，有黄的，有白的，有紫的，有粉的，云霞一般。院墙上写着，瞄准扶贫对象，携手建设小康。街角上立着一个大家伙，上头写着，盛源售水机，旁边一列小字竖写：新鲜，纯净，健康，弱碱。横着是：二十四小时现制现售。白字衬着深绿的底子，十分醒目。耀宗家卫生院门口，看病的人排着长队。建国媳妇正在烧饼摊子上忙着，跟等在旁边的人说着闲话。有人在小坷垃家吃馃子，喝豆腐脑。小坷垃媳妇抬头见翠台过来，招呼说，吃馃子呀？现炸的馃子。翠台说，我哪长着吃馃子的嘴呀？小坷垃说，眼看着要发大财了，连馃子都舍不得吃？翠台说，我发财？我倒天天想发财哩。小坷垃说，养猪场就要搞起来了，有国家给抱着后腰，还能不发财？翠台说，八字还没有一撇哩。小坷垃说，这还不快？这阵子人们天天议论这个，说得我心里都痒痒，要不是我这腿不争气，我肯定跟着他们大干一场。他媳妇在一旁说，一辈子就这急脾气，咱这不挺好？翠台说，挺好挺好，稳稳当当的，咱一村人都好吃你家馃子。小坷垃说，我跑惯了，这回生是给憋住了。就笑。建国媳妇不知道跟那人在说什么，嘎嘎嘎嘎笑起来，笑得弯着腰，娘哎娘哎地叫唤。旁边的人说，哎呀，嫂子，看把你喜欢的。耀宗家门口停着一辆凯迪拉克，路过的人看一眼，又看一眼，忍不住嘴里嚯一声，是惊叹的意思。再走几步，又看见一辆宝马，路过的人看一眼，又看一眼，再看一眼，嘴里骂一句，他娘的。还不过瘾，走两步，又回头看一眼，他娘的。

正走着，碰上增志匆匆过来，看见她，问，姐姐，吃了呀不？翠台说我送孩子去了，你这是？增志说，我去村委会，找中树，有点儿事。急急走了。翠台有心问他一句素台呢，见他这么忙碌，话到嘴边，又咽回去了。也不知道，他们厂子的事儿怎么样了。小鸾私厨门口倒难得安静，她婆婆搬个小凳子，坐在门前择菜。有个老婆儿在一旁，拄着个拐杖，颤巍巍的，跟她婆婆扯闲篇儿。老婆儿说，今儿个不忙呀？小鸾婆婆说，忙，还能不忙？老雷家那个孙子，过生日哩，订了两桌。那老婆儿说，一个吃屎的孩子，倒闹这么大。如今人们真是。小鸾她婆婆说，如今兴这个。那老婆儿说，那是人们都有了，有这个闲钱，也有这个闲心。我活了这么大半辈子，哪想起来过生日？小鸾她婆婆说，可也是，今年占良他们张罗着给我过生日，好说歹说，后来我就火了。那老婆儿说，孩子们也是一片孝心。小鸾她婆婆说，我说要是非得过，就等下一年，六十六上，做个大寿。那老婆儿说，你看你，好福气。饭店红火得不行，大把票子挣着。小鸾她婆婆说，这边我倒是不愁，我就是结记占娟。她家俩小子，头儿忒沉。那老婆儿说，占娟她女婿干啥哩？小鸾她婆婆不愿意提她那女婿，就说，这菜贵得不行，蒜薹、芹菜，这么小一个西葫芦，好几块钱。那老婆儿说，鲜菜么，就是贵。大白菜不贵，如今人们嘴都刁了，谁还愿意吃？

到了喜针家门口，正碰上梅抱着孩子出来。见了翠台，笑嘻嘻的。早先梅瘦筋筋的，生了孩子，倒慢慢胖起来，水灵灵的，比早先更好看了。翠台说，睡着了？梅说，闹觉哩。翠台说，你妈哩？梅说，一早就出去了，正发愁哩。梅说立辉他们那事儿。翠台说，车不是要回来了么？梅说，要是要回来了，人家查得紧，谁还敢去拉？都歇着哩。翠台说，可也是，老这么着不是长法。梅说，等等看吧，一村里，拉脚儿的都歇着哩。有句话按说我不该说，他奶奶忒偏心眼子，老二买房子，一下子就给三十万。这还是明着的。谁知道背地里给了多少？翠台说，那不可能。你妈的脾气我知道。梅说，家里一下子没进项了，你看看，一家子大小，多少花销？立辉十几岁就不念书了，去外头打工，给家里挣钱，老二从小到大，念了这么多年书，净花钱了，他给家挣过多少钱？这刚供出来，说是上班了上班了，一下子就是三十万！翠台说，也不能那么比，亲弟兄们，哪能算那么清楚哇。梅说，我就是觉得心里委屈，冤得慌。翠台见她眼泪汪汪的，生怕她又闹起来，家务事，不好断。正着急呢，看见素台走过来，立在她家过道口，朝她摆手。急忙忙走了。

素台穿一件橘粉色薄毛衣，灰色细格裤子，一头烫发扎在脑后，露出了明亮的额角。见了翠台，笑吟吟的，姐姐，送孩子去了？翠台说，是呀，你吃了呀不？心里说，听你叫声姐姐，也是难得。素台说，却上下打量她，姐姐，不是我说你，年纪轻轻的，也不打扮打扮，老婆子似的。翠台说，我还年轻？都四十多的人了，可不就是老婆子了。素台说，人家城里人，这个年纪正打扮哩。翠台说，那是人家城里人，咱庄稼主子，干干净净就行了。素台说，我那件毛衣有点紧了，赶明儿我给你拿过来。这二年净长肉，愁死我了。翠台说，你的衣裳都忒洋气，颜色又亮，我可穿不出去。素台说，就是那件绿的，芥末绿，这种绿挺挑人，你白，穿着肯定好看。姊妹两个你一句我一句，坐着说话。翠台看她今儿个喜欢，忍不住问道，这些天瞎忙，也没去你那边——怎么样了？我是说，厂子的事儿？素台的眼睛一闪一闪，亮亮的，抿着嘴儿，不说话。翠台说，怎么，不好？素台见她着急，撑不住，扑哧笑了。翠台说，你看你，还笑，我都急了一头汗。素台说，你这急脾气呀，真是的。素台说，我跟你说呀，有好事儿。翠台说，好事儿？素台说，县里建了产业区，要把这些个小厂子都统一管起来呀。翠台说，是不是？产业区我知道，不就是在产业大道上么，芳村往北，过了田庄，挨着张段固。素台说，是呀。老大一片。这些天增志他们忙这事儿哩，有时候开会他离不开，我还替他去过。翠台就笑，你替增志去开会？素台说，门缝里看人？姊妹两个就笑。素台说，这些年，厂子里的事儿都靠人家，我在家当甩手掌柜，厂子里的事儿呢，一问三不知。翠台说，你才知道呀。素台说，顺当的时候呢，倒觉不出来。这遇上不顺当，船都要翻了，我还傻乎乎躺里头睡大觉哩。真叫人臊得慌。翠台说，看来开开会就是不一样了，长觉悟了呀。素台笑得不行。翠台说，那早先厂子里那些个旧账怎么弄？素台说，说是自家先清理，最后有个方案，上头给个方案。素台说就是有一条，进产业区，还有条件哩。翠台正要细问，听见街上有吆喝声，蒸碗儿、蒸碗儿，卖蒸碗儿，卖蒸碗儿，热乎乎的蒸碗儿——叫个不停。素台说，你看我这记性，差点儿忘了，我是来递说你，那谁，丑子家儿媳妇小产了，刚从县医院回来，咱们看看去呗？翠台说，丑子家儿媳妇，就那个圆脸的媳妇？白白净净的那个？头生子吧，就小产了？素台说，可说呢。去年才娶的。听说是那媳妇端了一盆水，就见红了。如今人们真是，娇气得不行。翠台说，哪能跟咱们那会儿比呢。又说那咱得过去一趟，咱娘生病那会儿，人家丑子两口子都来看过。咱买点东西，过去看看。姊妹两个商量着，买什么东西，什么时候去。那个卖蒸碗的还在吆喝，蒸碗儿、蒸碗儿，卖蒸碗儿，卖蒸碗儿，热乎乎的蒸碗儿——素台说，我给咱爹买俩蒸碗儿去，这家的蒸碗儿挺好吃。

卖蒸碗儿的停在道南，一个媳妇抱着孩子买蒸碗儿，说你这卖蒸碗儿也是，一分钱都不肯少要。卖蒸碗儿的就笑，一分钱？你给我找出一分钱来叫我看看？那媳妇说，我说你这个人，如今哪还有一分钱？我不过是打个比方。卖蒸碗儿的说，莫说一分钱，一毛钱一块钱就少见。如今有手机，买东西谁还使现钱呀。拿下巴颏儿指了指车子上竖着的那个牌子，上头写着：扫一扫，微信支付。那媳妇说，还挺时髦儿。卖蒸碗儿的就笑，咱也得紧跟潮流是不是？素台走过来，跟那媳妇说话，又逗那孩子。那孩子不过六七个月，白白胖胖的，不停地吃手指头，口水流啊流。翠台说，哎呀，看这孩子胖的，哈喇子流成河啦。那媳妇只顾着看她的蒸碗儿。素台说，你这蒸碗儿热乎不热乎？伸手摸了摸，被烫了一下。那卖蒸碗儿的说，你看你，不信服人儿。素台买了两个，塑料袋子提着。那卖蒸碗儿的问翠台，你不拿俩？翠台说，我俩是一家。那卖蒸碗儿的就叹气道，哎，忒细，忒会过。咱村里就是买卖不行，你看看集上，一会儿就抢光了。素台就笑，往后你去咱产业区试试，怕连这碗都给你吃了。众人笑得不行。

院子里静悄悄的，翠台叫了一声爹，没人应。素台叫了一声，还是没人应。翠台的心一下子怦怦跳起来。三步并作两步，撩开门帘一看，她爹躺坐在椅子上睡着了，电视却还开着，一个女子戴着凤冠霞帔，正在咿咿呀呀唱着。素台忙上去叫醒她爹，翠台伸手就把电视关了。她爹忽然被惊醒，懵懵懂懂的，问谁呀，谁呀这是？素台说，大白天的，怎么睡着了呀，还开着电视哩。她爹说，谁知道哇，迷迷糊糊就睡着了。翠台说，这么坐着睡，着凉了怎么办？她爹说，我就那么娇气？嫌她们大惊小怪。看见那俩蒸碗儿，又怪她们乱花钱。问谁买的呀，素台吧？你们那厂子一大堆事儿，大窟窿小眼的，还这么大巴掌大手的，像早先一样？翠台忙朝着素台使了个眼色，叫她别吭声。素台说，给你买了你就吃，上了年纪，操那么多闲心？她爹说，我吃？我能咽下去呀？素台说，怎么就咽不下去？心忒窄，针尖儿大，这点子事儿还叫个事儿？她爹说，我心窄？好好的厂子，呼啦啦一下子！你叫我怎么咽下去？素台说，你看看，说你们心窄！素台说这不是上头给咱想法儿呀？她爹说，上头？上头给咱想法儿呀？素台就把产业区的事儿跟她爹说了，她爹听得眉开眼笑，连连说这是好事儿哇，大好事儿。我就说么，上头肯定要出头管这事儿。她爹说大谷县这地方，弄皮子也有三十年了吧。有多少人是靠着这一行发家的？后来说是污染厉害，这个查那个管，不叫人们弄了。这么些年了，这一行在咱这地方根子有多深？说不叫弄就不弄了？我就说么，老百姓的烦心事儿，上头还能看着不管？还能不给咱想办法？她爹絮絮叨叨的，一面说，一面吸他的旱烟，说着说着又喀喀喀喀咳嗽起来。翠台说，看把你喜欢的。记着吃蒸碗儿呀，还热乎哩。

晌午饭的时候，根来和大坡还没有回来。翠台一等不来，二等不来，打电话，也没有人接。心里头七上八下。

这个季节，天晴的时候，倒是清清朗朗，四野开阔。阳光水银一般，泼泼洒洒，把大地弄得明晃晃照眼。麦苗们早已经冒出来了。经过春天的骚动，夏天的疯长，秋天的收割，此时的田野，变得沉静安宁，好像辛劳多产的母亲，经多了光阴的风吹雨打，难得享受片刻的闲暇。添福家的大白鹅嘎嘎嘎嘎叫着，小小的院子里飘着葱蒜的香味儿。添福媳妇弯着腰，进进出出忙着弄饭。臭狗儿端着一把机关枪，对着那大白鹅射击，嘴里啾啾啾啾叫着，时不时啊呀一声，是受伤的意思，身子也跟着倒在地下。添福媳妇就叫，狗儿？狗儿？臭狗儿？起来，看把衣裳弄脏了。抬头看见翠台，说吃了呀不？翠台说，没，都还没回来哩。添福媳妇说，就我跟臭狗儿俩人。翠台说，弄啥好饭呀？添福媳妇说，煮挂面，打俩荷包蛋。不过了。就笑。翠台说，我添福叔哩？添福媳妇说，给人家看门，一会儿也离不开。早先光烧个锅炉，倒由己些。翠台说，可不是。挣人家一份钱么，就当人家一份差。正说着话，远远看见自家的车开过来，说，回来啦回来啦，吃饭去呀。

一面吃饭，父子两个一面说事儿。一递一句的，话稠得不行。好几回翠台想插句嘴，却老插不进去。根来说镇上下来的那个小张，年轻轻的，乍一看还是个毛头小子，穿的也平常，一开口，你听人家说话，那水平。大坡说，小张！人家是张书记，咱镇里的一把手。还小张！根来说，张书记？那他说就叫他小张？大坡说，人家那是没架子呗。根来说，还真是，一点儿架子都没有。我看比你也大不了几岁。你看看人家。大坡说，人家是博士，一肚子墨水，咱能跟人家比？翠台说，老天，博士呀。哪儿的人呀？根来说，一口普通话，听不出来。大坡说，说是上头派下来的，来咱青草镇挂职。根来说，难怪。有水平。你看人家那讲话，干脆利落，一句废话都没有，句句说到点子上。根来说平日里都说中树好口才，中树水平高，不比不知道哇。人外有人，天外有天哇。大坡说人家要是没有两下子，还能当书记？翠台说，看你们，还吃饭不吃饭了？小张吧，张书记吧，饭总得先吃吧？大坡说，跟你说也不懂。翠台说，我不懂？嚯，我吃的盐比你吃的米还多。我见过多少人？我不懂？根来说，你妈也就是咱村里一个妇女家，要是在大城市里，那肯定是干大事的人物。翠台笑骂道，少说两句行不行？吃饭也堵不上你们的嘴？

一家子吃饭，大坡的心思好像不在饭上，一会儿问他爸这个，一会儿问他爸那个。又说起来上培训班的事儿。根来说，我盘算了一下，还是叫你去。发达他们也是派孩子们去，年轻人，脑子好使，学东西快。大坡说，去就去，这个我倒不怵头，可就是觉得吧，往后就算跟这一行摽上了呀？根来说，这一行怎么了？三百六十行，行行出状元。大坡说，话是这么说，喂猪养猪，白天黑夜跟猪弄一块儿。翠台说，当初你非不念书，我怎么给你说的？如今后悔了？晚啦。大坡说，后悔倒是不后悔，立辉他兄弟，立伟，也是念了这么多年书，到头来怎么样？根来说，立伟那个大学不行，一个大专，专业也不行。大坡说，说是上班上班，就挣个死工资——在城里买房子，还不是得叫他家里出首付？翠台说，话不能这么说。有文化总比睁眼瞎强吧。大坡说，谁是睁眼瞎？我不认字？我不会学？这回去上培训班，我倒叫你们看看。立起身就走了，气哼哼的。翠台看了根来一眼，忍不住笑，你看看，像谁呀，这狗脾气。

傍晚的时候，去幼儿园接了孩子回来。小妮儿要喝酸奶，翠台说，这个天儿喝酸奶？凉不凉？肚子疼，还得叫先生打针。小妮儿哪里肯，非要喝酸奶。翠台见哄不下来，只好领着她到秋保家超市去。超市里人来人往。人们出出进进，乱纷纷的。国欣正跟人视频，一声一声的，笑得嘎嘎嘎嘎响。见翠台进来，一时也舍不得挂断，就冲着手机说，来人儿啦，你等下昂。翠台说，你忙你的，我看看。买了酸奶，正结账呢，臭菊匆匆忙忙进来，走得一脸热汗，小声问国欣，秋保哩？国欣说，进货去了。你这是？臭菊说，我有点急事儿——声音就变小了，嘀嘀咕咕，听不真切。国欣支支吾吾，好像是有点儿为难，说这事儿我得问问他，我摸不着头儿——臭菊就又嘀嘀咕咕说了半天。翠台见两个人说话背人，情知是不愿意叫人知道，就赶忙结账出来了。

耀宗家门口立着几个人，好像是在等着看病。发达他兄弟发财正在说养猪场的事儿，比比画画，满嘴都是新名词儿。旁边的一个人说，看人家发财，成专家啦。发财说，我就是觉得吧，啥事都是门学问，可甭小看了这养猪，里头学问大着哩。另一个说，还有弄皮子，咱弄了这么多年皮子，谁想过这一行往后怎么干？怎么干长远？发财说，这不国家给咱想办法么，带咱奔小康呀。旁边的人就笑，小康不小康，关键看老乡。发财把巴掌一拍，我的叔呀，你可真能。这是咱国家说的话，看把你能的。那人说，是不是？我说的都是实话呀，不信你上百度查查。众人都笑。

建国媳妇正忙着打烧饼，浑身热气腾腾的，满脸红光。有个卖油炸糕的，是苌家庄一个妇女，在跟小坷垃媳妇说生意经，推着车子，走两步，退三步，嘈嘈切切，扯不完的话。刚过了小鸾私厨，见团聚媳妇匆匆过来，脸上笑笑的，问她这是去哪儿了呀。翠台说，我刚接孩子回来，你这是？团聚媳妇说，我去秋保家超市，买点儿现成的小菜，家里喝酒哩。翠台说，来客啦？团聚媳妇说，都是自家人，团聚、广聚弟兄俩，还有孩子们。没外人。翠台说，那可不。都是家里人。心想这兄弟俩为了厂子的事儿，闹得不好看，这事儿村里人谁不知道？如今倒都和睦了，坐下来喝酒，真是怪事儿。

爱梨打电话回来，叫别等着她吃饭，有点急活儿，得加会儿班。翠台听她在电话里一面说，一面笑，脆生生银铃铛似的，是喜欢的意思。这阵子爱梨上班挺忙，只是星期日歇一天，大坡也天天去忙着养猪的事儿，又是开会又是培训，天天难得看见人影儿。小两口儿竟比早先越发恩爱起来。翠台从旁看了，心里不免纳罕。把这事儿问根来，根来说，人家不好，你发愁。人家好了，你也纳闷。你呀，就是操心的命。翠台说，问你哩，你看你。根来说，早先俩人闹，闹来闹去，说一百条，归根到底，还不是钱的事儿？如今爱梨上班，月月有工资，大坡也忙着正事儿。有吃有喝有钱花，他们还闹？翠台说，我听说，爱梨她们一个月三千多，还不算奖金。根来说，咱甭打听，事先都说好了，人家挣了是人家的。翠台说，我又不跟她打听，再说了，芳村也不是就她一个人在那厂子上班。根来说，咱不管不问，能当聋子当哑巴，就当聋子当哑巴。家和万事兴。老祖宗的话，咱得听。翠台说，还用你给我上课？翻他一眼。

两个人满心欢喜。因又说起大坡来。好像是，一夜之间，大坡就变了个人。说话，做事，竟然一板一眼，有模有样的了。是从什么时候变化的呢，好像也说不好。家里的猪出事儿的时候？跟着根来去开会张罗事儿的时候？要么就是更早的时候，爱梨跟他闹一场又闹一场，他也慢慢知道了生活的难处和苦处？要不就是，亲眼看见芳村的人们，这一家那一家，这个人那个人，起起落落，河东河西，他竟然一下子看透了，一下子开了窍？翠台眼看着小子一点点清瘦下来，从早先那个一百六十斤的胖大小子，出落成一个结结实实、力力量量、有心劲儿、有盘算的汉们家，心里头有一点酸，有一点甜，有一点苦，有一点涩，百种滋味，竟是说也说不得了。

立　冬

《月令七十二候集解》：冬，终也，万物收藏也。

立冬

［唐］李白

冻笔新诗懒写，寒炉美酒时温。

醉看墨花月白，恍疑雪满前村。

立冬这天，居然下起雪来了。其实也不是雪花，是雪粒子，密密的，簌簌簌簌落下来，落在人们头上，落在人们肩上，落在汽车上，落在篱笆上，落在树木上。云彩压得很低，田野里白茫茫一片。雾气渐渐升腾起来，同半空的云层混杂在一起，无声地汹涌着。四下里寂静极了，只能听见雪粒子打在树枝上的声音，琐碎的，欢快的，反反复复，好像是一个人在喃喃私语。远远的，隐约有一两声狗吠，却被村里大喇叭打断了。注意一下，注意一下，全体皮革厂负责人，全体皮革厂负责人，听到广播，到村委会开会。注意一下，注意一下……

翠台早早起来，先把旧院里里外外扫了，出了一身热汗。她又重新洗了脸，拿毛巾把身上的雪粒子、土星子噼里啪啦一顿好摔。立在那张梳妆桌前面，见镜子里那个人，脸蛋子红红的，抹了胭脂一样，鲜艳极了。一双眼睛却是水水的，又黑又深，明亮极了。她惊讶地看着那个人，好像是不认识自己了。桌子上放着一瓶面霜，还是二妞回来落下的。她把那个精致的小瓶子拿在手里，翻来覆去地看，上头都是弯弯曲曲的外国字，蝌蚪似的，她一个都不认识。旋开盖子，里头还剩下小半瓶。她迟疑地倒了一点在手心里，慢慢抹在脸上，一股子香气淡淡弥漫开来，带着一丝丝幽幽的甜润的味道。她看着镜子里那个妇女，脸慢慢飞红了。笑骂道，臊不臊？都半老四十了，还臭美哩。

雪还在下着。街上的雪薄薄敷了一层，银沙一般，被来来往往的车印子、脚印子弄得乱七八糟。建国媳妇家的烧饼摊子搭了个棚子，白的热气袅袅升腾起来，同漫天飞舞的雪粒子搅在一起，越发显出那烧饼摊子的温暖可亲。建国媳妇正拿着一个竹夹子，把新出炉的烧饼一个一个夹出来。那烧饼黄澄澄热腾腾，香气扑鼻。翠台说，这么勤谨呀，下雪天。建国媳妇说，你不也一样？翠台说那能一样？你是做买卖，挣钱哩。又想起来家里没卷子了，说算了，今儿早晨吃烧饼吧——给我拿八个烧饼。建国媳妇说，这可是稀罕事儿。不过了？八个够不够？翠台说，十个吧，十个。豁出去了，不过了。建国媳妇给她装了十个烧饼，又添上一个。翠台说，可使不得。你这是买卖，都不容易。建国媳妇说，谁吃不是吃？多吃一个烧饼就把我吃穷了呀？说你也是难得豁出去，我也豁出去一回。一早晨还没开张哩，你算是给我开个张。就笑。翠台也笑，你笑话我？建国媳妇说，我哪敢笑话你？我是眼气你。正说着话，见小鸾过来。小鸾穿着一件宝蓝绸子小袄，窄窄的腰身，头发在后头梳了一个圆圆的髻，额头光光的，显得明净秀丽。建国媳妇说，吃烧饼呀，刚出炉的热烧饼。小鸾说，我是闻着味儿来的，孩子一早起来就闹着吃烧饼。又扭头张望小坷垃家馃子摊子，说怎么没出来呀，想吃豆腐脑，你看这。建国媳妇说，下雪天，估计不出摊儿了吧。小鸾说，是不是？那我给他煮方便面吧。方便面有啥吃头？问有几个热烧饼，包了圆儿，匆匆走了，留下好大一股子香气。建国媳妇看着她背影，撇嘴道，张狂！有几个钱，看把她烧的。翠台说，人家有么。建国媳妇叹口气道，如今有钱就腰杆子硬，出气儿也粗。她早先可不这样，随和得不行，说话一笑一笑的。翠台见她话稠，忙说回家去呀，都等着我这饭哩，上班的上班，上学的上学。

她爹抱着个扫帚，正哗啦哗啦扫院子。见翠台过来，说这场雪下得好，麦子们正渴哩。翠台留下仨烧饼，嘱咐他趁热乎吃了，冲碗豆奶粉，要不就煮碗挂面汤。她爹埋怨说，又瞎花钱。没病没灾哩，叫我吃烧饼。要是早先，翠台早嫌他絮烦了，今儿倒是挺愿意听他唠叨两句。院子不大，却扫得干干净净，留下清晰的扫帚枝子的印子，一道一道，故意画上去一样。又有雪粒子纷纷扬扬落下来，把那新鲜的扫帚印子渐渐覆盖了。墙根底下，菜畦里的菜倒是越发精神抖擞了。大白菜湛绿湛绿，越冷越生气勃勃似的。有的拿草绳五花大绑给捆起来，怕长散了。雪地里，白菜好像有十分的精神，圆滚滚一大个一大个，足有洗脸盆子大小。她爹见她看他的白菜，就说，你看我这白菜，不施化肥，上粪肥，长得好吧？差不多都窝上心了，挑着瓷实的，吃馅子顶好。你要吃就过来拔呀。翠台说，这会儿拔可惜了的。再长几天吧。他爹哼了一声，素台倒是下得了手，都拔过一棵啦，说吃饺子，叫我过去，我没去。后来给我送了一碗过来。翠台说，她这阵子挺喜欢。谁来拔的白菜？她爹说，素台呗，增志哪有空？说是忙着厂子里的事儿，脚不沾地。这不，大清早村里又广播哩，叫去开会？翠台说，我听见了，好事儿哇。她爹说，好事儿，肯定是好事儿。这些天，村里人都议论这个哩。有的人喜欢，就有人发愁。翠台说，是不是？还有人发愁？她爹说，像那谁家，小闹腾他们，就不愿意。他们这些年顺当，小打小闹的，也赚了一些钱。还有广聚他们，买卖越闹越大，摊子也越铺越大，正在兴头上，谁愿意来这么一下子？翠台说，这么说，这事儿还不好弄。她爹说，这不叫开会哩。听说上头来人了。庄稼主子们，眼皮子浅，看不到长远，这个时候，国家就得做工作。你说是不是？好比是咱村老五放羊，没有领道的，那些个羊不走散了？那还得了？没个领道的可不行。

从她爹那院里出来，拐过一个过道口，见大全骑着电动车，匆匆往大街里去了。大全穿着一件棕色皮衣，戴一顶黑呢子帽子，衬衣领子露在外头，白得耀眼。身材明显发福了，啤酒肚腆着，把皮衣顶出去老高，倒越发添了大老板的派头。翠台看着他背影，想起香罗有一阵子没音信了，也不知道她回来过没有。听说她娘小蜜果生了一场病，盘算着该去看望一下，有香罗这里牵扯着，也算是至近的亲戚。再说了，这几年，愿意吧，不愿意吧，人家香罗帮了自家不少忙。做人么，还是要仁义，厚道，知恩图报。她信这个。

就把这事儿问根来。根来说，我怎么知道？人家的事儿，你问我？翠台说，你不知道？你还能不知道？我就不信了。根来见她笑得嘎咕，越发急了，你该去问根生呀，要不就直接问她去。翠台呀一声，问她，她是谁呀？根来气得脸红脖子粗，说你这样说有意思不？我一个当大伯子哥的！你再这样，我可翻脸了。把凳子一脚踢歪。翠台见他急了，倒笑得不行，说看看看，你这人，不识逗。逗你哩。就真的打电话给根生。根生在电话那头说，她娘病了，她伺候着哩。是呀，苌家庄。对，从医院回来了，在家里，家里养着哩。翠台挂了电话，说咱去看看吧？那一回我爹白内障做手术，人家也去看了。根来说，该去。翠台说咱俩去？根来说，我不去。妇女家的事儿。再说，养猪场的事儿一大堆，正忙着哩。翠台横他一眼，啊呀，这还没发财呢，听听这口气。要是赶明儿真发财了，还不把给我休了呀？

次日，天放晴了。阳光金子一般洒下来，把村庄弄得恍恍惚惚的。麦田绿油油的，经过小雪的清洗，越发新鲜湿润，好像是绿得直直沁到人的心里去。空气里流荡着泥土的味道，野地湿润润的苦涩气息，路边野草已经枯败了，滚动着清亮的露珠子。淡淡的雾霭蒸腾起来，同天上的浮云缠绕在一处。远远地，看见河套的大堤了。弯弯曲曲，仿佛一条飘带，向远处蜿蜒而去。过了大片田野，过了那片老柏子树，苌家庄就在眼前了。

翠台从电动车上下来，跟人打听香罗家。一个老婆儿说，你是说小蜜果家？顺着这条道直走，见路口往东拐，有一家超市，超市后头那一家就是了。翠台刚要走，那老婆儿又问，你是哪村哩？

翠台说，我是芳村哩，来串亲戚。那老婆儿说，怨不得，看着面生。说小蜜果这回病得不轻，亏得修下个好闺女，治得及时，人家又有，舍得花钱，算是闯过这一关了。要是换个二人，可不好说。翠台说，是不是？我就是来看病人哩。那老婆儿说，说句不该说的——哎，还是算了吧，我就是人老了，话多。你忙你的，你忙你的。颤巍巍走了。

翠台顺着老婆儿指的路往前走，果然看见一家超市，比秋保家超市还要大，挂着一个很气派的牌子，上头写着：苌家庄超市。超市门开着，一眼望去，货架子上琳琅满目，满满当当。人们出出进进，有提着东西的，有在台阶上立着说话的。旁边有一个卖桶装纯净水的，高声大气地跟人说笑。一个炸麻花的，在超市对面的十字路口，油烟滚滚，街上弥漫着好大一股子香甜的味道。翠台见那新出锅的麻花红通通油光光好看，忍不住过去买了几个，叫人家拿麻绳穿了，挂在车把上，晃晃悠悠的。转过超市，果然有一户人家，高门大院，大铁门是草绿色，上头贴着门神，两边是一副春联，上联是：百世岁月当代好。下联是：千古江山今朝新。横批写着：国泰民安。大门关着，开着一侧的小门。进了门，迎面是一面影壁，画着百鸟朝凤，活灵活现。院子挺大，一溜北屋，两边是东西耳房。院子都是青色方砖铺地，只在屋前台阶底下，留了一片长方形的花池子，种着菊花，有白的，也有黄的，粉的娇气，紫的富贵，重重叠叠的花瓣子，在风里颤巍巍的。正四下里看呢，只见门帘一动，出来一个年轻媳妇，短发烫了，染成深棕色，湿漉漉，好像是刚刚洗过。鸭蛋脸，眼睛毛茸茸的扑闪扑闪，嘴角有一颗痣。见家里来了个生人，问她找谁呀？翠台忙说，是香罗家吧？我芳村的，当家子嫂子，来看看我婶子。那媳妇哎呀一声，笑笑的，赶着叫她翠台嫂子，说我姐出去了，一会儿就回来。把她往东屋里让。

东屋不大，却收拾得十分干净。外头摆着沙发茶几，里头还有一个小间，推开门，只见小蜜果在床上半歪着，见翠台进来，嘴里哎呀哎呀叫着，要坐起来。翠台忙过去把她拦下了，说婶子你躺着，又不是外人儿。听说你身上不好，早就想过来看看，忙东忙西，今儿个才得了空过来——你身上怎么样呀？看着气色倒挺好。小蜜果说，我都好了，还叫你惦记着，大老远跑一趟。说上了年纪，免不了三灾六病哩。不碍事儿，都好上来了。翠台又问她怎么治的，吃的什么药，饭量怎么样，睡觉安稳不安稳。那媳妇手脚利落，忙前忙后，一会儿拿过来两罐六个核桃，拿手巾垫着，说热了热，有点烫哈。一会儿又拿过来香蕉、橘子叫她剥着吃。翠台心里说，这八成是香罗兄弟媳妇，看上去倒是好性子，又伶俐，又孝顺，知冷知热。小蜜果穿一件墨绿色绸子小夹袄，小立领，黑色琵琶纽子，黑布夹棉裤，肥肥的裤腿，脚上穿一双雪白的袜子，草点儿不沾。手腕子上戴着一只金镯子，黄澄澄的耀眼。头发梳得光溜溜，气色红润，眼神明亮，哪有一点病人的样子。梳妆桌上有一个土色大肚罐子，里头插着几枝新鲜菊花。旁边摆满了大大小小的瓶瓶罐罐，还有一把牛角梳子，一个挺大的核桃，被磨得油光水滑。屋子里香喷喷的，也不知道是药的香气，还是菊花的香气，要么就是那些脂粉的香气。小蜜果问起翠台她爹，身子可好？吃饭行不行？一个人住呢还是跟着孩子们住？翠台都一一答了。小蜜果叹口气，说，不服老不行哇。想当年，我也铁打似的，哪里知道生病的滋味？香罗她爹活着的时候，倒不觉得，这看不惯那看不惯，还找碴子拌嘴哩。等他一走，才觉出味儿来了。翠台说，可不是。小蜜果说，少年夫妻老来伴，年轻的时候，谁信这个？这人世间的事儿，不落到自己头上，都不算数哇。事非经过不知难，说的就是这个意思。翠台说谁说不是呀。心里说她这绕来绕去的，也不知道葫芦里卖的什么药。那媳妇进进出出，忙得热气腾腾的，此时在院子里立着，好像在给谁打电话。小蜜果往窗子外头看了一眼，压低嗓子说，儿女们，嗐，还不是那么回事儿？平时不觉得，我病这一场，算是看明白了。翠台说，婶子你这话说得，我头一个就不服，香罗可是个孝顺闺女，从苌家庄到芳村，这谁不知道？小蜜果说，闺女是我身上掉下来的肉，我说的是外头那一个。拿下巴颏儿朝院子里指了指。翠台正不知怎么开口，只听见院子里有人说话，香罗一撩帘子进来，喘吁吁的，脸蛋子红扑扑，眼睛亮闪闪，见了翠台，哎呀一声，金芳说来客了来客了，我当是谁呢，哪股风把你给吹来了？这么稀罕。翠台说，我来看看我婶子，早就说来说来。你看我天天瞎忙。香罗说，都好上了来了，不碍事。翠台说，差点忘了，我记着你说过，我婶子好吃麻花，刚才我见街里有刚出锅的麻花，就买了几个。香罗笑道，真好记性。我娘好吃炸麻花，好吃肉焖子。早先我哪个集不给她买？如今不行啦，医生说少吃这些个，油忒大。翠台说，是不是？这么讲究？小蜜果说，光听蝲蝲蛄叫，还不种地了？我就不信这个。香罗说，听人劝，吃饱饭。小蜜果说，这个不能，那个不能，那人活着还有啥意思？我都这个年纪了，还能痛快几年？香罗不理她，只跟翠台说话。那个叫金芳的过来，把小蜜果杯子里的水续上热的，又端过来一个蓝边小碗，里头是大半碗汤药，伺候小蜜果喝了，把那杯热水递过去，叫她漱口，又剥了一块巧克力糖，给她含着。小蜜果皱着眉头，抿着嘴，慢慢吃糖。金芳把那些空碗一一收拾了。翠台心里说，这个金芳倒是个孝顺媳妇，难得。香罗问她这阵子忙什么呢，抱怨说她苌家庄、城里两头跑，还没回过芳村哩。问村里有新鲜事儿没有。小蜜果见她们妯娌俩亲亲热热说话，乐得自己玩手机。翠台悄悄笑道，我婶子还挺时髦。香罗说，还会玩微信哩，语音、视频、快手、抖音，人家都会。这不，我刚给她换了个华为，嫌苹果不好使。那叫金芳的过来，问晌午吃啥饭？香罗说，咱吃饺子吧？有现成的肉馅儿。要不就烙肉合子，金芳烙的肉合子，苌家庄有名儿。金芳就抿嘴笑，右边嘴角露出一个圆圆的小酒窝。翠台忙说，肉合子就不吃了，家里头一摊子事儿，下回，下回吧。下回来叫你好好待待我。

淡淡的雾气浮动着，河套里好像是笼着一层薄纱。河堤上偶尔开过一辆汽车，细细的尘土飞扬起来。远远地，能看见河套深处的果树趟子，梨树、苹果树、核桃树、柿子树，树木们摘净了果实，疏疏朗朗，显得安详静谧。滹沱河早已经干涸了，河套里的沙土地，被人们种上了庄稼。大片的麦田向天边缓缓延展，延展。淡蓝色的烟霭中，影影绰绰可以望见村庄的轮廓。过了河套，就是晋县了。芳村人叫作河那边。比方说，谁家来亲戚了，有人问，哪个村的呀？回答说，河那边的。浮云满天，棉花朵子一般，东一块，西一块。有一块浮云飞过来，把日头遮住了，过了一会儿，又倏然一下子跳出来。天地间金丝银线交织，明晃晃照人眼。翠台骑着车，车后头驮着一箱子牛奶，车筐里是两盘鸡蛋。怕鸡蛋颠碎了，只好千小心万小心，慢慢慢慢地骑。方才香罗打架似的，非要她带些东西回去。又指着屋里那小山似的东西给她看，说都是人们看病人送的，吃不清。我给亲戚们送了些，剩下的就放在我兄弟超市里，叫他们好歹卖了。翠台拗不过，只好依了她。心想原来那苌家庄超市就是香罗她兄弟开的。又想起来金芳那嘴角的小酒窝，想这小蜜果倒是好福气，修下这么好的儿媳妇。

路过联合小学门口，学生们刚下课，正一窝蜂似的涌出来，吵吵嚷嚷，嘤嘤嗡嗡。兰月胳肢窝底下夹着一本书，张着两只沾满粉笔末子的手，立在院子里，跟一个老师说话。抬头看见翠台，朝她摆摆手。翠台就下了车子，在学校门口停下。兰月穿一件黑色小西装，牛仔裤洗得泛白，紧绷绷勾勒出一双大长腿来。翠台说，下课了呀？兰月说，下课了，讲得我口干舌燥，嗓子快冒烟了。兰月说，怨不得人家都说，家有二斗粮，不当孩子王。一群小牲口似的，真费劲。翠台说，你这吃国家饭的，月月有工资，谁不眼红呀？兰月说，如今的孩子们难管，家长也不好伺候。说是不让带手机不让带手机，你看看，管得住？光一个手机就不行。手机这东西，害死人。说着长吁短叹。翠台见她眼睛下面有两块青，嘴唇上飞着干皮儿，嘴角上缀着一个大燎泡，亮晶晶的，就劝道，教书就是个良心活儿，教好教坏，教多教少，全凭了良心。咱尽心就是了，人各有命，也甭忒较劲儿了。不说别人，就说我家二妞，从小到大，功课上的事儿，谁管过她？见兰月嗯嗯啊啊的，心不在肝儿上，心想她莫非是有心事？两个人隔着铁栅栏门说话，一个门里，一个门外。上课铃响了，学生们轰隆一下子，都进教室去了。整个学校就安静下来。兰月果然说，敏子，就我那兄弟媳妇，又闹哩。翠台说，兰群家媳妇？兰月说，是呀。把我娘气得，犯了好几回病。这不血压又上来了，在耀宗那儿输水哩。翠台说，为了啥事儿呀？敏子平常说话一笑一笑的，看着倒好脾气。兰月撇嘴说，那是对外人。越是在外人面前，越是好脾气。左邻右舍，整个刘家院房里，谁不夸人家好脾气？你是没见过她在家里，老天爷！翠台说，是不是？兰月说，有句话，照说我这个当大姑子的不该说，就她这个脾气，也就是兰群没出息，但凡有一点出息，有一点本事，还能容她这么闹？翠台心里说，你家兰群那些个花花事儿，还当谁不知道呀。就说，那眼下敏子在芳村呢，还是在她娘家呢？兰月说，在河流她娘家，谁叫都不回来。把我娘急的。嫂子，我是想问问你，那谁，爱梨，大坡家媳妇，如今都顺顺当当的，小两口喜喜欢欢过日子——你给他们使的啥仙法儿呀？翠台心里说，我家跟你家能一样？大坡哪有兰群那种花花事儿？嘴上却说，年轻人们，难免磕磕碰碰，慢慢磨一磨，兴许就好了。兰月说，早先闹那么厉害，你看看，说好就好了，风平浪静，你真好福气哇。只字不提兰群惹的事儿。教学楼前面，是个小广场，一面国旗在风里飘呀飘，衬着蓝天白云，画里一样。峰林背着手，从广场上慢慢踱过去。翠台说，看你们校长。兰月回头看了一眼，吐了吐舌头，小声说，他呀，假正经——张了张口，就不说了。门口小卖部的老头儿打了一个大大的哈欠，又打了一个。翠台说，峰林他老丈人？兰月说，早不干了，上头管这么紧——话锋一转，说，有个事儿麻烦你，这两天去趟河流，请人家去。本来是叫我嫂子去，她又心口疼。翠台说，喜针心口疼？她老毛病了。兰月说，也是跟梅生闲气生的。翠台说，她那刀子嘴。就笑。又问哪天去呀，反正我都在家呢，哪天去叫我一声就行。

响午错了，根来和大坡父子两个才回来。翠台把蒸的鸡蛋羹端出来，倒上醋、酱油、香油。屋子里香气扑鼻。大坡说，呀，鸡蛋羹。翠台说，你们是功臣，犒劳你们一下。根来说，功臣不功臣吧，这阵子把大坡忙坏了。天天培训，光笔记就写了两大本子。大坡笑，我上学的时候都没这么用功过。翠台说，那还会写字呀？你上学时候认的那些字，怕是这些年都就着卷子吃了吧？一家子就笑。大坡说，门缝里看人，你就不能夸我两句？真是的。我不会学呀？翠台见他一张脸明显瘦下来了，下巴颏儿也尖了，倒显得越发精神结实，心里又是喜欢，又是心疼。嘴上却说，我还夸你？我这么使劲摁着，你那尾巴都要撅上天去了。我还夸你？自己却跑到北屋里，从冰箱里拿了一根香肠过来，跟大坡说，给你加个菜。大坡说，光给我加呀？我爸哩？根来说，我哪长着吃香肠的嘴呀。翠台抿嘴笑。又说起来去苌家庄的事儿。翠台说小蜜果家里如何干净，如何讲究，小蜜果如何恣，她那儿媳妇金芳如何孝顺，如何勤谨懂事，香罗她兄弟的超市，比秋保家的又大，又排场，货也齐全。根来说，看你把人家夸的，鸡蛋里没个缝儿。香罗她那兄弟，还不是靠着香罗？帮着他找这个找那个，连本钱都是香罗出的。这些年，他们村那苌家院房里，香罗都没少拉拽。翠台说，人家本事大么。根来说，她那兄弟媳妇孝顺？你知道为啥那么孝顺？翠台说，人家修下了呗。还能为啥？对香罗，顶多有点儿怕情。怕在香罗跟前落不是。我看那金芳挺好，低眉顺眼的，在婆婆、大姑子跟前，大气不敢出。如今满世界找去，哪还有这样的媳妇？根来冷笑了一声，说，有钱能使鬼推磨。翠台说，你这话我倒不懂了。大坡说，我香罗婶子雇她伺候老人？根来说，雇不雇的，听着不好听，其实也就是这么回事儿。翠台啊呀一声，一个劲儿地叫老天爷，一时说不出话来。根来说，我也是有一回听根生说过一句。人家不肯多说，我也没多问。翠台说，怨不得。根来说，香罗不是忙么，哪有空伺候着她娘？叫金芳伺候着，治病的钱都是香罗出，还另给金芳出着一份钱，算是误工费。翠台说，我的娘，还误工费，亲婆婆哇。大坡说，我倒觉得这事儿没啥，没毛病。金芳有时间，我香罗婶子有钱，有钱的出钱，有力的出力，挺好，挺公平。根来说，按说也没啥，就是听着不好听。翠台说，我的娘哎。这事儿怎么就叫人觉着这么别扭哇。雇自家兄弟媳妇伺候老娘！这还是一家子不是？翠台说我就想不通。大坡说，就算是住养老院去，不也得给人家交钱？这不比住养老院强？自家的儿媳妇，总比外人放心。这有啥想不通的。根来说，话是这么说。翠台在水管子底下接了一盆清水，咣啷咣啷刷碗，洗着洗着就走神了。根来在一旁吸烟，忽然叫起来，哎哎哎哎，看你刷的那碗——

一场西北风，天就渐渐变冷了。早晨起来，田野里雾蒙蒙湿漉漉，烟霭浮动。树枝子上，路边的枯草上，人家墙头黑褐色的藤蔓上，都挂了一层薄薄的白霜。怕冷的人们穿上了棉衣裳。人们开始张罗着买炭买煤，入冬了，该生炉子了。有的人家把棉门帘找出来，挂上。把薄帘子仔细收起来，预备着下一年再使。有老派人家，把窗户上的冷布揭下来，糊上窗户纸。在芳村，老房子不多了。如今人们住楼房，大落地窗，窗玻璃明晃晃，又亮堂，又干净，谁还糊窗户纸呢。翠台她婆婆嘱咐了根来好几回，叫他记着赶集买窗户纸，买窗户纸，根来哪里有空？翠台只好自己赶集去。这东西稀罕，不好找。翠台赶了俩集，才把她婆婆的窗户纸买了，还扯了布，要给她爹做棉裤棉袄。素台买的羽绒服，毛衣毛裤，保暖内衣，她爹不穿，说穿不惯。上年纪的人，还是穿家里做的棉衣裳好，又暖和，一穿一脱也便易。她爹把素台买的那些个东西拿过来，叫根来穿。翠台说，哎呀，这个忒高级。他哪穿得着这个哇。她爹说，不穿也是白白撂着。不穿白不穿。翠台说，这要叫素台知道，又说你偏心眼子了。她爹就呵呵笑。

这一天是星期六，爱梨不上班，领着孩子回田庄去看看。大坡开车送了她们娘俩儿一趟，又去忙着养猪场的事儿。根来去了万中家，万中他爹在家门口，被外村路过的一辆汽车给撞了，刘家院房里一干子人在万中家开会，商量赔偿的事儿。翠台难得清闲，拿着织了半截的毛衣，去喜针家串门。出门却碰上臭菊急匆匆骑车过来，就问她吃了呀不？臭菊说，刚打电话叫我哩，绷板儿去。飞也似的往村北去了。

喜针家院子里静悄悄的。叫了好几声，才有人应。院子挺大，四方四正，严严实实。一溜北屋，都挂上了棉门帘，一律是枣红丝绒底子，有绣着麒麟送子的，有绣着蝙蝠石榴的，有绣着喜鹊登枝的，有绣着莲年有鱼的。东边屋子也挂上了棉门帘，枣红丝绒底子，上头绣着一只大大的金凤凰。撩帘子进去，见喜针正埋头做小被子，沾了一身的棉絮，笑嘻嘻的，问她怎么清闲了，孩子哩？翠台说，回田庄她姥姥家啦，我也歇一歇。说刚才碰上臭菊了，说去绷板儿，抓挠得挺紧呀。喜针说，不紧不行，她家的事儿来了。听说她家小见今年腊月里过事儿。翠台说，是不是？喜针说，如今过个事儿，可不是闹着玩的。咱都经过这个。喜针说越闹越大，庄稼主子，谁受得了这个？翠台说可不是。闹得忒大，不像样儿了。喜针说，听说上头要管呀。翠台说，上头真的管？那是好事儿呀。叫我说，早就该管管了。喜针说，立辉说上头下文儿了，画了一条线，不能超过那条线，超过了就管你。翠台说，是不是？这事儿村里得先把住关。喜针说，说是红白事儿都要管呀，都有条杠杠儿。谁过了杠杠儿都不行。翠台说，可不，白事儿也该管管了。你看那谁家，满囤儿家，女婿是大老板，闹那么大，又是杀猪又是宰牛，大得不像样儿。喜针说，他家那桩白事儿可在村里叫了好了。翠台说，叫好是叫好，有啥用？人都没了，就是给活人看哩，给活人长脸哩。喜针说，可不是。没用，一点儿用没有。两个人一个打毛衣，一个缝被子，一时间无话。

阳光从玻璃窗洒进来，洒了半个屋子。这东屋不大，倒收拾得十分干净。喜针的一双棉拖鞋在地下摆着，一前一后，好像是一个人，马上要迈步走出去。喜针半跪在床上，不时把手里的针往头发上蹭一蹭。喜针穿一件杏黄毛衣，黑裤子，屁股磨盘一样大，越发显出了细细的腰身。翠台看着她的侧影，扑哧一下就笑了。喜针说，你笑啥？有好事儿？翠台却不说，只是抿嘴儿笑。喜针被她笑得发毛，说看你，拾钱了？翠台说，那天在街里碰上团聚，开着车，好气派，还小伙子一样哩。喜针的脸唰地一下子就飞红了，说是不是？翠台说，你脸红啥？喜针说，谁脸红了？翠台说，小狗儿脸红了。哧哧笑个不止。喜针气得不行，顺手抄起一个毛线团子扔过来，翠台一躲，那毛线团子掉在地下，骨碌碌滚动着，拖着长长的线。翠台笑道，看把你厉害的。我说啥了？我啥都没说嘛。就你心虚。喜针一时被她噎得说不出话来。翠台见她那样子，忙说，你听说没，产业区的事儿？上头要统一弄呀。喜针说，弄皮子的？我倒是听说了。翠台说，团聚、广聚，还有增志他们，还有大全他们，估计都得进产业区。喜针说，立辉他们拉脚儿的这家转鼓区，听说也要治理呀。前一阵子，不是叫人们换车么？这怕是一回事儿。翠台说，说起扣车的事儿，那一回听说是大全给托人把车弄回来的？喜针叹口气，我也不瞒你，其实不是大全，是团聚给办的。翠台说，噢。喜针说，团聚这些年做买卖，狐朋狗友的也多，我也是急得没法儿了，只好硬着头皮去找他。翠台说，帮个忙也是该的。喜针说，哎，我也是命不济呀。挑来挑去，挑花了眼了。你看看顺秋，就知道傻干活，唉。我这一辈子，不顺心哇。翠台说，人这一辈子，哪有事事如意的？你就跟我比呗。你看看我，心里头就顺当了。喜针说，你还有啥不足的？翠台说，站着说话不腰疼，谁疼谁知道。喜针叹气道，人要是有两辈子就好了，人要是有两辈子，这辈子就算白瞎了，还有下辈子的盼头。偏偏就有这么一辈子。眼看着都过了半辈子了，你说说，咱还有啥盼头？说着竟然把眼圈红了。翠台说，人这一辈子呀，不能往细里想，也不能往深里想。想想真没意思。没啥意思。两个人都幽幽叹气，一时间谁都不说话。风在树梢上吹过，沙沙沙沙乱响。满院子凉风，吹得人心里空落落的。翠台说，梅哩？怎么这么安生呀？喜针说，赶集去了，领着孩子，也不嫌冷。翠台说，你也是操闲心。喜针就笑，是呀，上赶着给人家做小鞋，人家嫌难看，不穿，非要买小皮鞋。那么点子小人儿家！翠台说，如今不都这样？小妮儿也是，早就不穿家里做的鞋了。翠台说小孩子脚又长得快，穿不了几天就得换。喜针说，白瞎钱么。如今的年轻人们，我就是看不惯。我这个人，直肠子，看不惯就得说，不叫我说，我憋得慌。自己就先笑了。翠台说，说也是白费唾沫，还叫人家不喜欢。何苦哇。喜针说，等七老八十，走不动了，人家无非不管咱呗。早发下话啦。翠台说，那不能。喜针说，他们要是真的不管，我去告他们。小辛庄那一家的事儿知道吧？翠台说，耿家庄吧？喜针说，对，耿家庄。老两口把小子媳妇给告了，告他们不孝顺，不养老，最后法院里判下来，老两口赢了。娘哎，一县里人们都去看热闹，丢人丢大了。翠台说这老两口也是，虎毒还不伤子哩。这叫孩子们怎么在人前走呀？喜针说，是他们不孝在先，我看这当爹娘的没错处。翠台说，那日后不成仇人了？喜针说，就算不告他们，不也是仇人？修下狼羔子，心软也白心软。到头来自家吃苦头。翠台说，话是这么说。喜针说，听说了吧？镇上办养老院呀。喜针说，我觉得吧，这是好事儿。翠台说，新鲜事儿。喜针说，咱村满仓他娘，还有镰刀媳妇，都去住了。翠台说，听说满仓他娘又回来了。喜针说，镰刀媳妇不是住得挺好？她住的那家在城北，离家远。等咱青草镇上办起来就好了，到底近便多了。翠台见她说得兴头头的，心想，这喜针倒是脑子活，思想新。住养老院！住养老院不得花钱呀？说得再天花乱坠，没钱也不行哇。看来这二年，顺秋和立辉父俩儿是挣下钱了。财大气粗，腰杆子就硬么。甭看喜针天天哭穷，都是装哩。心里愤愤的，就不想再同她敷衍。喜针倒越发来了兴致，叽叽咕咕说个没完。又说起来团聚媳妇，看那一张脸，抹着厚厚一层粉，奸臣一样。那一脸“蚕沙”，怎么抹也遮不住呀。翠台心里说，眼气人家吧？真会笑话人。喜针说得忘形，又说起来跟团聚的那些个忘不了的旧事。一面说，一面叹气。一个劲儿嘱咐翠台，叫她别跟外人说呀。翠台赌咒发誓，叫她放一百个心。

小　雪

《月令七十二候集解》：十月中，雨下而为寒气所薄，故凝而为雪。小者未盛之辞。

步出夏门行·冬十月

［东汉］曹操

孟冬十月，北风徘徊，
天气肃清，繁霜霏霏。
鹍鸡晨鸣，鸿雁南飞，
鸷鸟潜藏，熊罴窟栖。
钱镈停置，农收积场。
逆旅整设，以通贾商。
幸甚至哉！歌以咏志。

芳村有句俗话，小雪不收菜，莫把老天怪。说的是小雪节气，大白菜该收了。要是不收呢，说不定老天爷一变脸，就把白菜给冻了。北方乡下，大白菜是看家菜。要是没有大白菜，人们怎么过冬呢。自然了，如今大白菜渐渐不唱主角了。即便是十冬腊月，各色新鲜蔬菜，什么没有呢。蒜薹、芹菜、豆角、黄瓜、西红柿、青辣椒、茄子、莴苣……芳村的人们，也渐渐不大把大白菜放在眼里了。只有上了年纪的人们，老派，念旧，还念着大白菜的种种好处，念着白菜就是百菜，记着年年秋天，种上麦子以后，种白菜，记着年年小雪节气，把白菜收进家里来。

小雪时节，大平原上的风一阵紧似一阵了。树木的叶子都落尽了，只剩下光秃秃的枝丫，在灰蓝的天空中孤零零发抖。阳光倒是明亮极了，静静地把村庄照彻，树木、田野、房屋、街道，简直是一个透明的世界。云彩一疙瘩一疙瘩，一疙瘩又一疙瘩，飞奔着，翻滚着，一会儿变作狗，一会儿变作狮子，一会儿变作一个女子，一会儿又变作一个妖怪，张牙舞爪的。谁家的一只肥胖的花猫，在太阳地里卧着，痴痴地望着那变化无常的云彩。人们都穿上了棉衣裳，见面问一句，冷了呀。那人就说，都小雪啦，节气不饶人哇。

往年这个时候，家家户户都生起了火。今年却不一样了。说是煤炭污染厉害，不叫人们生炉子了。不生炉子怎么办呢，叫人们买一种取暖器，这东西使电，又干净，又方便。凡是买这个的，国家都给补助。一时间村里人们议论纷纷。有说好的，也有说不好的，也有等着看的，看看再说。翠台也拿不定主意。旧院里生炉子，新院里烧的是暖气，也是自家烧。暖和是暖和，就是灰尘忒大，呛得人嗓子疼。大坡他们的意思，是买取暖器，使电好，干净不说，还省事儿。如今污染忒厉害，国家下决心治理呀，这是好事儿。爱梨也说，添一回煤咳嗽半天，看看那屋里桌子上，好厚一层灰。翠台心里说，你才添过几回煤呀？嘴上却说，可不是，灰尘忒大了。根来掰着指头，算了一笔账，说咱家这么大屋子，买一台的话，得花两千，国家给补助几百，咱自己出一千五。使电呢，晚上还给补助两毛，一度电是多少钱，自己出多少钱，白天家里没人的时候，还能关上，省电。这么算来算去，觉得还是得换，换了合算么。翠台说，算账算到骨头里啦。大坡说，这觉悟不高，光算自家的小账哇。翠台说，你觉悟高，等你当了国家主席，咱就算国家的大账。大坡说，你这觉悟，还得学习，不学习不行。绿水青山就是金山银山。这个道理懂不懂呀？爱梨横了他一眼，撇嘴道，呀，如今说话真是，一套一套的，都快不认识你了。哧哧笑。大坡也笑，我这天天开会学习，是白闹着玩的呀？那句话怎么说的，刀不磨要生锈——爱梨接茬说，人不学习要落后，你这是嫌我落后呗？又横了大坡一眼。大坡见她眼神亮亮的，满脸红霞，一时嘴笨，只抓着脑袋，嘿嘿嘿嘿傻笑。

这一天后晌，翠台来她爹这院里。一进院子，见她爹正鼓捣他的白菜呢。翠台说，怎么不叫我一声呀，一个人弄。她爹说，这点子活儿，这点子活儿还算活儿？想当年，我一个人种着六七亩地。那时候可不像如今，干啥都是机器。那时候全凭着一身力气。再早些年，生产队的时候，我一个人扛二百斤大麻袋！脸不红，气不喘。翠台听她爹唠叨这些个陈年旧事，也不搭腔，抄起一把笤帚来，替她爹收拾那些个白菜叶子、白菜帮子。又说起来买取暖器的事儿，她爹说我不买，我生了一辈子煤火，叫我换那个电玩意儿？

翠台说，说是上头有政策，老人们自愿，不换也行。她爹说，这就是了么。啥事都一刀切，不好。这样多好。翠台说，国家有补助，不叫老百姓吃亏。她爹说，那倒是。国家补助是补助，不是自己也出点钱么。还有，凡事都不能急，得慢慢来，心急吃不了热豆腐哇。我看中树行，这小子沉得住气。干大事，沉不住气哪行？正说着话，见门口人影一闪，素台过来了，笑嘻嘻的。见翠台也在，说我猜你在这院里。一猜就准。翠台说，这还用猜？我一天来好几趟，把鞋底子都跑烂了。她爹说，我早先怎么说的，还是近了好，一个村子，坐着锅也能来一趟。甭说远了，隔个村子你试试？翠台说，可不是，就是图个近，要不我能找个这样的婆家呀。素台说，就是图个近，要不我能找增志呀。她爹说，这人哪，得多看人家的好处，多看自家的短处。又问素台，增志忙啥呢，厂子里的事儿怎么样了。素台说，从早到晚看不见人影儿，厂子的事儿，产业区的事儿，忙得团团转。酒顾不上喝了，歌也顾不上唱了，就凭这一条，我就举双手赞成。又跟翠台说，那天在街里碰上爱梨了，刚下班回来，笑笑的，下了电动车，跟我说了好一会子话。翠台说，这阵子喜欢，上着班，月月挣着钱，想买嘛买嘛，能不喜欢？大坡也忙养猪场的事儿，知道过日子了。我看着，小两口倒越来越和美了。素台说，这是好事儿呀。过事儿这么多年，一直疙里疙瘩的，这下好了，顺顺当当过日子，挺好。说一千道一万，把日子过好是最要紧的。比你早先给人家磕头作揖低三下四强多了。翠台说，是不是？心里想，这话真难听，谁磕头作揖了，谁低三下四了。素台说给她爹买了一件羽绒坎儿，叫他穿上试试。她爹说，净乱花钱。我有袄穿，你姐姐给我做的棉袄棉裤，今年的新棉花，新里新面，里外全新。这坎儿叫增志穿了吧，我不穿。素台说，给你买的，叫增志穿？这么肥大，他能穿？她爹说，那要不就叫根来穿吧。反正我不穿。素台气得不行，反倒笑了，也就是亲闺女，要是儿媳妇，你试试？就你这脾气，一句话能把人噎个跟头。她爹说，我哪有那个命？我这一辈子，哪有使儿媳妇的命？叹一口气，长长的。翠台说，这坎儿你就穿吧，好心好意给你买了，挺贵的东西。一家子正说着话，听见村里大喇叭广播，村民们，注意一下，注意一下，广播两个通知，广播两个通知——翠台说，是中树吧？素台说，是，是中树的声音。一家子屏住气息，仔细听广播。中树通知了两件事，一个是买取暖器，叫人们领补贴。一个是红白事禁止大操大办。中树讲了很多道理，保护环境啦，生态文明啦，建设美丽乡村啦，留住乡愁啦，还有移风易俗啦，提倡文明家风乡风啦，乡村振兴啦。她爹一面听，一面发议论，说中树这小子行，有水平，有胆气，有眼光。素台说，他这是照着文件念吧？她爹说，上头有政策，下头也得有人执行呀。千条线，一根针。中树就是那一根针。如今村干部不好当哇。素台撇撇嘴说，我看也就是个二五眼。从小长到大，谁不知道谁呀，我不信他就摇身一变成了精了。她爹说，老眼光看人哪行？都夸中树能中树能，大伙儿的眼都瞎了呀？素台正要开口，听见中树在广播里说，环境就是民生，青山就是美丽，蓝天也是幸福……让良好生态环境成为人民幸福生活的增长点……生态环境保护和经济发展不矛盾，啊，不矛盾……建设生态文明，建设美丽芳村，建设美丽中国……素台说，这个中树，真是成了精了呀。你听听，狗咬瓦片——满嘴瓷儿（词儿）。正说话呢，素台的电话响了，就到一旁接电话。

翠台把院子打扫干净，又把她爹的几件衣裳洗了，晾在院子里的铁丝上。水珠子滴滴答答落下来，把那一小片水泥地弄得湿漉漉的。院子里种着杨树、枣树、笨槐，这个季节，早已经落尽了叶子，枝杈枯瘦，露出大片灰蓝的干净的天空。菜畦也终于歇下来了，安详、静谧，只等着来年春天，再姹紫嫣红，轰轰烈烈闹一场世事。一只大公鸡飞奔过来，顶着火红的鸡冠子，瞪着眼睛，好像是一脸怒容。翠台扬起手轰它，它却不肯走。在院子里东逛西逛，一身的羽毛乱蓬蓬的。她爹说，你惹它干吗？你白娃爷家的大公鸡，特意挑的，过年上供使。翠台说，上供？他家给谁许的鸡呀？她爹说，好像是给他家那外甥。那外甥有出息，就是外头那个的。又问翠台二妞啥时候毕业，一个闺女家，念书念这么大了，还没个婆家？你们也不管管她？翠台说，你就甭操这闲心了，真是的。儿孙自有儿孙福，管她哩。心里却不由得烦恼起来。素台打完电话，笑嘻嘻的，满脸喜色，说是增志的电话，说厂子里的事儿哩。她爹说，厂子里的事儿，有法儿啦？那家欠账的怎么说？工人们工资怎么结？还有那些个纠纷哩？产业区的事儿，都说好了？听说进产业区还有门槛？现今这旧厂房怎么弄？还有那些个机器设备哩？素台被她爹给问笑了，对着翠台说，你看看咱爹，真是操不完的心呀。一问话问一车，你叫我先说哪一个？翠台说，说啥说，光叫他瞎琢磨。她爹也摆摆手，说行啦，我也不问了。你们顺顺当当的就好。素台，我说句话你肯定不爱听，厂子里的事儿，你也多问问多管管，那么大一摊子，光指着增志一个人呀？素台笑着，答应了。又说起来她婆婆的病，好一阵歹一阵。去医院查吧，又啥毛病没有。只好找了香门看，倒慢慢好上来了。翠台问找的谁呀，小别扭媳妇？素台说，找的河那边的一个识破，是个老头儿，名气挺大。一天就看几个号，多了不看，给多少钱都不看。都说灵得不行，开头我还半信半疑，我那妯娌，明志家媳妇，顶信这个，说得可邪乎哩，谁知道，这倒真的好上来了——你说怪不怪？她爹在一旁哼了一声，烧呀燎呀，花那冤枉钱？你娘她一辈子信这个，初一、十五拜这个敬那个，怎么神仙们不保着她呀？早早就走了。信这个！她爹说想当年，你娘生病的时候，我四处求医问药，为了找一味药引子，跑了多少道儿？十冬腊月里，早晨起来，跑到大河套里扫柏子仁儿——当时我心里念叨着，恳求各路仙家们，叫你娘的病快好了，我一辈子给仙家们烧香磕头，一辈子信奉他们。唉！这些事儿我都不愿提了，伤心事呀。翠台见她爹又提旧事，心里想，莫非人老了都这样？年纪越大，陈年旧事倒越来越清楚，像在眼前一样了。

芳村这地方，农历十月初一，是寒衣节。天冷了，家家户户要给故去的亲人送寒衣。巧手的闺女、媳妇们从集市上买了黄表纸，拿着剪子，三剪两剪，就剪出一件件棉裤、棉袄来，堆成厚厚一摞摆在那里，叫人看着觉得人世间的富足殷实，觉得亲人们的情深恩重，觉得心里头妥帖踏实，温暖安宁。是惦念，也是牵挂。是叮咛，也是问候。总之是，每年这个时节，人们都格外看重，相互提醒着，十月一了呀，该送寒衣啦。

这一天，翠台送了孩子，跟喜针做伴儿，俩人去小辛庄赶集。翠台穿一件薄荷绿小袄，脸蛋子冻得红红的，抹了胭脂一般。喜针上一眼下一眼，左一眼右一眼，一面看，一面笑，哎呀，人靠衣裳马靠鞍。你这平时不怎么打扮，好歹一拾掇，小瓜秧子似的，水汪汪。翠台说，快别说这话，都老婆子啦，还能打扮成十八呀？喜针说，咱也是想不开。一辈子苦哈哈图个啥？舍不得吃舍不得穿，给谁省着呀？以前是日子紧没办法，如今都条件好了，趁着还不老，赶紧穿呀。喜针说你看那谁，人家小鸾，天天穿的。还有银花、小别扭媳妇，她跟你岁数差不多吧？翠台说，银花我俩同岁，都属牛哩。人家小鸾，谁能跟人家小鸾比呀，人家是裁缝，手巧，会做会穿，如今又开着饭店，钱多的，呜呜叫。喜针说，话说回来，也辛苦得不行。银花就不说了，人家是识破，靠那个吃饭哩。小鸾开饭店，白天黑夜，一点儿闲空儿都没有。咱村里，邻近村子，有了事儿都到她家饭店里吃饭，坐席哩，请客哩，喝闲酒哩，把她给忙的。翠台说，忙也喜欢，买卖强，发财么。喜针说对了，春米到她店里去上班了，你知道不？这俩人，三香六臭的，这会子倒又合式了。翠台说啥时候的事儿？喜针说，你不知道？我也是那天在街里碰见春米，说是上班去呀。喜针说，有一天在村南，看见建信了。坐着轮椅，在地里转悠哩。人这一辈子，风风雨雨，什么都得经一经。我看着，他气色倒不赖，笑笑的。好像是一下子换了个人。翠台说，他媳妇把他伺候得挺好。三茶六饭，端屎端尿。建信媳妇，仁义。喜针说，早先建信在台上，正得势的时候，待他媳妇可不强。天天在外头，招猫递狗的。他媳妇没少为这个操心。翠台说，要不说这媳妇仁义呢。

从芳村到小辛庄，都是平坦的公路。公路两边，麦田露出微微的绿意，在寒霜里怯生生的。太阳照下来，给大地敷上一层淡淡的金粉。雾霭在风中流动，带着湿漉漉的寒气。路上人不少，骑自行车的，骑电动车的，不断有汽车嗖的一下开过去，腾起一片细细的飞尘。辛庄村原本是一个大村子，后来分成两个，一个是小辛庄，一个是耿家庄。耿家庄主要是耿姓人家，村子不大。小辛庄略大一些，成了集市，三八逢集，正跟东燕村集错开，人来人往，车马欢腾，好不繁华热闹。

到了集上，见熙熙攘攘，人头攒动。她们把电动车在一旁存好，犹不放心，喜针说，算了，还是放我姐姐家去吧，新车子，别弄丢了。喜针她姐姐家就在村口，二层小楼，盖得铁桶似的，十分气派。她姐姐白白胖胖，个子不高，富态得很。穿一件秋香色绸子袄，藕节似的手腕子上戴一副老银镯子。见了她们，眉开眼笑，叫她们赶了集别急着走，好歹吃了饭再回。喜针说先赶集去呀，一会儿再来推车子。两个人出来，翠台说，我的娘哎，你姐姐看着这么面嫩，哪像四十多的人。你看看人家那脸儿，那手儿。喜针说，我们姐俩儿差两岁，你看看，立在一块儿，倒像我是姐姐，人家是妹子。就嘎嘎笑。翠台说，你姐姐长得好富态，一看就是享福的命。喜针说，这话我头一个不爱听，怎么她就是享福的命，咱就是受罪的命呀？一面笑，一面叹气。喜针说我姐夫脑子活络，是个做买卖的料，这些年开厂子走皮子，早把家底子都打下了。这回带头进产业区，乡里县上，也算是头面人物，说是优秀企业家哩。翠台说，是不是？喜针说，我那外甥，在北京念了大学，考了研究生，又念了博士，都以为要在大城市成家立业哩，谁承想，人家非要回来。把我姐姐气得，病了一场。你说，费这么大劲儿考出去，又要回来，这是图啥呢？甭说我姐姐想不通，村里人也都说，恐怕是这孩子念书念傻了。放着北京城不待，非要回到大谷县来。翠台叫了一声老天爷，说莫非是真的念傻了？喜针说，我姐夫倒是赞成，夸小子有志气，有想法，你说这父俩儿，怪不怪？翠台正要开口，迎面过来一个人，老远笑着，说赶集呀？定睛一看，原来是团聚媳妇，团聚媳妇穿一件浅紫色羽绒薄袄，深蓝色羊毛薄裙，一双锃亮的黑色小皮靴，短发烫了，剪得碎碎的，衬托出银盘般的一张圆脸。翠台说，是呀，你也赶集呀？团聚媳妇说，我买把茴香，小子媳妇回来了，点名要吃茴香馅儿饺子，不叫放肉，人家吃素哩。你看这。翠台说，如今人们都讲养生哩，城里人讲究。团聚媳妇说，我就不懂了，吃素就能养生了？又不是庙里和尚。炒菜吧，也嫌油大。肥肉不吃吧，瘦的也不吃。你看这，难伺候。翠台说，年轻人们，都这样，二妞就是，天天减肥减肥，不吃这不吃那。团聚媳妇又问起二妞的事来，哪年毕业呀，定下亲事没有，还往上考不考呀。问个没完。翠台见喜针在一旁讪讪的，脸上不大自在，有心打断话头，团聚媳妇却越发来了兴致，又是说又是笑，花枝乱颤的。路上不断有人过来过去，她们不得不侧过身子，让人家过去。人声、车声、市声，混杂在一起，叫人心里烦乱。有个闺女路过，忽然回过头，说，我姨儿，你赶集呀？老远背影儿我看着像你，硬是不敢认。团聚媳妇哎呀一声，欢子，是你呀。回头跟翠台说，外甥女儿，我姐姐家闺女。扭头跟那外甥女两个人叽叽咕咕说起话来。

集市上人更多了。比起东燕村集，小辛庄还要热闹一些。这个村子南边，就是滹沱河。河那边村庄的人们也有过来赶集的。有买的有卖的，有来的有往的。翠台见喜针脸儿白白的，一直不说话，知道她心里难受，也不好劝她。怎么劝？没法劝么。团聚媳妇也真是的，跟喜针不对付，绕过去就是了，还呱啦呱啦说这么多。一个卖梨的，扯着嗓子吆喝，卖梨来，卖梨来——又甜又脆，好吃不贵——卖梨来——跟喜针说，大嫂吃梨不？你看这梨，好梨。喜针说，谁是你大嫂？我有那么老？你不回去照照镜子，看看自家那一脸褶子！那卖梨的说，咦，我就叫声大嫂，是尊你哩，看你这人，听不出好歹话呀？喜针说，你这个老头儿，你那是好话儿？你一把年纪了，还叫我大嫂？你是成心吧？那卖梨的说，冤枉呀，真比窦娥还冤。我就是叫一声大嫂，还叫出不是来了。喜针说，你叫人家，也得看看年纪，比比大小，你瞎叫？你乱叫？你还做买卖哩，话都不会说，怎么做买卖？那卖梨的说，我就是那么一叫，你看这。喜针说，你走南闯北哩，你啥不知道？你成心哩。一把年纪了都，不知道个深浅？翠台在一旁劝道，算了算了，这么多人。那卖梨的说，叫你这个伴儿评评理，你说说，我冤不冤？喜针说，你还冤？我还冤枉你了？那卖梨的见她火气大，不依不饶，只好说，这样吧，当着你这个伴儿，咱们都退一步行不行？我是有口无心，说话没个深浅，你大人不计小人过，行不行？我还得做买卖哩。你看这，这么多人围着哩。翠台也说，算了算了，都少说一句吧。又说你这卖梨的，多少钱一斤呀，给便宜点儿呗？那卖梨的说，行，便宜点儿，咱不打不成交，都乡里乡亲的。我是河那边的，说是隔着一条河，还是一家人么。你说是不是？当下就挑了二斤梨称了，都是个儿大饱满，长得俊的，把称抬得高高的，说你看看，二斤三两多了，算二斤。挑着小个儿的，又添上一个，说算我请客，赔个不是，大嫂——不是——大姐——不是——大妹子，行不行？围着的众人都笑了。喜针也撑不住，扑哧一声笑了。恨道，卖梨的，看你这张嘴。

集市上热气腾腾，空气里浮动着细细的飞尘，汗味儿，脂粉味儿，油烟味儿，油炸糕的甜香味儿，菜蔬瓜果的甜腥气，烧鸡摊子上的香气，混合在一起，叫人喘不过气来。卖寒衣的摊子前头最是热闹，买的，看的，褒贬的，讨价还价的，白看热闹的。卖寒衣的是一个妇女，容长脸，有点孤拐，头发烫了，又拿一个卡子扎起来，薄薄的嘴唇，一看就是一个能说会道的。见翠台和喜针挑来挑去，嫌贵，就说，一年才一回，给亲人送寒衣哩，还嫌贵？说句不该说的，如今买件真衣裳得多少钱？这个纸衣裳才多少钱？还嫌贵？喜针说，不是嫌贵，是觉得你这寒衣不强，你看看，多薄？那妇女说，你嫌那个不强，你看这边的。这边的强，厚实，也精致，叫我说，你买就买这好的，一年才一回么。喜针说，好是好，就是忒贵了。那妇女说，一分钱一分货，好东西自然要贵点儿。你又要好的，又要便宜的，甘蔗还能两头甜？翠台说，褒贬的是买家，你还不叫人家褒贬褒贬了？喜针说，算了，赶东燕村集再说吧。那妇女说，这东西，越到根底下越贵。你让一步，我也让一步，送寒衣，是行孝的事，我豁出去不赚钱，白忙了。喜针说，哎呀你这人，真会说话儿。

两个人买了寒衣，买了金银锡箔，买了香，买了纸票子，跟那妇女把账算了。又到卖布的摊子上，翠台扯了一块布，要给她爹缝被头子。到卖点心炸食的摊子上，翠台称了二斤桃酥，一斤江米条。喜针称了二斤槽子糕，二斤马蹄酥。各自算了账。喜针又到卖肉焖子的摊子上，买了一斤肉焖子，叫人家当场现切了。又买了几个钢炉烧饼，说她姐姐就好吃烧饼裹焖子。翠台说，建国媳妇的烧饼也不赖。喜针说，她家那是圆的，是使烙子烙的，里头实心，费面，又不酥脆。说着话，两个人总算是挤出来，都喘吁吁的，出了一身细汗。喜针说，我的娘哎，这么多人！赶趟集，弄得披头散发，跟打仗似的。

两个人到喜针她姐姐家推了电动车，把烧饼焖子放下。喜针她姐姐非要留下她们吃饭，说都是现成的，集上买点馃子，弄点小菜，再弄个糊汤。翠台说下回，下回吧。回去还有事儿哩。喜针她姐姐就不再强留，只把喜针叫到一边，把她悄悄嘱咐几句，给她拿点东西回去。

路上不断有人往集上去，也不断有人从集上往回走。太阳渐渐转到了头顶上，把人的影子投在地下，矮矮短短的。电动车的轮子飞快转动着，发出唰唰唰唰的响声。阳光铺满大地，金粉银沙一样，被车轮子沙沙沙沙踉过去，踉过来。大片的田野在阳光下静静卧着，田野深处，也不知道是雾霭，还是湿气，淡淡的青色，给初冬的乡村平添了温柔妩媚的气息。远远地，可以望见滹沱河的河道，早已经干涸了。阳光下，大河套显得越发空旷寂静。远处的村庄模模糊糊的，只能看出大致的轮廓。仿佛有哑哑的鸡鸣声，越过田野，遥遥传来，叫人觉得恍如做梦一般。喜针忽然说，小老婆子！恨恨的。翠台说，谁呀？你骂糊涂街哩？喜针说，我就是看不上她那样子，一张冬瓜脸，抹得白脸奸臣一样。半老四十了，还妖妖乔乔的，一看就不是好人。翠台哦了一声，这才猜出来，她是说团聚媳妇。翠台心里说，这都半晌了，还记着哪。喜针说，我就不知道，团聚看上她哪一样了？你看看，冬瓜脸不说，还母狗眼，腰长腿短，必定是懒。就是一个白。翠台说，我的娘哎，这是啥味儿？你鼻子灵，你闻闻？喜针说，啥味儿呀，我怎么闻不见？翠台说，好大一股子味儿，你闻不见？喜针说，我有点感冒，鼻子聋。翠台说，酸味么，醋坛子倒啦，酸掉牙。就嘎嘎嘎嘎笑。喜针被她笑得又臊又恼，说你这人，跟你说体己话儿哩，往后不跟你说了。猛地把车子骑得飞快，翠台在后头追她，说哎哎哎哎，你等等我——逗你哩。

初一这天早晨，街上缕缕行行，都是去送寒衣的人们。有嫁到外村的闺女们，有本村的闺女、媳妇们，这种事，都是妇女们的事。家家户户，妇女们提着篮子，扛着铁锹，穿得厚厚的，到亲人坟前送寒衣。风从大平原上浩浩荡荡吹过，大地覆盖着薄薄一层寒霜。树枝子上，麦苗子上，路边的枯草败叶上，毛茸茸白花花，人们见了，叫一声，呀，下霜啦。太阳露出半个脸庞，悄悄打量着人间的一切，大街上，产业大道上，田间小道上，地头上，到处能看见送寒衣的妇女们。远远的，人们彼此打着招呼。

冷了呀？

是呀，冷啦。

又一年！

可不是，又一年！

有个妇女忽然叫起来，小欣，小欣，你回来了呀？那叫小欣的也叫起来，哎呀，丽巧嫂子！这么俊，我都不敢认啦。丽巧说，笑话我呀，我还俊？看看你那小模样儿，到底是大地方回来的。两个人凑到一起，叽叽咕咕说话。又见一辆汽车从产业大道上飞快过来，一下子停在路边。一个妇女从车上下来，穿一件白色短款羽绒服，棕色细格子羊毛裙，皮靴锃亮。有人说，那不是老冬瓜家闺女么？旁边的人说，看着不像呀。那人说，怎么不像，你看那走路的架势，那脸盘，那眉眼，一看就是老冬瓜家闺女。有人说，这是给她娘烧纸来了。我的娘哎，穿成这样儿，怎么弄哇。翠台说，这是不是他家那个二闺女？城里那个？素台说，是老二，在县城里开着家具城，这二年发财得不行。素台说，听增志说，她家家具都出口，做得挺大。正说着话，忽然看见根莲沿着田间小道过来，后头跟着她大姑子谷子。根莲老远叫，嫂子，你也给我大娘烧纸呀？翠台说，是呀，十月一哩，送寒衣。又问谷子也来啦？领着孩子没有？谷子脸儿绷得紧紧的，眼皮耷拉着，不愿看人。翠台心想，这是怎么了？莫非是，姑嫂俩闹别扭了？根莲朝她使个眼色，说赶紧烧去呀，一会儿我姐姐还有事儿哩。

晨雾渐渐散去了，大地和村庄显露出模糊的轮廓。太阳从层层叠叠的云彩缝隙里蹦出来，阳光大片大片泼洒，碎金烂银一般。寒霜消融，从田埂上走出来，鞋子都被打得湿漉漉的。从树底下经过，啪嚓一声，水珠子从树枝上坠落下来，落在人们热乎乎的脖子里，叫人忍不住打个哆嗦。此时的村庄，又热闹起来。送完寒衣，人们三个一群，两个一伙，慢慢往回走，趁机扯扯闲篇儿，说说闲话儿。根莲和谷子走在前头，到了小学那个路口，谷子就骑着电动车急急忙忙走了。根莲立在原地，等着翠台她们。素台小声说，呀，谷子也不回家吃顿饭呀？翠台说，谁知道呢，看着好像不喜欢。见根莲立在路边，穿一件杏子色棉袄，上头碎碎开着一朵一朵小黄花，头发剪得短短的，显得干净利落。她原本就长得白，此时被冷风一吹，红扑扑的好看，眼睛黑黑亮亮，清水似的。素台说，这是谁家媳妇哇？根莲就笑。翠台朝着谷子远去的方向指了指，怎么，连饭也不吃呀？根莲说，她婆婆摔了一下，住院哩。她还得回去伺候着。翠台说，她女婿那边，弟兄几个呀？根莲说，弟兄俩，轮着伺候。窝里拉窝里尿，真是受罪。把孩子们都累坏了。素台说，那可真受罪了。要是有条件，住养老院也不赖。根莲说，可说呢，老大家条件强，开着饭店，倒是愿意送去，我姐姐他们先是不愿意，怕人家笑话，如今也是煎熬得不行了，有心送去，可谁知道她婆婆不愿意去。翠台说，金窝银窝，不如自家的狗窝。根莲说她婆婆真有意思，小娃娃一样，一说送她她就闹，一死一活的，横竖送不成。素台说，还是观念的过，老观念老脑筋。几个人边走边说，又问起有子的棋牌室怎么样了？是在青草镇呢，还是张段固？根莲说，就在镇上，正好有一家店租期到了，有子就把那家店盘下来了。翠台说，买卖还行吧？根莲说，那家原先是棋牌室，后来给改成书吧了。翠台说，啥？啥吧？根莲说，书吧，怎么比方呢，就是跟书店差不多意思。素台说，我知道酒吧，还有书吧呀。翠台说，有买卖不？那书吧？根莲说，还没开张哩，有子说，挑个好日子开张。有子脑瓜聪明，好好念书的话，还没准是块材料。难得他愿意干这个，我好歹得支持他。他栽过跟头，愿意改就行，嫂子你说是不？翠台说，你这么想就对了。浪子回头金不换。人这一辈子，谁敢说自己就不栽跟头，不走错道儿？根莲说，进他家门子这么多年，直到今儿个，我这颗心才算落在肚子里了。就笑。

送完寒衣，人们好像才放下心来，预备过冬了。北方乡下的冬天，冷是冷，却冷得痛快。风在村庄里跑来跑去，越发衬托出屋子里的温暖安闲。有人早晨起来，到院子的水瓮边一看，呀的一声，结冰了。玻璃窗子上，也覆盖着一层薄薄的冰花，有的像是草，在风里往后仰着。有的好像是树，伸展着茂密的枝条。有的简直就是一朵菊花，花瓣儿层层叠叠，很张狂地翻卷着。棉门帘也都挂上了。家家户户用着取暖器。也有使炉子的，眼气着那使电的家伙暖和，省事儿，还干净。有人就后悔了，盘算着下年一定要使上电的。看来，往后做事还是得随着大势。不随着大势，非吃亏不行。

偏偏就在这个时候，村里出了一桩事儿。国庆他娘中煤气，殁了。国庆在县里上班，常常回来看他娘。他娘呢，七十岁了，气色红润，身板硬朗，说话中气十足。礼拜天，国庆给他娘买了城里老魏家的羊头，他娘好吃白水汆羊头，还买了老张烧鸡铺子的烧鸡，他娘好啃个鸡爪子。国庆他娘絮絮叨叨的，说烧了一辈子炉子，这回倒要人们使电了。国庆劝他娘使电吧，钱他来出。又说了使电的种种好处。他娘哪里肯听。国庆只好嘱咐她把窗户开一条缝，别捂太严实了，中了煤气可不是玩的。娘儿俩吃了喝了，守着炉子，说了半宿的话儿，各自去睡。次日国庆叫他娘的门，却叫不开。原来是中了煤气，早已经殁了。

村里人们议论纷纷。有人说这老婆儿真是福分浅，苦了一辈子，眼看要享孩子们的福了，却走了。有人说这烧炉子真是害人，看来还是使电的更保险。有人说国庆也是，孝顺孝顺，把他娘接到城里住，还能出这回事？有人说，国庆他娘也算享了福了，牛奶喝着，鸡蛋里埋着，想吃羊头吃羊头，想吃烧鸡吃烧鸡。也有人说，活了七十了，人生七十古来稀，也够本儿啦。有人就说，慢说七十，就是八十，也活不够哇。西头小驴他奶奶，活了一百零二，真正老寿星。有人说，孩子们肯定心里头下不去，一天也没伺候么。国庆发话了，说要大闹哩。旁边的人说，国庆当着个干部，不能大闹吧？再说了，咱村里也不叫闹。上头有文件哩。有人说，那这回热闹了。等着看吧。

翠台骑着车子，去盒子家上班。这一阵子，她也干点儿活，贴补一下家用。盒子这儿离家近，不出村，家里地里都不耽误。缝纫机上的针线活儿，她最拿手。翠台是个利落人儿，眼一分，手一分。芳村原是出了名的。

刚走到盒子家过道口，见春米骑着车子匆匆过来。老远就叫嫂子。翠台说，你这是上班去呀？春米脸上讪讪的，说上班去。你也上班呀？翠台说，我在盒子家做衣裳哩，挣不多，图个近便。春米说，听说啦。我去小鸾饭店里，今儿个有人家订下了酒席，苌家庄的，待小客哩。翠台说，好买卖呀。春米沉默了一下，才说，都说人穷志短，马瘦毛长。早先我还不懂。这二年，我才算是慢慢咂摸出滋味来了。翠台见她说得恳切，也不知道怎么接话，只好听她说。当初我不是还找过你么，想求小鸾到饭店里上班。你说最好我亲自去找她，我本来还拉不下脸来，后来一咬牙一跺脚，也就硬着头皮去了。翠台说小鸾多伶俐的一个人哪，她肯定不能给你下不来台。春米说，她没等我开口，就说求我一个事。翠台说，是不是？春米说，她说，饭店刚开张，她正缺人手呢，问我肯不肯帮帮她。又说我开过饭店，有经验，还得多教教她。翠台说，这个小鸾。春米说，你看看，咱正想打瞌睡呢，人家把枕头递过来了。你说我还不得给人家卖命干呀。翠台说，你俩那么好，穿一条裤子。春米就哧哧笑。如今比不得啦。人家是老板，我是打工的。又说我这老板待我不薄，这情分我得领。翠台说，是不是？春米说，你看我，说个没完。我得赶紧去店里，今儿个有订酒席哩。

盒子家的大门开着，门筒里横七竖八停着几辆电动车。盒子媳妇正在院子里拾掇，见翠台来了，说今儿个冷呀，这小风儿，凉飕飕的。翠台说，你看我穿的，里三层，外三层。撩帘子进屋，屋子里倒是暖洋洋的。人们都来得早，横竖是计件，干得多挣得多。这屋子挺大，一溜北屋都打通了，当作车间。工人们大多是芳村的，也有几个外村的，都是妇女家，叽叽喳喳，热闹极了。一个妇女在讲她公公：有一回，我小姑子给我公公寄来两盒西洋参，嘱咐他泡水喝，这东西滋补。我公公就天天泡水喝。那两大盒子有好多小参片，薄薄的，总不见少，我公公是个急脾气，他想，这要猴年马月才能喝完呀。就每回抓一大把泡水喝。结果老是喊嗓子疼，嘴上长燎泡，嘴里子都烂了。我的老天爷！叫耀宗看看吧，耀宗说这是上火了，上大火了，一问才知道，原来是喝西洋参喝的。耀宗哭笑不得，把他训了一顿，说这是人参呀，又不是萝卜干。哪有这种喝法？众人都笑了。翠台悄悄问旁边的一个媳妇，说这是哪个村的呀？那媳妇把嘴凑到她耳朵边上，苌家庄的。她小姑子在北京哩，天天挂嘴上。小姑子长，小姑子短。显摆！翠台说哦，怨不得。苌家庄那妇女见众人笑，越发来了兴致，又讲起来：年上，我小姑子给我公公拿来两条中华烟，两瓶茅台酒，说是她爹活了七十多，还没有尝过这些高级东西。你们猜怎么着？众人都问，怎么着呢？苌家庄那妇女说，我公公把这些东西送到超市里，叫人家代卖。把我小姑子给气得。众人就说，老人么，肯定舍不得。苌家庄那妇女说，超市老板说，卖是卖了，又叫人家给退回来了。众人都问，怎么回事呀？苌家庄那妇女说，说是假货。众人呀的一声。那妇女说，你们说，谁信？我小姑子能有假货？她女婿也是当官儿的，人家能有假货？肯定是超市老板说瞎话，想昧下钱。众人都问，那后来哩？那妇女说，人老了，也好糊弄，就给了他两条石家庄，两瓶衡水老白干。众人问，那中华和茅台哩？那妇女说，是自家昧下了，还是卖了钱了，我可不敢说。众人都啧啧啧不断。有人问，是哪家超市呀？旁边人说，苌家庄就那一家超市，还有哪家？翠台心里闪电般一亮，想起来那一回，她到苌家庄去看香罗她娘，那家超市叫作苌家庄超市，莫非就是香罗她兄弟开的那家？又想起来那个金芳，笑笑的，嘴角上两个小酒窝挺深。苌家庄那妇女说，不说啦不说啦，人闲是非多。咱这忙得手脚不停，嘴上还招惹是非哩。翠台身边那媳妇悄悄说，就她话多，苌家庄出了名的，人送外号，大喇叭。

下班的时候，翠台去秋保家超市买面条。街上人不多，有接孩子放学回家的，有下班回去吃饭的，都匆匆忙忙。路过根莲家，见门口停着一辆火红的汽车，心想莫非是香罗回来了。那车不当不正，正堵着过道口。火红的颜色，在这个季节里显得格外耀眼夺目。院子里飘着好大一股子炖肉的香气，一直飘到过道里来。有葱蒜在油锅里沙沙沙沙的爆炒声，有叽叽喳喳的说笑声，还有电视机里播放午间新闻的声音，一个女主持人在说话：凝心聚力……乡村振兴……全面建成小康社会……实现两个一百年奋斗目标，实现中华民族伟大复兴的中国梦……影壁上画着青山绿水，影壁前头的花池子里，种着一丛冬青，郁郁葱葱的，打了绿蜡似的。正走神呢，听见有人叫嫂子，回头一看，却是有子。有子穿一件明黄色羽绒服，蓝色牛仔裤，手里提着一大包东西，笑嘻嘻的。翠台哎呀一声，有子，好精神呀。有子抓着后脑勺，嘿嘿笑，晌午在这院里吃吧，我嫂子他们都过来了，待待你。翠台说，改天我再过来，家里还有两张嘴哩。有子说，把我哥他们也叫过来呗，我给大坡打电话。说着就掏手机。翠台慌忙拦下了。正说着话，只见香罗出来了，一边对着手机里视频说着话，一边朝他们摆摆手。香罗穿一件紫罗兰羊绒大衣，里头是奶白色毛衣，头发剪到齐肩，一对耳环亮晶晶的，随着动作一闪一闪。翠台见她脸上干干净净的，好像是没化妆，倒显得清爽秀丽，心想她这么一弄，倒叫人不敢认了。有子问养猪场的事儿怎么样了，听说弄得挺大，村子里这是要搞大事呀。说那天在镇上碰上大坡了，都忙叨叨的，也没顾上说话。香罗挂了电话，叫翠台看她剪的头发，好看不？翠台说，那还能不好看？更年轻啦。今年二十，明年十八。香罗笑得不行，嫂子你笑话我吧？翠台把她左看右看，你听实话还是瞎话？香罗说废话！翠台说，我觉得吧，你不化妆更俊。香罗说，是不是？翠台说，谁说瞎话是小狗儿。香罗叹口气说，你还不知道吧？上头整顿哩，我这店也加盟连锁店了，我负责一块。有子说，我嫂子成了领导啦。香罗说，啥领导不领导，说到底，就是多担担子呗，多操心呗。翠台说，我的娘哎，都领导啦。香罗笑道，这回我倒踏实了。说实话，这么些年，我这一颗心，都悬着哪。香罗说常常开会呀培训呀，场合多，得注意形象——我这么打扮，还行不行？翠台说，人长得俊，披条麻袋片都好看。香罗笑得咯咯的，真是我亲嫂子，看你这嘴！

晌午饭就是煮面条。葱花炒爆了锅，添上水，滚开了煮面，又打了两个荷包蛋。出锅的时候，把切好的绿绿的青菜扔进去。热腾腾盛出来，有白有黄有绿，香喷喷馋人。吃饭的只有他们两口子，大坡忙着，在外头吃。翠台又剥了一头蒜，根来吃面条离不开蒜。一屋子的水蒸气，把窗玻璃弄得起了一块一块云彩。风吹过树梢，满院子飒飒飒飒的风声。有个人在街上来来回回吆喝，豆腐——卖豆腐——刚出锅的热豆腐——事先录好了的，一遍一遍放着。翠台说起来香罗的事儿，问他知道不？根来说，我也听说了。翠台说，听说还当上领导了？根来说，她这几年干得不赖，也算没白吃苦。翠台撇嘴道，也不描眉画眼了，倒看着比谁都正经。哼，这摇身一变，妖精成了仙了。根来说，你看你这嘴。人这一辈子，谁敢说不走两步弯道？好歹她也是咱一个院房里，这么近，一家子。这话你甭在外头乱说。翠台说，狗脾气呀？我这不是在家里，说闲话儿么。护得要紧！我还不知道你们男的，肚子里那几根花花肠子？根来气得脸红脖子粗，闷头吃面，只不理她。翠台说，吃蒜呀？你不吃蒜？根来说，不吃。还要开会哩，一嘴蒜味儿，待会怎么出去？翠台撇撇嘴，心里说，倒讲究了，恨。

大 雪

《月令七十二候集解》：大雪，十一月节。大者，盛也。至此而雪盛矣。

夜雪

［唐］白居易

已讶衾枕冷，复见窗户明。
夜深知雪重，时闻折竹声。

转眼就到了大雪节气。天寒地冻，是北方冬天的意思了。泼半盆子水到院子里，立时就冻上了。大地硬邦邦的，人踩在上头，硌得脚生疼。这个时节，乡下的雾格外浓了。早晨起来，大雾早已经白茫茫一片，把整个村庄锁得严严实实。田野里冷雾浮动，麦苗子上凝结着寒霜。远远地，不知道哪个村的大喇叭在广播：做好乡村振兴这篇大文章，推动乡村产业、人才、文化、生态、组织等全面振兴……冷冽清澈的冬天的早晨，声音传得格外远，格外清晰。一个卖羊奶的，一面走，一面吆喝，羊（昂）——奶（爱）——热乎乎的羊奶喽——一扬一顿的，粗嘎的嗓子，沙沙的好听。有个妇女拿着家伙出来，立在街门口，哎，卖羊奶的，新鲜不？那卖羊奶的说，刚挤的，不新鲜不要钱。那妇女说，膻不膻？卖羊奶的说，不膻还叫羊奶？牛奶喝絮烦了，尝尝我这羊奶，冬天喝热羊奶，滋补得很。白娃爷穿得厚墩墩的，揣着手踱过来，说，这个好，这个养人。那卖羊奶的遇到了识货的，喜欢得不行。白娃爷问多少钱，回家还得煮一个滚儿吧？问东问西。那妇女买了一大碗，小心端着回家了。白娃爷立在路边，跟那卖羊奶的扯闲篇儿。大喇叭里还在广播：坚决打赢脱贫攻坚战，全面推进乡村振兴……那卖羊奶的说，听见没？咱赶上好时候啦。白娃爷说，啥？那卖羊奶的说，老哥，咱也得关心关心国家大事呀。上头有好政策，咱农村就有好光景。白娃爷说，听你这说话，哪像个卖羊奶的？不像我，睁眼瞎一个，斗大的字不识一箩。那卖羊奶的说，我给你说实话吧，我这是搞市场调查哩。要搞大事呀。就笑。白娃爷说，是不是？我这眼毒吧？

直到半晌午，大雾才渐渐散去了。太阳露出半个脸来，照着人家院墙上的一幅宣传画。画上是一对夫妻，中间是两个小孩子，笑吟吟立在新房子前，后头是绿油油的田野。上头写着：婚育新风进万家，文明幸福你我他。

翠台送了孩子，就直接去上班。这阵子活儿多，大家都忙得手脚不闲，嘴却不闲着。屋子里热气腾腾，一片咯噔咯噔机器声，混杂着轮子沙沙沙沙的转动声，妇女们叽叽嘎嘎，好像是一千只鸭子下了水，好不热闹。一个妇女说，都知道了吧，咱们县里那个人，就是救人的那个，要上北京去啦，英雄人物，表彰哩。另一人说，就是田庄那个人？救孩子的那个？那妇女说，不是他是谁？老天爷，硬是把孩子从车轮子底下救出来了。他自家倒伤得不轻。旁边的人说，网上视频看了没？我的娘哎，惊险得不行，就差一根头发丝，吓死人了。有人说，我没敢看，说是伤了一只胳膊？另一个说，记者采访的时候问，当时怎么想的。你猜人家怎么说？有人问，怎么说？那人说，想啥想？那时候还顾得上想？谁家没孩子？谁见了不往上扑？众人都啧啧啧啧，说倒是实在人。翠台的手机响起来，她一看，是素台。屋子里嘈杂，就到院子里接电话。

太阳已经从云彩后头蹦出来了。满院子阳光。微微的有一点风，树枝子摇动，在地下画出横七竖八的影子来。铁丝上晒着被子，一床浅粉红绸子被面，上头绣着深粉色富贵牡丹。另一床是秋香色绸子底子，上头金丝线绣着如意云纹。素台在电话那边说，这个混蛋！这回我得叫他说清楚。说不清楚，我跟他离了。翠台说，你看你这脾气。到底怎么回事呀，一开口就是离呀散的。素台说，这么多年我大撒把，还不是信他？这回我一看这账，有好几笔，不清不楚。谁知道他塞了哪个娘儿们的黑窟窿啦？翠台说，增志哩？素台说产业区吧，瞎他娘的忙。翠台说，他忙正事哩，你这不问黑白，就这么五马长枪地闹？翠台说依我看你先慢慢问问他，看他怎么说。素台说，他能怎么说？他那张嘴你还不知道？这么多年，他是不是觉得我好糊弄？翠台听她絮絮叨叨个不休，心里说，炮捻子，一点就着。比起人家增志，差得没远近。阳光洒在被子上，只觉得辉煌照眼。一只花猫蹑足溜过来，仰着脸儿看人。小小的秀气的脑袋，眼神哀怨。待素台说够了，又劝了她一番，说我干着活哩，回头跟你说。盒子媳妇过来，说谁呀，热线儿呀。翠台说，家务事儿，家务事儿。心里盘算着，今年年底先把钱还他们一点，等明年开春，养猪场弄好了，把剩下的都还清了。

下了班，到底是放心不下，到素台院里去看看。过道口，一个老婆儿在太阳地里剥花生。见了翠台，说来这院里呀？翠台说，晌午啦，该做饭了婶子。那老婆儿说，我坐着锅哩，如今做饭多省事儿，给我买的电磁炉，又快，又干净。翠台说，婶子你好福气。孩子们都孝顺。那老婆儿笑嘻嘻的，说你看我这袄，鸭绒袄，又轻巧，又暖和。我那媳妇给买的。净乱花钱。翠台见她身上果然穿着一件新袄，枣红色，衣襟上绣着碎碎的小花。正说话呢，素台提着一个垃圾袋出来，叫她家去，自去胡同口一人高的垃圾桶边扔垃圾。

院子里收拾得干净利落，显然是刚打扫过。花池子里，月季黑褐色的枝条剪过了，光秃秃的。影壁上斗大的福字倒红彤彤的好看。屋檐下的台阶上放着一桶油，一袋子山药。翠台心想，怎么搁外头呢，这么冷的天。门帘一动，一个妇女出来，见了她，忙叫姐姐。原来是增志他妹子增燕。增燕跟增志长得挺像，都是方脸，两个腮帮子鼓鼓的，眼睛细细长长，笑起来弯弯的。翠台说，增燕哪，回来看家了呀？增燕说，我娘身上有点不舒妥，我回来看看她。翠台说，不碍吧？增燕说，不碍不碍，闹胃哩。每年一到冷时候，准闹胃。翠台说，上年纪的人，怕受风寒。我说输水吧，好得快，她偏不去。人老了怎么跟小孩似的。翠台说，老小孩么。增燕说，我说把她接我那儿去住几天吧，也不愿意去。还得做工作。正说着话，素台回来了，说怎么不进屋说话呀，外头忒冷。增燕说，嫂子，我过去了。我娘还等着我哩。翠台说，不在这院里吃饭呀？增燕说，我娘蒸饼子哩，棒子面，掺点小米面、豆面，吃个稀罕。翠台说，忆苦思甜呀。增燕说，天天吃大米、白面，也换换口味。如今人们嘴都刁了，讲究多吃粗粮杂粮，吃出健康么。素台说，那你吃你的饼子去吧。增燕笑嘻嘻的，说姐姐你歇会儿吧，我过去了。穿上她那件葱绿羽绒服就往外走，又嘱咐素台说油是好油，自家种的花生榨的，看着包装不强，比超市里卖的那种可香多了。

送走增燕，姊妹两个在屋里说话。翠台说，你这小姑子脾气挺好，一笑一笑的。素台说，如今的增燕，也不是早先的那个增燕了。两口子在村里开了个店，叫啥，健康馆。茶几上一张卡拿给她看，翠台见上头写着，春风健康馆贵宾卡，下头写着：足疗、刮痧、拔罐、针灸。健康生活，幸福人生。背面是地址、电话、微信二维码。素台说，增燕她女婿叫春风，还专门去城里培训，拿了证书。你见过她女婿吧？瘦瘦的，看着不起眼，肚子里有道道。翠台说，买卖怎么样呀？素台说，天天忙得不行，先是他们两口子，后来又雇了俩人。说是要扩大呀，正找地方哩。翠台说，该着人家发财。素台说，我怀疑增志借给她钱了，她开店，哪来的本钱？我婆婆不用说别的，在增志跟前诉两声苦，掉两滴眼泪，增志就是割自家身上的肉也肯。大孝子么，我还不知道他？翠台说，帮忙倒也帮得着。亲妹子么。素台说，我不是不叫他帮，我就恨他凡事瞒着我，把我蒙在鼓里，跟个傻子似的。还在外头落个厉害的名儿。翠台说，怕你不愿意呗。素台说，不是这一宗儿，肯定还有别的事儿。我看他那账上，不清不楚的地方忒多。翠台说，你平时撒手不管，这时候倒又查开了。素台说，他顾他妹子，顾他兄弟，偷着给他娘钱，我就都不说了，到底是骨肉至亲。我就怕他把钱塞了黑窟窿。有一回我非要看他手机，他不肯。那手机里有仙女？翠台说，见风就是雨，这种事儿也敢瞎猜？再说这二年增志忙成这样，还有这个闲心思哇？素台说，这可说不准。咱村里小蚂蚱媳妇，还有瓶子媳妇，还有那个望日莲，都是风流人物。翠台说，你就是闲的，找碴儿。又问起来厂子里的事，素台说等进了产业区，要招兵买马，大干一场呀。增志成天价打了鸡血似的，风里来雨里去，精神得不行。就又哧哧笑。翠台心里说，一会儿猫脸儿，一会儿狗脸儿。这么大个人了，还跟小娃娃似的。

晌午时分，家家户户在做饭。村子里飘着饭菜的香味，还有油锅爆炒的沙沙声，高压锅炖肉水蒸气的浮浮浮浮声，噗啦噗啦的水声，咚咚咚咚的刀碰案板声，大人叫孩子吃饭的吆喝声，鸡鸣狗吠声，还有一个卖油炸糕的拉长了嗓子，油炸（啊）——糕！油炸（啊）——糕！一个媳妇跑出来，张着湿淋淋的一双手，热乎不？红糖的还是豆沙的？那卖油炸糕的说，要红糖有红糖，要豆沙有豆沙，热乎烫嘴，又香又甜。那媳妇买了五个油炸糕，掏出手机来扫那车把上的二维码结账，抬头见翠台过来，叫道，婶子，吃油炸糕呀？翠台说这晌午饭省事儿了，煮个挂面汤就行。那媳妇说，我哪有这口福，正减肥哩，你看我腰里这肉。那媳妇说听见吆喝，孩子们非要。翠台见她果然是肥白丰厚，把那件粉毛衣撑得满满当当，手背上有一个一个挺深的小窝窝。那卖油炸糕的趁机兜揽生意，跟翠台说，你这么好身段，也减肥？正说着话，根来出来，在过道口立着，说，哎，不做饭呀？家里还有烙饼哩。那卖油炸糕的见买卖跑了，嘟嘟囔囔地抱怨，烙饼？烙饼是烙饼，油炸糕是油炸糕。一个妇女家，这么点儿主都做不了？

两口子吃烙饼，喝米汤。翠台煎了一碗葱花鸡蛋。根来说，就咱俩，还煎鸡蛋？翠台说，咱俩不能吃鸡蛋？谁规定的呀？根来咬了一口烙饼，说等人齐了再吃呗，晚饭都回来了。翠台说，你呀，就是受罪的命。你觉得人家年轻人稀罕这个？大坡在外头吃，爱梨在厂子里吃，都比咱饭食强，你信不信？根来嘿嘿笑。说起来素台打电话的事儿，又说起来增志他们产业区的事儿，大伙儿都快忙疯了。大坡这小子，竟然也像变了个人儿，好像是，一夜之间就开窍了。你说怪不怪？两口子都心里欢喜，翠台夹了一箸子炒鸡蛋给根来，叫他多吃点。根来说，呀，这待遇忒高。翠台横他一眼，吃饭还堵不住你的嘴？

田庄集上，正好爱梨歇班，说她婶子长了个瘤子，去医院里割了，她回去看看。翠台说，碍事不碍？瘤子可不是好东西。爱梨说，人家医院说是个粉瘤，不碍事，割了就好了。翠台说，那就好。吓我一跳。就是你那个小婶子吧？高挑个，眼睛又大又欢？爱梨说，可不是，种大棚菜，出了名的能干。翠台叫大坡送她们娘儿俩一趟，大坡说，我走得早，你们可得快点儿。爱梨撇嘴道，看把你积极的！叫小妮儿快点儿呀，你爸如今是大忙人儿，干大事哩，咱娘俩儿别拖人家后腿儿。一家子就笑。

这个季节，芳村的夜晚，安静极了。风从村庄深处吹过，把天上的星星都吹落了，星星点点，落在村庄的大街小巷上，却原来是路灯，闪闪烁烁的，在夜色里一亮一亮。月亮弯弯的，金色镰刀一样，挂在天边，把温柔的月光洒在窗台上，半个屋子都恍恍惚惚惚的。翠台睡不着，把根来踢了一脚，哎，你说。根来说，啥？翠台说，你说，怎么想起来给我买东西了？根来说，人家给你买件衣裳，看把你喜欢的。翠台说，你不喜欢？这可是儿媳妇给买的。开天辟地，头一回。根来说，光景好了，心里都亮堂了么。翠台说，可不是，我看他们小两口，好得很，黏糊得不行。根来说，心里舒畅了，一顺百顺么。翠台说，我这算是享上媳妇的福了呀。忍不住开灯起来，又把那件衣裳拿出来，左看右看，左比又比。根来说，你呀！干脆抱着它睡吧。翠台在镜子前头，笑得立不住。

次日早晨起来，天半阴着。风吹了一夜，天空是那种灰蒙蒙的蓝。院里的水盆子结了冰。地下一层白霜，也不知道什么鸟的爪子印子，一朵一朵印在上头。村里的大喇叭在放着河北梆子《龙凤呈祥》，锣鼓声喧闹，给这冬天的早晨添了热烈喜庆的气息。

一个媳妇骑着电动车，风风火火赶过来，急忙忙流星一般，从翠台身旁日的一下子就过去了，却停在秋保家超市门口。建国媳妇正在烧饼摊子前头忙碌着，抬眼看见翠台，呀地叫了一声，老天爷，这是谁呀？把她上看下看。翠台说，哪有你这么看人的，倒把人看臊了。建国媳妇说，这衣裳好看！过来要摸一摸，翠台说，我的娘哎，看你那油渍麻花的手。建国媳妇说，把你吓得！我还能真摸？怎么舍得买这么好的衣裳了？翠台说，儿媳妇给买的，买就买吧，还买这么好牌子的，净乱花钱。建国媳妇说，波司登，娘哎，你这种新款，小一千哩。翠台说是不是？心里又是喜欢，又是埋怨。喜欢的是爱梨的一片孝心，埋怨的是她花钱大手大脚，叫人看不惯。建国媳妇嘴里啧啧着，说这种颜色好看，洋气，衬得你更白。嗯，至少年轻十岁，你信不信？翠台说，少糊弄我吧。看你这张嘴。两个人叽叽嘎嘎笑。建国媳妇忽然指着超市那边叫她看，看见了吧？翠台顺着她指的一看，方才那个媳妇正从秋保家超市出来，一手提着一箱子牛奶，一手提着两盘鸡蛋，高跟鞋一歪一歪的，走得小心翼翼。翠台说，看着面生呀，刚才骑车子飞快。建国媳妇说，小闺她妹子，你看像不像？你看那眉眼，那腰身，那个富态劲儿，走路好仰着下巴颏儿，像不像小闺？翠台说，娘哎，你这一说，还真像，一个模子里刻出来的。建国媳妇说，别看小闺不能不才的，她这个妹子可是个人物。翠台说，是不是？建国媳妇说，专门给人找钱，十里八村，没有她不认识的。翠台说，找贷款？吃利息？建国媳妇说，那还能不吃利息？辛苦一场，人家图个啥？建国媳妇说，听说咱村里不少人托她找哩，大买卖小买卖，离了本钱都开不了张。翠台说可不是。只见那媳妇把东西放电动车上，日日日日走远了。建国媳妇说，婆家是北风村，估计这是去她姐姐家了。一个妇女过来订烧饼，说待客哩。建国媳妇问订多少？那妇女掰着指头算了算，说订三十个吧，三四十都行。翠台说，你快忙吧，咱光顾着说闲话儿，看误了你的买卖。

大喇叭里还在唱着河北梆子，正是劝千岁那一段：

> 劝千岁杀字休出口，老臣与主说从头。刘备本是靖王的后，汉帝玄孙一脉留。他有个二弟汉亭侯，青龙偃月……

一进过道口，见她婆婆立在添福家门前，正跟添福媳妇说话。她婆婆穿得严严实实，嘴里哈着一团白汽。添福媳妇看见翠台，忽然就不说了。她婆婆背对着她，却还在说，这世界变啦，不说早先了，就说咱们年轻时候，一进门子，一家子的活就扛起来了。炕上炕下，家里地里，里头外头，上头有婆婆，还有婆婆的婆婆，左一层又一层，吓！下头还有孩子们，孙男娣女。中间还有自家男人，大伯子、小叔子，大姑子、小姑子，妯娌摆行，你一举一动，都有人看着哩，比着哩。做在前头，吃在后头。哪像如今的人们，多么恣！如今的媳妇们，好当得很哇。你家那媳妇吧，嘴上厉害，心里头知道识局。人哪，不识局不行。我家这个吧——翠台已经走到跟前了，她婆婆还在说。添福媳妇急得不行，又是咳嗽，又是挤眉弄眼。她婆婆正说在兴头上，只是不觉。忽然回头，见翠台在眼前立着，立刻就不说了，脸上讪讪的，说你过来了？跟你添福家婶子扯闲篇儿哩。冷不冷？翠台说，不冷，穿着儿媳妇买的新衣裳，心里头暖和。说你身上这袄是我去年给你做的那件吧。今年本命年哩，下个集给你买个大红的，辟邪，吉利。她婆婆说，大红的？我可穿不出去。忒亮了。我都七十的人了。我还穿大红的？添福媳妇说，根生他娘不是穿着一件么，好看！孩子们孝顺，你看你多大的福气。一辆汽车从产业大道上远远过来，嗖的一下子，就到了眼前。车窗落下来，大坡笑嘻嘻的，说开会哪？翠台说，清早八起，你这是去哪啦？大坡说，我去了趟城里，杂七杂八净事儿，养猪场的事儿。说着就去停车。翠台看着他的背影，高大结实，虎虎生气，心里头又是喜欢，又是心疼，正要问他早饭想吃啥呀，大坡已经停好车，拎着一个大塑料袋出来，说我顺道买了馃子豆腐脑，早晨省事儿啦。

吃完早饭，一家子各自去忙。翠台送了孩子，去盒子家上班。天挺冷，阳光却明亮得很。冷空气吸进肺里，新鲜清冽，倒觉得格外痛快。盒子家在村北，再往北，就是大片的田野。阳光洒在麦田里，好像是溅起了淡淡的轻烟。远处的村庄在冬日的阳光下安静地卧着，一愣神儿，就恍惚了。老远看见一个人正拿着手机，左比右比，像是在拍照，又像是在录视频。翠台笑道，我当是谁呢，怎么今儿个有空啦？中树不防备，吓了一跳，指着那田野，还有远处那隐隐约约的村庄，说你看，你看。翠台说，这还稀罕，咱不是天天见么？中树说，咱是天天见都不觉得了，那个词叫啥，审美疲劳。你看看，如今咱乡下，你看看。这还是十冬腊月里，等开春你再看。又翻出那些照片叫翠台看。翠台一看，冬日暖阳下的田野，烟霭淡淡的村庄，楼房的尖顶，树木的枝丫，蓝天上白云乱飞。叫了声老天爷，这是咱芳村？跟画里一样样！中树说，新时代，新农村么。笑嘻嘻的。

冬至

《月令七十二候集解》：冬至，十一月中。终藏之气至此而极也。

小至

［唐］杜甫

天时人事日相催，冬至阳生春又来。
刺绣五纹添弱线，吹葭六琯动浮灰。
岸容待腊将舒柳，山意冲寒欲放梅。
云物不殊乡国异，教儿且覆掌中杯。

芳村这地方有个风俗，冬至要吃饺子。民间有句俗话，冬至不端饺子碗，冻掉耳朵没人管。因此上，冬至这一天，家家户户都吃饺子，消寒。这个时节，大白菜当家。大多人家都是吃白菜猪肉馅儿饺子。乡间有句俗话，好吃不过饺子，好受不过倒着。倒着，就是躺着的意思。在芳村这地方，饺子是最隆重的待客的礼遇了。

都说是数九寒天。数了九，冬天才算真的来了。北方乡下的冬天，风大，浩浩荡荡，把天地之间吹得干爽透亮。天蓝蓝的，是那种极干净的蓝，一大块水晶穹顶一般，笼罩在大地之上。大地却是黑褐色的，在阳光下辽阔无边地延展着，仿佛一个母亲，安详的，沉默的，在耐心等待着春天的降临。

翠台赶集割了三斤猪肉，二斤羊肉。猪肉剁馅儿，二斤吃饺子，一斤炸丸子。羊肉呢，爱梨好吃羊肉，剁馅儿也行，涮羊肉也行，随他们意思。今儿个是星期天，爱梨不上班，领着孩子出去玩了。翠台一个人忙忙碌碌，出出进进，倒弄得一身细汗，热气腾腾。正忙着呢，二妞打来了视频，翠台忙擦了擦手，跟她说话。二妞好像是瘦多了，下巴颏儿尖尖的，脸蛋子倒是红扑扑的，张口就是，哈罗！老妈。翠台嗔道，好好说话！二妞叽里咕噜的，又说了一句外语。翠台说，我挂了呀，你再这样？你再这样我挂了呀？二妞吓得忙说，不敢了不敢了。问翠台干吗呢，冬至吃饺子不吃呀，问她嫂子哩？小妮儿哩？怎么家里这么安生呀？问东问西。翠台知道她这是有事儿，故意不理，等她说。扯了一会儿闲篇儿，她果然就说了。不是对象的事儿。为了这事儿，翠台一颗心老悬着。也不是要钱。这闺女今年一边上学，一边打了一份工，够她自己花了。二妞说的，是一件大事。

二妞说，毕业以后，她要回来。

回来？翠台说，回来？回哪儿来？

二妞说，咱村里呀。

翠台说，芳村？

二妞说，还有哪个村？

翠台一下子蒙了。

二妞说，你说话呀？妈？

翠台咬着牙说，甭叫我！我不是你妈。翠台说，你疯了吧？唵？我看你是疯了吧？

二妞说，这不是跟你商量么？你看你。你不是老是嫌我飞得远么？你不是老是想我么？我回芳村，不就能天天守着你啦？

翠台气得嘴唇哆嗦，你闭嘴！念这么多年书，辛辛苦苦考出去，就是为了再发配回来？你叫一村子人笑话咱呀？

二妞说，我学了本事，回来建设家乡，谁笑话咱？二妞说国家都鼓励大学生回乡哩，乡村振兴，这是国家大事。

翠台说，甭跟我唱高调！你觉着你念了几本书，懂得比你妈多啦？自古以来，人往高处走，水往低处流。你考了大学还回乡下来？

二妞说，跟你说不清楚。

翠台说，我活了半辈子，走的桥比你走的路还多，吃的盐比你吃的米还多。

二妞说，那你也是老脑筋。

翠台气得脸儿白白的，一时说不出话来。

挂了电话，翠台心里真是生气，是又气又恨。这个闺女，一向是她的心头肉，念书又好，又懂事，村里谁不夸她有出息？谁不眼红她翠台修下个好闺女？满指望她大学毕业了，在城里找个好婆家，像一颗芳村的种子，种在城市的钢筋水泥里，发枝散叶，开花结果，往后一辈一辈，子子孙孙，就都是城里人了，吃着国家的饭，当着国家的差，从此跟乡下刀割水洗，多么好。谁知道这闺女竟然鬼迷心窍，想一出是一出！要回来！要知现在，何必当初呀！个死妮子！她这是成心要把人气死！

菜刀落在案板上，咚咚咚咚，格外凶狠有力，好像那块千挑万选肥瘦相间的好猪肉跟她有着深仇大恨。忽然一个黑影子落在眼前，抬头一看，是喜针。见翠台脸上有怒色，就说，吃饺子呀？自己搬个凳子坐下。翠台说，吃饺子？光气就把我气饱了，还吃他娘的饺子？喜针说，这是跟谁生气呀？翠台叹口气，闺女呗，儿大不由娘哇。喜针说，二妞？隔着千里万里，二妞能把你气着？翠台就一五一十，把方才二妞的话学了一遍。喜针一会儿摇头，一会儿点头，不时啧啧两声。翠台说，俊鸟拣高枝儿。这个死妮子！我白白供了她一场。翠台说念书的时候，天天起五更睡半夜，点灯熬油的，吃了多少苦，受了多少罪？她怎么就都忘了？好不容易大学毕业，要熬出头了，她偏偏来这么一场！鬼迷心窍了。喜针说，我那外甥，我姐姐家那个小子，我跟你说过吧？翠台说，你外甥？喜针说，就是在北京念了博士，还要回咱县里来那个？送寒衣前几天，咱们赶集去，到我姐姐家落了个脚，你忘了？翠台哦了一声，想起来了，说是有这事儿。那你这外甥怎么着呢？喜针说，等过了年，毕业就回来。麦天里吧。翠台叫了一声老天爷，说念到博士，就这么回来了？那么大个北京城，硬是盛不下他？喜针说，可说呢！我姐姐气得不行，一时半会儿转不过这个弯儿来。翠台说，儿大不由娘哇。喜针说，我姐夫倒赞成，我跟你说过吧？翠台说，哪有这么当爹的？孩子一辈子的大事。喜针说，我这外甥到底是男的，大汉们家，闯荡闯荡，摔打摔打。你家二妞一个闺女家，留在城里多好哇，在城里找个好婆家，享不完的福。回来她找个啥样的？翠台说，她这是成心要气死我。喜针说，这事儿吧，甭说你这亲妈想不通，我这外人都觉得纳闷。你没问问二妞，是不是有啥事儿瞒着你？翠台说，她能有啥事儿？嘴上这么说，心里头却七上八下。喜针说，对了，我想起来了，立强他们同学，毕业也有回村里的，说是大学生村官，听说还要考试哩。翠台说，二妞也没说是村官，就是回来创业。创业创业，她当是小孩子过家家呀？喜针说，我回头打电话问问立强，问问怎么回事儿。又说臭菊家小见过事儿，咱就伴儿去呀。说臭菊家这事儿，还不知道怎么过哩。上头管着，不让大闹。把臭菊愁得不行。翠台说，那还不好？都省啦，省钱省事儿省麻烦。喜针说，省是省了，人家女方不愿意呀。一辈子的大事，谁不想风风光光的？喜针说臭菊请了媒人，专门去商量这事儿哩。喜针说臭菊家这事儿也是，不当不正，偏偏赶上这头一宗。你说巧不巧？喜针说万事开头难，谁家要是开了这个头儿，有人喜欢，有人烦恼，有人骂街，有人笑。翠台听她啰里啰唆，说个不休，心里头越发烦恼，只顾着低头咚咚咚咚剁肉馅，再不肯敷衍她。

这个时节的乡下，黄昏来得格外早些。冬至这天，白日最短。太阳落山了，天边的晚霞也急匆匆的，害羞似的，转眼间就隐没在苍茫的地平线下面。雾霭渐渐升腾起来，芳村的夜晚来临了。

厨房里热气腾腾，空气里流荡着饺子的香气。翠台拿着笊篱，照看着锅里的饺子。爱梨一面吃，一面喂小妮儿。根来、大坡父子两个就着饺子，喝两盅。芳村有句俗话，饺子就酒，越过越有。每逢家里吃饺子，男人们总是要喝一点儿。小妮儿过来，指着酒盅非要喝，大坡就拿箸子蘸了点酒，往她嘴里抹了一下。小妮儿立刻皱起眉头，咧咧嘴，却咯咯笑了。爱梨说，你！横了大坡一眼。大坡说，怕啥，锻炼锻炼么。爱梨说，她一个闺女家。大坡说，闺女家怎么了？你看看，干大事的有多少都是女的，巾帼英雄，不让须眉。根来喝了一盅，咂巴着嘴说，嗯，小妮儿也是个厉害的。像她姑。像二妞。那句老话怎么说的？侄女像姑，不差一步。像她姑。爱梨跟小妮儿说，赶明儿长大了，也跟你姑一样，考大学呀。行不行，妮儿？翠台一面捞饺子，一面说，学她姑？哼！翠台说这个死妮子，成心要把我气死。就把二妞要回村里来的话学了一遍。翠台说你们说说，她是不是念书念傻了？一家子半晌不说话。根来闷头喝酒，滋溜一口，滋溜又一口，滋溜又一口。翠台把一碗饺子当啷一声蹾在他面前，你倒是说句话呀，都是你惯的！根来说，我说了她能听？翠台说，那你就眼睁睁看着她这么瞎胡闹？大坡说，先甭着急，我看这事儿吧，未必是坏事儿。翠台说，你哪只眼看出是好事儿来了？大坡说，你看你，说话噎死人。翠台说，我能不急？你也是当爹的人了，天下父母都是白操心哇。根来说，你这脾气，五马长枪的，就不能好好说话？慢慢说？翠台说，你倒沉得住气，你是不是她亲爹？大坡叫爱梨看着孩子，扶着他妈坐下，端了一碗饺子给她，问她吃蒜不？蘸醋不？翠台咬了口饺子，憋了一天的眼泪到底还是掉下来，扑簌扑簌，落在眼前的饺子碗里。根来说，你看你，当着孩子们。翠台嘴里含着一口饺子，只是低头落泪。大坡说，你甭着急，这事儿吧，往远处想想，往深处想想，其实是好事儿。大坡说如今国家要在农村干大事，搞乡村振兴，你没听大喇叭上天天讲么？各村都在搞，咱叫养猪场，产业区，有的村叫合作社，养殖合作社，皮革制作合作社，蔬菜种植合作社，听说田庄还要办艺术培训班，爱梨她们村的一个小伙子——爱梨说，对，田庄破锣家小子，在四川美术学院上的大学，学画画的。翠台说，回来培训啥？教孩子们画画？大坡说，画画、音乐、摄影，人家这叫艺术。翠台撇嘴道，还艺术，艺术能当饭吃？爱梨忍不住，扑哧就笑了。根来说，甭跟你妈说这个，她不懂。翠台说，可不，我一个农村妇女，我不懂。你懂？你懂你怎么不劝劝你闺女？大坡说，这么说吧，建设新农村，就得有人才。大学生回家乡，也是国家号召鼓励的。说不定，二妞回来还能有大出息哩。翠台说，有啥出息？连个像样儿的婆家都不好找。叹口气，低头吃饺子。又说起喜针她那外甥的事儿，唏嘘不已。说你看看，如今这年轻人们不知道怎么了，看不懂，真是看不懂。根来说，吃饺子，饺子都凉了。这个时候，天冷，眨眼就凉。

一家子吃饺子。父子两个喝酒，说起来养猪场的事，越说越喜欢。看吧，转过年，一开春，要真的忙起来了。

冬天乡村的早晨，薄雾浮动。远远地，好像有鸡在鸣叫，喔——一声。喔——又一声，喔——再一声。默了一会儿，竟然喔喔喔喔大叫起来。这个季节，人们贪恋暖被窝，美滋滋赖上一会儿。也有勤谨的，早爬起来了，到地里转转，到河套里看看。天刚蒙蒙亮，村里的大喇叭就广播起来：中国要强，农业必须强。中国要美，农村必须美。中国要富，农民必须富……声音洪亮，中气十足。有人说，怎么听着不像中树？有人说，不是中树，是新来的干部。旁边人问，就是那个戴眼镜的小伙子？说是下来挂职的？那人说，人家大城市的孩子，倒肯来咱农村？有人说，咱农村怎么了，我看咱芳村就好得很。有人说，我的娘哎，你听听，这普通话说的，跟《新闻联播》里一个样。这小伙子叫啥？有人说，姓郝。小郝主任。那小郝主任正在广播，只有实施乡村振兴战略，把“三农”问题彻底解决好，才能为全面建成小康社会补齐短板，实施乡村振兴战略的总要求：要坚持农业农村优先发展，按照产业兴旺、生态宜居、乡村文明、治理有效、生活富裕……翠台一面扫院子，一面张起耳朵仔细听。不知道谁家的一只鸡，缩着脖子，在门口探头探脑。根来从厕所里出来，一面走一面系着腰带，见翠台认真的样子，就说，听见了吧？这是上头派下来的干部，人家可是城里孩子。翠台说，难得，真难得。翠台说人家爹娘怎么舍得哇？城里待惯了，来咱这农村能受得了？根来说，都像你那觉悟？翠台说，天下当爹娘的心，不都一个样？正说着话，听见大门口有人叫，原来是根生。翠台说，这么早，吃了呀不？根生说，今儿个有事儿，起得早。有子书吧今儿个开张，我得过去帮忙。翠台说，呀，要开张呀？根生说，我这个人，性子慢，也坐得住，往后就跟有子一块干，干点事出来。根来说，好事，这是好事。你俩一个动，一个静，正好搭配。根生嘿嘿笑，说这个月十九，我娘过生日，想叫上你们一块热闹热闹。翠台说，我三婶子过生日，那该热闹热闹。心里说这个月十九，还有好几天哩，一大早过来就是说这事？莫不是根生还有别的事吧。说了会儿闲话儿，根生果然就说了。原来说好香罗今儿个要去有子书吧，开业么。可不知怎么，香罗又不来了。根生说嫂子你给她打个电话吧，我给她打，她不肯接。翠台说，你们是不是吵嘴了？根生红头涨脸的，也不说是，也不说不是。根来说，你看你，把媳妇惯成这个样儿？根生脸更红了。翠台说，你这是啥话？有你这么当哥的么？翠台说自家媳妇不心疼，等着谁心疼？等着谁去惯？气哼哼的。根来说，你看你这张嘴。我说一句，你说十句。根生说，她也是忙得心焦，脾气暴。这阵子为了连锁店的事，吃不香睡不着。翠台说，看把你心疼的，甭管了，我给她打电话。根来说，那我赶紧走了，那边还一摊子事儿哩。

吃过早饭，送了孩子，翠台急急忙忙去上班。街上人来人往，都是急匆匆的，上学的上学，上班的上班。秋保立在超市门前的台阶上，两只手捧着一个鸡蛋灌饼，咝咝哈哈地吃着，跟人大声打着招呼。翠台说，国欣哩？秋保说，她娘家侄子过事儿，吃酒席去啦。有人说，媳妇不在家，他才敢吃个鸡蛋灌饼。秋保说，我就那么点出息？嘻嘻笑。耀宗家门口照例是大车小辆，看病的人挺多。这个季节，最容易感冒。三钗在小坷垃家馃子摊上买了二斤馃子，一大盆豆腐脑，热气腾腾端着，往回走，穿着细细的高跟鞋，一歪一歪的。建国媳妇撇嘴说，挣那么多钱，大家大业的，留给谁呀？翠台说，侄子不是过继了么，还不一个样？建国媳妇说，侄子是侄子，小子是小子。有人来买烧饼，建国媳妇忙着做买卖，翠台急急走了。

路过小鸾私厨，正好碰上小鸾出来，脸上笑笑的，问翠台吃了呀不？这是上班去？翠台见她脸上脂白粉红，一双眼睛水水的，流出蜜来。穿一件鹦哥绿毛衣，胸脯子顶得高高的，不由得赞叹说，越来越俊啦，你看你这小模样儿。小鸾脸红红的，嫂子你就笑话我吧。说镇上新开了一家美容院，咱哪天做伴儿去吧？做做皮肤护理。翠台说，怨不得，看你那脸嫩的，一掐一股水儿。正说着话，里头有人叫小鸾，说电话，电话找。小鸾忙去接电话，身后留下一股好闻的香气。她婆婆出来扔垃圾，冲着小鸾撇撇嘴，小声说，谁能长生不老？谁不长皱纹儿？就那一张脸，一年花多少冤枉钱？唠唠叨叨的，也不敢大声儿。翠台心里想笑，又不好笑出来。

拐进盒子家那条过道，迎面见瓶子媳妇急急过来，走得两个脸颊红扑扑的，鼻尖上细细一层热汗。翠台说，吃了呀不？这么着急干啥去呀？瓶子媳妇说，我上班去呀，今儿个吃饭晚啦，真耽误事儿。匆匆走远了。翠台心想，这媳妇出了名的好吃懒做，怎么倒像变了个人，也这么勤谨了？

人们陆陆续续都到了，屋子里顿时热闹起来。一个小辛庄的妇女在讲他们村的新鲜事儿，说是有个闺女，出国留学去了，找了个老外，有一年过年回来，不喝家里水，不吃家里饭，这也嫌脏，那也嫌冷。到底去县城里宾馆住下了。有人问，那吃啥喝啥？那妇女说，人家带的纯净水，面包、牛奶、肉罐头。有人撇嘴说，土生土长的，就那么娇气？外国待待就不认家乡了？净出洋相。那妇女说，满村里人笑话她。把她爹气得，病了一场，叫他们往后甭回来，甭登娘家的门边子。有人说，是不是芳村小石头他丈人家？那是他大姨子，在美国哩。那妇女说，对对，就是他家，二闺女。那妇女说去年回来，你们猜猜怎么着？众人问，怎么着呢？那妇女说，倒夸咱这水好喝，夸咱这饭好吃。有人说，那可不，都是绿色食品，咱这污染治理得多好。那妇女说，说是还想着在村里小区买楼哩。众人说，是不是？那妇女说，她爹发话了，也就是小石头他丈人，那可不是个好脾气的，说有句老话，儿不嫌母丑，狗不嫌家贫。你们这么看不上咱乡下，干吗还回来？还来村里买楼？人们纷纷点头，说的是说的是。有人说，小石头家弄大棚种植，就是他大姨子给投的资，看样子要弄大，河套里那好大一片，种菜，种山药，种各种稀罕水果。人们又说起来大棚种植的事儿，七嘴八舌的。一个媳妇说，咱村有个网红，你们知道不？旁边人问，网红？那媳妇说，李子柒知道吧？就是那个乡下闺女，网上红得不行。有人说，知道知道，李子柒，还有华农兄弟，你们百度，百度一下就有。那媳妇说，咱村那个网红，人家不卖东西，不为赚钱。有人说，那图啥？那媳妇说，人家做直播，专门讲咱农村的事儿。听说粉丝老多了。有人一拍脑袋，说我想起来了，叫“新农村，新故事”，是不是这个名儿？那媳妇说，对对，就是叫这个，比方说，咱们在这儿上班，人家就拿手机录咱，在网上放出来，原汁原味，跟演电视剧一样。有人说，我的娘哎，那全世界都能看见咱？那媳妇说，那可不，往后莫骂你婆婆了，当心全世界人都能听见。众人都笑。

翠台出来上厕所，悄悄在手机上百度了一下，果然不错。

晌午的阳光金箔一般，薄薄铺了满院子。天是湛蓝的，云彩东一块西一块，缓缓浮动着浮动着，乍一看像鱼鳞，再一看又像是棉絮，一眨眼，却变成了一个仙女的袖子，飘飘摇摇飞远了。院墙底下的砖缝里，有一丛野蒿子，早已经枯败了，经了秋冬的风雪，变作黑褐色，乍一看跟土地颜色分不清你我。翠台伸出脚尖碰了碰，那野蒿子就碎了，穗子上的种子却纷纷落下来，落到大地上，落到泥土里。芳村这地方，野蒿子最是平常。人家院子里，墙头上，瓦楞里，房前屋后，到处都是。田野里就更多了，田间地头，乡野小道，河套岸边，村里村外，这种野蒿子遍地生长。这东西命贱，不娇气，好养活。看吧，等转过年来，腊尽春回，一场春风春雨，这野蒿子种子肯定就等不及疯长起来了。长它个满村满野。长它个铺天盖地。

图书在版编目（CIP）数据

野望 / 付秀莹著．— 北京 ：北京十月文艺出版社，
2022.5
ISBN 978-7-5302-2219-5

Ⅰ．①野… Ⅱ．①付… Ⅲ．①长篇小说—中国—当代
Ⅳ．①I247.5

中国版本图书馆 CIP 数据核字（2021）第 262968 号

野望
YE WANG
付秀莹 著

出　　版　北 京 出 版 集 团
　　　　　北京十月文艺出版社
地　　址　北京北三环中路 6 号
邮　　编　100120
网　　址　www.bph.com.cn
发　　行　新经典发行有限公司
　　　　　电话（010）68423599
经　　销　新华书店
印　　刷　北京盛通印刷股份有限公司
版　　次　2022 年 5 月第 1 版
　　　　　2022 年 12月第 3 次印刷
开　　本　850 毫米 ×1168 毫米　1/32
印　　张　12.25
字　　数　273 千字
书　　号　ISBN 978-7-5302-2219-5
定　　价　59.80 元
质量监督电话　010-58572393
如有印装质量问题，由本社负责调换。